U0454149

我们在不同的温度沸腾

张莉

主编

中信出版集团｜北京

图书在版编目（CIP）数据

我们在不同的温度沸腾 / 张莉主编. -- 北京：中信
出版社, 2022.7
ISBN 978-7-5217-4447-7

Ⅰ. ①我… Ⅱ. ①张… Ⅲ. ①散文集—中国—当代
Ⅳ. ①I267

中国版本图书馆CIP数据核字（2022）第089245号

我们在不同的温度沸腾

主　　编：张莉
出版发行：中信出版集团股份有限公司
　　　　　（北京市朝阳区惠新东街甲4号富盛大厦2座　邮编　100029）
承 印 者：北京诚信伟业印刷有限公司

开　　本：880mm×1230mm　1/32　　印　张：12.25　　字　数：282千字
版　　次：2022年7月第1版　　　　　印　次：2022年7月第1次印刷
书　　号：ISBN 978-7-5217-4447-7
定　　价：59.80元

版权所有·侵权必究
如有印刷、装订问题，本公司负责调换。
服务热线：400-600-8099
投稿邮箱：author@citicpub.com

当越来越多的女性拿起笔，

当越来越多的普通女性写下她们的日常所见和所得，

那是真正的女性写作之光，

那是真正的女性散文写作的崛起。

——张莉

目录

编者序

0℃
秘密与成长

38℃
血缘与情感

新的女性散文写作时代正在来临

张莉

《我们在不同的温度沸腾》收录了我们时代的女作家近二十年来写下的优秀散文作品，主要是对女性生活的呈现，对女性精神的理解，可以说是我们时代女性散文的珍贵收获。提到当代女性散文，必须要提到三十多年前的"小女人散文"。上世纪九十年代，"小女人散文"异军突起，女作家们以轻松活泼的笔调书写都市里的日常，深受普通读者的喜爱和批评家的关注。重回历史现场，我们会意识到，这一女性散文现象意味着一种"反抗"，意味着和那些热衷宏大叙事的"学者散文"疏离。我的意思是，即使今天我们可能对"小女人散文"这一命名表示困惑，但也不得不承认，那一代女作家的作品以切实的表达进入了我们的阅读视野，使我们重新思考何为女性散文的魅力。

三十年过去，中国女性散文发生了什么样的变化？在何种意义和何种维度上，我们将之命名为新的女性散文写作？这是编纂这本书的初衷和动力。我希望以选本的方式追踪二十年来中国女性精神的成长轨迹，重新认识我们时代女性散文的价值。

从 2018 年制订出版计划到今天出版，时间已经过去了四年。四年间，我对二十年来的女性散文进行了充分阅读，并一直试图寻找陌生而新鲜的写作者面孔。篇目推翻多次、反复多次，不仅听取编辑的意见，也和年轻的研究生们一起沟通讨论，最终确定了这二十篇。

从林白、周晓枫、冯秋子、梁鸿、塞壬、李娟、毛尖到脱不花，从《即使雪落满舱》《铅笔》《月圆之夜》到《相亲记》，从《外婆遇到爱玛》到《在湖北各地遇见的妇女》《我曾遇到这座城市的青春》，从《苏乎拉传奇》《我跳舞，因为我悲伤》到《吴桂兰》，这本书里收录了不同年龄、不同阶层女作家关于女性生活与女性精神的理解，集中呈现了我们时代丰富多样的女性生活，有一种众声喧哗、杂花生树之美——有的作品关于女性成长，有的作品关于爱情与亲情，有的作品关于远方风景，有的作品关于世间万物、芸芸众生。与之相伴的则是气质卓异的女性叙述之声：有的声音沧桑而沉静，有的声音青春而甜美；有的声音日常而切近，有的声音遥远而空旷；有的声音内敛而朴素；有的声音克制而饱含深情。

而之所以决定启用"我们在不同的温度沸腾"这一题目，主要原因在于这句话能呈现所选作品风格的丰富性，同时，书名对不同沸点的强调也暗示了这里每一位作者、每一部作品风格的独特与鲜明。但无论怎样，这些散文中所呈现的女性形象都在努力摆脱伤感悲情、顾影自怜，摆脱那种躲躲闪闪、期期艾艾；相反，这些女性写作者都在努力变得明朗、果敢、幽默、冷静，独立、有力、宽阔、包容——这本书里的每一篇作品都在努力冲破性别刻板印象。

努力摆脱受害者身份

为阅读方便，我将二十篇散文分为四部分，它们分别对应着秘密与成长，血缘与情感，远游与故乡，生存与希望。当然，这样的分类只是权宜，主题与主题、温度与温度之间并非截然分开。

隐秘成长是女性写作中的重要主题。每个人都有隐秘与伤痛，大部分人选择将之隐藏。它们隐隐地长在记忆深处。不再讲起并不意味着从未发生，我们如何面对那些过往的创痛和羞耻，是以受害者身份"数伤痕"，还是以一种疏离的态度重新审视？

《即使雪落满舱》里，塞壬写下了一个女儿内心巨大的创痛：要怎样面对父亲的牢狱经历？十六岁的女儿，最终要面对的是父亲的不堪，他家暴、出轨、说谎，他行贿、受贿、触犯法律……有一天，女儿看到父亲被押在了囚车上。"太突然了，强烈的悲痛攫住我，我失声痛哭。突然间我意识到，所有的，所有的这一切都不重要了。我的所谓尊严和面子，罪犯的女儿，这些都不重要了。此刻，我唯一需要的，是一个活着的父亲回来。"直视伤痛，直视这样的事实。这位女儿选择读父亲从狱中写来的信，慢慢了解他，也原谅他。

格致的《减法》里，写下的是一个女孩子当年的恐惧和纠结。在火车铁轨旁边，小女孩遇到了一个有裸露癖的男人，他威胁她，而她不知所措；周晓枫的《铅笔》里，讲述的是少女时期所遇到的隐秘的困扰，关于两性关系之间隐藏的权力；《霍乱》里，赵丽兰写下的是家族女人们在历史中的挣扎存活；《个人史》中，连亭写下的则是自我的来历不明——因为逃避计划生育，父母刻意忘记了她真实的出生年月……

这个世界上，每个人生命都会遇到酸葡萄，有的人会因此哭号，而有些人，则试图将酸葡萄酿成琼浆。《铅笔》里，周晓枫带我们看到了女性力量的成长和男人权力的衰弱："岁月会延长。秩序会颠倒。重逢时，我的彭叔叔老了。他的沉默里，有什么东西被剥夺之后的虚弱。"《减法》中，"我"则不再惧怕"他"了："我走上了铁桥，暗淡的星光下，我看见比黑暗更黑的他站在桥的中间。我向他走过去，我从他的身边走过去，他一动不动，靠在栏杆上。我听见桥下河水流淌的声音，水声盖住了我的脚步声。下了桥，水声还一直响在我的身后。接下来的路，我已经不害怕黑乎乎的田野……"

不控诉，不陷入受害者思维，努力从受害者身份中跳出来，以零度或最大的克制来讲述自身的伤痛，是这些散文的共同美学追求。这些作品引领读者直视女性生命中的创伤，既不沉湎也不躲闪，而是选择直面，写出那一切——写出是倾诉，写出也是自省与自我疗愈。努力摆脱那些伤痕所带来的伤害，不被情绪或感伤操控。要在疼痛面前重建一个人的主体性。

女性是社会关系的总和

如何理解爱情，如何理解男女关系，是女性写作中的重要主题。脱不花的《相亲记》关于爱的寻觅。相亲是被动的，也是状况迭出的，这位可爱的女主角，并未把相亲当成亲戚的"迫害"，而是当作经历，从而将自己从这件事情中抽离出来："以失败开始，以失败结束，我的相亲记可谓是'善始善终''始终如一'。不过，沮丧之余，乐趣更多，在这个过程中，我见识到了各色人等，千奇百怪地证明了人类社会的多样性，也因此让我对人性的复杂性和差异性充满敬畏。"《相亲记》写得欢脱、幽默，作家将无趣而令人生厌的相亲故事讲得风生水起，叙述方式让人想到吐槽大会。她当然意识到了在相亲市场里男女已被物化，但也并未大加嘲讽。读《相亲记》，想到波伏瓦在《第二性》里所说："有一天，女人或许可以用她的'强'去爱，而不是用她的'弱'去爱；不是逃避自我，而是找到自我；不是自我舍弃，而是自我肯定。那时，爱情对她和对他将一样，将变成生活的源泉，而不是致命的危险。"是的，爱情并不意味着对一个女性的拯救，爱情或者婚姻只是人生的一部分，并不意味着全部。不恨嫁，也不被身边人的意愿裹挟，《相亲记》里的女性在清醒地做自己。当然，有了爱情的女性，也不会变成"恋爱脑"。《欢情》里，张天翼写的是一位女性对爱的眷恋和享受，那是属于爱本身的美好。

今天，"原生家庭"已成为我们时代的高频词，而讨论原生家庭的时候，很多人也会提到原生家庭所带来的伤害，但原生家庭所给予我们的，远比我们所感受到的更为深刻和深远。《洛阳 南京》是杨本芬《秋园》中的第一章，年近古稀的老人以朴素的笔触勾勒母亲秋园的人生。那是百年来普通女性命运的缩影："秋园在私塾读了一年，学了点'女儿经，仔细听，早早起，出闺门，烧菜汤，敬双亲'之类，便被梁先生送了去洋学堂。梁先生是个跟得上形势的人。现如今都流行上洋学堂，也不兴裹脚了。秋园裹了一半的脚被放开，那双解放脚以后就跟了她一辈子。"我们看到她在婚姻选择中的被动性："秋园躲在红绸布后面，对外面的热闹心不在焉，只是迫不及待想看看自己的丈夫到底是怎样一个人，便偷偷地掀起盖头来。新郎一副文官打扮：头戴礼帽，脚蹬圆口皮鞋，胸前戴朵大红花，国字脸白白净净，面相诚笃忠厚。此时此刻，秋园才算放了心。"作为女儿的杨本芬，以节制的笔墨写下秋园跌宕起伏的人生，也写下她从原生家庭中所获取的力量。

《外婆遇到爱玛》中，毛尖设想了自己的外婆与《包法利夫人》女主人公爱玛相遇的场景："赖昂这种人，外婆不用见面，就能把他判断个底朝天。爱玛呢，即便心里很不以为然，即便很反感外婆这么说，也会让外婆说得心花委顿。甚至，我相信，凭着外婆坚定的意志，如若不让爱玛意识到婚外恋可耻，她自己都会觉得没有尽到做人的责任。"市民气的外婆让人了解，爱情小说还有另一种读法。

当年迈的杨本芬写下自己母亲的故事，当毛尖写下外婆对包法利夫人的看法，当草白写下远去的祖母的故事，当孙莳麦写下父亲离去时的疼痛……这些亲人早已化作了我们生命中的滋养。这让人想到，女性不是孤立的，而是生活在社会关系中的。重要的是写作者的社会性别意识，要将女人和女性放置于社会关系中去观照和理解，而非抽离和提纯。真正的女性意识，是在日常生活中发现隐秘的性别秩序，但又不被性别权力塑造。当我们被塑造时，每个人、每个女人都有力量且有可能完成"反塑造"。

敞开自我，去往陌生之地

七十多年前，伍尔夫在《一个人的房间》里畅想过女性写作的未来。在她的想象里，如果我们把目光从起居室移开，如果我们理解人不仅仅只从男女关系中理解，如果我们不仅注视人与人的关系，还关注人与大自然、人与现实的关系，那么有一天，"莎士比亚的妹妹"就会到来。这样的理解方式给人带来启发。远方对于任何一位写作者都是重要的，对于今天的女性散文写作尤其如此。远方意味着对远方之人、陌生之地的寻觅，意味着从熟悉之地移开，去寻找陌生的经验。那正是打开自我、重建自我的重要路径。

《我曾遇到这座城市的青春》中，绿妖写下了她离开故乡来到北京的经历。在北京，阅读、写作、饭局、唱歌，她找到了自己的朋友群落，也找到了安身之所。远在阿勒泰的李娟偶然遇到了苏乎拉。苏乎拉有许多让人费解的地方，也有许多可爱之处。李娟以清新欢快之笔写下了一位新疆姑娘的传奇。而林白，生命中的重要时刻则是从北京来到湖北，"一路上风雨兼程。心中只觉得山河浩荡，且波澜壮阔"。看到那些普通妇女，和她们聊天，从此，听到另一种市声、人声和嘈杂之声，开始创作另一种风格的代表作：《妇女闲聊录》《北去来辞》《北流》。

在异国遇到海啸的经历，使张悦然重新思考写作之于自我的关系："第一次，生出一种写作的责任心。在此之前，是没有的，从未想过用写作去影响或者改变别人。认为责任感之于写作，是虚妄的。可是此刻，我被一种责任感紧紧地抓住。它让你看到，自己与世界之间有那么醇厚的联系，不可放弃。也无法放弃，没有这样的权利，你不属于自己，而是和月亮、潮汐一样，属于自然界，或是更遥远和不可知的能量。责任心，是在旷阔的空间里，找到了你自己。必须这样做，做下去，因为别无选择。生活的责任心，写作的责任心，都是如此。"

当然，去往陌生之地还包括对另一个未知领域的探索。一如冯秋子在《我跳舞，因为我悲伤》里所写，是现代舞唤醒了她："我感到美好，就走进去跳了，跳得有些忘我，不小心摔倒了。摔倒了也是我的节奏和动作，我没有停下，身体在本能的自救运动中重新站立起来，接着跳。那个晚上，在整个舞动过程里有一种和缓而富有弹力的韧性，连接着我的自由。这是没有规范过的伸展，我的内在力气一点一点地贯注到里面，三十多年的力气，几个年代的苍茫律动，从出生时的单声咏诵、哭号，成长中心里心外的倒行逆施、惊恐难耐，到今天，悲苦无形地深藏在土地里，人在上面无日无夜地劳动……此时此刻，我在有我和无我之间，没有美丑，没有自信与否，只有投入的美丽。我一直跳，在一个时间突然停顿下来，因为我的心脏快找不着了。"

忘我舞蹈的女人多么让人着迷！那是属于她的生命沸点，就连作为读者和观众的我们也被卷进了她的舞蹈风暴里。这便是远方的意义、陌生经验的意义、自我敞开的意义——做自己，成为真正的自己多么重要；遇到熟悉陌生而又深有能量的自己，多么美妙。

纯粹与丰富的女性友谊

近年来，关于女性情谊的作品持续被翻译引进，成为一种阅读景观，比如埃莱娜·费兰特的"那不勒斯四部曲"，角田光代的《对岸的她》，波伏瓦的《形影不离》，它们一起构成了有关女性友谊的世界文学地图。《我们在不同的温度沸腾》中，也有着关于何为我们这个时代的女性友谊，何为女性共同体的认知。

经由生育经验，叶浅韵在《生生之门》里写下女人们共通的悲欢："医生说我的宫口已经开全，要上产床的时候，我已经精疲力竭了。我的羞耻，我的尊严，在白大褂面前，还不及一张草纸。医生说，用力，用力。我拼尽了全身的力气。……医生说，你可以大声地哭或是喊，可是我没有一点哭喊的力气了。她还说，你不要害羞，听我的，来，用力，再用些力。"但是，一切的疼痛又因为孩子的到来而慢慢消散。"陪伴一个孩子长大的过程是艰辛的，有趣的，当看着他少年英姿，阳光清朗地向我奔来时，我忘记一切疲惫和劳累。我的记忆里选择性地保留了他成长的一切快乐时光，并在适当的时候与他分享。""仿佛因他而经历的所有苦和疼都有了最幸福的注脚。……逝去的苦与甜，都变成了一种精神长相，悲悲欢欢地撒在前行的路上。"切身感受到生育的疼痛，也切身感受到生育的甜蜜。这位女性逐渐变得冷静，冷静看生育所带来的恐惧和喜欢。"作为女人，生育是一生中的重大课题。翻开我所能看见的几代人的生育史，就是一部血泪史，只有女人才深知其中的痛苦。于我，更多的是一种幸运，但太多的不幸不会因为我没有经历，它就不存在。……何去何从的生命，该在哪里觉醒，又在哪里顿悟？这也许是女人们值得花一生时间来思索的大命题。"

曾经是女工的诗人郑小琼，在《女工记》中辨认每一个与自己相关的"她"，她试图使"她"成为"她"，她努力叫出每一个女工的名字，而不以地名或者工种指代，"每个人的名字都意味着她的尊严"："我觉得自己要从人群中把这些女工掏出来，把她们变成一个个具体的人，她们是一个女儿、母亲、妻子……她们的柴米油盐、喜乐哀伤、悲欢离合……她们是独立的个体，有着一个个具体的名字，来自哪里，做些什么，从人群中找出她们或者自己，让她们返回个体独立的世界中。"《吴桂兰》中，梁鸿写下的是一个六十四岁女人的生活，一方面她是跳舞的"网红"，另一方面，这个女人也被人孤立。但即使是在被孤立中，吴桂兰也在反抗："她眼神中的渴望，她所弄出来的巨大声响，她三十年如一日地在吴镇大街上跳舞，似乎在反抗，也似乎在召唤。她兀自舞着，显示出自己的力量，也释放着善意和无望的呐喊。"在这里，梁鸿以凝视和聚焦的方式，传达了对于吴桂兰的关注与关切，也是在那一刻，她让自己和更"低微"的女性站在了一起。无论《女工记》还是《吴桂兰》，作家都绝不把她们视作"他者"，我以为，这是深切的"女性友谊"的表达。

行超的《回头的路》中，写下的是农村女性的真挚友情。奶奶临死之前捎话让宏明妈去看她，而在她死后，宏明妈则赶来送别。老人在奶奶灵前沉默地叠着元宝："她们那样牵挂对方，也许就是对另一个自己的惦念。如同一生中的所有时刻那样，她们如此柔软又如此坚强，奶奶临走前缝好的最后一件小棉袄、宏明妈仍在不断折叠着的纸元宝，正是她们所能想到的、几乎是唯一的爱的方式。在那些被寂静与枯燥覆盖的日子里，作为被规训的农村妇女，她们从不认为自己有多大本事，唯有缄默无言地持续付出。到最后，如果真的什么都不能改变，那么就去忍耐、去承受，正如她们一直所做的那样。"这样的讲述让人落泪，它以诚挚的笔触照亮了农村女性生活幽微隐蔽的一面，也还原了两位女性之间的一世情谊。

想到《闺蜜：女性情谊的历史》，也想到大众媒体对"女性群体"和"姐妹花"的污名化称呼。一如书中所说，当公众媒体讲述那些为男人争风吃醋的女性争斗时，是在延续并加深传统对于女性友谊的刻板想象，是在贬低女性友谊的价值。而无论是在现实生活中还是文学作品中，女性友谊都比常人想象的要深厚与宽广。

这里所写下的每一位女性，都是作为主体出现的人，而不是沉默讷言的被启蒙者。看到她们，认出她们，写下她们，写下她们之间纯粹而真挚的情谊，是这些散文的共同特质，也是今天女性散文的重要美学向度。无论是《回头的路》《生生之门》，还是《女工记》《吴桂兰》，其中所表达的，都不是在男女关系的框架里去理解的情感。在这里，女人的世界里固然有男女、家庭，但也有友谊、社会、大自然。在这里，有儿女情长，也有山高水阔。

重构女性散文美学传统

《中国新文学大系·散文二集》的序言里，郁达夫收录了冰心的散文，也写下了最早的关于冰心散文的评价："冰心女士散文的清丽，文字的典雅，思想的纯洁，在中国好算是独一无二的作家了。"清丽、典雅、纯洁、柔情、意在言外，《中国新文学大系》中对冰心散文的评价早已成为经典，某种意义上，它构建了女性散文写作的判断尺度。亲切、家常、充满温柔与爱意的冰心散文也由此成为现代女性散文的典范。其后，萧红的《商市街》和张爱玲的《更衣记》《中国的日夜》则开启了或日常或随笔的女性散文写作风格，这几乎成为现代女性散文的主要样态，即使是上世纪九十年代以来受到欢迎的三毛及龙应台散文，其风格也大约与此相类。这是百年来中国女性散文写作的基本样态。

一旦一种写作风格成为范式，便意味着风格的固化。上世纪九十年代以来，尤其是近二十年来，更多的女性散文作品已经开始打破或颠覆固有的散文写作样式。这也是我提出新女性写作的动力所在。在2020年《十月》的"新女性写作"专辑的寄语里，我强调了"新女性写作"指的是"新的""女性写作"——新女性写作强调写作的日常性、艺术性和先锋气质，而远离表演性、控诉式以及受害者思维；新女性写作看重女性及性别问题的复杂性，它应该对两性关系、男人与女人以及性别意识有深刻认知。我以为，真正的女性写作是丰富的、丰饶的，而非单一与单调的，它有如四通八达的神经，既连接女人与男人、女人与女人的关系，也连接人与现实、人与大自然。

《我们在不同的温度沸腾》里的作品呼应了我对新女性写作的理解，这些作品使我认识到，独属于我们时代的新的女性散文美学正在生成。首先，新的女性散文美学指的是固有的女性散文写作风格和样态正在被打破。随笔体及心情文字只是女性散文写作的一种形式，这些作品散见于公众号里，拥有大量普通读者。另一方面，当代散文作家们也在尝试将更多的表现形式引入散文写作中，比如内心独白、纪实、戏剧化、蒙太奇手法等。

尤其要提到当代女性散文写作的两种趋向：一种趋向指的是对内心隐秘持续开掘的"内窥镜式"书写方式；另一种趋向则指的是来自边地或边疆视野的表达。无论哪一种趋向，这些作品都是和更广大的女性在一起，感同身受，以独具女性气质的方式言说我们的命运。事实上，正是在这种深具探索精神的写作中，我们看到了那些不容易看到的女性生存，听到了那些不容易听到的女性之声，它对固有的女性散文写作风格构成了强力颠覆。

当然，还要提到写作者构成的多样性，在这个选本里，一些作家是久已成名的散文作家，另一些作家则只是文坛新手或素人。她们中很多人只是刚刚拿起笔，这里所收录的作品甚至还只是她们的唯一作品，但是，也已足够惊艳，我希望用选本的方式使更多读者认识她们。新的媒介方式给了女性更为广阔的写作舞台，为什么不写下去？当越来越多的女性拿起笔，当越来越多的普通女性写下她们的日常所见和所得，那是真正的女性写作之光，那是真正的女性散文写作的崛起。

重读这些作品是在北京的初夏，疫情时期的居家办公期间。欢笑有时，落泪有时，静默有时。这些作品不断提醒我，新的女性散文写作的时代已经来临。重读也使我确信，总有一天，这些新作家和新作品将构成当代女性散文写作的重要标志，不仅因为其中闪现的女性气质，更因为其中所包含的散文写作的更多可能性。

哪怕这些作品不如我们想象中的"委婉"或"悦耳"，哪怕这些作品暂时还没有被更多的人听到或接受，它们都依然是美的，是有力量的，是在我们情感深处能够引起回声的。

2022 年 6 月 5 日，枫蓝

0°C

—

秘密与成长

0℃，标准大气压下，冰与水在这里碰撞，万物在这里保持新鲜，生命和秘密从此刻开始坚韧生长。

即使雪落满舱

塞壬

　　那天，我跟父亲驱车两百多公里去乡村祭拜一位亡故的老者。天空飘着细雪，如萤乱舞。我们把车停在村口的小广场边，一路走进村庄。父亲的头发、肩头沾着雪粒，他垮着脸，表情凝重。他头一天意外得知死者已于半月前就过世的消息，所以我们来晚了，没有赶上葬礼（后来知道并没有葬礼）。我们来到一户破旧、低矮的红砖房前，房前墙根堆着两垒黑瓦，底下一层有干枯的苔印，仿佛长在那里很多年。屋旁的旱厕墙垛倒塌了，像是被长年累月的风雨侵蚀塌的。左侧的菜地撂荒已久，枯死的杂草，扔满乱石，几个空塑料袋嵌在杂草间被风灌满。冷风贴地吹过，挟裹着寒气，我环顾着村庄周遭林立的青砖小楼，墙体随处可见的电商广告，听到不远处传来一阵阵摩托车呜呜的鸣叫，几个稚童在小超市前追逐嬉闹。这村庄远在郊外，正值初雪，乡村的寂寥笼在一层厚重的灰色阴郁里，仿佛在酝酿一场更大的雪。而这间屋子俨然死去很久了，就像一座旧坟墓。完全没有人居住过的痕迹与气息。屋子的木门中间横着一把生锈的搭锁，父亲用手叩了叩搭锁，又把头探向门缝里，我也凑近伸长脖子往里看，一片漆黑，阒寂无声。一时间，我和父亲陷入了一种不可名状的无措里。我们在屋门口转着圈，看上去荒诞极了。

死者七十岁，名叫李运强，三十年前因参与抢劫杀人案被判了死缓。五年前获释，一个人回到乡下老家，半个月前脑出血突发身亡。他跟我父亲有过五个月的铁窗之情。在这五年里，父亲偶尔会独自一人看望他，现在距上一次他来到这里不足半年时间。我知道，死者的妻儿自从他入狱那天起就跟他断了关系，他们从未探监，直到死的时候都没有现身。听说尸体火化的钱是同族的几家分摊的，骨灰还摆在家里，至今没有下葬。

父亲突然剧烈地咳嗽起来，他躬下身去，身体在颤抖。我赶紧去搀他，他倔强地挣脱了我的手，一下站直了身子，然后说了句，我们回家吧。雪下得大了，他在前面越走越快，带着愤怒与悲伤，带着对荒凉人生的巨大虚无，他把渐行渐远的背影留给了我。我站在他身后，百感交集。祭拜未果，但此行本身也算是尽到了心意，我们原本可以拜访一下他邻近的族人，但父亲放弃了。他就这么粗暴地、自顾自地走了。他难过得说不出一句话。

我是惯于看着他的背影，站在他身后的那个人。作为父亲为数不多的朋友，这个人死了，没有亲人到场，骨灰没法入土。落得这样的下场，人们通常会说，这是杀人犯该有的报应。但这是一个可怕的报应。这个报应要比坐牢更可怕。从死缓到无期，从无期到有期二十五年，最终，"死刑"还是没有放过他。

……

那他岂不是万念俱灰地活过了这三十年？我忍不住问父亲。

不。在接受死缓的那一天，他就朝着生的方向做最大的努力，所以他的每一天，是怀着希望和光亮的。只是，这人世间太寒冷了，没有给他一丝机会。

两天之后，父亲轻度中风，一时下不了床。他几乎不说话。陪他从医院回来，父亲已康复得差不多了。我半个月的年假所剩无几，即将返回广东，他突然叫住我，我见他脸上有未干的泪迹，他微微地想掩饰一下尴尬，然而却又用一种罕见的郑重语气说，红，谢谢你，辛苦你了。

一时间，我意识到，父亲的这声谢并不是指这几天没日没夜的医院陪护，而是他内心深处对这三十年来一切的一切，最终凝结成一个"谢"字。我怔住了，我知道这个字的分量。我们都有情感上的表达障碍，有些话从来都羞于出口，它太烫了，以至于会把我们稍稍地弹开。父亲一定知道它在我心里引起的风暴。我流下眼泪。

我给了父亲那样的机会。温暖与光。还有重生。

一

我时常在梦里听到一双钉了铁掌的靴子发出"噔噔噔"的声音，那声音由远及近，它伴着恐惧、压迫，一声逼近一声，最后踩进我的额头，踏破梦境。睁眼，手死死地握成拳头，心跳急促，而梦境清晰依旧，在它刚刚消逝的瞬间，留下一串渐次减弱的震颤使我眩晕。等到灵台清明，我还是要花很长一段时间费力地去绕开它，为的是遏止恶劣的情绪漫灌。无法诉说，没有人能从精神的内部来慰藉我，漫长压抑的童年，寂郁的少女时代，最终，我在阅读中找到了消解。我似乎很早就意识到，人可以依赖冥想活着，构建一个属于自己的世界，然后整个儿地缩在里面。我希望它能够阻挡门外热水瓶摔在地上炸碎的声音，暴烈的父亲，他的怒吼，母亲瑟缩着啜泣，年幼的弟弟，他扯着喉咙发出尖利的哭号……全部，把它们挡在我的世界之外。在那样的年纪，我是如何练就了一副冷心肠的？一个人的自尊在长期对抗自我的脆弱时，内心就会结出一种类似盔甲的硬壳，看上去冷酷，麻木，不顾他人死活。这是我青春的叛逆。很多年之后，我再看那个时期的照片，很多张，我，撇着嘴角，空漠的眼从来不看镜头，鼻孔发出轻蔑的一哼，脸，厌倦着一切。我曾尝试用文字去面对它，或者说去面对尘封在内心角落的那个自己，可我疑心，一旦付诸文字，最后呈现出来的是另一个模样。很本能地，文字会朝着情绪化、自我辩解、自我粉饰的方向。篡改，无非遮蔽的另一种形式。然而，很长时间以来，我竟至发觉，即使是遮蔽，那也是真实的一部分。包括，即使我虚构的是另一个自己，那也是我心里希望的样子。

那双钉了铁掌的靴子是我父亲的，那是一双长筒牛皮靴。它的材质有天然的光泽与质感，锃亮、漆黑、沉默。摆放在那里，竟有轩昂的不凡气度，类似于某种男人的品格：伟岸的将军，不朽的战神，抑或心怀天下的英雄豪杰。那个时候，父亲跟那一代的年轻人一样，喜欢一个日本电影明星，他叫高仓健。那一代人喜欢他，皆因那部叫《追捕》的电影。我想，父亲在穿上那双长筒靴的时候一定是有了杜丘的代入感，他时常穿着它，铁掌发出的声音让他萌生了凌驾他人的意志。父亲是一个身材矮小的人，刚及一米六。矮，是他终生的忌讳，逆鳞，不让人碰。自卑与狂妄，不加掩饰。我相信父亲是一个痛苦的人。他仅穿三十七码的鞋子，然而那靴子最小却只有三十九码，明显大了，前面空出一截。在上世纪八十年代中期，一双一百多块钱的靴子，父亲眼睛都不眨地买下了。他把长裤扎进长筒靴，那靴子竟没过了他的膝头，快要到达大腿的部位，远远看着，他的下半身仿佛是从靴子开始的，看上去丑陋而怪异。父亲趾高气扬地穿上它就脱不下来了。那么多的日子，伴着他说着凶狠的话，变形的脸，目眦欲裂，他愤怒地在屋子里来来回回地踱着步子，铁掌踏在水泥地上发出的声音，那声音，于我，真像是一场噩梦——他打了母亲。我用双手捂住弟弟的眼睛，缩成一团。

我最后看到那双靴子是很多年后的事情，它被扔在废弃的阁楼里，跟一堆缺腿的桌椅、旧自行车、不再使用的缸和有裂纹的陶罐们待在一起。那靴子的脚脖子扭得面目全非，像两只畸形的老树根。左边的一只，鞋尖处斜昂着头，没法着地，右边的那只，右侧严重磨损，脚背处折痕太深，快要断了。它们都无法站立，铁掌已锈。这是一双备受摧残的靴子，它承载着父亲太多的乖张、暴戾和喜怒无常。我所能忆起的有关这双靴子的那些岁月，父亲折磨着我们所有人。

这双靴子仿佛为我找到了一种述叙的调门。写作十五年，关于父亲，这个离我生命最近的人，我却迟迟落不下一个字。起先缘于家丑不可外扬，讳莫如深。毕竟父亲有牢狱的经历。而后，我却又始终没有准备好去面对那个时候的父亲和我自己。一想到，或者一梦到，我都是极力去绕开，拼命往里缩。长期以来，我以为这个往里缩的空间还很大。然而，三十年过去了，人世沧桑，几遭起起落落，一生飘零异乡，最终也只落得浮生寄流年，虚掷了光阴。一切外在的、俗世的荣辱和毁誉，于我，皆已是风中之物。而今，我之所以去写它，除了一种佛性的释然之外，我还认为，不论是父亲还是我，在面对他入狱这个事件时，皆不能以一个丑（即耻辱）字去定义。相反，四十岁的父亲和十六岁的我，在那个事件中认识了彼此，我们重新建立了一种人间最宝贵的关系：父女。我最终没有抛弃父亲，我向他伸出了手，并抓紧了他。那件事不再是我们人生的污点和耻辱，而是一次重生的艰辛历程。我想起杜拉斯的《情人》，她写这部小说时已进入生命的暮年，而这个她在十六岁就遇到的男人，是她终生难忘的情人，她为什么要挨到古稀之年才去写这个让她终生难忘的人？之前，我对此很疑惑，而现在懂了。她应该找到了一种合适的表达，赋予这个故事在她的生命中无可取代的光与不朽，要做到这一点，需要时空的距离，需要那种历尽世事沧桑之后仿佛又回到原点，重新对过往的打量，以及日日积累的情绪等待临界喷涌而出的那一刻。现在，这双靴子，这个破败而又衰老的实物，我在心里攥着它，眼前浮现出父亲中风初愈时的那张歪斜的脸，那张写满现世已然走到尽头的哀绝的脸。惶惶然，竟莫名想到大限二字，一阵心惊过后，泪腺犹如受了暴击一般，滂沱不止。

二

父亲是幼子，备受祖母溺爱。我们家世代务农，每一个人都是要下地耕种的，然而父亲吸血式读书，竟自读到高中，直到那个运动席卷全国时，他才辍了学。他只得背着一个网兜从城里回来，那兜里只装了一个铝饭盒、一个磕了瓷的搪瓷茶缸、一双旧解放鞋和几件换洗衣服。人皆纳罕：这个读书人从学堂回来，竟没有带回一本书。这到底是读了个什么书啊。父亲只是笑了笑。祖母满心欢喜：这小儿子算盘（珠算）打得好，十里八乡的人都赞，还能写一手漂亮的毛笔字，为他下的血本总算不亏。那个年代，在我们那里，看一个人是不是有文化，第一宗就看算盘打得怎么样；第二宗就是要看这毛笔字了。有这两样，你就有可能摆脱耕种的命运，去生产队当会计、当记工员，最不济，也能去民办小学做个教书先生。他小小身板，没有吃过一天苦，喜欢仰着脸说大话，性格偏激好斗，然而为人却大方爽快，村子里有人家穷急需要钱，父亲只要有，定会倾囊相赠，也不计较人家会不会还。有天资不错的孩子，他从来不吝赐教，竭力劝说其家长一定要舍得下本钱让他读书。他性子好动，笑得很大声，一副天底下没有什么事能难倒他的屌样子。父亲所学，远远不止这两宗。他能写文章，文采不凡，擅于复杂的数学演算，记忆力惊人。他还有一副迷人的男中音嗓子，能把《草原之夜》这首歌唱得深沉低回，孤独苍凉。

就这么个小小的人，进了生产队当起小会计。指尖的算盘珠子扒得飞快，如同他迅速爬升的命运。第二年年末，他因在公社的会议上有了一次惊艳的表现而受到领导的关注。我的父亲，十九岁，从容不迫、胸有成竹地报出生产队两年来粮食、蔬菜、牲畜、工时、人力的所有数据、百分比，上升、下跌原因分析，还补充了个人的相关建议。那种自信，那种踌躇满志，那种令台下鸦雀无声的个人秀，父亲，在命运最初的高光时刻，一个牛犊子，尽管青涩，但终归也还是可爱的。紧接着，父亲就进了大队部当会计，做八个生产队的账。他彻底地摆脱了耕种的命运，成了吃公家饭的人。一路顺风顺水，随后又做了大队队长，村支书，最后，他做到了乡镇建筑公司的总经理。二十年间，他从那个青涩的少年变成了一个傲慢、自负、冷酷而又喜怒无常的人。从我记事起，父亲就像一个陌生人，这个陌生包括：他对我突如其来的热情。比如，周末他让单位司机去学校接我回家，引起同学围观；再比如，他时常塞给我厚厚的一沓钱，扔下一句"拿着"，就没有了别的言语。我跟父亲几乎没有交流。但我知道，他在关注我。他从来没有漏过关于我的所有重要日子——生日、升学考试、毕业典礼，他知道我在学校的所有荣誉，并与班主任有频繁接触。在一次家长会上，父亲竟然给我所有的任课老师都准备了礼物，会后，还高调地请老师去酒店吃饭、唱K。这些都令我反感，觉得他行事粗鄙，像一个小丑，让我蒙羞。在我的视线外，我能隐约感受到有父亲的身影。父亲对我的重视，我后面还会专门讲到一件事。

可是，我却能从外面的言论中听到父亲。那是一种看见我走来就会戛然而止的声音。残酷的是，我一字不落地听见了，像是被风吹落到地上的声音，人皆散尽，就等着我来捡起。那些话里有诅咒、嘲讽，更多的是看客的泄愤和谩骂。在他们嘴里，我父亲是一个不得好死的人，迟早要遭到报应，只是时候未到。我很小就是一个心事重重的人了。我听到了很多关于父亲的可怕的事：

"建筑工地上有人从脚手架上掉下来摔死了，赔家属五千块钱私了。

"所有的建筑项目从来没有招标，那个人垄断了。钢铁厂新区所有的厂房、围墙，包括公路，他想给谁做就给谁做。

"听说他是乡镇领导一把手的钱袋子。

"前几年新盖的教学楼，墙体都裂开了，垮了一边，至今没人管。连建学校都搞豆腐渣……

"跟黑道的人搞在一起。听说打伤了外乡一个建筑队的头头，至今人还躺在医院。"

然而有一宗八卦应该是真的。父亲在担任村支书的时候，有一次接待市领导，那是父亲第一次接待市级的领导，所以他特地挑了一套灰格子西装，梳了一个锃亮的大背头，意气风发地带着村干部一行人候在村委会门口。一辆黑色的轿车开过来，从里面下来四个人，一个领导模样的人环顾了一下人群，然后他向父亲身边的书记员伸出了双手。那书记员戴着黑框眼镜，身穿中山装，背着手，身型挺拔，气质沉稳。人们这么形容我的父亲：他看上去像一个小痞子。

只有我知道，这种事对我父亲的伤害是致命的。我甚至能想象得到，当时他那张变形的脸。我认为，他后来的种种狂妄、嚣张，都有一种表演的成分。那种扭曲激发出的恶，往往是毁灭性的。

我后来翻看了父亲案件的所有卷宗，那些触目惊心、恐怖而又不可思议的事情远不是这些风言风语比得了的。然而那个时候，人们对我的态度非常微妙。直到父亲入狱，那种人情冷暖的露骨表现让我在一夜之间长大。无论我在外面听到了什么，我从来都没有向父亲求证过。我对父亲的无视、鄙薄皆与这些毫无关系。

我恨这个矮个子男人是因为他醉酒之后打我的母亲。直到我慢慢长大，敢用自己的身体去挡，父亲的拳脚落到我身上时，他就会倏地缩回去。我护住母亲，怒目圆睁。与父亲凶狠地对视几秒后，他就委顿下去。

一家人坐在一张桌子上吃饭的日子很少，即使一年中有那么几回，我和弟弟端了饭碗回各自的房间。母亲一个人默默地陪着他，给他添饭，起先他们小声地争吵，继而父亲摔碗、摔椅子，最终他会摔门而去。父亲在家，总有一种奇怪的氛围笼罩着我们，他像一股特别刺耳的岔音，让我们不自在，有令人窒息的压抑感。他在家从来不笑，他的脸有一股暴戾的力量，不知道什么时候发作。有时我们娘儿仨有说有笑的时候，父亲突然推门而入，空气在那一瞬间仿佛凝固了一般，我和弟弟心照不宣，一言不发，小心翼翼地各自散去。我们从来都没有喊过他"爸"。"爸"这个字太奇怪了，它需要一个人无条件承认对另一个人有一种先天的情感，我时常盯着这个字看，直盯得它被无限放大，大至虚无，最后陌生得我不认识了。

上初中起我就住校了，那种逃亡窃喜的心理仿佛是一大片干净明媚的阳光照进来，照亮内心那些已经生病的角角落落。那个家太阴暗了，可怜的母亲，她像一个智者，她深信会有一个崭新的父亲回归。而我在那么长的时间里，认为母亲愚不可及。我读不懂她的爱与慈悲，多年后读到张爱玲的那句话：因为懂得，所以慈悲。瞬间脑海中，母亲这个人一下子对应对位。

父亲经常一个人坐在客厅的沙发上直到深夜。电视的蓝光映在他的脸上。门缝里，我偷偷地看着，他是一个怎样的人？我有时问自己，忽然就觉得面对这个问题有一种巨大的障碍，像一个黑洞，无从下手，他从来都没有在我和弟弟面前表现出温情，更多的是不满和暴躁，即使我们在学校有不错的表现，他只是不屑：跟我那会儿比，你们都差远了。很多年前，他的床头曾经有《静静的顿河》《悲惨世界》这样的小说，而现在则是金庸的《倚天屠龙记》。有一点，我是可以肯定的，父亲他懂得人性的美好，这世间的善与真，他都懂。只是他好像关闭了。

母亲的态度耐人寻味。对我父亲这个人，她从来没有一句恶语。她微笑着，仿佛掌握着绝对的真理，她似乎在等待着什么。即使是在父亲四面楚歌的日子，那些汹涌地唱衰他迟早要出大事的日子。父亲被带走的那一天，她像一个先知那样说道，这个时候被抓起来是最好的了，再晚些就反而不妙了。

跟所有人一样，我们都认为父亲被抓是迟早的事。

那个时候，小城突然刮起了跳舞风，城里、乡镇都开了许多家舞厅，一到晚上，整条街霓虹闪烁，迪斯科的舞曲响起。父亲彻夜不归，在舞厅包场子打牌赌钱，听人说，父亲在外面有了女人。我直接的反应是，这绝对是真的。虽然我跟他没有真正的交流，但我了解父亲。一涉及他的相关信息，我就能瞬间判断它的真伪，我深信，父亲太需要情人这东西来坐实他作为当地一个人物所该有的那种身份。那女人，堂姐指给我看了，是乡政府旁边庆丰餐馆的老板娘，一笑就花枝乱颤的那种女人，她有丰满的臀部和滑泽的胖膀子。我原本没想去招惹她。

弟弟突然发了高烧，我只得在深夜去舞厅寻父亲，让他派车把弟弟送进医院。穿过震耳欲聋的舞池，我被一个认识的小哥领着，径直来到那间包厢。踹开门，怒气冲冲地出现在父亲面前。烟雾缭绕的空间，灯光昏暗，几个人在炸金花，桌面下注的大额纸钞扔得狼藉一片。那女人蛇样攀缠在父亲身上。父亲抬头惊愕地看着我。

回家。我只扔出两个字，语气没有商量的余地。

这谁啊？那女人口吐烟圈。

我，我家姑娘。父亲显得有点惊慌失措。

啊哟，你是红吧。女人的脸微微一变，立马从我父亲身上站起来，上下打量我。

黄江，你给我马上回家。我直呼父亲名讳。

那女人拉扯我，说道，红啊，什么事这么急，你爸这不忙着吗？

一个响亮的耳光打在她的脸上。我龇着牙狠狠说出：你给我滚。

父亲一下子怔住了。众人见情况不妙，把牌一推。父亲站起身突然大笑起来，他说了一句：果真虎父无犬女啊，不错。然后他把那女人扒拉到一边就往外走。

从那以后，父亲就跟这女人断了。我相信理由只有一个，他已经感受到快要失去我了。从那以后，父亲甚至一度罕见地对我赔着笑脸，我知道，在他心里我很重要。

三

我之前从来没有设想过父亲真入狱了我会作何反应。

那个时候我在市里读高中，住校。有一天傍晚，一个同学带话，说总机有我一个电话。是我母亲打来的，她说你父亲被破门而入的警察铐走了。母亲的声音很镇定，她只是告诉我这个消息，别的什么都没有说。放下电话，我真正感受到五雷轰顶，双脚灌铅。我的全部，整个的肉身，意志，我这个人的物理存在，全都化为一片虚无。生命仿佛停顿了一下。我才真正感受到，父亲是一直融入我生命的那个人。他突然被生生拆走，我就裂开了。本是意料中的事，可当它真正降临的时候，依然是一个晴天霹雳。

原来恨，它倾注的也是一种热情，它炽烈的程度远在爱之上。或者说，它们本来就是同一种情感的两个面。

没有请假，我径自坐车回家。一路上，我回想父亲的过往，林林总总。恨意又占据我全部的身心：他活该。见到母亲之后，我大吃一惊，才几个小时的工夫，母亲憔悴得厉害，脸寡白，唇青紫，看见我，她有一点发抖。我赶紧上前扶住她。弟弟蜷缩在她的身边，像一只受到惊吓的小羊羔。我们娘儿仨拥成一团。这就是一个家没有父亲的样子，这就是一个家就要垮掉的样子。我第一次感觉到，父亲这么重要。现在，他生死未卜，失联，与我们隔着一个未知的世界。恐惧，像一口悬着的深井，我时刻害怕有一个小小的石子扔进来打破死寂而荡起狂澜。

我和母亲一夜未睡。稍稍平复之后，母亲告诉我，前几年一个算命先生跟她说，你父亲需要历一次劫，脱胎换骨之后，他会重新回来的。我的母亲，除了自己的名字，她大字不识。在她的世界里，总有一种奇妙的说法去阐释自己的命运，而最终获得心理的圆满。此时，类似这样的话无疑是一种暗示，我愿意顺着这个意思去相信它。相信一个算命先生。长久的沉默之后，母亲又说，他只有九十几斤，这小身板可要受点罪了，他得多害怕啊。我心里一紧，连忙攥住她的手。我跟母亲说，如果父亲坐牢了，我们就等，等他回来。母亲嗯了一声，把头靠在我肩上。

那个一直害怕说出口的两个字——坐牢，就这样被我轻易说出了。十六岁，我第一次感受到母亲与幼弟对我的依赖，那么重，那么悲凉。我必须先说出它。我不能被击垮。

仿佛一下子云开雾散。最坏的结果都预料到了，我们稍稍不那么害怕。然而除了接受父亲要坐牢这个结果，我需要面对的是一个更可怕的事实：我是一个罪犯的女儿。像一千根钢针扎到身上，一万只蚂蚁啃咬骨肉。那些看我的目光，那些背着我的窃窃私语。想遁地，想隐身，可是这个世界太亮了，我像被剥光了衣服暴露于众人的视野之下，无处躲藏。那些坊间的谣言和议论在耳边嘈杂一片，嗡嗡作响，怎么也甩不掉，甚至会追进梦中。他们的笑声刺进我心里：

"他被带走的时候，吓得两腿瘫软，尿裤子了。拖着走的。哈哈。

"民警在他家院子里挖出来好几十万元。

"听说在看守所被吊起来打，跪在地上磕头求饶。

"至少判五年。"

可怕的是，相比我的尊严和高傲，父亲的处境和命运竟然不是最大的困扰。相比接受"父亲坐牢"和"我是一个罪犯的女儿"这两个事实，后者更让我难以忍受。那些被照见的陌生的自我，那些黑暗的真实面目，此刻都突显出它本来的样子。我不知道要如何穿越这内心的地狱而抵达澄明，无人可以诉说。

没有一个亲戚来家里安慰。这本是意料中的。我并非那种小小年纪就有了一副看透世态的老成模样。三天过去了，实在是因为父亲那边没有一丝一毫的消息传出来，而谣言四起，我们的心都悬着，哪里有心思去计较人情的冷暖。然而，却有这么一个人撞进来。

一个挺尴尬的场面。在村口街道菜市场，几个人见我走来纷纷散去，人群中有我堂婶，她假装没有看见我，想借机混在人群中溜掉。我的堂兄没少拿我父亲下面工程队的活去做，平日巴结我母亲如同亲娘一般。可我就径直站在堂婶面前了。

啊哟红啊，买菜呢。她讪讪道。我嗯了一声，说了一句婶娘好。我直视着她，那句"民警在他家院子里挖出好几十万"的屁话就是她说的。

那个，我昨儿去庙里烧香了，求菩萨保佑你爸平安呢。出这样的事，我也是挺同情你们家的……

我爸这个人最怕死了，一挨打什么都招，说不定，堂兄跟他有点不干净都会被供出来的，所以……

她的脸瞬间变了，那是一种恐惧。嘴里依然絮叨，骂骂咧咧，什么自己死就算了还拉侄儿做垫背，死矮子，活该遭报应，一边骂一边落荒而逃。我站在那里，满街的人来来往往，夹着嘈杂与风声，眼前仿佛都混沌起来，只有影子在晃动，最后觉得人只剩下我一个了。大日头底下，阳光是冷的。她这样的人，我是不会去计较的。只是，我那么难过。

四

我只得返校。班长李伟超已经替我在老师那里请假了。一连几天，我成了一个魂不守舍的人。坐着出神，同学从后面轻轻地拍背都能把我吓到惊慌失措。先前就打听到看守所的位置，坐几路车，我决定中午放学去探一探。

看守所很远，在郊区的一个山脚下，旁边有一个磁带厂，从学校过去要转一趟车。下了车，往里，是居民的棚户区，有一条长长的脏巷子直通磁带厂门口，往左，就是看守所大门，几棵高大的悬铃木在天空环拱相抱，落叶纷纷，地上打着卷的枯叶被风吹得不停翻滚。大门的岗亭有一个小小的窗口，十二月，天已经很凉了，一个红色的热水瓶正挡着窗口，里面有人走动，看不真切。我的父亲失踪一周了，他就关在我眼前的这个四面都是围墙的建筑里。

近在咫尺，我就这样离开吗？如果此刻离开，那么我就会把同样的难题推给下一次。我不能等到下一次了，我必须正面接受父亲已被关进看守所这一事实。在过去十六年的生命里，耻辱，颜面扫地，难以启齿，举足不前的犹疑，同时又被一种力量驱使的压迫感，在那几分钟里，我全都感受到了。那是一秒接着另一秒的煎熬。

探出头来的是一个三十多岁的警员，锁着眉头，脸有愠色。他问我什么事，连问两遍，我说不出话，只是泪水涟涟地看着他。这光景，他大概也猜出大半，问我是什么人关在里面。我回答说是父亲。他拿出一张探视登记表，我依次填上日期、探访人、人物关系、家庭住址等相关信息。他拿着表，看了看我说，判决前是不能见面的。我小心翼翼地问他，能否转交给我父亲一百块钱。他说这个可以。我环顾了四周，说了句稍等，就跑开了。我一路小跑到附近的一家小卖部，买了两盒精装红塔山香烟送过来。啊，我只是衷心地拜托这个人能把钱如实转交给我父亲，看在这两包香烟的诚意上，千万不要做出不好的事情来。千万。我流着眼泪。那人推了一推，在我的坚持下收了。他忽然松开眉头，吞吞吐吐地说，周日你来吧，带上两桶黄油漆过来，你或许能见到你父亲了。周日，也就是四天后，我就可以见到消失了十一天的父亲。

我轻盈得像一阵风，几乎是一路飘着回学校的。

母亲把鸡汤放进保温瓶让我带上，天冷了，换洗的秋衣秋裤、外套、毛衣，我都打包在一个大大的牛仔包里，准备了五百块钱。一大早，我跟母亲就坐车去市里买好油漆，然后叫上一辆电动三轮车，径直赶往看守所。一路上，我跟母亲都没有说话。十一天，家里没有父亲这个人十一天了。真要见面，我会说什么呢？我跟父亲向来是没有交流的，甚至是陌生的，这样的见面，我如何面对？还是那个脸有愠色的警察出来了，他首先就叫人过来把油漆抬走。我急切地望着他，等来的却是一句：今天见不了，要干活。铁青的脸，没有任何解释。我气得正要上前理论，被母亲拦住。那人从抽屉拿出一个牛皮信封说，这是你父亲给你写的信。我一把抢过，眼泪又出来了。那警察看我这个样子，顿时语气缓和了不少，许是对自己失信的补偿，当即许诺道，东西放这里吧，会转交的，不会丢失。

这是父亲写给我的第一封信。一封长长的信。

五

父亲显然是得知我去探过之后才给我写的信。信中详细地写了我出生的那一刻，一九七四年四月三十日的深夜。那一天，他成为一个父亲。信的内容让我惊讶，只字未提案子，以及看守所的生活和他此刻的心情。写了四张纸，圆珠笔写的，力透纸背，仿佛是一笔一画刻上去的。我能感受到他要对我说的还有很多，只是眼下我急切想要知道的相关信息，一个字也没有。信中没有提及母亲和弟弟，只是对我一个人说的。

这几乎是一封无用的信，没有暗示我们应该怎么做。太匪夷所思了。

我读到第二遍、第三遍才略略看懂其中滋味。在我出生之前，母亲掉了一胎。眼看着我一天天大了起来，就要落地，父亲应该是紧张和满怀期待的吧。他写道，那天晚上八点母亲就开始阵痛，天已黑透，他急着去请接生婆，谁知村里的老接生婆病了，动不了。父亲要走十几里路去另一个村请一位经验丰富的接生婆，跟小舅两个人去的。"满天繁星，手电筒昏黄的光圈摇晃着脚下的路。"父亲竟写出这样的句子。他一路小跑，经过成片的稻田和几个小山岗，把小舅远远甩在身后。抄近路蹚过一条河，那时正要入夏，河水还没有涨起来。入夜，水已经很凉了，他把鞋提在手上涉水过河。起先没过大腿，最深处齐腰，不到半小时就赶到了。父亲回忆这段往事，不吝笔墨，甚至提到赶到接生婆家时，喘作一团。我细细读着，忽然觉得身体里有一根肋骨被轻轻地牵动了一下，隐隐作痛，仿佛是唤醒了一种被封印的记忆。

母亲难产，我是脚先出来的，其间还有一只脚卡住了，折腾了很久。最终，我在半夜十一点四十分落了地，洪亮的啼哭沐着血浆，被一双手托了出来，那是一团蠕动的活着的血肉。父亲说，那一刻他痛哭流涕。我特别注意到他用了"活着"这两个字，可以想见，产房外，他分分秒秒的煎熬，以及最后泄洪般的痛哭。

在信的结尾，父亲让我送两套金庸的小说过来，说阅读能让他平静。

我承认这封信打动了我，但打动我的并非这字里行间透着的那股陌生的深情。而是，父女这种显性的关系，其诞生的过程有一种百转千回的私密性，它定义了我是一个人的女儿、他是一个人的父亲这一轨迹。这封信潜意识里似乎还藏有一种隐隐的恐惧，这个恐惧不是因为要面对坐牢的审判，而是，他害怕——彻底失去我。没错，是这个意思。十一天，父亲经历了什么，我一无所知，但从这封信来分析，他似乎并没有把会不会坐牢这件事看得那么重，或者说，父亲对自己的案子已有了判断。我极力地想读出弦外之音，然而还是一筹莫展。

一放学，我的脚就鬼使神差不听使唤，径直往看守所跑。来来回回好几趟，我依然没有见着父亲，但跟岗亭那愠着脸的警员混熟了。他拿到我送来的金庸小说，把书翻得哗哗响，还往下抖了抖，这是想看我有没有在书里夹带字条。判决前，父亲跟我通信的内容全部都要过审，一旦涉及案情皆要扣留没收。终于得到一个确切的消息，本周日上午，父亲跟其他羁押的犯人一起去对面江北农场劳动，一大早从江边码头坐轮渡过去。那门卫还提醒了一句：你最好在七点半之前赶到码头哦。

我竟毫无察觉已缺了三个下午的课。

一夜没睡踏实，翻来覆去漏了风，被子是冷的。起床看着窗外，下雪了，纷纷扬扬，如诉如泣。天还未大亮，雪光把天地映成黛青色，路上有行人了，听得见有人咳嗽。我顾不上吃早餐，穿上厚厚的棉服，用围巾把头和脸包住，拿了把雨伞，匆匆往码头赶。

大雪如席，像是有一双巨手将雪花往头顶的雨伞抛洒，扑扑作响。公汽到站还要步行二十分钟才能到码头，我已走得一身细汗。七点二十，我到了码头，江天一色，雪落在江面上，来不及化，形成一大片稠稠的絮垫子。江对面的散花洲隐在薄雾中，父亲要去那里的农场劳动。岸边泊着一排挖沙船，乌篷里没有灯光，看不到人影。一艘掉了漆的蓝白色旧渡轮停在那里，它没有篷，是敞式的，两边扶手的漆全掉了，露出黑色的氧化铁，雪落满舱，它泊在风雪中飘摇，底下的水一荡一荡，它就一晃一晃。一个中年男人缩头缩脑地在船头完成匆忙的洗漱。一会儿，驾驶室的收音机打开了，我听见在播报早间新闻。

陆续有人往码头来，人们在大雪中边走边吃着手中热气腾腾的早餐。七点四十分，七八个警察持枪押着二十多个犯人往这边走，我远远看见了一个矮小的身影，跟跟跄跄。十八天未见，待人群走到跟前，我大吃一惊。

父亲的头被剃成极短的板寸，仅比光头多一层发晕而已，他的脸发青，明显浮肿，眼睑处有鼓鼓的眼袋，眼睛黯淡无神。穿着一套深蓝色囚服，行动迟缓，垂着无力的手，脚底仿佛有千斤重。我从未见过这样的父亲，他看上去苍老得像一截枯木，似乎已放弃了自己，麻木，任人宰割，灵魂已死。他被彻底击垮了。我不知道父亲是否如外面传言的那样挨过毒打。此刻，他俨然是一个真正的罪犯。一个只剩下皮囊的罪犯。

太可怕了，这是一个死去的父亲。我从未想到会是这样的结局。我还没有完全接受父亲入狱坐牢的事实，他就直接跳进了死亡的画面。太突然了，强烈的悲痛攫住我，我失声痛哭。突然间我意识到，所有的，所有的这一切都不重要了。我的所谓尊严和面子，罪犯的女儿，这些都不重要了。此刻，我唯一需要的，是一个活着的父亲回来。

我想起了那封信，那封信如同溺水之人向水面伸出的一只手。我不能远远地看着人群从我身边走过，我径直追上去冲到他面前。可是，我从未叫过爸爸，叫不出口，这两个字卡在喉管里，迟迟喊不出来，情急中我脱口而出——黄江。

父亲回过头来看见我了。他愣在那里一动不动。我们对视，天地万物静止无声，时间也瞬间停摆。我看见两行长泪从他眼眶中涌出，槁木般的面庞如同被唤醒了一般活了过来，他的瞳仁注入了一丝光亮。警察过来推搡他，他只得往前走，却又频频回头，拿袖口拭泪。我只得大声喊：黄江，加油，我们等你回来。

上船了，渡轮发出长长的呜呜。大雪纷飞，父亲看着岸上的我，他直直地站着，没有说一句话。我对他做着加油的手势。这艘破败的渡轮，多么像父亲此刻的命运，一眨眼就驶进水中央了。中年，雪落满舱，风雨飘摇。尽显下半世的光景来。我已然坐在了那艘船上，去跟他共这相同的命运。如果这一切能够换回一个全新的你和我，那么一切都是值得的。

我们彼此拯救。我放出一个至关重要的信息：我们还在。父亲准确地收到了。

回到学校，班长把我拉到一边，他告诉我，你父亲入狱的事全年级的同学都知道了，如果有人在你面前说了什么不好的话，你可千万不要冲动做出过激的行为。于我，这原本是一个天大的禁忌，一碰就会炸毛的话题，我是一个多清高多要脸面的人啊。然而我竟释然了，我已然接受自己是一个罪犯的女儿。我笑着对班长说，放心吧，我不会的。我的同学，高中三年，自始至终，没有一个人在我面前提过这件事。连背后的窃窃私语也没有，即使是平日常有龃龉的赵晓静同学。仿佛什么都没有发生过。

六

律师告诉我，这个案子父亲是从犯，主要罪行是行贿、受贿及以权谋私，还有一宗是涉嫌不正当竞争，转包工程。我问他最终的结果会如何，他笑而不语。我忽然觉得法律太有意思了，默念着这几宗罪，只觉得陌生，完全没有切肤感。为什么法律认定的罪行跟我的不一样呢？父亲难道不是因为打了母亲、在外面找女人、聚众赌钱，唆使他人打架这样的事入狱的吗？他性格跋扈、专横，肆意践踏他人尊严，当众掴人耳光，为一点小事端人饭碗，没钓到鱼就毁人鱼塘，睚眦必报，跑到我学校做出种种丢脸的暴发户行径……他应该是因为这些事入狱才对啊。可是，律师跟我说的这几宗罪，我仔细比照了一下，觉得比我认知的那些琐碎要严重得多，光是字面上，就透着一股条款的威严感。

隐隐地担忧。

再见到父亲是开庭的时候了。将近年关，与上次匆匆一别已有两个月，我多次在看守所传递生活用品，也夹带给他鼓劲的字条。他的头发长成直竖的硬茬桩，看上去精神了很多。因是从犯，所以庭审的内容是关乎另一个人的案子。审判庭很像一个舞台，背景是酒红色金丝绒垂幕，像是在演话剧，父亲一上台就看见我们了，即使只是淡淡一瞥。我跟母亲并排坐着，我紧紧地攥着她的手。她的手冰凉冰凉的。

面对每一项指控，父亲的供述条理很清晰，陈述事情原委。他的语调平缓，气息从容。他没有丝毫辩解，大体是认罪的，只说两处金额有出入。法官是一位女性，她的声音尖细，显得咄咄逼人，她两次打断父亲的陈词。但父亲在那两处表现得斩钉截铁，没有一丝妥协。他要求主犯当场对质，连说了三遍。主犯不在场，接下来要审另一个从犯，最终似乎也没有得出一个结果。

我不知道如果底下没有坐着我和母亲，父亲在台上的表现会不会有所不同。结束了，我们在门口等他出来，快要走到跟前的时候，父亲的头是低着的，他在我们面前站定，依然没有抬头，几秒钟后，我分明听见他清晰地说出：对不起。这三个字，我知道是说给母亲的。母亲的手开始抖起来，这是黄江第一次跟她说这样的话吧。他径直出了门，两个警察跟在他身后，像突然被掀开了帘子那样，阳光无蔽地洒在他身上，他的腰挺得很直，脚步稳健。都结束了。父亲看上去能坦然面对最终的结果。

等待判决书的日子是漫长的。然而家里的气氛似乎轻松了许多。我的母亲，在她的世界里，最终的解释是，她所受的业终于得来了福报，她等到了那个属于她的良人。俗语的"浪子回头"皆可以由业报和果因来阐释。我看着她，三十八岁的母亲，她不识字，长着一张略带苦相的刮骨脸，寡白，几乎没有眉毛，但有一双清亮的大眼睛，微微往里眍，她看着你的时候，你会觉得整个世界都亏欠了她，我想，这也许是父亲对她不耐烦的原因。我忽然觉得她的世界很美好，有一种静穆的宗教感，一切的解释都是安慰与慈悲。我们安静地等待一个全新的父亲归来。

眺望星空，澄澈的夜，天空像倒悬的大海铺在屋顶。新年的礼炮响起了，这是父亲第一次不在家里过年。在祈祷的钟声里，我们不念过往，也不畏惧未来。

我又收到父亲写给我的一封信。鼓胀的信封里是厚厚的一沓，似有一万句话在等着我。

七

应该算是两封信。第一封，父亲向我展现了不为人知的过往。他在春风得意进了大队部当会计的第三年，就被暗示要求做假账。那个时候，他还是一个踌躇满志、充满理想的年轻人。清高、自负，眼高于顶，自然不屑作假。慢慢地，他由主会计变成一个小小的助理，喜欢的姑娘突然跟另一个人好了。父亲说，如果跌入谷底的人随时都有机会重新登上高处，而代价就是变成跟他们一样的人，时间一久，极少有人能够扛得住。而在外人看来，变成跟他们一样的人是你的本事，是你混得开。全世界的人都这么看，没有例外。最后，你发现，你对抗的不是那个让你作假的人，而是这庞大的致密的世俗道德价值体系。他写道，即使是像约翰·克利斯朵夫那样的人最终也放弃了反抗精神，变成了一个彻底的俗人。

这是一封很深刻的信，尽管我不认可他对这个世界的描述与定义。对十六岁的我来说，父亲的真正意图像是在为自己辩白，然而更多的是，他想让我了解他这个人，他的人生是在什么地方开始拐的弯。我还感知到，父亲把我当成了一个可以真正倾诉的朋友。所涉之事如此私密，正如他所说，如果像一个异类那样活着，你就会被这个世界抛弃。

他举了一个例子，祖母开始冷言冷语，觉得家里的希望因为他的不懂变通全都化成了泡影。终日唠叨不停，指着痛处戳，埋怨自己命苦，一生辛劳付之东流，闹着要喝药上吊。

也许我低估了亲人冷语的伤害程度。我读出在父亲辩白的语境里，有一种自我安慰的正当性。当他选择作假的那一天起，接踵而来的人生把他重新送到了高处。过了那一道坎，崩塌的世界在废墟中重建。父亲在信中写道，最后悔的事情是，他在高处的时候本可以终止这一切，掉转当初射出的错误箭头，回归他最初的理想世界。然而，一切都已在深渊中了，无法回头。他类比道，就像岳不群（金庸小说《笑傲江湖》的大反派）贪恋《辟邪剑谱》，越走越远，永远也回不去了。

也许，让坐牢终止这一切，重新为人生洗牌，才是最好的安排。父亲在信中还花了大量笔墨写了自己的几桩功绩，那也仅只是强颜对我暗示：你父亲这个人并非一无是处。我莞尔一笑。信里，辩白是真的，忏悔也是真的。黄江，一切都不晚，你可以回归最初的那个少年，意气风发，纯净而美好地活着。

八

在此之前，我以为父亲之所以能振作起来是因为我们没有放弃他。我们彼此给了对方机会。在我读到这封信之前，我甚至以为，是我拯救了父亲。这封信中提到一个叫李运强的人，这个因抢劫杀人而判了死缓的人，才是他人生中拨雾见月的重要人物。李运强与父亲年纪相仿，他们在看守所一起度过了五个月的时光。

父亲在信中讲到这个对"活着"充满渴求的人，那种震撼的力量让人不得不珍视拥有的生命本身。因为是死囚，犯人们要轮流看守他，以防他自虐、自残、自杀。就在这个时候，槁木死灰、行尸走肉般的父亲与这样一个人相遇了。

你睡吧，我才不会自残呢。我一定会在二十五年之后出狱去重新开始新的生活。父亲注视着这个人，从死缓到无期，再到有期二十五年，他说得如此轻描淡写，仿佛只是跨过一个小小的沟坎。要知道，这一轨迹需要付出巨大的努力，还要有坚定的信念，二十五年，时光的灰也会让人的心灵蒙尘，太漫长了，漫长到足以冲淡最执着的初心。这世上真的有饮冰十年难凉热血的人？父亲觉得这个人太独特了，他的精神世界独立于俗世之外，这正是他最欣赏的。在那样的地狱生涯里，他活得像一团火。于是父亲主动提出由他一个人来看守他，每天晚上给他讲两个小时的金庸小说。他反问父亲，为什么鸠摩智在武功尽失、走火入魔的时候才大彻大悟？他的问题很像自己的处境，但父亲给他的解释是，一切恶的极致都预示着善。这个解释太玄乎，李运强听不懂，他做了这样一番理解：武功全没了，他也没法再作恶了吧，这个时候选择做一个好人不就洗白了过去的人生吗？父亲无奈地笑笑，但又承认他讲得其实很有道理。

读到这里，我会心一笑，你们在看守所的日子也没有外界传闻的那样不堪吧。我父亲这个人，至今没有一个朋友，他唯一的朋友居然是在看守所里结识的。正是这个朋友，让父亲走出了绝望。

他有专业的汽车修理技术，能画机械图纸，干活卖力，寻找一切机会立功减刑。父亲跟他讲了自己的案子，他不屑地说，就你犯的那点事，至于吓成这样？也许两个人的命运对比太强烈了，所以父亲开始珍视自己的人生和他身边的人？父亲知道李运强的心病是他妻儿自他入狱至判死缓，一年多的时间从未来探视。

而我，在父亲进看守所的第七天就去探视了。父亲把这个消息分享给了李运强，所以才有了他写给我的第一封信，恰到好处地煽情，我果然被打动了。

在信的最后，父亲有一个请求，他希望我去看望李运强的家人，给他们带去他的消息。说他一定会回来的。

我按照信上的地址，一个人坐了四个小时的车找到了郊外的那个村庄。

村口的一位少妇指着旁边的一块稻田跟我说，看那儿，李运强的老婆在田里干活呢。我提着几斤水果，连忙走到稻田边，看见一个中年女人埋头整理田上的沟垄。已是正午，我又冷又饿。上前打招呼。

李婶婶好。李运强叔叔托我来看望你。

谁？那妇人猛地抬头。深深的抬头纹爬满她干瘦的额头。

李运强叔叔。

他死了。妇人丢下这句话继续着手上的活。

李叔叔让我来告诉……

我说了，他死了，别来烦我。你是谁啊，走开走开，别耽误我干活。她冲我瞪圆了眼睛，一副极度厌烦的表情，然后她又对我摆了摆手示意我赶快滚，仿佛我是一个令人讨厌的臭虫似的。

我连李运强的家门都没能跨进。一路上，我想了很久，我恨过父亲，那么李运强的妻儿更恨这个杀人犯似乎是可以理解的。有一种说法是，对于某一种人，唯有死才能解救那一家人。

我不能对此评判什么。我既不能低估曾经的李运强给家人造成灾难的程度，又不能因为父亲而过度地褒扬他对重生的执着与热情。我只能遗憾。

在一次探视中，我把这事的经过与结果写成字条传给了父亲。父亲没有任何回复，他一定非常难过。

九

判决书总算下来了，判一缓二。一个月后，父亲回来了。很多村民围观，父亲没有躲避任何人的目光，他微笑着，谦逊地与人打着招呼，得体，有礼，我知道，他已经跃过了一种心理的瓶颈，打通了精神上的任督二脉。他摊平了一切的过往，任踩任嘲，他只是微笑。

两年之后，父亲成了一名炉前工。

清早起床扫马路，给隔壁寡居的王奶奶家担满一缸水。长期坚持，从未间断。我们那个地方的人，从来就不会把一个人看死，人们笃信浪子回头的福报。

李运强后来从看守所转去了监狱，父亲经常去看望他，直到他出狱。三十年，我回想那个大雪纷飞的清晨，江面上的渡轮雪落满舱。我在那里见到了濒死的父亲。那一刻，很本能地，我需要的仅仅是一个活着的人。这是触底的生命线。没有经过最绝望的时刻，也许我根本不知道自己到底在意的是什么。三十年，李运强没有等来他妻儿的回头，他抱憾而死。在他人悲壮而又凄凉的人生里，我和父亲照见了彼此，读懂了人生的珍贵。他常跟我说，其实在欧阳克死的时候，欧阳锋也死了，是杨过让他重新活了过来。啊，杨过，他是一个什么样的人间小天使呢？那些在我们的生命中，给予我们新的生机和希望的人，那些让我们战胜绝望、不再害怕黑夜与寒冷，活成了别人心中一枚银亮灯盏般的人，他们都是人间天使。即使看清了生活的全部真相，即使是一路的荆棘与荒凉，人生依然值得付出所有的热情与爱。

减法

格致

1

现在,学校与家之间的距离是 4 公里,由 1.5 公里乡村土路和 2.5 公里火车道组成。6 年前,我的学校距家不足 30 米。它位于屯子的中心,使每个孩子上学的距离大致上相等。那是一所小学校,房子比民房大约一倍。一年级在东侧的房间里,二年级在西侧的房间里,中间的小房间是两位老师的办公室。

上下课是用电铃来呼喊的,不再是一段铁轨挂在树上,然后由一个老头去敲。这说明我童年的生活环境已被现代文明浸染,电线已同我的幼年生活扭结在一起。有电就有灯,有了灯,我们的教室就不会太昏暗。我基本上是坐在明亮的教室里开始读书识字的。

我认真观察过那个房檐下的电铃,在它静止的时候,在它大叫的时候。它接近一个乐器。一个手掌大的圆面,一个小铁锤。铁锤敲击它的侧面而不是正面。按下电钮,小锤就以肉眼无法追赶的速度开始原地踏步。每一步都踏响了,每一个响声还没来得及站起就被后面的声响扑倒了。它们一个连着一个,扭成一团,连成一片。其实,它的原理同树枝上挂一块铁,再用铁锤去敲是一样的,只是人力拉大了声音间的距离，给了每一个声音伸展和生长的空间。电铃的声音是那些独立、悠长的声音的有序码放，电使之方向一致，大小相等。金属的悠长的余音在这里是多余的，像懒洋洋的哈欠，它被修剪掉。电将散落的、处于无政府状态的懒散又悠长的声音很好地组织了起来、管理了起来，电说，向右看齐，齐步——跑！

我在明亮的教室里，在切去尾音的规范的电铃声里开始了读书时代。我的同学有 27 名。二年级读完的时候，我们就从这所离家很近的学校毕业了。三年级要到距家 750 米的小学接着读。学校在两个自然屯子的中间，这两个自然屯是一个行政大队，相距 1.5 公里。学校把 1.5 公里从中间断开，形成两个 750 米的上学之路。两个屯子的孩子相向而行，各自走过 750 米，然后在一个操场里混合。但据我们目测和步测，学校距另一个屯子要近至少 200 米。学校的四周是一望无际的水稻田，1500 米的中心点不难找到，那么，这 200 米的误差是有意的。据我分析，这与我父亲有关。两个屯子合成一个行政大队，父亲是大队书记，也就是那里的最高行政长官。最高行政长官完全可以决定小学校的位置，也可以决定学校离自己的孩子是远还是近。最后，父亲使新建的学校离自己的孩子远了 200 米。原因有二：一、另一个屯子大，孩子多。二、大队委员会的其他成员都来自那个村子，他们对父亲有敌意，敌视的原因仅仅是父亲的姓氏。父亲小心谨慎，力争不给他们留出攻击自己的余地。于是，我向前多走的 200 米，就是父亲在权力上有意后退的距离。

走过这条暗藏着政治的上学之路，我开始了三年级。我的同学有 25 名。有两名男生没有升入三年级，没有走上这条比另一侧远 200 米的上学之路。他们是因为严重的智障，与远出的 200 米无关。一个叫海，生得眉目清秀，头发还是非洲人似的小卷。他经过了两年学习，掌握了 1+2=3，但 2+1 等于多少，他有时算对，有时算错，至于 3-1 等于多少，他从来没算对过一次。另一名叫彦，他的问题在文字上。他上课坐得最直，眼睛睁得最大，写字用的力气最多，但他写的字，一眼看上去，基本上不是汉字，比汉字的笔画要少一些。因为笔画少，他写的字没能围成方块。他的字比别人的笔画重，笔画黑，划入纸的纤维，像是石刻。他手里的笔画，都是些不老实的家伙，不用力把它们嵌进纸里，它们就会到处乱跑。他机智地抓住了一横，急忙按进纸里，又抓住了一撇，再按下去。他无暇考虑这些笔画的准确位置，只能像抓鱼一样，匆匆丢到竹篓里。他被这些横竖撇捺搞得很累，其状不比他父亲犁地轻松。我们不认识他写的字，包括老师都认为那是错字。

他们两个不上学了，不知是被迫还是自愿。那 750 米又 200 米的上学道路上的景色他们没有看到；路两旁新栽的杨树，比我的胳臂粗不了多少。它们被春风刮得东倒西歪。叶子打着紧紧的卷，等着风的力量把自己吹开。这些小树的生命从父亲组织召开的一个会议上开始，它们稚嫩的根须从会议的决定移植到泥土里。父亲栽树，在毁林开荒的年代，在植树不算政绩的年代。

2

我的同学数没能在 25 这个数字上稳定住。一年后，这个数字突然发生了重大变化。

4 个都是男生，其中一个善讲故事。他总是以九九八十一洞，洞洞有妖精开始他的讲述。他爱闭上眼睛，头也需要摇动，脸上的肉向下坠着。后来我见过一次他母亲，他跟他母亲一模一样。他母亲也爱讲故事。她沉浸在讲述里，往往一讲就是一天。再平常的事，到了她的嘴里，马上就妙趣横生了。善讲故事的女人也有不足，她不善做家务。家里乱，孩子的衣服也洗不干净。她的讲述常在细节上盘桓流连，而洗衣服则简明扼要，袖口衣领被她一笔带过。大队有时也对居民进行卫生检查。她家是不合格的，被挂了黄牌子。她并未因给大家讲了那么多有趣的故事而被原谅，那甚至不是什么优点，而是不良习惯。她的丈夫被所有的男人同情。她常常脸都来不及洗就开始了讲述，哪怕听众只有一个。还有一个男生功课好，智商高。他是班里几十个学生里唯一能在功课上跟我过招的男生。我的智力也许在他之下，但我较他多了一分用功，这样，我们的成绩就十分接近了。他们四个成为减数的原因，是在一个星期日，撬开学校的门，进入教师办公室，偷拿了一位老师放在抽屉里的5元钱，又在一位老师的水杯里撒满了尿。上世纪70年代，5元钱是个不小的数字，它足以使这一事件成为大案。据他们的供词，那5元钱被他们全部买了冰棒。共100支。他们找到一个金黄的干草垛，围坐成一个封闭的圆，那100支冰棒被放在了圆心上。他们说，我们以为能吃完，闷热的夏天，又甜又凉的冰块是最好吃的东西，多少都能吃完。有三个说从未在夏天吃过冰，另一个说5岁的时候去城里的亲戚家串门，吃到过一块。每人吃到10支的时候，圆心位置的冰块减少得已经十分缓慢。剩下50支的时候，他们对冰棒的热爱已降到零度以下。剩下的冰棒在他们恐慌目光的注视下开始了令人绝望的融化，最后成为一摊难看的水。他们惊恐地跑开了，每个人都以最快的速度使自己远离那个正在由固体变成液体的圆心。

　　这个案子是第三天破的。老师发现了什么样的蛛丝马迹，顺着一条什么样的线索，我不是记不清了，而是不知道。那艰难的侦破过程没有公布，我只看到了最后的结局：那天，天气晴朗。云彩呈丝线状，像是被用力拽断了。断开的纤维横在我们头顶，谁有办法把那些断开的云丝挽结续接？在太阳和残破的云彩下面，我们被集合在操场上。所有的老师都出来了，包括那位校长。操场上有一个一米高的台子。那上面每天都有一位体态婀娜、容貌美丽的女生领操。我的动作也许比她的更准确，但我没有被选去领操。准确不一定优美，她叫李满花。学校的有线喇叭传出了声音，这个声音较平时要高出许多分贝。校长的激动在高音里不好隐藏。高音命令我们往台上看。我看见李满花舞蹈的地方站着四个男生。他们是吴五坤、常江、赵光晓、刘辉。他们是我的同班同学。常江个子高，站在中间，善讲故事的刘辉矮胖，站在一边。他们低着头，垂着肩。我看出他们都在尽可能地收缩自己，缩小自己。他们的罪行是由校长宣布的，校长的声音高亢而激情饱满。大量愤怒的兑入，使校长的声音跑了调。最后，那一杯他们作案时留下的尿被端了出来。校长的声音再次响起：他们想让老师喝尿！这尿应该给谁喝？应不应该让他们自己喝？我们回答：应——该！那杯尿被平均分成了四份。他们对端到嘴边的杯子没有推辞，都接过杯子喝了下去。但他们的泪水就是在接过杯子时流出来的。他们在喝尿的同时开始了哭泣。可能是尿的味道刺激了泪腺，当尿液进入口腔，又辗转找到了食管，然后顺利地流进了胃，他们体内的另一种液体——眼泪，就开始了方向完全相反的奔流。

　　就在那些天，路两旁的水稻开始扬花了。空气中弥漫着稻花的香味，而我的口腔里则弥散着尿的尖锐气味。那四个被罚喝尿的男生都不来上学了，但尿的气味在操场上经久不散。我在有香味的上学路上放慢脚步。路旁的杨树经过一年的生长，长出了枝杈，长出了大量的叶子。清风吹过，叶子旋转、拍打，发出哗啦啦的声音。

头顶的大雁排着队，树也排着队。每一棵都是另外一棵是否整齐的参照。树看似单独站着，但同距它最远的那一棵，它看不见的1000米以外的另一棵，长在一条直线上。它们是一行树，谁都不是自己。水稻田里的情况同路旁的树相似。先是株距和行距，然后是田埂。在禾苗看来，田埂是无法逾越的高墙。它们横看成行，纵看成列，斜看仍然是直线。它们在这严格的秩序里缓苗、抽叶、迎风招展；在步调一致里扬花、抽穗、灌浆受粉。但风带着花粉偏离了株距和行距，甚至越过了田埂。甲株获得的花粉，不是身旁的乙株的，而是200米外从未见过面的丙株的。花粉无法排队，风破坏了秩序，水稻在受粉这一环节上突然陷入混乱。这个季节是水稻的节日。它们不用移动，就与百米之遥的另一株猛地撞到了一块。它说它不喜欢身旁的那一株，它向往远处的、正在吐出浓香的一株。它将自己身上最珍贵的芳香颗粒捧出来，交给了风，并期待能被对方接住。我理解了水稻们为什么默默地接受安排，为什么能长久地站在那里安静地生长而没有怨言，它们在等待风的到来，而风是一定会来的！

3

我们的队伍横看成行，纵看成列，斜看也有一条由人体构成的直线。我们消失在一个方形的队伍里。我们努力调整自己的位置，力争把自己完全地隐藏在一条直线里。我们朗读，声音一出口就要排好队；我们做体操，胳膊在空气中停留的秒数是一定的，我们的样板是一米高的方台上的李满花。

方台上的李满花消失的时候，已经是六年级，我们已经15岁了。15岁的身体无风也会招展，月亮的力量推动了我们淤滞的河床。最先融化并开始流淌的是李满花。她的座椅成了滴水的屋檐，她浅色的裙子被来自体内的红色液体洗染。同桌的男生看见了，全班的同学都看见了。教室里弥漫着血腥味。男生平时多受她的白眼，此时有了报仇的机会。他们骂她是妇女，还说她是小破鞋。李满花哭着回了家，从此不见了。不久，听说她被一个男人领走了，不久，她又被送了回来；过了不久，她又被另一个男人领走了，然后又被送了回来。后来，她嫁不出去了。再后来，她嫁给了一个老实人。她结婚后仍然不停地同也许是陌生的男人跑掉。她逃走的道路似乎总是不太通畅，因为她总是回来。老实人丈夫见她回来就痛打她一顿。不知是她丈夫的拳头过于轻柔还是她的痛感神经发育得不好，总之，她还是不停地跑。她的逃离总像是逃离的演习，她一次又一次地排练，丈夫的拳头没能阻止她，甚至不能干扰她。她沉浸在里面，忽略了一切，基本上听不懂丈夫拳头的语言。

当我的道路向前延伸了 2.5 公里，抵达一所镇中学的时候，我的同学李满花正走在与男人私奔的道路上。她 18 岁，美丽的脸和宽肩长腿细腰的身材使她的奔走姿态优美而富有力量感。她的希望在脚下的道路上向远方铺展。她的道路有千万条，但她在头一天都不知道自己的明天是向东还是向西，如同不知道明天的风向。她只要知道了方向，那个方向上的道路就立刻在她的心里焕出异彩。她为了快速抵达希望的地方，往往坐上火车、汽车。她道路上的景物在迅速后倒，每一棵树，每一片田，每一条河，都成为推动她向前的力量。几年后，我路过她的家门，她从院子里走出来。我看见了她满脸细碎的皱纹。我惊异于她衰老的速度。我分析了她脸上的皱纹。它们与丈夫的毒打有关，与奔跑路上的风雨有关，与男人的一次次欺骗有关。美丽没能载她抵达幸福的对岸，她被一次次推了回来，搁浅在拼命离开的沙滩上。她开始不相信美貌，于是她的脸开始荒芜了。

4

我的道路是4公里长，正东方，由1.5公里乡村土路（我父亲以一条细窄的田埂为基础拓建而成，这也需要由我父亲召开一场大队委员会会议）和2.5公里火车道组成。父亲栽下的杨树已经高大挺拔，枝叶在空中相连。我每天在绿树搭起的棚架下走过，和我一同走过的还有我的10名同学。他们和我一同考了4公里外的中学。另外10名同学则被考试减掉了。他们或因算错了一道数学题，或因作文的思路没跟老师的思路走上同一条道路。

父亲的1.5公里道路是宽阔平坦的，甚至是绿荫如盖鸟语花香的，但走过这1.5公里，我就走出了父亲的势力范围，走到了父亲的权力之外。父亲之外没有人为我们铺下道路。我们走完了父亲的道路后就上了火车的道路。没有火车的时候，我们把枕木当成楼梯；火车来了时，我们就跑到路基两侧仅0.5米宽的路上去走。我们觉得这样的道路也十分有趣。让我觉得这样的道路无趣而恐怖是半年以后。中学一年级第二学期刚刚开学，与我同村的10名同学中的两名女生，一边在枕木上走一边说话，她们忘记了走的是火车的道路而不是她们的。一列运煤的火车从身后开过来时，她们还沉浸在热烈的对话里。当火车的尖叫艰难地穿过她们的谈话抵达她们后背时，火车距她们已不足30米。火车像山一样压过来，一个女孩跑下了路基，而另一个被铁轨绊倒了。她们是向两个不同的方向逃跑。向左的一个摔倒了，向右的一个则顺利地跨过了铁轨。在那一刻，生的方向在右边，左侧则由死神垒起了高墙。

铁道的左侧是一望无际的玉米田，正是灌浆的季节，浓绿的玉米叶子下露出玉米娇嫩的红缨，红缨上生着绒毛，绒毛上沾满了黄色的花粉。玉米在层层叠叠的包裹下开始发育，籽粒准备好了空袋子。道路的右侧是一大片小柳树林。那里是一片湿地沼泽，养育着多种水鸟。一条蜿蜒的小河，将柳树林打散成块状。从路基向下看，看到的是柳树的树冠。路基高出地面 10 米，柳树长在我们的脚下。一片一片白亮的水填满了树之间的空隙。成群的水鸟飞起又落下。那是一些野鸭子。它们的蛋比家鸭小得多。蛋上的斑纹使它接近一块石头。家鸭的蛋是透亮的绿色或白色。家鸭知道自己的生命与蛋的关系，知道自己的蛋必须醒目，所以它为蛋选择了最引人注目的颜色。而野鸭则把全部心思用在对蛋的化装上。首先，它缩小了自己的蛋，小的东西更便于藏匿，然后，精心为蛋选择了接近水边鹅卵石的颜色。家鸭用的那种透亮的绿和晶莹的白，它们是想都不敢想的，那也太奢侈了。

5

我的同学剩下了 8 名。我们被分在不同的班级，但我们的道路一致，我们回家的方向一致，我们的家在 4 公里外的同一个点上。半年后，初中二年级的时候，又有两名男生离开了学校。我们剩下了 6 个。这两名男生放弃上学的因由是后来知道的：叫文的男生因给同班一个漂亮女生写了一封情书。那出自 17 岁少年之手的情书被 17 岁少女转交给了班主任。班主任视情书为不洁之物。她透过那些羞涩又大胆的文字看到了我的同学文的不洁灵魂。这样的灵魂是濡湿的，晾晒一下十分必要，于是她召开班会，公布了这一事件，并令文当场做检查。据说文站在那里以沉默对抗，事件的女主人公则因立场坚定明辨是非而受到了表扬。班主任号召所有女生向她学习。班会开得很成功，未及散会，同学投向文的目光已经是鄙夷的了。文选择了随着他父亲下田里干活。农活繁重而枯燥，但泥土和庄稼不知道他的情书，黄牛和犁也不知道，那些水田里蹦跳的青蛙更是不知道。稻田和黑色的泥土在那个闷热的季节，给予了文很多安慰。后来我见过文白胖的儿子，他娶了邻村的一个姑娘。另一个男生叫立。他的成绩不好，似乎也没对女生有什么兴趣。但他可不是等闲之辈。他拉起了一杆子人马，包括校内和校外。他们同镇上另一伙组织经常展开厮杀。当地派出所拘留过他三次，前两次学校还去保释，第三次就没有耐心了。但他像一个肿瘤，时时地发作，学校决定将他切除。

剩下了6名女生进入了中学三年级。我们16岁，甚至17岁了。6名中的3名突然不上学了。她们没有太充分的理由，有两个小理由：一是数学总是不能及格。无论如何努力，分数总是在60分以下徘徊。设一个未知数的方程还可以应付，设两个未知数的方程就超出了她们的理解能力。她们看似是被代数阻挡了上学的道路，但我认为这只是表面的原因。主要的原因我认为是那些粉色的卫生纸。我们仔细地折叠着那鲜艳而粗糙的卫生纸。中间部分很厚，呈丝巾的形状，但它还是从中间断裂，那是一条奋力修补还要决口的堤坝。我们尽力了。那些丝巾形状的纸条，常常不老老实实地待在岗位上，它们跑到身前身后，致使我们的裙子或裤子湿透。没有人告诉我们那来自我们体内的红色液体是什么。老师不说，母亲也不说。那是一个谜语，必须由我们自己来猜。我猜的第一个答案是伤口，而且伤在我的肚子里。我焦虑的原因是我没法包扎这个体内的伤口，我的血会流光，然后我就死了。但血液它不慌不忙，也不说什么话，我们还是慢慢地了解了它一些，它跟月亮的性格有些相似。至于它的意义我们还是不知道。她们的思维被代数方程恐吓，身体被劣质卫生纸欺骗。我们觉得木头椅子是那样凉，教室里是那样冷，我们渴望回家。我没有放弃上学，我较我的同学情况要好一些。我成功地驯服了方程。我仍认真地折叠那帮不了我多少忙的卫生纸，徒劳地往决口的堤坝倾倒泥土和石块，我并未绝望。

学校的花坛是圆形的。长在里面的开花植物都是草本。它们在温暖的季节隆重地开放。任何一朵花都毫不犹豫地抬起头，然后哗啦啦地打开所有门窗，让阳光照进来，让风吹进来，让雨水滴进来。它们从来不知道害羞。

6

我还有敏和娟在继续上学。我们下定决心要把中学读完。我们是坚守阵地的最后3个。我们要努力考上高中，然后考上大学，我们要把上学的道路拓展到遥远的地方。我们忍受着不听话的卫生纸，走着染着朱凤珍的血迹的火车枕木。我们3个不是一个班的，但有时能在放学路上相遇。我们一边走，一边说笑，甚至会笑得弯下腰。但我们的眼睛不敢大意，它们在欢笑的同时密切注视着路边信号灯的颜色。红色的灯光下，我们的话语自然而欢快，绿灯闪亮时，再热烈的谈话也会突然中断。我们不用回头，我们知道火车来了，在很远的地方，但我们早早地给它让路。这是它的道路，不是我们的。我们没有道路。我们的道路只有1.5公里。1.5公里是父亲怀抱的直径。在那 2.5 公里道路上，我们的情绪被信号灯上的颜色左右。

三年级的一学期，娟和敏没能参加期末考试，她们在考试的前一个月一同放弃了上学。

被减数是 27 的减法，到中学三年级的时候，得数已经是 1 了。

问题出在我们的道路上。父亲的那 1.5 公里有树荫有鸟雀的道路没有什么问题；枕木信号灯也没什么责任；粉色卫生纸的干扰也已微弱。问题出在一座桥上。2.5 公里火车道实际上是被一条河截断的。一座高架铁桥将断开的道路连接上了。这是日本人修的铁路，也是日本人修的桥。日本人撤离满洲时，炸断了桥。解放军修补了桥，但补的那块钢板薄，我们走在这块铁补丁上，发出砰砰的声响。这段约 5 米宽的断口，使这座桥有些吓人。桥的一侧有栏杆，有 0.5 米宽的人行道。桥下是河水，桥距水面 10 米高。我们走在桥上不敢往下看，而是快速跑过去。不能同火车一同过桥，因为桥太窄了，没地方躲。火车经过时，风是那样大，离得太近，会被它吸过去。如果衣襟扣不好，头发长，都十分危险。

桥上的危险是突然出现的。传言被夏季的风托起，在低矮的积雨云下滞留不去。

娟和敏成功地克服了对枕木上血迹和尸体的恐惧，却无法克服对一个站在铁路桥上的裸体男人的恐惧。0.5 米的通道实在太窄了，而一个健壮的男人又太宽了。男人用全裸的肉体将娟和敏还有我的上学之路死死地堵住了。

这不是传言而是事实。传言只是将体积小的事实扩大并复制。有人亲眼看见了。

最后，只有我一个人踏上了那条险象环生的上学之路。我们没有父母护送，父母们的孩子太多了，多得敢于把我们放牧到大地上去优胜劣汰。母亲似乎不知道我的上学道路上发生了什么，她几乎足不出户。除了做家务还喜读书，然后就是怀念我病故的父亲。

让我坚定地迈上那座桥的原因只有一个。我的功课实在是太好了。中学三年级，我已是全学年几百人的第一名，是学校数学竞赛的冠军。我的身后，第二名、第三名，甚至第五名都是男生。他们是多么想超过我。在家里，父母重男轻女，弟弟是宝，我是草。我的怨恨积压在心里，然后发泄在我的那些无辜的男同学身上。我死死地占据着第一的位置，将所有男生压在第二名以下，垄断着几乎所有老师的宠爱。在那所中学，我的名字是与日月同辉的，以至于新调来的老师上第一节课，第一句话是，哪位同学是格致？离开学校，如同禾苗离开泥土，我的生命是在学校里找到适合我的土壤的。我宁死也不会放弃上学，虽然我没收到一封情书，但我宁可死在上学的路上。

以 27 为被减数的运算，最后的得数是 1 还是 0，取决于那桥上的男人是想吃了我还是破坏我。

一连几天，我都安全地过了那桥，没有碰上火车，也没有遭遇裸体男人。我开始怀疑这件事，甚至想去告诉娟和敏，没有那么回事，看我不是还完好无损？

与裸体男人遭遇在桥上是一周以后，就要考高中了，放学很晚，往往走出校门，一步就踏进了黑夜。天上闪着星光，地上闪着灯光，在星光与灯光的空白地带，黑夜在流淌，缓缓填满那些空隙。

天黑透了，河水似乎能够反光，桥上不是黑色而是灰色。低着头走路是我少年时代的习惯，这致使我看见他时，几乎走到了人家的眼皮底下。

我从未见过全裸的男人，只见过田里劳动的男人光着上半身。我看他们下半身的裤子也不是很凉快的布料，但谁也没有脱下去。

顶多挽起了裤腿。男人腰部是个必须遮挡的部位。只要遮住了那一块，风的走向就不会发生逆转，风就会轻轻地吹。我在医院的墙上看到过男人的骨架。在被裤子死死挡住的地方，我看见了一块形状复杂的骨头。它叫盆骨。可盆里盛装的东西不知哪里去了。在墙上，那个盆可是空空的。男人的盆骨呈一个倾覆的角度。这种角度无法使任何物什停留，它们被倾倒下去了。也许被打入了地狱，至少是被打入了黑夜。墙上的骨架被阳光照耀着，光线甚至照亮了盆骨的底。光线把里边打扫得干干净净。阳光认为这是个罪恶的盆子。阳光用有力的手把它掀翻了。

我猛然抬头，目光水平落到了他盆骨的位置。我看见那个被倒空的盆子里装满了物什。他一定是趁着天黑自己偷偷装满的。那盆里杂乱无章，草丛中的一条蛇，正在缓慢地抬起它的头。我开始向后退，而我的身后是铁轨。一列装满原木的火车在100米外拉响了汽笛。不远处信号灯的红光骤然熄灭，绿灯亮了!

身后是钢铁的火车，碾碎过我的同学朱凤珍的火车，前边是捧着他的全部所有的陌生男人。我一时不知道应该更怕哪一个。娟和敏还有我们的父母是怕男人。火车在一个裸体男人面前已经渺小了。他们认为，火车只能碾碎孩子的肉体，却不能掠夺女孩的贞洁。男人是冲着贞洁去的，而火车是直指生命。虽然火车拿走的更多、更彻底，但我们还有我们的父母都认为在贞洁面前，生命很渺小。生命是从属于贞洁的。一个女孩的贞洁被拿走了，单单留下她的生命是个恶作剧。所以我们不怕火车，我们怕男人，所以我的身体退向火车，但那个男人的观点显然与我、我们的不同。他用行动对我的思维进行了彻底的修改：他向前迈了一步，伸手抓住了我的书包带，然后将我拖下路基。火车轰隆隆地从我们身后开过去了。我一直清醒着，没有失去知觉。我倒是希望昏迷了事，什么都与我无关。可要是清醒着，就得做决定，就得想怎么办。可谁知道应该怎么办？这可比代数难过许多倍。

火车的最后一节车厢扭动着走远了，他松开了手。我如一只惊吓过度的鸟，绑在腿上的线松开了，却不知道飞了。他见我站在他面前不动，就示意我仔细看一看他的身体。他忽略掉身体的其他部位，要我重点看他的盆骨的位置。他用手托住自己，以便使我在暗淡的月光下看得尽可能清晰。他很高大健壮，我刚及他的腰，我不用抬头也不用低头，只要我不闭上眼睛，他执着呈现的东西就在我眼前。我的目光适应了他的肉体之后，恐惧锐减。我只觉得难看。但这些我认为难看的东西，却是他从地狱里一一捡回的心爱之物。他认为它们太珍贵了，太美了，他不忍把这么美的东西掩藏起来，他想让大家看看，尤其让女人或者女孩看看。他认为这是世界的重要组成部分，不应该永久地囚禁它。它是一棵树，一座山，它是一片田野，一条河。我转身跑了。我跑得很快。书包很重，那里边装着数学、物理、化学、语文、地理、历史、政治，它们使我的奔跑速度大大减慢。一口气跑下桥，发觉他并没有追上来，但我听见了他的笑声。他的笑在追赶我。他的笑十分古怪。我从未听过这样的笑声。他的笑不加任何修饰，如他不着寸缕的肉体。他的笑在黑暗里窜行，也没穿衣服。衣着华丽，举止优雅的笑，在阳光下漫漫地展开。

7

24 个小时后，我又走过了那座桥。四周一片漆黑。所有东西都在发出声响。桥下河岸上的柳树林发出呜呜的哨音，玉米叶子哗哗啦啦的声音已连成一片。我害怕，每天都害怕。路上一人都没有，我希望能在桥上遇到那个男人，穿不穿衣服都行。我已经知道他确是一个人，而不是一个穿着干净的白衣服的鬼魂。他能使我在桥上的那段路不害怕深不可测的黑夜中的树林。我走上了铁桥，暗淡的星光下，我看见比黑暗更黑的他站在桥的中间。我向他走过去，我从他的身边走过去，他一动不动，靠在栏杆上。我听见桥下河水流淌的声音，水声盖住了我的脚步声。下了桥，水声还一直响在我的身后。接下来的路，我已经不害怕黑乎乎的田野，眼前出现我的后座叫勇的男生的一双眼睛。这双眼睛一直跟着我走进了家门。当我走到家的灯光下，一直在黑暗中闪亮的勇的眼睛就熄灭了。但我知道，我可以随时将它点亮。

8

几天后，站在铁桥上，站在哗哗的水声之上的男人被公安抓了去。听说他被打得遍体鳞伤，然后被强行穿上了衣服。在打他时，他没有反抗，只是护住自己的盆子，而自己的头则放到那些坚硬的皮鞋的围攻里。他认为盆里的东西比头更重要，也比头易碎。它们是一些玻璃杯，里边装满了稍一倾斜就要流失的稚嫩的生命。它们不但易碎而且极容易掉落。在给他穿衣服时，遭到了他的反抗，但他已受伤，又没什么力气了，因此他的反抗十分徒劳。

9

几个月后，我竟在一个阳光明媚的上午，看见了他穿着衣服的样子。

短短几个月，小镇就抓捕了一大批犯罪分子，凑够了开一场公审大会的人数。这个裸露男人的抓获，使计划中的公审大会的人数进一步接近那个规定的数目。我数了一下，共有五辆大卡车，每辆车上都有五个被绳子捆住的人。他们每个人身边有两个公安。公安一左一右，牢牢地抓着被绳子捆得结结实实的犯人。公安的神态绝对是对绳子十分不放心。公安也在证明，使这些不老实、干坏事、扰乱社会治安、危害人民生命的犯罪分子变得如此老实的不是那条粗硬的麻绳，而是从公安制服里伸出的手。

我们在操场上站好了队。我们有上千人，充满一个大操场并不难。犯罪分子的车还没有开进来，会场的气氛已被我们的人数烘托了出来。其实，我并不知道那个我认识的男人也在其中。只是在宣读他的罪行的时候提到了他作案的铁桥，于是我把目光集中在他的身上。他的胸前挂着一个大牌子，上面写着他的名字，名字下边有三个十分大的毛笔字：流氓犯。字写得足够大，但字迹十分难看。只是笔画不少而已。也许写字的人认为不应该把一个罪行的名字写得端正好看。罪犯都是些不在秩序里好好站立的家伙，那么给予这个罪行的名字也不配太工整。

他看上去十分难看：没有了头发的遮挡，脸被阳光直射。脸上的汗水正缓缓地冲开尘土和血痂。他穿着黑或蓝色的衣裳，一个衣袋脱了线，垂下来。捆在身上的绳子把破旧的衣服弄得满是褶皱。他穿衣服的样子真是太难看了。在桥上，我只是感到害怕，不觉得他丑陋；在这里，在阳光下，在卡车上，在一件衣服的包裹里，在流氓罪的后边，我看见了他的丑陋，脏。他像一堆垃圾。

他被判了5年徒刑。有一辆车上5人都是死刑。宣判会后，他们就被减掉了。为了减掉他们，搞了这样一个隆重的仪式。我不知道他们是从哪个数里被减去的。那个数字是几？

我无意间看了一下天空，正看到一排大雁飞过。它们掠过我的头顶，向南去了。不久之后，这里的气温将降到零度以下。我们不仅要穿衣服，而且要穿棉衣服。这是秋天，我常听屯子里的老人说，最好自己能在秋天死去，因为秋天的尸体不会变臭，会在一天比一天凉爽的环境下一点一点从容地被泥土吃掉。秋天是个赴死的好季节。

10

又几个月后，我毕业了。以全学年第一的成绩考入了一所师范学校。我放弃了上高中，虽然我的成绩高出重点中学几十分。我妈说砸锅卖铁供我上大学。上大学就必须砸掉我们家的饭锅，那这个大学我还要不要上？我认为饭锅是最重要的，我要守住我们家的饭锅，于是我去了那所百里之外的师范学校报到。这所学校免费，可以不带一分钱，但我带了我的衣服，还带了我的户口。我的户口被我从父母的泥土里用力拔出，寻到了新的落脚的地方。我的书里需要演算的已不是减法加法、乘法除法这样简单的算题，我的计算越来越复杂。那些算题，往往先告诉我结果，然后让我找到通向这一目的地的道路，也就是我不需要思考往哪里去。为了能够抵达，我铺设虚假的桥梁，然后在不存在的正确道路上通过。

铅笔

周晓枫

2003 年 10 月，镜子

镜子让我怨恨。晦暗的肤色，塌鼻梁，排列零乱的牙，伤疤。镜中人沮丧，再可爱的表情也难拯救这样的五官。我看到越来越多的痣，摆开脸上的北斗七星。化妆品是我的化学天使：涂上陶瓷色液体粉底，假睫毛和黑眼线夸张了瞳孔里的光，口红让嘴唇仿佛刚被亲吻过，饱满湿润。如同戴了一张软面具，我获得暂时的安全感。

但怎么才能回避那种几近落地的大镜子？它们无处不在。卫生间的墙壁、办公楼的入口处、试衣间的窄门里，还有练功房、家具售卖场、酒店明晃晃的外墙玻璃面……尤其，镶嵌在衣柜上的，谁不遭遇它监视的眼睛。隔得再远，我也能看清自己占据其中的阴影。

胯骨过宽，臀部像个梯形。小腹前凸，弧线明显。腿不直，膝盖骨突出。我当然没有那种簪子一样细并且优雅平行着的锁骨。到处是积聚的脂肪，能把它们藏在哪儿。我总是在镜子里发现自己一脸蠢相、一身拱动中的肥。

不正常地过度关心外貌中自认的缺陷，医学上称为身体畸形恐惧症。歌星迈克尔·杰克逊就是明显一例，他动过多达30多次美容手术。他的前妻曾说，他从不卸妆，就是上床也不。

我怀疑自己也患上轻度身体畸形恐惧症。尽管年轻时曾因身材受到夸奖，可我还是消沉和绝望。我用修身塑形的内衣来改良轮廓，穿与裤子同色的高跟鞋以增长被想象确认的短腿。挺胸，收腰，提臀……踩在一个隐形高跷上，我抬升自己的视平线。如果没有这种貌似高傲的姿态作为矫正，我的不自信显而易见。我觉得夸奖的人并不了解实情，是剪裁得体的服装，伪造了我的荣誉。那些衣服是花费大量时间精心挑选的，线条优雅，它们不动声色地精确计算与皮肤之间的间距。所以他们的话并不缓解我的自卑，相反，我不得不花更大气力去维系这个谎言。穿紧致的衣服一般出于对曲线的炫耀，而我恰恰因为恐慌：对别人的判断将信将疑，又格外贪恋那种赞美，于是穿紧身衣频频展示，我需要得到不断的确认和安慰。

"难道你从来没有为自己的身材骄傲过吗？"女友疑惑地问。为什么我看到的自己，永远是臃肿和被小心包裹起来的畸形。我是否骄傲过呢，哪怕是在很久以前？我盯着镜中的陌生人。每个人，都有自己的盲区，即使在镜子面前。

……镜子之所以成为镜子，因为它涂黑了玻璃的另一面，让人的视线无法穿越。表面上映照，其实是在阻挡——不透明的东西，隐藏在镜子后面。

对王后来说，白雪公主就是她的盲区。所以，她需要镜子的发现和提醒。一面可以开口说话的镜子，就不再普通，而成为揭破真相的魔镜。在白雪公主长大以前，王后曾经是世界上最美的女人——就像白雪公主注定成为未来的王后，王后其实就是一个变老的白雪公主。魔镜映照王后往日的辉煌。而王后频频下毒手，其实她真正想杀死的，仅仅是自己的回忆。

向镜子不可测度的幽深处望去。渐渐，我的魔镜开口。那是一个来自男性的嗓音，经过克制的柔缓和低沉。他的声音来自密室，伴有轻微回音，仿佛在告知一个未经揭破的秘密。他说："你看看你的身材，有多漂亮。"随后我被一双搭在肩上的手，轻轻推送到衣柜的镜子跟前。

镜中人高挑。脖颈和手臂纤长，她有玲珑的腰、修拔的双腿和果实一样甜蜜酝酿中的乳房。事实上，她是在魔镜说话的瞬间，才突然拥有少女曲线的。

魔镜魔镜，你的答案诱人又无情……沿着指引，回到14岁，回到我的白雪公主时代。

1983年4月，运动服

用剪尖小心地挑，缝线一一断开。运动服的裤角本来收束设计，像个灯笼口，拆出松紧带以后，它成了筒裤。我穿上试试，这回行了，长度正好到脚踝。没到一年，这套尺码为90厘米的运动服我穿着就小了。上体育课，跑着跑着裤角就上滑到小腿。散开的裤口，让我不再像个打鱼的那么尴尬，并且显出与众不同的别致。虽然所有运动服都是同一式样：纯棉质地，深蓝色，体侧有两道平行的白色条纹。

照照镜子，我烦恼地发现，自己似乎又长高了。门侧的墙皮上，铅笔划痕间距不等，每根不太平直的黑线旁边，写着一组数字。那是妈妈比着我的头顶在墙上做出的成长记录。最近一年，数字相邻的日期很近，而直线之间隔开的空白却越来越大。以不可思议的速度长高，无人知道这带给我的隐忧。

我暗暗希望自己娇小，轻巧，白而柔软，带着淡淡的香甜，做一个橡皮姑娘。而现实中的我，忽然铅笔样细高，尤其穿上这身运动服，鲜明的白条纹如同铅笔侧棱。身高在全班女生中排第二，课间操我站在杜临临的后面，也就是说，她生病的时候我必须站在队伍的最前端。突出的位置让人无处躲避。何况，我还有另外的恐慌。我形成一种顽固的心理认识：高个女生难以获得家长和异性的宠爱。1米64，实在不像一个孩子的身高，我觉得自己因此显得笨拙。身高使我日渐脱离孩子的队列，向着成人们靠拢，尽管我在心理上并没有同样的速成。生日我许愿自己别再长了。据说脚不发育了，个子也就停止生长，所以我刻意穿号码不合适的鞋子。严厉捆绑，我走路无时无刻不疼。半年过去，脚慢慢变形，除了大拇指向前延伸，并保持轻微上翘，剩下8个脚趾全部向下弯曲。小人鱼的美，从脚下的剧痛开始……我想象自己正因秘而不宣的残疾摇曳生姿。

只有锻炼时，我穿舒适的球鞋。也许正是这稀有的舒适巩固了我的体育爱好。每天长跑，来回大约2000米——穿过树林，穿过蓟门桥的十字路口，跑到终点的法院家属院。我气喘吁吁，抬头就可以看见小桉家的阳台。

那是一幢四层楼的建筑。20世纪50年代的老房子，结构稳固，颜色灰暗。大多数阳台上，或是堆满杂物，或是晾着长长短短的衣服。小桉家格外整洁，植物参差，连翘垂金挂银地垂到下层人家。一株肥绿的盆栽备受珍爱，那是品性独特的昙花。它选择黑暗中开放。花蕾慢慢酝酿，膨胀，花茎打开时约10厘米，散发着寂静中的幽香，就像少女的乳房。我目睹过它的孤闭、唯美，还有怒放中的冶艳……润白的花瓣，烘托从中伸出的一株猩红而强壮的蕊柱，裸露中微微抖动。

"小桉！"我在楼下喊，等她探出毛茸茸的脑袋。我猜她在家，因为自行车停在楼下。小桉的车总是被爸爸擦拭得新亮，辐条闪着锐利的光芒，转动时发出悦耳轻响。他不仅细致地清洁车身，还经常检测交叉的闸线是否灵敏。虎口稍一用力，车闸立即像钳子收拢，保障着小桉能在危险跟前及时止步。小桉有一个让人嫉妒的父亲。"小桉！"我继续喊。春天干燥的风吹得嘴唇脱皮，我咬下碎皮，吮吸从裂缝中渗出的血。

1983 年 5 月，卷宗

把铅笔探进卷笔刀的孔，转动。旋下两圈木头皮，红棕色，墨绿的漆皮绲边，缩在一起，像某种动物脱下的皮蜕。笔芯削得很尖，我顺手在课本空白处画了一张女人侧脸：额头饱满，鼻子高挺，下巴有些外翘，长睫毛夸张地弯曲着。我又画了全身像，她的双腿修长笔直，芭蕾动作般地超过 90 度打开……展平的铅笔屑正好做她的超短裙，镶有锯齿形花边儿。

房间里，两把刀。一把是我手里的卷笔刀，螺钉把短小的刀固定在塑料壳子里，更像玩具。另一把，近在咫尺。吉列刀片上的外包装上印了一个小胡子男人，头发梳得纹丝不乱，打着骄傲的领结。剥开纸皮，里面垫着一层半透明的衬纸。刀片中间镂空，造型像根复杂的罗马柱，支撑着一座黑而薄的宫殿，支撑两边对称的薄刃……它锋利无比，不能被轻易接近。现在它嵌进一把剃须刀里。

彭叔叔在刮胡子，剃刀在胡茬上走动。沙沙沙。这种声音让人焦虑，我老是想起连环画上的理发店谋杀。汹涌的泡沫堆积，一把打开超过90度的剃刀埋进泡沫里，犁出一片光洁的区域。稍不小心，或是顾客不慎动一动方向，剃刀就飞快地在脸颊上划上一道血痕。闭起眼睛的顾客向后深仰，暴露着喉结突出的脖颈……居心叵测的理发师，左手笼罩在他的口鼻上方，那把犹豫中的剃刀，如此逼近喉咙。我不安地抬起头，又看了一眼，彭叔叔正把刮胡刀放在水流下冲洗，并洗净脸上残余的肥皂沫。再低头时，我发现自己把答案填到下一个问题的空格里了。好在是用铅笔写的，我抓过橡皮，消灭自己的错误。

小桉洗澡还没有回来，我边等她边写作业。彭叔叔刚刮过胡子的两腮泛青，他的下巴中间，有个不易察觉的下陷的小坑儿。小桉一直为爸爸的漂亮而得意，虽然自己并不像他，她长得像平庸的妈妈。彭叔叔是法官，这使他的英俊相貌同样象征一种优越在上的权力。我心不在焉地写作业，他批阅他的卷宗。异常安静，挂钟的金属表针走动，声音简洁有力。

过了一会儿，我们似乎都对自己所做的事感到疲劳。彭叔叔递给我苹果，温和地建议我们互换手里的工作。这是一个有意思的休息方式。他检查我的作业，让我觉得自己是被父亲宠爱的女儿，这种错觉让人喜悦。我没料到，他批阅的刑事诉讼材料，如此惊心动魄。

第一份材料是桩故意伤害案。兄弟之间因财富起纠纷，弟弟几次设法杀死哥哥，在自卫过程中，哥哥刺伤弟弟的肩膀，附着刀口外翻的照片。但是那只刺伤弟弟的手，已经不会再有新作为：它被弟弟随后报复的炸药炸飞。同样，附有一张残肢的照片。模糊的血肉，丑陋的残损，让我恶心。这个文字描述中的世界，互相侵犯，凶险四伏，迥异于我的校园环境。那是成人的世界，让我心生寒意，我还没有准备好能力和勇气参与。我翻过材料时，把彭叔叔批阅卷宗的红蓝铅笔"啪"的一声落到地上。他帮我捡起来，我转移了眼光，不想让他看出我在害怕。

除了暴力，成人世界里还有其他内容孩子禁止入内。读到第二份材料，我心乱如麻。一个回家的男人目睹妻子通奸，狂怒中杀死了交媾中的男女。罪犯对自己杀人过程的申诉和辩解数千字。赤身裸体。性交。阴茎。精液。大量关乎器官的词语，对奸情的场景描写，是我首次触及的色情文学。纸上字迹一阵模糊，我尽量调整感到困难的呼吸，但一种奇异的灼热在体内漫开。不想让他看出我的兴趣，我有意冷漠——右手转动着他的红蓝铅笔，左手翻页，我咬牙坚持，装作无动于衷地阅读，好像那不过是一张普通的收音机说明书。

皮肤表面，微微汗湿。我腾出两只手，把系成马尾的头发挽上去。我喜欢妈妈的盘发式样，但明白它并不适合自己的年龄，现在似乎只有这种成熟女人的发型才能帮我散开身体的热量。由于经验生疏，几绺头发没有梳拢进去，垂在了脖颈之间，那种痒时隐时现。左手扶住发卷，右手在作业本下面翻，我喃喃自语："那个卡子呢？"彭叔叔微笑，歪头着意看了我一眼。他说："你热了吧？"随后，他拿起我刚才削好的一支金鱼牌铅笔，斜斜地，插进我草草拢起的乱发里。

房间里，两支铅笔。一支是彭叔叔的红蓝铅笔，诉讼书上，生杀予夺；一支是插进我头发里的 HB 铅笔，它暧昧难测。

2003 年 11 月，橡皮

小学三年级，老师同意出错率低的孩子率先使用钢笔。我们争先恐后地表现，似乎那是一种极具诱惑的特权。我下笔谨慎，力图卷面整洁，早日更新手里的书写工具。后来终于得到老师准许，我用上了钢笔。

黑。蓝黑。纯蓝。墨水只有三种颜色，我总是不停更换。换了一种颜色，视觉心理需要适应一段时间，等我刚刚适应也就厌烦了。看起来是缺乏耐心，其实流露出的，是焦虑。那天我把一条米虫搭在墨水瓶瓶口，它蠕动，然后掉进去了。捞出快被淹死的虫子，怎么那么笨，它在格纸上爬，写最后的遗言。我对折纸页，厌恶地一捏，虫子的肉汁和墨水混在一起，留了一团污斑。看着拇指和食指之间同样留下的墨痕，我听任钢笔滚落，在水泥地上摔劈了笔尖。是的，我不喜欢墨水，尤其讨厌大字课，手握毛笔，对着古人的碑帖模仿——白纸黑字，我的手指发出臭烘烘的气味。

为我倾心的其实还是铅笔：灰字迹，笔芯踮尖的脚，随着书写在纸上缓缓移动的纤细的芭蕾小人……裙纱般的浅影子。你可以放心地写，铅笔字孩子气的天真，还有一种草稿性质的不确定感。常年使用钢笔，拇指和食指前端的印记并不明显，但是右手中指第一道线侧面，留下一个不易察觉的小坑，有点儿茧化的硬。铅笔正好可以舒适地搁进这个小坑里。

铅笔与钢笔的最大区别，其实是由两者之外的东西决定的：橡皮。橡皮能够修正铅笔字，而钢笔的错误只能靠自己否定。但谁愿意面对涂涂改改的墨滴，显得失误比比皆是呢？如果钢笔写得不对，有人宁愿坚持，或者换张崭新的纸重新开始，也不改动错误的结果。换言之，橡皮的存在，使铅笔比钢笔更具自省精神。

我收集橡皮。小学生的习惯。除了上面写着铅字的结实好用的绘图橡皮，我喜欢各种各样的香橡皮。红的，绿的，黄的，果冻一样鲜艳。用鼻子嗅，那种小傻瓜一样不懂掩饰的甜。诱人味道使我忍不住咬下一点橡皮尖儿。那时无人知晓我的成长理想：做一个玲珑而甜美的橡皮姑娘。橡皮本身从来不制造任何错误，它只清除污迹，时时准备开始它那带有宗教倾向的、修女式的擦拭。这与我对自己的隐秘期待互为呼应。当他人犯错，我将报以宽慰：原谅，庇护，并试图弥补失误，哪怕在他人的错上磨损自己橡皮的一生。橡皮走过的路，一片泥泞。建设整洁无误的世界，需要橡皮必然的牺牲。

我乐于使用的 HB 铅笔顶端，常嵌一块寒酸的小橡皮，被有勒痕和孔洞的薄铁皮箍紧。又硬又小，是自行车内带般的肉红色，残缺的橡皮头儿落有齿痕——我吐掉橡皮碎渣儿，涩涩的。这块小得可怜的橡皮，能使铅笔犯下的错误不落痕迹。位于顶端，等同铅笔的大脑位置……那小而涩的用于涂改笔误的橡皮，便是个人的自我省察，带着它的有限和苦味。

红蓝铅笔在铅笔中最特殊。HB 铅笔的一端被紧箍咒里的橡皮管住，而红蓝铅笔，是不带橡皮擦的。甚至比钢笔更不由分说，它具有评断和宣判的味道，老师和法官无不操纵着一支高高在上的红蓝铅笔。红蓝铅笔无须配备自身的橡皮，来自阶层、职位、年龄，甚至性别的权力力量，足够让它在未成年的 HB 铅笔写下的答案上任意褒贬和修改。HB 铅笔不能修正被红蓝铅笔写下的部分，即使那是个错误——红蓝铅笔打上的叉子，都拥有格外的正义。这是权力的秩序，不容撼动。

1983 年 5 月，晚餐的鱼

一条新鲜的死鱼，很大，鱼眼的巩膜上还泛着虹彩。鳞片就像镍币一样，闪着硬质的光亮。鱼像吝啬鬼一样至死看守着它紧贴全身的财宝，我感觉到了彭叔叔刮削鱼鳞时的吃力。湿黑的鱼皮上黏液滑手，有时候，鱼活了似的，从他的虎口下往前一挣。

"晚上咱们吃鱼。"彭叔叔边收拾死鱼边说。他说"咱们"，语气直接，没有商量，于是省略但也确定了他的晚餐邀请。

问题是，我中午已经吃过鱼了，星期天的伙食总比平日丰富。是妈妈炖的黄花鱼。妈妈打开锅盖添加作料，我往里看：酱棕色的汤汁尚未淋透剖挖出来的米黄色鱼子。黄花鱼的眼珠硬白，嘴角下倾，口腔里布满锯刺的牙——它们在汤汁煮沸的气泡里，浮沉一张张太有悲剧感的脸。其中一条鱼头被铲断了，与身体分离，单独的脸……气泡从它上昂的嘴里吐出来，仿佛进行最后的陈述。过了一会儿，鱼头被越鼓越大的汤泡推到锅沿侧面，它的头突然一歪，渐渐沉没。

沙沙沙。彭叔叔继续刮鱼鳞。我的同桌曾下决心把一枚五分硬币磨平，每个课间十分钟，他在水泥地上坚持不懈地努力。持续的噪声，如同铝勺刮着饭盒的声音，总是让我难以忍受。我躲得远远的，直到同桌把他的成果，那片变薄的金属得意地捏在指头上。水池边堆着掏出的鱼内脏和散落的鳞。鳞片让我想起磨薄的硬币损伤后的光滑，那种被贬抑的价值。一旦有了联想，刮鱼鳞的声音也刺耳起来。沙沙沙，轻微而连续的噪声让我发麻，好像自己也变成了躺在砧板上的鱼，被什么利器打磨。

彭叔叔的手长得有造型，特别匹配他的容貌。这双手擅长把握利器，无论是刮胡刀还是去除鱼鳞的剪子，还有，那只能够签署判决书的象征权力的笔。彭叔叔也是一个出色的园丁，他栽种植物，从花蕾到籽实。所以他有一双恩威并施的手。

鱼的鳞，它的皮，它贴身护卫的铠甲，被他的手脱下来。我饶有兴趣地观察彭叔叔准备晚餐，准备接近黑暗时才能享用的美味。他不知道我中午吃过鱼了，所以在这顿晚饭开始之前，我的嘴里已经弥散着事先的腥气。

1983年5月，桌子

晚饭摆在八仙桌上。桌子的四条边线分别可以坐进两个人，但在我的视线里，只有一个。小桉，她的妈妈，小桉哥哥。而我和她好看的爸爸位于同一条边线。并且，彭叔叔没有给我安排凳子。我坐在他腿上。

作为形影不离的朋友，我和小桉从未有过任何冲突，她的想法就是我的想法，我的想法就是她的想法，我们好像共同使用一个大脑。现在，我感到她作为女儿由妒意上升的敌意。小桉摔打筷子，不耐烦地抱怨米饭里的沙子。她不再成为唯一得宠的女儿。我格外安静，不多话，动作里加了几分小心，却并未减少内心的得意。

秘密的争夺和分享。我们向同一个男人邀宠，方式不同而已。小桉是田径式的，激烈，强调动作幅度，带有身体上的积极感和侵犯性。我是象棋式的，不动声色，却在开辟局势更为复杂的战场——因为除了策划自己，还要因对手的布局而变化，调整人物之间的关系，部署我的埋伏。看起来漫不经心，我似乎从未上场，但这种由脑力进行的体育格外消耗能量。我隐隐觉得自己是获胜者。我的信心，来自小桉的沮丧，以及背后那张看不见的脸。

频繁的脑力活动，以及暗自较劲的坐姿，消磨着我……没人知道我多难受。我并没有真的像在众人面前表现的那样轻松自如地坐着，而是类似骑马蹲裆式：后脚跟用力，两腿对称打开，以这个令肌肉酸痛的艰难姿势，努力减少他腿上的负担。试图使体重显得更为轻盈，对得起彭叔叔曾经的赞美，我幻想自己悬浮而不是坐落在他腿上。

僵硬的骑跨，坚持起来需要体能和毅力。我一会儿就疲惫不堪，不得不有所调节。只要在彭叔叔的腿上稍事休息，我马上就恢复暗中的自我折磨，我不想让他感觉出变化。不知道这是敏感还是隐约中的错觉：当我力图分解自己的体重，我觉得彭叔叔的腿也在轻微抬升。我甚至察觉了他不动声色中提起的足弓。我的身体和他的身体之间，始终保持着秘密的衔接。越感到自己腿部内侧的夹角，我就越感到他的靠拢。有生以来第一次，我学习掌握男女的肉体之间微妙的心照不宣的进退关系。

突然，我的脊骨里涌起一阵上升的液压。瞬间的失重般的眩晕，我缺氧，两颊泛起潮红。我不自觉地把身体向桌边倾靠。彭叔叔本来左手端碗，右手拿筷子，现在他把碗放下，手臂绕过我的腰，果断地向后紧了一紧。他从后面搂住，我当然看不见他的五官和表情，但我低头看到了彭叔叔的手臂。

对我来说它是如此陌生。暴筋的手臂，让我想起收税的人。

奇怪的是，在整个吃晚饭过程中，我几乎意识不到他的妻子。那个沉默寡言的阿姨，就像一张没有添加定影液的照片，她逐渐溶解，直至消隐得没有踪迹。对比我的豆蔻年华，她显得如此庸碌与衰老。即使曾经貌美如花，岁月也会让她沦落为失宠的王后。没有资格成为我的敌人，所以，她不会吸引我。一个不值一提的配角。

我的焦点在彭叔叔、小桉和自己之间周旋。盘子里剩下几茎菜梗；各自的碗边增加了许多根齿梳般的鱼骨；一个小圆球滚落到桌面，那是煮熟的鱼硬白的眼珠。我不仅想靠意志力带走体重，我还希望自己的吃相优雅。我恨我的咀嚼，食物下降到喉咙发出的声响。我闭紧嘴巴，小幅度错动牙齿。像小桉那样孩子气地鼓动腮帮是可耻的。或者，我刻意以带有仪式感的失真的进食方式，暗示给彭叔叔：我不是一个孩子，至少不是他的孩子。

而他的儿子，额头布满青春期分泌过盛的痘疱，在他提前结束晚饭的时候才被我注意。他匆促放下碗筷，嘴里含混地说了一句："我出去一趟。"然后他走到屋角，打开大衣柜取外衣。打开柜门的时候，嵌在衣柜上的镜子划过一道短暂的光亮，晃动之后，镜子停下来。镜子停下来，为了映照留在桌边的四个人。一个男人和他的妻女，以及，角色可疑的我。

身体重心有时仅仅是轻微地触及他——我力图显得轻盈的向上努力，可能包含着对生殖器的本能捍卫，也可以解释为对纯洁的象征性维护。但镜子袭来真相，什么也不能抵抗我巨大的羞耻心，以及，从那一刻开始，对身体突然涌起巨大的不洁感和仇恨。

镜子映照出，我们在扮演什么。众目睽睽之下，这里，有一个化装成父亲的男人和一个化装成孩子的女人。

我熟悉那面镜子。镜面上有些散布的斑点：那是小桉的习惯，她总是对着镜子刷牙，牙膏沫子溅落得哪儿都是。我知道镜子的右下角有个装饰图案：两个叠合的菱形。我知道镜子下面的底层抽屉掉了一个铜箍，另外一只是后配上去的，有明显的色差。我知道，自己的身材如何被镜子初次映照。

……那一次，只有我们两个人。彭叔叔的手搭在我肩上，把我轻轻推送到镜子面前。他的声音低得像耳语："你看看你的身材，有多漂亮。"他的手臂在我背后延伸，如同根茎推送着顶端的一朵花，如同朵瓣打开内部的红，我突然昙花绽放。深蓝色的纯棉运动服，紧紧贴合着发育中的少女身体，我修长而挺拔，如同漂亮有型的铅笔，即将展开崭新的书写。彭叔叔脸上荡漾陌生的笑意——唯有镜子，能让人目睹藏在自己背后的脸。

晚餐过程中，我不知道彭叔叔如何维护他的坦然。当他收税人一样暴筋的手臂收拢，我在潮热中位移，从他的膝盖向后滑动。像一朵花被挑起在顶端……某种秘密的茎在背后支撑，我的身体才能泛起这种特有的玫瑰红。

一切，都在桌子的掩盖之下。桌子比床堂皇正义，也更隐蔽。被剥皮剔骨的鱼，在晚餐的桌子上，缓慢挥发来自肉体的顽强的腥气。

生硬地嫁接在彭叔叔身上，我就像一枝已然病变的枝杈——镜中景象不断复现，我无法继续在他腿上的轻盈表演和在小桉那里赢得的胜利感。稍一走神，一根鱼刺卡进我的喉咙，尖利无比。我咬了一口馒头使劲咽下去，不行，它还在，只不过稍微调整了倾斜的角度。我小心控制唾液下咽，以降低疼痛的程度。

"我吃饱了。"我想站起来。但彭叔叔的臂环加重了压力。他说："不行，再吃点，你正在长身体呢。"递过一口掰开的馒头，他的手靠近的，是我的嘴唇。不需要暗示，彭叔叔的动作再自然不过：他要喂我。我面临选择。吃下这口馒头，鱼刺有可能被清除，也可能让嗓子里的麻烦更大。我顺从了。咬住馒头，我的舌尖碰触到他微咸的手指。

下咽的时候，锐痛几乎使我溢出眼泪。忍不住咳起来，进餐过程中被我蓄意消灭的噪声以那么大的分贝扩张出去。我丢脸地喷出食物碎末，喷出他喂给我的东西。

彭叔叔把我领到厨房，让我张开嘴，查找卡在喉咙里的刺。口腔里弥漫着一丝淡淡的血味，我仰起头，对着他的脸，尽量张大嘴……打开自己，让他仔细查看我猩红的体内。他的手指，伸进来。

1991年8月，诊室

病毒性流感的第五天。我继续发烧，头晕，嗓子还肿痛。我的男友上午陪我去医院。体温计，验血的化验单，X光片拍照室。在医院的各个楼层辗转，我虚弱地靠着他的肩膀。在此之前，我和他的关系一直处于幼稚又造作的抒情阶段：除了几次有限而潦草的亲吻，我们缺少身体的实质性接触，相互之间只是连续地写情书……我们结巴着示爱，字里行间充满"啊啊啊"的语句感叹。

"啊啊啊。"窥镜伸进来，观察发炎的喉咙。隔着压舌板，味蕾还是感到了窥镜杆上特有的金属甜。在医生面前，病人总是严肃地，正义地，郑重地，一再向他出示红肿变形甚至在充血的器官。我们容许窥察，容许他以某物部分深入身体的内部。

……

光线穿过窗户照进来，我醒了。小心翼翼地，光着脚下了床，病愈之后的新早晨，我感受来自身体的转折和变化。享用过我初夜的男友还在满足和疲惫中熟睡。

它伸进她暗红的洞口：接触，抵达，然后开始快速地摩擦，直到它的前端，涌起汹涌的白沫。弥漫着一丝熟悉的腥气，尽量张开嘴，观察，我对着镜子一看，果然，又出血了。作为一名牙周炎患者，我发现自己的口腔能一次次扮演处女。

镜子里突然出现了另外的脸。他脸上荡漾陌生的笑意，不知什么时候，男友站在身后，我被吓了一跳。

事隔多年，如鲠在喉。

1983年6月，公共澡堂

水流冲刷，能否真正洗净身体的污浊？我用力搓，直至皮肤红痛，从自己细瘦的胳膊和腿，清晰可辨的肋骨，到肋骨上轮廓开始圆润起来的乳房。指端或毛巾下，仿佛橡皮搓起一片泥泞。我嫌自己脏。据说少女时光是一生最灿烂的，而我的开放过于短暂……隐藏在昙花无名的黑暗里，折叠于镜子背后。更衣室里，因为寒冷，毛孔起了一层鸡皮疙瘩；澡堂里腾升的蒸汽，又使皮肤上微红、汗湿和肿胀——种种生理的本能反应都令我反感。正如我不喜欢自己此时的纤瘦，同样也不喜欢未来的丰腴。我不能辨别，固执的否定和歧视是否与一次偶然的镜中映像有关。但的确是个开始，这种对身体的道德性厌憎将贯彻多年，越过我漫长的成长和回忆。

水雾氤氲，到处是裸露的女体——如同海底鱼群因其密集导致的视觉眩晕。抗拒这个场景，我不看她们，也不看自己，把温度调得很高，我闭起眼睛，灼烫的水流击打着面颊和肢体。我是一条被剥去鳞片的裸鱼，被汤汁浸透，散发将熟的微腥中的香气……贪婪的眼睛和胃在等我。

离开之前，每个人都会在澡堂大厅完成最后一项程序：镜前整理。我梳着还在滴水的头发，落地镜反射着那个收票的窄窗，反射着从中探出的看门师傅痴肥的脸。

我们管他叫大肚伯。他的腰围超过身高，肚子圆硕，腿上胯下脂肪松垮，红烧肉般的脸常年泛着兴奋的血色。所以他还有个私下流传的绰号：滚刀肉。他老婆户口在乡下，偶尔来探望他时我见过。排骨瘦，喜欢穿黑条绒的衣服，烟瘾比男人还凶，所以身上的味道很重，声音也沙哑。她少见地热肠，只要她来，总把澡堂打扫得镜明几净，问候所有来往的顾客。但我无法解释自己作为知情人对她产生的微妙优越感与同情心。

公共澡堂只在星期六和星期天对外开放，全院人蜂拥而至。我每每不是去得最早就是最晚，尽量减少赤裸时相遇的人群。大肚伯很快就熟悉了我的习惯和规律。趁着无人，他几次贴近，攥住我的手腕，响在耳畔的话语却异常温柔："星期二下午，你自己来，我专门给你开，让你一个人洗澡。"曾懵懂地把这理解为格外的偏袒，如今我确认"好意"里埋伏的危险与侵犯。

2003 年 10 月，操场

没想到，隔了 20 年之后重逢。

黄昏我到工体大队的操场散步，围绕绛红色塑胶跑道。天边滚起了乌云，仿佛激动的生病的肺叶。一只晚蝉声嘶力竭地鸣叫，用不了多少时日，那对通透的小翅膀将冻成薄冰。蝉鸣中，树叶纷纷落下，以它们告别中的浅金色。跑道是环形的——如同小时候做过的数学应用题，移动速度不一致的两个物体，无论相向、相背还是追逐，必然相遇于环形的某一点。他走在跑道里侧，我走在外侧……我们正面遭逢。

步态从容，身材依旧修拔。令人惊讶的是，彭叔叔把他的美貌维护到了老年，似乎这种漂亮可以使他享有部分犯罪的特权。我甚至相信，是一种难以言说又可以容忍的微妙的邪恶，怂恿并长久捍卫着他的美貌。

即使承认他还是具有魅惑力的男人，但我不再被诱引，毫无情绪波动。从那次搬家转学，到这个不期而遇的黄昏，20年间没有见过，除了数月前我意外耳闻有关于他的消息。让我略为担心的，倒是旧日朋友小桉，她是否了解父亲的事并由此受到伤害。隔着20年，隔着几十米的距离，我一眼就认出了……他离我越来越近。秋日黄昏，瞬间安静下来，一切背景都在向后推移，让我联想起他种植的昙花——是的，暮色硕大的花瓣全部向后翻卷，只为烘托他。

为什么我们默契地都没有开口？是因为紧紧跟随着他的那两个人吗？是因为对往事的追悔？因为遗忘？还是因为今天的羞耻？在那一瞬，我忽然有种错觉，仿佛置身影院，从侧暗的光里看到熟人——可我不能在黑暗与安静中走过去召唤，因为那会碰触他人的腿，或是成为干扰电影播映的讨厌的弦外之音，引起不必要惊扰，使双方都成为尴尬的中心。所以我把他当作陌生人，选择沉默，并试图把注意力重新转移到应有的中心。我看天边，想着今晚会不会星宿满天……像会飞的种粒，它们从同一株蒲公英的球冠上被吹散。

几步之遥。余光一瞥，他其实还是老了，经不起特写镜头。

没有不发酵的记忆。被埋藏的秘密，不是发芽，就是腐烂——腐烂中也会散发招摇或隐约的气息。那是一桩相隔数年的旧案。宣判的结果不令当事人满意，也许是怨气累积，也许是受挫的心迟迟得不到平复，也许是情感的后来变故……这位女当事人，突然把法官推上了名誉的危崖。她告他当年的强奸。

对于强奸，女方提不出充分的确认证据，男方也提不出充分的辩护证据，尤其在隔了如此可疑的发案时间之后。在一桩查无实据的案件里，奇怪的是，男方没有选择职业训练轻易得出的利弊判断。他没有采取全面否定的对策，而是承认两人之间的恩怨，但他坚持：是通奸，并非强奸。

这使一切变得更为界限模糊。外人无从得知，那次性爱，究竟是男方利用职务之便的暴力侵占，还是女方假使情色进行的性贿赂，或者仅仅是肉欲驱动下的器官摩擦，甚至不排除诉讼是爱情挣扎到最后鱼死网破的尾声。种种说法不一。有人认为，法官在欢爱享乐之后没有完成对女方的判决许诺；有人说，法官宁可被女方公开私情，也绝不做法律原则上的妥协；也有人说，法官是个不合时宜的挚情者，只不过所爱非人，在乏味婚姻之外，这个女性曾经是他生命唯一的光照，所以他宁可牺牲所有，也不允许女方否定当初你情我愿的相悦。那么，他到底是个意志薄弱的男人，还是不容屈服的法官；她到底是个无理取闹的泼妇，还是力争权益的受害者？

他被要求交代实情，暂时关押起来，待审状态并非入狱前那么严格，大约还是倾向于处理成作风问题。他有散步的自由时间，只不过，每次外出都有两个人随时跟从。

整个晚餐过程长达一个小时，我或轻或重地坐倚他的腿。彭叔叔是我成长之中第一个与之行为如此亲密的异性。或者说，是他，真正告诉我"身体"的存在。他曾经那样英俊，为我查找鱼刺时，我仰头近距离地看到挺直的鼻梁。他嘴唇上的竖纹，似乎是在问候我早熟的身体。他的手装作不经意地放下，指骨滑擦到我的胸部。彭叔叔面貌上显示的年龄令我如此迷惑：介于父辈和兄长之间，既诱惑又易于让人听从。对他怀有朦胧的迷恋与期待，我知道，只要他召唤，只要他的手臂再次揽紧，我就没有任何抵抗能力。我会继续孩子的习惯，完全听命地进入成人控制和主宰的世界……哪怕是在一条歧路上；哪怕内心慌张，一颗糖也能轻易将我安慰。

但不知什么原因，那次晚餐之后，他改变了，我能体会到那种蓄意制造的间距。他突然萌生的分寸感，使我对自己抱有猜测并鄙视。我猜我误会了彭叔叔，我猜我天性邪恶，并且这种邪恶在孩子样貌的保护里不被追究责任，我猜是情欲的力量使我过早具有成熟女性的身高。我猜我可耻的向往被彭叔叔识破。我后来猜到，对自己身体不理智的反感和刻毒，或许与此有关。搬家之前的几个月，我有数次机会和彭叔叔单独碰面，但他像入鞘的刀刃，收敛蓄势待发的光与杀伤力，只留给我印象中的花纹。

2003 年 11 月，骗子游戏

前往县城的中巴车，在坑坑洼洼的路面颠簸前行。车厢里拥塞，体味混浊。这样的行程让旅客们昏昏沉沉。这时，一个穿皮夹克的人拿出两支铅笔，设下谋划好的赌局。

一支 HB 铅笔，一支红蓝铅笔。把一根 1 厘米宽、20 厘米长的纸条对折一下并捏住，形成一个纸圈。纸圈在两支铅笔之间交替地套来套去，借以迷惑，最后清清楚楚地将纸圈慢慢地套住 HB 铅笔。他接着把纸圈之后两根分开的条带，一同缠绕在两支铅笔上。两支铅笔被紧紧绑束在一起，只露出两根条带的纸头。表演者问好奇的乘客："现在要考验一下你们的注意力和记忆力了，纸圈是套在哪支铅笔上的？"看不出破绽的观众自然回答是套在 HB 铅笔上。

腾空的破旧座椅上，压着几张皱巴巴的钞票。面对即将到手的赌资，我看到骗子露出阴谋得逞的幸福微笑。因为当他再把两根纸条同时拉展，不可思议，那个纸圈套住的，竟是红蓝铅笔。

从一个骗子游戏中，我看到自己被隐喻的命运。在我和彭叔叔之间，看似的缠绕不清并未真正发生——他们完整地分开彼此，没有更深的相互损害。那根 HB 铅笔，从纸条预设的圈套中，从暴筋手臂紧紧的环绕中……魔法般逃离。

那是镜子里的白雪公主时代——14 岁的嘴唇从未被亲吻，体形瘦瘦的，尚未发育完毕。我写下铅笔字，笔画细，却清晰。书写起来心情放松，因为铅笔另一端，橡皮象征着自我管束和修正的力量。

红蓝铅笔不配备橡皮。原本被橡皮管住的一头，变成了笔芯的双向延伸，变成了多头占有。红色和蓝色比例不一，蓝的少，红的多。通常蓝色总是被相对闲置，莫如说，对一支红蓝铅笔而言，蓝色显示书写的装饰性需要，而它的存在核心，其实是与印泥乃至鲜血一致的权力的红色。往往缺乏自觉省察与内在约束，权力就是绝对的王。老师否定孩子的考卷红；法庭震慑犯人的徽章红；甚至，男性炫耀欲望的器官红。

每个婴孩都牢牢依靠母亲的乳房，如同橡皮，抓起来柔软又柔韧。当我在镜前茫然凝视自己铅笔一样挺拔平滑的青春期身体，有人比我更明了即将到来的变化：少女的乳房酝酿着昙花般的秘密盛开。而多年以后真正成人，我才认识到，其实只有男人的性器，同时结合了铅笔形状与橡皮质地——很多时候，它决定了历史的书写，尤其是个人历史的书写。

红蓝铅笔所写下的，一定出现在普通铅笔之上，但即使是权力的独裁力量也不能彻底覆盖普通铅笔细弱的印记。笔芯有种内在的硬朗，HB 铅笔即使被摔得断裂，卷笔刀转一转，你会发现剩下的笔芯并未改变原有的硬度。而高高在上的红蓝铅笔，在更为粗壮的木头壳包装里面，权力的整条笔芯都阳痿般软。

岁月会延长。秩序会颠倒。重逢时，我的彭叔叔老了。他的沉默里，有什么东西被剥夺之后的虚弱。

2005 年 2 月，芭蕾小人

整理旧物，找到一个玩具箱。掉了漆皮的铁盒，霉掉的毛绒熊，红红蓝蓝的积木。都是童年珍宝，可我早就想不起它们的存在。最令我惊讶的是发现了一个八音盒：寸把高的芭蕾小人站在镜面上，会随着音乐缓慢旋转。虽然拆开内部，使音乐盒发声的琴板有些生锈，不能被齿轮上凸起的颗粒流畅弹拨。

如此精巧而奢侈的礼物是谁送给我的？我忘记了那个恩人，也忘记了芭蕾小人曾经带给我的狂喜。往事有时会变得没有重量，即使偶尔还能荡漾一下回忆。

作为抛弃已久的旧宠，我发现这个芭蕾小人体形纤瘦，和风靡今日世界的芭比娃娃异曲同工。芭比娃娃其实是女性进入成人社会的预演模式，学习装扮、交际乃至男伴相随的欲望。芭比娃娃铅笔般瘦得比例失调的体形，难以计数的衣装饰物，豪华的生活方式无不被今天的少女向往。她们很早就明白，容貌尤其是流畅的身体曲线可能创造的极致享乐。那么，芭比娃娃的成长，还有没有芭蕾小人那样内心被偷偷锈蚀的危险？

我相信，看澡堂的大肚伯绝不仅只对我一个人提出过独自洗浴的邀请，我相信他的窥视绝不仅只满足于停留在收票窗口之后。我不知道，有没有像我、像小桉这样的少女，曾无知地听从。他仅仅放了一点水就要占到便宜。但我知道，少女时期一次短暂的受挫经验，可以导致一生对性的态度发生突然的偏移。带着她那终生难与父兄和爱侣分享的黑暗，独自沉浮。即使成年以后的肉体能带来显在的欢愉，她也难以解释有时瞬间涌起的排斥、不洁感和仇恨……一切，被鱼刺卡住喉咙，不能言说。

　　谁也不能保证自己的一生精准无误。彭叔叔对我的本能欲望为什么戛然而止？他最过分的举止，不过是用手比拟了他的情欲。是他的教养，还是对危险的估算，使他放弃唾手可得的猎物？无论怎样，我感谢那最后的自制。事实上，直到今天，我依然不知道到底是他的美色还是美德，最后成为我原谅的理由。

　　……钟形罩下，精致的芭蕾小人在真空般的舞台上，孤单地，旋转。她超过90度地抬升着瘦削纤长的左腿——硬裙子下，她的腿呈现出一种忧伤的琥珀色。身体的重心全部落在锥立的脚尖上，透过乌蒙蒙的玻璃，我可以看清她受难的足腕。正是琴板的不断受阻使八音盒歌唱。之外的世界落满灰尘——被封存在寂静之中，她茫然无知地起舞。命运最终没有打开那层薄薄的保护着她的钟形罩。

霍乱

赵丽兰

坟，这高出地面的土，埋着大于肉身的灵魂。

赵纯，我老爹的老爹，死于霍乱。赵纯的儿子赵民国，比他早死七天，同样死于霍乱。七天，同样的病，同样的死，两条不同的人命。死于一场霍乱的，不只他们父子俩。一村子的人，相继在霍乱中死去的，还有很多。早上，送死人上山的人，晚上，别人就送他上山。从染病到死，就只是一个对时。短短的几天，一村子，到处是鬼喊傩叫的声音。

这场霍乱中，不得不说一个人。她的出现，将一场悲剧变成轻喜剧，然后将其推向荒谬的高潮。她庆幸自己幸免于一场霍乱，她活在一堆死人之中。死了的，与尘世一拍两散，两不相欠，他们的灵魂和肉身都静止了，消散了。死亡，结束了他们在尘间的爱与恨、悲与喜、冷与暖，他们甚至因为死而变得高贵、光彩，与世无争。相反，那些在一场霍乱中死剩的人，却必须在尘世间继续安身立命，面对一场瘟疫，必须惶惶不可终日，必须继续卑微、邪恶、愚蠢、慈悲，必须哭着、喊着，伤心垂泪。倘若不光明正大地淌几滴眼泪，不擤鼻抹泪地哭一场，她就是一个没人情味的人。

她不是一个铁石心肠的人。道德、亲情、责任，以及女人与生俱来的柔软和慈悲，促使她去完成或真或假的哀悼。抛开悲伤不说，这是一个仪式，表达着生对死的尊重。一场霍乱，毫不手软地夺去了许多人的命。赵民国，是她丈夫的哥哥，她要代表家族中的女人去哭他。往后，她才能抬头挺胸，硬铮铮地活在一家人中间，才可以一如既往地做一个慈悲为怀的好人，才可以在村民之间获得尊重，而非不齿。

她怕啊，怕瘟疫染身，一命呜呼，她只是众多俗人中的一个。人间，没有理由让她假惺惺地光彩照人，视死如归，临危不惧。她活着，她就怕死。她要为她的冒险寻求一种安全的方式——来自乡村的智慧，远远超过鬼神的想象，它存在于乡村的各个角落。我试图通过文字来赞美乡村的智慧，但是它揪着我的心，让我疼痛和颤抖的同时，恶作剧般欢快地笑出了声。它根植并生于愚昧，但是乡村给它的定义是"智慧"。

1975年后的一个冬夜，残月高挂，大姑奶给我复述1942年蔓延在乡村的这场瘟疫。她特别提到了这个女人，提到一个让人惊叹的细节。

女人去奔丧，随身揣了两坨揉好的麦面。如果没有人说出其中的细节，你永远想象不出这两坨麦面的用途。她将其中的一坨麦面糊在了死者的嘴上，另外的一坨则糊在了自己的嘴上，试图以此堵住瘟疫，保护自己。这两坨麦面带着它不同于往常的使命，一坨堵住死人的嘴，一坨堵住活人的嘴。它是防毒面具，是卑微的生命获取救赎的砝码。如何在遍地的死亡中获得生的可能？这考量的不只是一个人的智慧，还有胆识、情怀、修为、宿命……假如这张嘴还能呼吸，还能说话，还能申诉，他就不会死去。赵民国死了，他停止了呼吸。病从口入，祸从口出。这张嘴，已经丧失了它的功能，出或者人，都不可能了。但是，这个女人并不懂得。她只想堵住这张携带着病毒的嘴，以此堵住一场瘟疫的蔓延。她有多智慧，就有多愚蠢。她带着两坨麦面，去奔赴的是一条绝处逢生的路途。

人活在世，她不止奔过一次丧，不止哭过一个死人。嘴上糊着一坨麦面去奔丧，这样的方式，在辽阔的人间仅此一次。这还不足以让尘世叹服。这样一个女人，她是凸显于乡村众多愚钝者间的智者。她不忘为死者的嘴准备了一坨一模一样的麦面。这一坨麦面，比糊在她嘴上那一坨麦面更为至关重要。她精准地判定，死者的嘴就是瘟疫蔓延的初源，死者的身体潜藏着无数的病毒。嘴，是通向死亡的既公开又隐秘的通道，是存在于人间的魔障。

起初，我以自以为傲的姿态鄙视她的行为。但是，一场遍野尸首的瘟疫被零零碎碎地复述，众多的零碎组合为一场人鬼同惊的瘟疫，足以让人间齐刷刷地失声痛哭，一个没有经历过死亡的人是没有资格鄙视的。活着的，死去的，都需要获得更多的谅解和同情。

她跪下来，在动用悲哀之前，她要取下堵在嘴上的面团，才可以哭出声。她要让活着的人间听见她真实的悲哀。这真实的哀哭，除却所剩无几的对亲人的感念，更多的是对一场瘟疫无能为力的抵抗。说到底，她哭得更多的是来自她本身对一场霍乱的惊慌。

哭声惊慌失措，穿越阳间，进入阴间。隔壁，又一个村民死了，众哭声盖住了她的哭声。摒弃这些挽救不了生命的虚无的爱的仪式吧，逃命才是最重要的。她迅捷用麦面堵住嘴，往村外逃去。

哭声，戛然而止。

赵民国的尸体，一寸一寸腐烂。瘟疫，没有因为一坨麦面堵住死者的嘴而停止扩散，传播愈加疯狂。

七天后，赵民国的坟头连草都还没来得及长出一棵来，坟头土还是生的，赵民国的爹赵纯也死了。从此，他的结发妻子赵李氏寡居半生。赵李氏要一直活着。这个命硬的会骑单边马的女人，要一直活着，要一直活到大儿子劳改结束，要一直活到人间为她的大儿子准备谣言，要活到人间为她的小女儿准备一场来历不明的野火……人间，还将为这个命硬的女人准备遍地的月光，以及遍地的月光中一点一点落下的白霜。

这一回，人命需要鬼来拯救。

关于霍乱的记录，最早见于《黄帝内经》，其中"灵枢·五乱"篇说："乱于肠胃，则为霍乱。"《汉书》记载："闽越夏月暑时，欧（呕）泄，霍乱之病，相随属也。"

查阅相关资料，关于云南霍乱的记录中，大规模发病的有三次。1921年，正值第一次霍乱大流行，波及全省三个市（县），患者54例，死亡9人。1938年，染病患者7000余人，死亡3487人。1942年春，流传于缅甸的霍乱由保山传入，仅保山就有6万余人染病，占全县人口的五分之一。1939年到1942年的三年间，全省有74县流行霍乱，除保山外，患病人数达53430人，死亡25079人，死亡率达46.9%。

除霍乱外，1938年，昆明还流行麻疹。当时访问云南寿材业公会的材料称：自今岁一月起至四月底止，全市各区决计售小棺木约二千具。同业之中，营业规模较小者，售出后没登记。又赤贫之家，无力购棺，即行埋葬者，亦在少数。

这样一组由尸体和棺木构成的数据，尸体的数量远远大于棺木的数量。尘世何其大，尘世又何其小。无论再怎么卑微的生命，都理应有一口棺木，收纳其肉身。然而，战争、疾病、天灾、人祸……多少生命，曝尸荒野，无处安放。孤魂野鬼，这样的四个字是避之不及的破碎。孤魂或野鬼，若是趁着人间月色，赶在五更天前，提酒而来，约酒一盅，人间恐无一人懂它。阴阳两隔，活着是想，死了是害。

让我的叙述，回到 1942 年春。

这一年春天，村里村外都是哭声，有抚棺而哭者，有倚树而哭者。贫穷的人家草席裹尸，就着一棵春天开花的树，埋了亲人。赵李氏，这个爽辣的女人，她扒开荒野，就着荒地上开得正好的朵朵野花，埋了丈夫赵民国，再埋了公公赵纯。

香冢一堆，人没了。

这一年春天，村里村外，一群群光着屁股的女人，抬着棺材，送葬。光屁股抬棺材，羞死鬼脸。

坟要零，田要整。一场霍乱，让许多家庭妻离子散。荒坡不荒，孤坟不孤，坟挨着坟，遍布荒坡。赵纯和赵民国的坟，紧挨在一起。这开出朵朵小花的野地，原本是待结籽，等鸟来啄的。开花的地，此时要埋人。他们是父子俩，在阴间，他们一样需要相依为命、相互照应、相互温暖。冬至，去上坟，摆上凡俗间的供品——糖果烟酒。我似乎看见，父子俩举杯对酌，喝至兴处，大呼：好酒，再来一盅。既已忘掉疾病、死亡，阴间阳间，何不连这埋骨的坟墓一起遗忘。冬至，坟前祭扫，不过是回到亲人们中间，把酒言欢。既如此，拿酒来，阴阳同醉，共享天伦。

死了的，正在被活着的人送往荒野。荒野，将成为墓地。那些感染了病毒的，他们在人间的命数是掰着指头数的，可能等不及数完，就将命丧黄泉。

四道城门，每天都有送葬的队伍穿城而过。抬棺者，光着屁股，清一色的女人。棺材小头朝前，倒着走，没有回头路，不走回头路。小头朝前，灵魂能够站起来就走，寓意着将逝者的尸体和灵魂毅然决然地一同带走，不许回头，不许留恋人间，干干脆脆地去，回头路是走不得的。从此，不必再惦念活着的亲人，把瘟疫干干净净地带走。回来，就是祸害阳间。慈棺落地为不舍，凶棺落地为不甘，忘记回来的路吧。不舍或不甘，都不是怀念，是灾难，是祸害，是侵犯。不要回来，不要回来。回来，死人的气息吹拂到亲人的身上，亲人们活在人间的命数就尽了。人间，将多出一个或者更多个冤魂怨鬼。此时，死者对亲人的惦记或不舍，到了阳间，就是一种毁灭。

人间奇事，无处不在。

这些光屁股的女人，抬着棺木穿城而过。她们白花花的屁股，在惨白的阳光下，摇曳多姿。不必羞怯，不必脸红，不必忏悔。此时，道德的裁量对她们是宽容的，暂时打碎了捆绑在女人身上的枷锁。三贞九烈，在如此的死亡面前，不值一提。乡村，试图用朴素的形而上的思想去捉鬼，实在是高超得匪夷所思，令人瞠目结舌。

她们光着的屁股，羞人，羞鬼？羞是什么？耻辱，难为情，害臊？或者使别人感到耻辱，难为情，害臊？别人，在瘟疫面前，在"光屁股抬棺材，羞死鬼脸"荒谬的逻辑里，是横行于人间的恶鬼。鬼，又是什么？鬼，都是恶的、厉的？

光屁股的女人们抬着棺木，飘飘然，凛凛然。她们背负着拯救生命的责任，她们是战士，她们要去奔赴一场鬼死人活的战役。

这多么像是一出精彩的大戏。阴间，人间，齐齐来看。上演的，是一出人鬼大战的武戏。鬼手向上，索命来；刀光剑影，你且去。要么鬼死，要么人亡。

一个小姑娘，躲在一扇窗户后，惶恐、惊惧。她不是旁观者。几天前，她爹和她老爹，就是这样被几个光屁股的女人抬上荒坡，合着野花埋了的。她仿佛也变成了一个飘荡在人间的游魂。

这个小姑娘，75 年后，已是一个 87 岁的老人。她给我讲述这一场瘟疫时，一滴眼泪都没有。她扒了扒火盆里的火，火光映衬着她的表情，像月亮旁边的那一两朵闲云一样，她的脸淡淡地泛着些微红的光。灾难已经过去了。从荒凉里走出来，坟那头野花遍地，人间正好。在火盆边，我认真地啃完大姑奶递给我的一个苹果。它的甜，泛着时间的亮度，被火盆里的火光映衬出温暖、细腻、完整的光泽。大姑奶笑起来，光秃秃的牙床也笑着。

一路抛撒的黄表纸，这通往阴间的买路钱，仿若一封封寄往阴间的信件，写满了密密麻麻的人间悲喜，等着鬼来领。没有看见风，一张黄表纸跌落下来，遮盖了抬棺木的其中一个女人的屁股。这封寄给亡灵的信件，找不到阴间的邮路，只好返回人间。它要为人间卑微的生命遮羞、遮丑，它要人体面光鲜地活着。

人群中，突然有人喊：有人屁股冷。这声喊，猝不及防，破坏了通往地府的秩序。光屁股的女人们，感觉到肩上的棺木越来越沉。肉身压着肉身，灵魂压着灵魂，四野瘴气。与其说这是黄泉路上躲不过去的冷，不如说是卑微的生命在人间的常态。

这人间，究竟是人羞死了鬼，还是鬼羞死了人，抑或是人鬼同羞。

生和死，都是生命的一部分。

那场回不去的瘟疫，呈现在冬夜高挂的残月下。

大姑奶起身，送我出门。她所见证的 1942 年的那个春天，那些开花的树，老了；埋在树下的人，也老了。树不说话，埋在树下的人也不说话。唯有人间，还可感叹：枯藤老树昏鸦，断肠人在天涯。

她拉住我的手，使劲一握。她在用衰老的力量，表达人命对一场瘟疫的博弈。这位 87 岁的老人，需要在一场瘟疫的回望中停下来。她需要在月光下，将她死于一场瘟疫的爹，轻描淡写地唤一声，需要说出一句与霍乱无关的话，于此，躲避她亲睹的一场瘟疫，又幸免于一场瘟疫的宿命。在瘟疫面前，她无能为力。在幸运面前，她一样无能为力。一切，只得听天由命。

那个揣了两坨麦面去奔丧的女人，早已过世。她留给人间的，是怀想之余的笑料，以及笑过以后说不出来的悲哀。后人，对她津津乐道之后，轻喜剧一般，一笑了之。

那些光屁股的女人呢，终要一一回到墓地，去找她们的亲人，和亲人团聚。

75 年过去，一场瘟疫在尘世更多的无能为力、走投无路中，已经成为一个符号。没有了惊惧与慌乱，连那些悲伤的泪水，都像是别人眼睛里淌出来的一样。

月光下，大姑奶一直目送着我走远。她在等月光一点一点地消失。迎面而来的，只是和外孙女一次轻描淡写的闲聊。那场人鬼之间的博弈，以及较量，最后留给人间的细节，无关悲喜，无关生死。

念及人世的种种惊慌失措，如今，死已经换了多种方式。瘟疫渐行渐远，越来越迫近的是环境污染、资源掠夺、高速公路上的亡命杀手……

还有谁，会在悲哀的人间，一遍一遍地复述：光屁股抬棺材，羞死鬼脸？

个人史

连亭

1

我没有确切的生日，由于多种原因，它变得模糊不清。它可能是 1989 年的某一天，或是 1990 年的某一天，甚至是 1992 年的某一天。至于户口本上的日期，那是亲戚背叛的结果。

1999 年以前，我没有户口。我的父母是农民，为了生个儿子，把我寄养在外祖父家，把二妹交给大伯照顾，把三妹秘密送人。1998 年春天，我弟弟出生，我母亲终于接受计生政策倡导的结扎手术，结束东躲西藏的日子。1998 年秋，在村委任职的亲戚对计生人员说："他们家有个女养在那边河，是超生户。"然后，我父亲被迫四处借钱上缴超生罚款。这一年的冬天，我的名字得以出现在户口簿上，父亲在出生日期那一栏里，填写 1989 年 12 月 5 日。此后这个日期成了我的法定出生日期，在诸如身份证之类的地方标志着我。

这个日期是暧昧不清的，它存在拉开我和妹妹、弟弟出生时间间隔的嫌疑。在那样的年代，故意填写早两三年的日期是常有的事，这可以减少超生惩罚。我的父母对我的出生年月闭口不谈，问及他们，均是闪烁其词，刻意回避。长大后，为了确认出生年份，我去医院做过骨骼鉴定，检测结果是 1993 年。然而，这极有可能是误差。

我成了一个生日不明的人。一个无法确定的日子，偶然给生命赋予神秘的情调。正好像我的开始起于一个超大模糊的影子，在我还未觉醒之前，谁也无法确定我的存在。它间接地使我得到不同寻常的体验，并使我的生命改变。我无法看清它，别人也不能。除了一个空旷的码头，几道土灰色的砖墙，摇荡不已的船只，流淌不息的河水，谁也说不清我的童年。它述说着开端之谜，以及一个长度不明的人生。它向我述说这个，正如我向世人述说的那样。

在南方的码头上，在那最初的阳光和风雨中，一切都处在模糊的水雾中。我的故事发生在指定不明的年岁里，在时代呼啸而过的世纪之交，一些历史的注释注定要遗漏。那个不知何时到来的我，为了一个不明所以的原因，在一个古老而偏僻的码头开始了并不传奇的人生。我从码头呼啦啦地跑过，走向通往大海的河水，被送往不可捉摸的世界，淹没于拥挤而喧嚣的城市生活。不论多少年后，都要回到一个类似集市的码头，寻找她来到世上的使命。在那里，风似乎是最具仪式感的东西，给她带来一些凌乱和沧桑。她将走向一些秘密的核心，而我将会在时空之外逐渐产生一种错觉。为此，我们经常迷路。在那些斑驳的砖墙和搁浅的船只上，时间正在逝去，从码头出发的人，或抵达码头的人，完成了一生的旅行。

我也许可以从哲学或者宗教当中，找到生命的初始密码。我并不认为这有多么不可能。维吉尔在《圣经》中找到罗马的影子，但丁有贝阿特丽采的指引，阿莱夫将博尔赫斯领向文学的终极。在哲学的思想或宗教的心绪中，也许我能获得造物者的启示。

这是一个美丽而危险的念头，一度让我在生与死的思索中发现自己游离于世界的心绪。我并不是一个健全的人，却由于乡下医疗条件的简陋，阴差阳错地来到这个世界，没有因为孕检查出畸形而被放弃。我在生的光辉里，看到一艘搁浅的船只，它在水中摇动的声响，如此缓慢又如此回荡不已。我感觉到了声音与钟声的相似，我甚至觉得残损的船体像一本打开的哲学书。我在医疗匮乏的年代幸存下来，这和经历风浪而残留的船只，何其相似！

我仔细观察风浪在船体上留下的划痕和纹路。

那些灰黑色的伤痕，是多年前石头撞击留下的痕迹。伤痕表面涂过一层蜡，阳光将蜡烤干，污渍停留在上边，就像岁月没调匀的墨水，让我看到船只乘风破浪的倩影。

那些黄褐色的斑痕，是船桨擦碰留下的。这是前进的代价，每冲过一个滩头，它们就经历一些震荡。它们熟悉流水的漩涡，一些凹纹宛若谛听水声的耳朵。

那些浅白色的细纹，是陇头流水抚摸出的花瓣。这些花瓣雕刻着船只休息的岁月，在安静的梦里变幻成晚霞。

有一天，船只梦见自己变回了一棵树，一棵生长在森林的美丽的树。风吹树叶时，发出一种从来没有过的音乐，然后大海出现在树的眼前。

这是我在码头想象的旅程。一个女孩想象船只穿越河流的旅程。她觉得自己就是这艘船。然后，河流连接起她的起点和终点，就像时间串起她的出生和死亡。只是它的源头藏着迷途，如果说死亡是被迫消失，是无可奈何的凋谢，那么出生不明就像是高级隐匿。我既害怕这个日期一直不明下去，更害怕它突然明晰，使我在战栗中窥见初始的光芒。

其实我愿意享受现在的状态，我已经适应这样的事实。即使我没能真正地接受它，我也已经喜爱它。

渐渐地，我发现在我之外，生日不明的事物还有很多，它们带来来历不明的生活、来历不明的欢愉与疼痛。它们在岁月斑驳的屏风上，述说着来历不明的故事，迎送着去向不明的身影。

2

一个人会多次使用的日期，居然是一个无法确定的时间，这会给人造成什么样的尴尬？它躲在暗处窥伺我生活的全部，而我却对它一无所知，任由它戏弄我的人生，这是多么荒唐的安排。

在上学接受文明教育前，没有人在乎我以及我的出生。那时，我只是一个手指沾满泥巴、又瘦又黑的野丫头，根本不必在乎自己打哪里来，走过了多少岁月。到了1995年，突然不一样了，出生日期变得重要起来。

1995年9月，舅舅在多次说我"太野了"之后，决定把我送进学校管教，并在陇村小学交了费。他从学校回家时，我正在桃树下玩小石头，他走过来叮嘱我，上学一定要说是1989年12月出生的。然后，他看着我站在桃树下练习自我介绍。

正当我练习得天衣无缝时，被告知入学注册失败。学校说，这孩子没有户口，看上去也没到入学年龄。对此，父亲想出了妙招，我第一次感到他是聪明的。

父亲站在并非他家乡的土地上，操着异乡的口音，和舅舅密谋拿下校长。他向人借来一辆自行车，骑到镇上给我买了语文书、算术书、品德书、练字本、笔、橡皮擦、削笔刀、铅笔盒。他把椅子搬到院子让我当书桌，命令我坐在矮凳上学习。

我在荒僻的乡村装模作样地表演学习，舅舅把校长引到院门前，观看被他拒绝的女孩勤学苦读。第二年他给这个女孩办了入学手续。

我学会"夜来风雨声，花落知多少"这首诗时，校长突然被革职。有人说是因为喝酒误事，有人说是因为他徇私舞弊。

新上任的校长，是别村来的，他虽然没有开除我，但要收很多的钱，叫"片外费"。

父亲把骄傲嚼碎吞进冰凉的肚子里，三番五次去求新校长少收点钱，校长铁面无私地不予理会。父亲只好让我辗转到别的地方上学。

在新学校，我从不提父母，家长那一栏一直是空白的。有人向我问起他们，我都会飞快地掩饰过去，尽力岔开话题，生怕暴露他们的行踪。在我弟弟出生之前，他们鬼鬼祟祟地隐匿在石洞里，躲避计生的抓捕，虔诚地推进传宗接代的任务。

除了一些重大的必须他们出面的事情，父母很少有暇顾及我。新学校非常偏僻，只有几间瓦屋做教室，每个年级的学生不多，只有十几个。我混在这些参差不齐的野孩子当中，不再被问及年龄。

城里的年轻人来支教是山村小学的大事。20岁出头的男老师，穿着白衬衫、西裤，戴一副斯文的眼镜，胸前口袋别着一支钢笔。穿连衣裙的女老师，肤白貌美，嗓音清甜，教我们唱好听的歌儿。我们哼着不着调的歌儿跟在他们后面，欣喜如同参加盛大的典礼。这些人来一段时间就走了，并且没再来过。

有一个老师，是外地来的，只是他来得太久了，人们都忘记他是外地的了。他来的时候，可能是上世纪60年代，也可能是70年代，总之人们记不清了，而他自己经常短暂性地失忆，也记不清了。他也成了一个生日不明的人。

他已经不教书了，但我的老师曾是他的学生。学校要按工龄给老师发工资，他支支吾吾地说不清开始工作的年份。早年的档案早已荡然无存，想弄清此事的统计员也无计可施。

那就按 1972 年算吧，统计员说。他的脸抽动了一下，似乎想说什么，又咽了回去。凭直觉，我感觉他遮盖了什么隐情，是他不愿提及的历史。

他住在学校旁边的一间瓦屋里，门口正好对着河。屋前屋后绿茵茵的，有一棵高大的枇杷树、一棵桃树和一棵石榴树。瓦屋在树荫下看上去很低矮，好像一个人在里边站直了都觉得困难。

我老师经常去看他，有时会带上我同去。在美丽的果树下，他们会说起一些我不太听得懂的话。我也不太爱听，一门心思地吃刚摘的果，等他们重新变回沉默寡言的人时，我已经狼吞虎咽地吃了好几个。

他的树开花时，他喜欢站在树下看蜜蜂，一看就是一整天。他说："它们若是在地球上消失，人类就活不过四年。"

他问我："你喜欢蜜蜂吗？"我说："它们会蜇人。"他温和地笑了笑，轻轻地摇头。

他有时会说起以前的事，但说得不多。他会暂时性失忆，尤其是癫痫发作之后。

我老师说，他年轻时受过很重的伤，被他最喜欢的学生打的。我很惊愕。

我老师还说，他是个饱学之士，方圆百里之内最有学问的人。

"学生为什么打他？"我问道。

"有时人会在不自知的情况下犯错，等事后才会后悔。你答应我，要做一个三思而后行的人，做一个对得起良心的人。"我老师看着我的眼睛说。

他说这话时有点想哭。我问："你为啥哭？"

"孩子，等你长大了就会明白啦。我知道，你是个聪明的好孩子。"他笑了笑。

"师爷为什么不回他的家乡去呢？"我问我的老师。

"我也一直在想这个问题。也许，他没有家人了吧，因为从来没听说过。"

我很喜欢师爷的树。一天我问他："这些树是谁种的？"

他说："很久以前，一个姑娘种的。她是我见过的最美的人。"

我又问："她现在在哪里呢？"

他说："在天堂里，很多年前她就去那里了。"

我抬头看了看天，又低头看了看他，觉得他有点苍老。

我觉得他一天天衰老下去，尤其是秋冬时这种感觉更明显。一天，我又跟随老师去瓦屋看望他，发现他躺在小床上，看上去虚弱、苍老，浑身散发一股怪味，让人不能久留。

站在树下看着东流而去的河水时，老师喃喃地说："他的日子不多了。以前，他可是一个风度翩翩的人啊！"听了这话，我的心好像被蜜蜂蜇了一下，敏锐地感觉到了什么，但又说不清。

死神降临了，在树叶落满庭院的时候。我老师在瓦屋门前大哭了一场。

多年后，我回去看我的老师，发现瓦屋的位置盖了新的教室，那几棵可爱的树也不见了，好像这个世界从来没有过一个喜欢看蜜蜂的师爷。我的老师，脸上爬满皱纹，头上顶着白霜。

当我在师爷的树下感觉到一些事情之后，我变得多愁善感，看见什么都想哭。

一个人在孩童时期看见死亡，将会需要多少阳光，才能感觉到温暖？

阳光是缓慢地来到我的生活的，在那之前，我几次差点死去。

我的祖父，从南疆保卫战的战场回来后，被查出感染肺结核。他在等死的那十多年里，安心地在祖上留下的老宅过日子，与全家人分灶而食，精心地打理他在香槟玻璃瓶里养小鱼的爱好。他是家里唯一的闲人，这得益于被称作富贵病的肺病。我一岁多时，忙于农活的父母把我暂时交给这个闲人照看。

这个"富贵闲人"，知道如何在战场厮杀，却不知道任何病理常识。他炒菜时把我背在身上，他喂鱼时把我背在身上，他的汗液与我的汗液混在一起，他为自己准备的食物也喂进我嘴里。农忙结束后，父亲发现我的脸因为咳嗽变得红扑扑的。肺结核病毒悄悄地捕捉襁褓中的我，在我还未尽享人世时差点要了我的命。

我记不清医生什么时候把我治好的，也记不清残缺的器官是如何消灭病毒的，只记得五六岁时我还会因为那场病而习惯性地咳嗽。

有一天，我和父亲从小诊所出来（诊所和我家老宅隔着一片稻田），走在初夏的田埂上，清风吹得田禾海浪般翻腾，稻花在阳光中散发迷人的清香，我的心脾感受到了，我的肺也感受到了。肺亢奋地咳嗽起来，这似乎一直是我用以表达快乐的乐曲。

父亲突然回过头来，皱着眉头对我说，你再咳就会死。

死亡的恐惧瞬间震慑住了我。咳嗽卡在半路而中断，另一阵快要奔涌而出的咳嗽也被我拼命压住。从那天开始，咳嗽渐渐式微，我的肺在胸透图中也被定义为健康。

我没有死于那场病，但祖父在我止住咳嗽的那年死了。他死的时候，肺已被啃噬得稀巴烂，虽然他还是一米八的汉子。

我有一个外号叫螳螂。同伴以此命名我，是取其形似。瘦削，露骨，青黄。如果你见过螳螂抱着草叶在风中晃荡的样子，你就能想象出当年少时我在码头行走的模样。

我的肺已经好了，体质仍然太弱，时常感冒。从两岁开始就照顾我的外婆，恨不得把我浸到药罐里，让颜色各异的药水重塑我的骨骼、血肉，变幻出一个健康美丽的少女。

我吃过很多种药，麻木到感觉不出黄连的苦。也许我早就变成一种药了，因而我对药物不以为意，漫不经心地吞下，觉得它们只是偶然路过我的身体。我们之间存在着不明所以的排斥，因而我常常把它们吐出来，让它们回到本该属于它们的泥土里。

外婆没有因为我的排斥而放弃，相反，她对药有着非凡的执着。她总是对我说："这是你的药。"以此来让我明白，这些药属于我，我不应该拒绝它们进入体内。

在外婆的循循善诱下，我练习与药和谐共处。我每天变换各种表情，以便增添喝药的新鲜感，或皱眉，或咧嘴，或叹气，或号叫，或嬉笑，或耍赖，把药灌进嘴里，一边感受它们在肠胃四处游击，一边和外婆一起祈祷病菌随着药物不知所终。

寻医问药，练习喝药，一度成了我和外婆之间的必备节目。她一次次地拖曳我去寻访医生。关于这些药物是否真有奇效，她不事先考证，只是执着地让我喝下它们，再仔细地观察结果。

有些药毫无作用，我厌烦、生气，她说试过总比没试好。有些药产生过短暂的效用，这时她便欣慰地让我坚持喝，并把稍有起色的成效夸大后渲染给我母亲听。我很抱歉我没在那些药中彻底强壮起来。

那些年，家人一直以为我只是因为祖父导致的那场病而体弱。多年后，我才在一次体检中得知自己"左肾缺如"，胚胎时期受致畸因素影响而导致。医生说，我很难或者不会有孩子，这对一个女人来说是残酷的。

我打电话将此事告诉母亲，我希望她能对我说点什么。我需要安慰，甚至有发泄的冲动。我提醒母亲回忆她怀我时有何不当行为，我引领她搜索可怜的微乎其微的迹象。我想知道她为什么被感染致畸因素，一个人遭遇不幸不会是无缘无故的。年代久远的不明原因在我的基因里埋下伏笔，我想知道这个伏笔是什么，埋得有多深。

母亲什么也没说。隔着话筒，我能感觉到她忍而未发的情绪。我挂了电话，从医院出来，找到一处墙根，困倦而茫然地看着我的身体。人永远都不知道生活中的细微的事件到底意味着什么，当知道的时候，一切都为时已晚。我不能回到二十几年前的某一天，去阻止母亲不要靠近危险的兔子。我不能，所以我成了今天这副样子。

我感觉码头的风，又一次吹向我。而我自己已变成一艘搁浅的船只，并且支离破碎。

4

如果不是多番求职受挫的话，我会以为文凭已经让我拥有一把金钥匙。我几乎忽略了斑驳的码头沉疴以及病弱的躯体打在我形象上的烙印。

2016 年，落叶纷飞的城市，似乎正呈现复杂、崩塌、支离破碎的趋势，躁动不安而又变幻无常。全球股市风云变幻，经济进入了冬天，接着楼市突然疯长，房租上蹿……从宿舍窄小的窗户，可以窥见雨后春笋般升起的高楼，钢筋骨架直插云霄，天空被烟雾熏染……

一整代人陷入焦虑，社会频现读书无用论，每年有两百万毕业生找不到工作。在冷雨大风断断续续的日子，打开手机可见有人从高楼一跃而下的消息……

那些日子，父亲走在乡间小路的形象一次次浮现在我脑海。清晨中的小草以露珠接纳他持续的咳嗽和吐痰，像是某种契约或是标记。

他和第一缕阳光一同踏进工地，在干活前，把工地的每个角落查看一个遍。等工友陆续到来时，他就扯着嗓子分工，叫喊声和咳嗽声充斥整个工地。

同时，工地外低矮的稻田垂下了头颅，毫无意义的碎石堆在荒山下等待工人运走。几个村庄镶嵌在荒山的罅隙中，房子依山盘旋。上了年纪的或正在老去的人，从斑驳的木门中走出来，捡拾堆放在墙角的柴垛，不久屋顶上方飘起了炊烟。

一想起炊烟我就流泪。在世间生存，叫尝尽人间烟火。离开人世，叫化作一缕轻烟。城市的天空没有烟火，只有像抹布似的一层灰黄覆盖，擦拭着我和父亲在城市短暂的相处时间。

我找工作的时候，父亲想到我所在的城市打工。他要供 18 岁的弟弟上大学，家乡没有生钱的路子，他以为我毕业有出息了，就来投靠我。

他看见我的出租屋，显露出迟疑和惊讶的神色。这是芜杂的城中村，没有繁华的迹象，拥挤的自建居民楼缩在菜市旁边，攀爬昏暗、陡峭的八层楼梯，才到达我那20平方米却隔为一室一厅的出租房。

出租屋没有空调，只有一张床一把椅子一个风扇，客厅散乱地堆放着我的书，薄薄的墙和玻璃隔不断公路上尖利的车声。

我想给他买个300元的折叠床，他坚持打地铺，最后只买了一张竹席铺在客厅。带他熟悉如何坐公交、地铁、认路之后，我再也无暇顾及他。

每天早上，出门后我们各奔东西，晚上回家他给我煮挂面。有时他会因为迷路给我打电话，我则声嘶力竭地在电话一端指挥他。在城里他好像我的兵，我让他往左他绝不敢往右，再也不是那个在田地里乐呵呵地吆喝水牛干活的农夫。

我一门心思地找工作，赶着一场又一场的招聘会。奔走的路上，风总是很凉，行道树的枯叶扑簌簌地降落。我的目光始终绕不开这些落叶，它们像无家可归的孩子，在风中乱窜。它们落到地面，经受一些杂乱的踩踏后，很快被扫进垃圾桶。

晚上父亲偶尔会在出租屋问我找工作的情况，我只有"挺好"两个字可以回答。他听了也不再问什么。大概过了一个月，他跟我说要回去了。这句话省去了他一个月的艰辛和复杂心绪，但我知道他求职的困难和屈辱甚于我千百倍。

我执意在他回乡之前带他出去玩一趟。走在路上，看见挂在高楼墙壁外的装修工，他会露出歆羡，看见在街角挥动扫把的清洁工，他也会露出歆羡。他年近半百了，装修公司不要他。他是个连路都认不得的乡下人，街道清洁工也不要他。他已经认命自己不属于城市了，但他藏不住歆羡。

我让他在外滩，和东方明珠一起拍照。他拘谨地站着，苍老土气的样子，在璀璨灯火的映衬下特别突兀，但他还是努力地笑着，尽力模仿许文强的样子，想要把一生的美好都定格在按快门的瞬间。照片出来后，他皱着眉头端详很久，最后还是乐呵呵地笑着说："上海滩就是不一样。"

我跟他说弟弟的学费不必担心，可以申请国家助学贷款，生活费暂时由我来补贴，等他在家里找到活干后，一切又可以回到从前了。他表示同意，终于买了车票。

我目送他进站，极力地想追寻他的身影，但他很快被来来往往的旅客淹没。他没能融入浩荡的农民工队伍，却被淹没在失意的回乡人里，他心里是怎么想的呢？回乡后，他在乡亲的羡慕中把上海描述得跟电视剧《上海滩》一样，说起我也只说好的一面。

后来我终于考了一家事业单位的第一名。入职体检时，我因查出"左肾缺如"而进了医院。医生告诉我，畸形发育加上过度劳累，我的腹部已经发炎，必须手术排出瘀血。

在医院，我告诉自己不要为风起云涌而害怕。但我还是哭了，哭声压抑在剧烈抖动的肩膀下，泪水挂满我埋在胸前的脸。

刚回家的父亲，又带着母亲到医院照顾我。在等待手术时，母亲给我讲兔子。她那么喜爱兔子，在怀我三个月时，她养了几只可爱的兔子。在四月，这几只兔子全死了。艾略特说得没错，四月是残忍的季节。我母亲在多年前的四月为兔子落泪，现在她在陌生的城市为我哭泣。

和我同住一个病房的，是一个侏儒症女人，脖子斜向一边生长，31岁。她住院是因为写博士论文累病了，必须做一个解除脊椎压迫神经的手术。

她的样子，很容易让人产生同情，但与她交谈时，绝没有怜悯她的余地，相反，我时常惊骇、感叹、敬佩。我比她高，比她好看，可我却没她乐观坚强。

她有时昏迷，有时清醒。清醒时，她怂恿我和她一起唱《荣耀》："成长于苍茫茫的异乡，回首依然望见故乡月亮。黑夜给了我黑色眼睛，我却用它去寻找光明……"她的声音滑稽极了，面部因为唱歌鼓胀得很好笑，我却忍不住热泪盈眶……

她看出我时常心事重重，和家人话也不多，就以过来人的口气对我说，和你妈妈多说说话吧，以后你会知道说话的好处的。

终于，我在医院和母亲第一次达成真正的和解。我试着去听她讲家中的茶树，那是她嫁给父亲那年种的。她说，要是嫁不出去，大不了像茶树一样待在家里。我笑了。不是笑自己的命运，而是笑母亲将我比成她嫁给父亲时种的茶树。

从医院出来后，我继续奔走在求职的路上，一旦有落脚之地，就像一棵树一样挺立着、战斗着，任凭风吹雨打，我也张开双臂，想象它们是一把伞。

而后，我遇到了我的爱人。他包容我的一切缺陷，忠实地担任着我的人生伴侣，不是作为戏剧主角或者一个故事而存在，而是作为我身旁的一棵树而存在。以后的人生，不知将有什么痛苦等待我，但我不再是独自一个人面对。

5

我们有了一点积蓄，存在银行里，就像把沙子装在竹篮里，一点点地下漏、变少。而如雨后春笋般建起的房子，价格却在嘹亮地飞升。这让刚在城市打拼几年的我们很恐慌。

房东以房价上涨为由，想抛开合同涨房租，我们没同意。吵了一架后，我们被赶出了出租屋，签了一年的房租合同在雨水里无力地失掉笔迹。

这坚定了我们买房的决心。经过多方考察，发现我们不符合所在城市的限购令。朋友说，可以采取曲线救国的策略，先在能买的城市买房，等交满五年社保符合购买规定后，再把房子卖掉在这里买。房价在涨，不会亏的。

于是，我们凑了首付，在故乡的一个小城市买了房子。我们花光了积蓄，并欠银行几十万元。每月，我们要交付 4000 元的按揭，交 30 年。同时，我们没能住进去，而是漂在大城市里，每个月要交 1000 多元的房租。

我们规划了以房子为背景的幸福生活，深信只要辛苦几年，就能过上安稳的日子，在城市扎下根来。之后，我们发现恐慌并未消失，除了担心房价下跌，还担心购房政策频繁改变。

这个异地的房子，是我们应对通货膨胀的无奈之举。而我们却被房子和贷款利息套住了。我们低估了房价失控的车轮。它不只是疯长，它像沼泽一样可怕。每天，我们像从房子里弹出来的蝗虫，乱七八糟地在城市乱窜，只是为了虚幻的"下半辈子的辛苦能减轻一分"。

生活变得紧张单调、沉闷无聊。有一段时间，我患了严重的失眠症，消瘦不少。挤在人堆里上班和下班，不仅身体不适应，精神也不适应。曾经亮堂的心，有什么东西似乎枯萎了。

我成了城市中一个魂不守舍的人，随波逐流地过着似是而非的生活，仿佛在那，但又不在那。一天加完班坐夜车回家，看着车流人流在路上像过江之鲫般涌动，我难过得想哭。

我是活生生的人，为什么要为那些冰冷的砖头而卖命地工作？

我在乎的不是房子，为什么却被裹在时代潮流中而陷入恐慌？

在这个尘世芸芸众生过着绝望的生活，试图以华丽的衣裳掩盖灵魂的空虚，以宽大的房子安放躁动的躯壳。可依然还有那么多庸常的灵魂，在重重负累下行将窒息。

我想起奈保尔笔下的毕司沃斯先生，为一套并不十分坚固的房子，泯灭理想，负债累累，耗尽一生，最后如同落叶般枯死。

我想起这一生我最想要的生活，是在一张安静的书桌上，写一首能使冷酷者落泪、绝望者微笑的诗。

我没有批判世俗生活的意思。没有谁能规定人该怎么活。挣钱和写诗，没有高尚与低俗之分。我只是在寻找适合自己的世界。房子是居所，也可能是牢笼，将更广阔的天地隔绝在方寸之外。

我凝视红尘中那个似是而非的自己，撕破她在职场中冲锋陷阵的面具，扒掉她修身的职业套装、高跟鞋，翻出她那颗隐没在虚伪下的热烈、多情、敏感的心。

我看清了既脆弱又强大、既无畏又婉转、既容易快乐又容易流泪的自己。

与其花生命中最宝贵的一部分时间来赚钱，为了在苍老褪色的时间享受一部分可疑的自由，不如简简单单一辈子。在不安、忙乱、琐碎中浮浮沉沉，死的时候才发现好像没活过，多冤啊！

我已经死过几回了，何必害怕因为没有房子而生无保障、老无所依？

义无反顾地卖掉房子，辞去强撑硬扛的身份，卸下虚张声势的武装，从此天地任逍遥。

我在心里呼喊得豪壮，行动时却谨小慎微。我还是怕啊，在瞬息万变的时代面前，谁不怕呢？

我遇到了华姐，于是有了行动的勇气。我们在一场文学笔会上相识，出乎意料地相见恨晚。她出身于一个书香世家，祖父和父亲都蒙受过"文革"的劫难。她说她是在父亲的音乐声中长大的。

她父亲是一个大学音乐教授，前几年因病去世，未到耳顺之年。对于一个有才华的人，这样的生命太短暂了。父亲的死对她打击很大。死亡把时间斩断在一个人面前，迫使人改变，这是最具有生命逻辑的事情。

38 岁，没有能结婚的人，就不再结婚了。东莞的房子卖掉，把钱投入个人图书室的建设。辞去忙碌的工作，专注地投入喜爱的事业：旅行，写书。

这种生活是我向往的，一直存在于我心里，华姐却把它变成了现实。

她说，旅行前，从不刻意准备，只把必备的东西塞进拉杆箱，就关门而去。在每一个城市都停留不长，只要觉得已经写出想要的东西就离开。

每到一个城市，就随意乱走，沿途的一切，无论是破旧或是繁华，都有等待发现的美。即使是随意路过的行人，树下乘凉的老人，嘈杂的施工工地，长满野草的荒地，午夜路边调情的男女，铺满落叶的安静角落……

我被她描述的世界深深打动。她活得多么富足啊！

我恳请她让我随行一次，她欣然答应。

我跟着她，蹦蹦跳跳，一路狂奔，兴致勃勃，不知疲累，跑上汽车，跳上火车，从这个城市到那个城市，一切从来都无须预约，每一天都是从头开始。

旅馆的窗户、楼台、鸽子、街道、行人，唤起了或者造成了这个世界的另外一些细节。无论是繁花绿树，还是人间灯火，都会在某一瞬间把人深深打动。

来来往往的人，不知道他们是谁，为什么出现在这里，下一刻又在何方。我捕捉我们相遇的这一刻。这一刻是什么,无法完全懂得,我只是抓住了某一种可能,并且一旦抓住,就会被其中庞大的情绪占据,然后背负起向我走来的似是而非的故事。

我深知这不过是我臆测的故事而已,但这又有什么关系?我所走过的路,宛如一小段模糊的旋律,我无法记住全部的曲调。我所能做的,是尽可能地辨认这些旋律,并记录下来。

我不断发现身边存在一个平凡但精彩的世界。平凡的笑与泪,或是撬动整个世界的杠杆。凡人的哀与乐,谱写着生活的本相。"理想"在平凡的人间不可避免地遭遇凄凉,却始终支撑着人生的意趣。

我想,人生就是这样的,无论多么卑微、困顿,我们总能生发出一些光。因为这些光,我们所进行的一切,就不是毫无意义的。

我终于走出房子的阴影。这个阴影还在人间蔓延,笼罩在城市的上空,但我已从蝗虫蜕变成飞鸟。只要地球还在转动,就没有哪一片乌云能困住飞鸟的翅膀。

6

我时常回望过去。在码头的风中看到家族深深浅浅的影子,它从明朝初年开始扎根在黔江流域,建立生养我的木石宅院。我的先辈在这里暗中编织了我的今天。

我看见我的曾祖父,这个清末时期出生的大家族的长子,自小便在战争岁月中为整个家族的希望而读书、娶妻、生子,在颠沛流离的逃难中生病,然后死去,再也没有机会实现早年因为家庭而暂且搁置的理想。曾祖父的一生与战争纠缠,他守候的家门前,走过太平天国的长毛军,走过北伐的黄埔军,接着是军阀之间的割据,然后是日军的轰炸……广西解放后，他失业了，苦心经营多年的私塾被学校代替。他回到老宅里，没几年就病死了。

我看见我的祖父，他在日军的狂轰滥炸中诞生，并见证了日军的败退、国民党的撤退。南疆保卫战时，他已是一个有年头的老兵了，作为后勤兵他随部队前往越南，回来时肺部已被感染，一米八的魁梧身材，与疾病抗争十多年后，倒在故土上。他的身后，是独自操持家庭的祖母，一个将对丈夫的思念和女人的柔弱隐藏在谷物中的女人。

我看见我的父亲。他成长于百业待兴、负重前行的历史时期，在"文革"中度过童年，在改革开放和计划生育的浪潮中娶妻生子，延续家族的血脉。为了他的四个不能团圆的孩子，把理想深埋心底，深埋在他与母亲的爱情里……

我看见个人始终和时代纠缠，犹如时代河床的一粒沙石。在与时代一同蹒跚学步时，我的先辈们失去一些，得到一些。他们的经历早已为我的人生塑形，成为我身上不可磨灭的烙印。如果没有战争，就没有贫穷；没有贫穷，就不会有艰难的生活；没有艰难的生活，就不会有我今天的模样……谁知道呢？历史以什么样的方式塑造人的命运，谁说得清？

我看见我的先辈在时代的洪流中无可奈何地被生活牵着走，很少有机会选择，只能任劳任怨地把传统和责任进行到底。

然后，我看见我心里的这块地，还执拗地长着一棵叫理想的树。

我所经历的苦难变成了个人的复合历史。这个历史，帮助我明白自己是一个什么样的人。

我既简单又复杂的背景，对应着我生日不明的出世，存在着一个模糊的时代轮廓。我的开端，源自先辈的历史；我的现在，某种程度上塑造着未来。我的写作是这一切的总和。它们向我展示，生命是最具神秘性的，是融合悲伤、荣耀的旅程。我作为这个旅程的信徒，虔诚地书写自己的历史，在敬重与缅怀中，发现哲理与本真。

病患仍然时常席卷我。那些缓慢到来的阳光却把生日不明的我，历练成一个百折不挠的战士，随时应对不期而至的战争。

无论身处何地，我都无法忘怀承载我童年的类似集市的码头，它是我第一次思考生命的地方，它是我人生一场最盛大的仪式的发生地。我驾着残破的船只起航，寻找我的意义，然后阳光缓慢地进入我的生命。

我带着码头的照片，一天天地行走在探索人生之谜的路上。出发，冒险，感受，抵达，把生活的体验带到书桌前，岁月流逝，我成长了，我发生了改变，我的生活也发生了改变。

我回顾过去，重建自己的世界地图，忽而发现这是一份我所经历的时代的档案，尽管它暧昧不清而又微不足道，我也依旧珍惜那些若有若无却终将降临的阳光。

38°C

—

血缘与情感

38℃，我们在微微发热的体温里坠入人海，感受无处不在的人间欢愉，感受亲情爱情的拉扯温柔。

洛阳 南京
（节选自《秋园》）

杨本芬

一

　　下了几天的雨，洛阳市安良街的屋檐下满是积水。一个五岁的小女孩光着脚丫，裤管卷得老高，转着圈踩水玩。水花四处飞溅，女孩一门心思戏水，母亲走近了，她还全然不知。

　　妇人火冒三丈道："男不男女不女，打起个赤脚玩水，回去非得给你包脚去！"边骂边拽过女孩的胳膊带回家去。

　　这是一九一九年，女孩名叫秋园。

　　她们的家是一个药店。朱红色大圆门上方嵌着斗大的烫金大字"葆和药店"。进得门去，光线骤然一暗，里面是个颇大的店堂：四壁都是酱色木柜，一格格密密麻麻的小抽屉上贴着细辛、白芷、黄芩、辛夷、羌活、麻黄、牛蒡子、夜交藤、紫花地丁等各类中草药名称；一排半人高的柜台正对大门，伙计在柜台后面接待按方抓药的顾客；柜台左边一扇乌金屏风隔出一块地方，里面一方红木大书桌，桌上搁着毛笔、砚台，那是药店掌柜梁先生给病人把脉诊病的地方。

　　秋园的父亲梁先生是个能干人，四十来岁，医术在当地口碑甚好。店铺墙上挂满了"华佗再世""妙手回春"之类的匾牌。难得的是，病人不管有钱没钱，他都一视同仁。梁先生还从老家南阳将自己当眼科医生的舅舅接了来。这位舅舅除了给人看眼病外，还自制中药眼药水，如拨雾散、一滴清等。

穿过店堂，又是一朱红大圆门，进去是个大园子，种有各类花卉草木。园中有口深井，井上架着辘轳。花园两旁有数间平房，一间是烧火做饭的厨房，一间专门用来加工中药，还有一间是接待女客处。这些女病人不是大家闺秀就是小家碧玉，有些难以启齿的妇人病就和太太讲，再由太太告诉掌柜的。

这所宅子的第三进才是居家住人的地方。雪白的院墙上画着松鹤延年的图画。墙内住着梁先生、梁太太、秋园和她的两个哥哥秋成、秋平，还有梁先生的舅舅以及四个伙计。算是个大家庭。

梁太太把秋园带进房间，二话没说，一把将她按在椅子上，拿出一块约莫四寸宽、五尺长的白布，立马要给女儿裹脚。秋园又蹦又跳，哭闹着不肯答应。梁太太恶狠狠地朝着她的小屁股啪啪啪几巴掌，边说："不裹脚怎么行？长成一双大脚，嫁都嫁不出去！你会变成梁大脚，没人要，丢我的脸。"

秋园对这番话似懂非懂，但看到母亲那架势，这脚是非裹不可了。周围的女人都是裹脚的，脚越小越美。最标准的小脚可以放进升筒里打转转，谓之三寸金莲。那些小脚女人走路像麻雀、像小鸡，在地上一跃一跃的。

裹脚是件大事，一般都由母亲来完成。女孩裹完脚后，有的母亲会把女儿抱上一张大桌子，让她站好，然后一把推下桌子；有的母亲会拿着鞭子抽打女儿，小女孩疼得厉害了就跑，一跑就摔倒了。这样做是为了让足骨摔碎，变成畸形。也有少数乡下姑娘小时候没裹脚，及至长大去相亲时，就像做了什么见不得人的事，一双脚不知往哪里放好，只能穿很长的裤子罩着或用曳地长裙盖着。

可怕的裹脚落到了秋园头上。好在梁太太既没有将她推下桌子，也没有追打她。梁太太左手抓住秋园的脚前掌，右手抓住脚后跟，双手同时用力朝中间挤……光这功夫就够秋园哭得声嘶力竭，喉咙都哑了。梁太太挤了一阵后，用右手抓住女儿的五个脚趾使劲捏拢，左手将准备好的白布一道道缠上去，缠紧后又用针线密密麻麻地缝上。秋园又哭又叫，梁太太也流泪了，手上却一点没松劲。

第二天，趁着女客来访，梁太太不在跟前，秋园偷偷寻出剪子，把脚上的线拆了。解开白布后，四个往脚心收拢的脚趾一点点弹开……那双脚兀自颤动，抖个不停。

这事当然瞒不过梁太太。当晚秋园便被她喝令跪在地上，挨了顿重板子。梁太太边打、边骂、边哭，可哭归哭，手上的劲却一点不松。

经过一段时间锥心刺骨的疼痛，秋园原本漂亮的脚便失了原来的形状。

过两年，秋园被送到一个私塾发蒙。老师是东街的一个秀才，六十多岁，戴一副老花镜，留着山羊胡子，穿一件深灰色长袍。教室是一个大房间，一头放一张四方桌子，桌上放着笔墨纸砚，还有一块竹板。竹板一面红、一面绿，一头宽、一头窄，窄的一头用来捏握。通常，竹板绿色的一面朝上。如果学生要上厕所，就走到桌前将竹板翻个面，让红色朝上，等从厕所回来，再将竹板翻过来。

如果学生打架、骂人，老师就用这块竹板打屁股。如果学生上课讲话或背不出书来，老师就用竹板打手心。在这里读书的学生个个规规矩矩，走不摇身，行不乱步。

女学生读《三字经》《女儿经》《百家姓》，男学生读的是《孟子》《幼学》《增广贤文》。老师念一句，学生念一句；学生念熟了，老师便讲解文意。此外，还教毛笔字、教打算盘。学生抄字、背书时，老师便坐在桌边抽烟、喝茶。学生上课期间是不休息的，直到饭点才准回家。

秋园在私塾读了一年，学了点"女儿经，仔细听，早早起，出闺门，烧菜汤，敬双亲"之类，便被梁先生送去了洋学堂。梁先生是个跟得上形势的人。现如今都流行上洋学堂，也不兴裹脚了。秋园裹了一半的脚被放开，那双解放脚以后就跟了她一辈子。

二

隔了些年，大哥秋成十九岁，准备娶亲了。秋成从小就跟着父亲学医，预备子承父业。

天下不太平，张作霖、阎锡山、吴佩孚打来打去。今天北边的军队走了，明天南边的军队来了，日子过得提心吊胆。有大姑娘的人家尤其不得安生，时不时就会传出哪个村的大姑娘被路过的兵奸了，第二天跳进门前水塘淹死的消息。

离洛阳城不远有个余家村，一户人家有五个女儿，家人整天都提着心，就怕闺女的名节毁在兵士手上，到处托人说媒，想把闺女早日嫁出去。不知怎么七弯八绕就说到梁先生这儿来，要将其中一个女儿给秋成做媳妇。

梁先生是爽快人，说救人一命胜造七级浮屠。一天晚上，一辆牛车偷偷摸摸地从余家村拉来了一个姑娘。那姑娘就成了秋园的大嫂。牛车上堆满了红薯藤，大嫂就躲在薯藤里来到了梁家。

大嫂长得不很漂亮，只那双脚是名副其实的三寸金莲，穿一双绿缎子绣花鞋，鞋面用红丝线绣着牡丹花，走起路来颤颤悠悠。这小脚大嫂极其能干，粗细能做，绣出的花儿就像活的一样，擀出的面条又细又长，很是讨人喜欢。小夫妻俩也十分恩爱。

不久，二哥秋平也娶了亲。

二嫂家在开封封丘乡下。父亲跑码头做生意，赚了些钱。封丘乡下时有土匪出没。一天晚上，家里来了一伙土匪抢钱，碰巧男主人出门在外。二嫂的母亲很有几分姿色，土匪见了哪里肯放过？二嫂的母亲怎么也不肯从，这么折腾一阵，土匪不耐烦了，掏出枪来一枪打在她胸口上，人当场就没了。

当时二嫂十三岁，还有一个八个月大的弟弟。弟弟见母亲躺在地上，哭叫着爬过去，到她胸前找奶喝，吸不出奶就号啕大哭。

梁先生的一位老病号认识二嫂一家，某次闲谈时聊起这家的遭遇。梁先生听罢自是一番感叹，当即表示要将小女孩带到家中来，认作干女儿。

几年后，这女孩长大了，跟秋平很是投缘，便结成了夫妻。

二嫂眉眼修长，嘴巴小巧，皮肤白里透红，除了有点胖，模样着实好看，人也特别善良、厚道。不过，二嫂幼时没包过脚，也没大嫂能干，又因娘家姓李，大嫂就经常喊二嫂"李大脚"，有些瞧不上她。

不久，北伐军进驻洛阳。队伍军纪严明，从大街上经过时从不扰民。秋园跟着两位嫂子及街坊邻居站在大街上看热闹，只见军人头戴大檐帽，身背步枪，腿扎绑腿，迈着整齐的步伐列队经过。

洋学堂的学生举着小旗，夹道欢迎，和战士一起唱着歌：

打倒列强！

打倒列强！

除军阀！

除军阀！

国民革命成功！

国民革命成功！

齐欢唱！

齐欢唱！

三

秋园十二岁那年的春天，来得很是蹊跷。前两日还需穿棉袍夹袄，隔天气温就升至二三十度，太阳底下恨不得着单褂了。天井里的一丛迎春，仿佛不经蓓蕾孕育就直接爆出花朵。葆和药店门前那株垂柳，数月来干枯失色，却似乎一夜之间便抽出细嫩叶芽，阳光照耀下如淡绿的碎金，在早来的春风里无知无觉地飘荡。

那日梁先生诊完一个病人，踱进内室，手里举着两张票子，一脸高兴的神气，对女眷们说：

"刚才来看病的客人在市政厅做官，送了两张游园会的票子答谢我，我看就让清婉和清扬去吧。"

清婉是大嫂，清扬是二嫂。这两个名字是她们嫁进梁家后，梁先生替她们起的。

此次游园会在报上张扬有些时日了，请的都是城中官员、名流或富绅的女眷。这种事在这个保守的古城算是首次。药店虽说生意不错，可说到底梁先生也不过个郎中，按理说是拿不到票子的。此次意外得票两张，他不由满心欢喜。

二嫂清扬还是小孩心性，活泼爱玩。平日里她除了缝缝绣绣，就是帮着切药、晾药、配药，除了家里那几个人，谁都见不到，闷都闷死了。她马上笑嘻嘻地站起身，从家公手中接过票。

大嫂清婉担心自己那双小脚，神色间不免有些扭捏。清扬马上说："姐姐，这整个洛阳城，还能找得出几双我这样的大脚？去游园的太太小姐，怕不都是小脚……"大嫂立刻被说服了。

游园会那天一大早，清婉、清扬就起来打扮：脸上胭脂水粉一样不缺，身上套着自己最好的织锦缎夹袍，高高的立领把脖子撑得长长的。袍子的腰身特别紧窄，二嫂有点胖，边穿边吸气，嘴里直叫"哎哟"。秋园在一旁眼巴巴地看着她们，羡慕了一番她们的漂亮衣裳，就照常上学去了。

下午三点从学堂回家的路上，秋园感觉城里有点奇怪。店堂里的人都从店里出来了，三五成群地聚在门口议论纷纷。路上行人神色间自带一番仓皇，似乎发生了什么大事。

秋园回到家，发现葆和药店那两扇朱红大门大白天破天荒地紧闭着。门前围着一堆人，隔壁金店的掌柜也不做生意了，布店的掌柜也跑出来了。看见秋园，他们都转过身来。

"船沉了。"在一张张翕动的嘴里，秋园听明白了这三个字。

洛河里那条画舫游船几乎是在一眨眼间沉没的。那些小姐太太拥挤在一处，在人们反应过来之前，游船迅速失衡，一头扎进水中，飞快地消失了。清婉和清扬都在那艘船上。她们裹着她们的织锦缎窄袍，丧生在洛河里面。

办完两位儿媳的丧事，梁先生就病倒了。身体受了早春的风寒，邪毒入侵。身病加心病，终至一病不起，不过短短半个月就病故了。可怜梁先生一生干的都是悬壶济世的事，却没料到自己会英年早逝。

梁先生缠绵病榻的半月间，一直是秋园的大哥秋成陪床。他在父亲身侧搭了个小榻，衣不解带地伺候。办完父亲的丧事，秋成便得了怪病——全身乏力，颤抖个不停。病名无从查考，病因倒可想而知：半个多月里，失妻丧父，连办三场丧事，这年轻人撑不住了。

秋园的童年时代结束于十二岁——那年春天，她失去了三位亲人。

亲手送走自己的亲人，这只是开头。在以后的漫长岁月中，秋园生下五个孩子，带活三个，夭折两个。四十六岁，她埋葬了丈夫。秋园自己活到了八十九岁。去世前那几年，她常说的话是："不是日子不好过，是不耐烦活了。"

四

秋成这一病便是整整三年。

一天，一个早年结盟的朋友从信阳过来看望梁先生，才知他已经走了。朋友好一阵伤心，大哭了一场。又看到梁先生的大公子病成这样，叹息不已。这个朋友本来抽大烟，就让秋成抽了一口，说是提提神采。

秋成接过对方递来的烟枪，连抽了好几口，顿觉精神振奋、飘飘欲仙，浑身一阵轻松，病魔似乎已离他而去。他一下子好了许多，居然能下地走路，也有了食欲。只是把个大烟抽上了瘾。

梁家家底算得殷实，光洋用两个大缸子埋在屋檐脚下的水沟旁。家人只得把这些光洋挖出来，由着秋成抽了一段时间大烟。

这么着坐吃山空，家里只剩了个空壳子。眼见一家人生计都要没了着落，秋成不得不重新挂起葆和药店的招牌，一边替人看病，一边戒烟。托梁先生原先的口碑，病人倒也络绎不绝。秋平不曾学医，便掌管药店杂务。兄弟齐心合力，药店一时间蛮有起色。

梁先生去世后，梁太太就让秋园停了学，留在家里学做针线活。秋园心里不乐意，但当时家中那个景况，她实在不忍忤逆母亲。何况，家里渐渐也拿不出钱来供她上学了。

一九三一年，"九一八"事变爆发，日军侵占东北三省。一九三二年，"一·二八"事变直接威胁到南京，国民政府迁都洛阳，洛阳成了战时行都。于是，葆和药店便常有一些身着戎装的军人或戴礼帽、穿长衫的大小官吏前来看病。

一天，安良街上一个姓扣的人家出殡。秋园也跟着梁太太出门去看热闹。扣姓人家很有钱，所有活人在阳世上用的东西，死人也样样不少。这些东西用竹子和纸扎成，摆满了两条街，上山时让叫花子举着、抬着，到了山上再一把火全部烧掉。

秋园在人群中看了一会儿，就朝家中走去，浑然不觉看热闹的人里有个人一直注视着她。

此人是当时国民政府的一位校级官员。他患有偏头痛，经常去葆和药店看病，秋成开的方子有缓解之功，一来二往，俩人便成了朋友。见秋园走进药店大门，过了一会儿，他也踱了进去，问别人刚才那个留长辫子的姑娘是少梁先生的什么人。

店里的人回答："是少梁先生的妹妹。"仅隔了两天，葆和药店就迎来了国民政府参军处秘书长的夫人。这位董太太三十来岁，长相漂亮，衣着华贵，穿金戴银。她不看病，而是直接找到梁太太，把她拉到一边，俩人嘀嘀咕咕了许久。秋园虽不知她们在讲些什么，但见她们说着说着就往自己这边看，便知道她们讲的必定和自己有关。

从那天起，董太太隔三岔五就来药店一趟。她给秋园买了两双高级皮鞋，还再三交代梁太太别给秋园裹脚。虽未点破，可秋园心里明白，董太太是来给自己做媒的。

两个月后的一天，梁太太忽然对秋园说：

"小妞呀，董太太是来给你说媒的，说的是国民政府参军处上校参谋杨仁受。他是湖南长沙人，今年二十六岁，家里只有一个老父亲，有田有屋，是个小康之家。"

梁太太问秋园同不同意这门亲事，秋园不答，再问就哭。太太问了三夜，秋园哭了三夜，她也不知道自己究竟在哭什么。

一天晚上，当梁太太再问时，秋园突然来了主意，把眼泪一抹，说道：

"让他送我读书，等我中学毕业了再结婚。"

第二天，董太太来了，梁太太转告了秋园的意思。

第三天一大早，董太太就来了，喜形于色地对梁太太说：

"杨参谋不但愿意送小姐读书，还打算将老父接来洛阳，买房子安家。"

梁太太点点头，秋园终于也点了头，这桩婚事就算应允下来了。

五

秋园未及与杨参谋谋面，董太太就领着四个人送来了聘礼，他们每人头顶一张小方桌，鱼贯走入葆和药店。小方桌是从喜店租来的，专门用于送订婚大礼，桌子由竹子编成，边长一尺五寸，中央安一个碗口大的竹圆箍。桌面上铺着红绸布，聘礼就放在红绸上，计有四件旗袍、一对金戒指、一对秋叶金耳环、一双金镯子，还有四双缎面平底布鞋。

秋园出嫁那天，看热闹的人山人海。送亲的和迎亲的分乘八顶蓝色大轿，这叫双娶双送。新娘子坐一顶花轿，吹鼓手在一旁奏乐，这种出嫁场面当时在洛阳算得上高规格了。结婚典礼在河洛饭店举行。主婚人是国民政府参军处的参军。国民政府主席林森送了贺喜对联。

秋园躲在红绸布后面，对外面的热闹心不在焉，只是迫不及待想看看自己的丈夫到底是怎样一个人，便偷偷地掀起盖头来。新郎一副文官打扮：头戴礼帽，脚蹬圆口皮鞋，胸前戴朵大红花，国字脸白白净净，面相诚笃忠厚。此时此刻，秋园才算放了心。

仁受在洛阳安家的承诺却没有兑现。一九三二年底，国民政府回都南京，秋园也跟着仁受到了南京。

秋园一心想读书。那时正值阴历十月，没什么学校可考，她就参加了妇女职业补习班，学习缝纫、刺绣、编织。周围同学多半是结了婚的妇人，其中最大的有三十岁，秋园年龄最小。

仁受在南京大沙帽巷租了两间住房。他的薪水并不高，每月九十块银圆，碰上国难当头，薪水九折，每月实际还领不到九十块。两个人生活很是节俭，每天早上一人一个烧饼、一个鸡蛋，再加一壶开水。饭后就各干各的，仁受上班，秋园去妇女补习班。晚上，仁受教秋园写字、读书、念诗，待她就像个小妹妹。逢仁受休息，两人常去夫子庙玩耍，秋园总会买上一盆小花带回家养。不久，租屋过道里就高高低低摆了一溜儿花，不名贵，倒也煞是好看。

仁受是湖南乡下人，幼时母亲即过世，父亲做点小本生意——挑着货郎担子走村串巷，卖些坛坛罐罐之类的窑货养家糊口。由于四十岁才得仁受这一子，父亲下决心要送儿子读书。

仁受很快显出聪慧资质，吟诗作对都有模有样，还写得一手好字。教书先生叫李经舆，是地方上有名的文人，颇喜欢仁受。李先生有很多学生在外当官，待仁受长成少年，李先生便让一个在国民政府做官的门生将他带了出去，以免乡下地方埋没人才。

十六岁的仁受便离开了家，独自在外闯荡，当了上校参谋，如今又给自己娶了亲。

在南京安家后，仁受就惦记着要把老父接来一起生活。不久，由堂弟杨均良护送，八十四岁的仁受父亲来到了南京。老人家已双目失明，仁受请了个保姆专门侍奉他。尽管仁受百般孝敬，父亲还是想回老家。老人家天天哭，怕自己死在城里，说要死在乡下、要睡棺材、要埋在山上。仁受万般无奈，只得又写信请堂弟来把父亲接回老家，并让父亲寄住在堂弟家里，每月给堂弟三块大洋作为生活费。算了算，老人家在南京只住了八个月。

一九三七年十二月，日军攻陷南京。

说起来真是不可思议。日军占领南京前，不时派军用飞机到城市上空侦察。虽然飞机飞得很低，但日军既没遭到防空炮火阻击，也没遭到军用飞机拦截，有时连防空警报都没响。更可笑的是，一些南京市民竟然在街上摆了桌子，拿根长竹竿去戳飞机。

数月之后，南京大屠杀发生了。

六

一九三七年深秋，一艘轮船停泊在汉口码头上等待靠岸。浓雾笼罩着宽阔的江面，看不到江水和天空，也看不到不远处的其他船只，天地之间只剩浓白的雾。远方，一小片浓雾深处闪烁着淡白的光亮，那是太阳在照耀，可灼热锐利的阳光亦穿不透浓雾。间或有汽笛鸣响，那声音孤单、凄清，如盲人般在雾中胡乱摸索、碰撞。

仁受、秋园和他们五岁的儿子子恒正在这条船上，船将开往重庆。自十月国民政府决定迁都重庆，将其作为战时陪都起，国民政府大小官员便陆续撤往重庆，仁受也在其中。

仁受像头困兽，一会儿到甲板上加入同人对时局的议论，一会儿在舱室里心神不宁地踱来踱去。战事越打越艰难，这一去就很难回头了。他没有别的牵挂，只想再看一眼又当爹又当妈，将他一把屎一把尿拉扯大的瞎眼老父。战事发展非人力所能控制，微弱的个人就像一段浮木，在时代的滔天大浪里载沉载浮，不知会被浪头打往哪一个驳岸。倘若这次见不到父亲，也许就永远见不到了。此地离湘阴甚近，不如带妻儿下船，看眼老父亲再走……一路上他都举棋不定、心事重重。

秋园忙着哄逗五岁小儿子恒，母子俩常常无知无觉地咯咯欢笑。秋园这年二十三岁，她北人南相，长得白皙、窈窕，身上那件深蓝底缀银色梅花的缎子夹袍更衬得她面目清丽。自打结了婚，仁受就是她的天，她依他如父如兄。秋园想得很简单：仁受说去哪儿就去哪儿，仁受说怎么办就怎么办。

仁受看着秋园母子俩，越发感到身上责任重大。时局如此混乱，一下船恐怕前途未卜；可此番若不见老父一面，今生或许再难相见……他在两种思绪中挣扎无果，索性出了舱室，径直走到甲板上向一位张姓同人请教，此人素有"张半仙"之称。

"你替我算算，我究竟该下船还是跟着船走？"仁受焦急地问道。

张半仙回到舱室，郑重地替仁受打了一卦。卦象显示，仁受该下船，回湖南乡下看望老父。既然天意如此，不妨遵从。

仁受回到舱室，匆匆对秋园说："把东西都收拾好，船一靠岸我们就下去。"

船在大雾中等待了三个小时，浓雾在阳光的驱赶下总算渐渐散去。船只鸣响汽笛，小心地向岸边靠去。

这艘船只是中途停靠武汉，下船的只有仁受一家。仁受拎着皮箱走在前面，秋园牵着子恒跟在后面，两名勤务兵挑着四个大箱子尾随其后。

过吊桥时，年轻的秋园抱起子恒，迈着轻捷的步子走了过去。从前的生活，也远远地留在了吊桥那边。

外婆遇到爱玛

毛尖

《包法利夫人》是我经常读的一本书，平时我也很关注对于爱玛命运的不同论述。比如，著名作家王安忆认为：爱玛能嫁给包法利简直是一种"福分"，这是一个老实、呆笨、心地淳厚、少见识但尽职守责的孩子，有多少乡村医生是用这样的坯子做成！他们巡游乡间，会的就那么几手，却包治百病。像爱玛这样一个乡下地主的女儿，与好名声的包法利医生结婚，已是她的福分。

相反，《包法利夫人》的中文译者李健吾则认为：爱玛嫁给包法利如同鲜花插在牛粪上，这场婚姻对爱玛来说就是悲剧。换句话说，倘若爱玛所嫁的男人不是这个乡村郎中，而是其他什么人，爱玛的人生结局就不会"悲惨到不可救药的地步"。他们的婚配，从头到尾是错误。

那么，到底应该如何理解爱玛的命运？

十三岁的时候，爱玛被父亲送去修道院读书。在修道院，爱玛并没有如通常那样感到受压抑，相反，宗教教义、宗教仪式，还有修女，为她编织了一个不真实的梦幻世界。而且，修女们待爱玛很友爱。忏悔时，神父缠绵的絮语，讲道中引用情人、婚姻的比喻，同学们偷偷传看的精美画册，还有那个每月来修道院一星期做针线的老姑娘，她唱的那些古老情歌、讲的那些传奇故事，都使修道院充满了世俗温情，这一切滋养了爱玛性格中的感伤情调，而她对生活的想象，类似"欢愉、激情、陶醉"这些概念，也在此完成。

在这些概念化的想象之下，细水长流的日常生活就显得太平淡了，平淡到她认为那是个错误。所以，嫁给老实巴交的乡村医生后，一旦遇到侯爵、子爵，她就马上在心里呐喊："我的上帝！我为什么结婚？"

她不可能进入上流社会，但遇到有点浪漫情调的年轻练习生赖昂，爱玛的"包法利主义"就有了土壤。这是爱玛和赖昂的对话——

> "哦！很少，"他回答说，"有个地方，我们都管它叫牧场，在森林边缘的山坡顶上。有时候我星期天上那儿去，手里拿着本书，眺望远处的落日。"
>
> "我觉得再没有比落日更美的景色了，"她接口说，"不过最好在海边看。"
>
> "哦！我爱大海。"赖昂先生说。
>
> "而且，"包法利夫人继续往下说，"在无边无垠的大海上方，思想会更自由自在地翱翔，凝望浩渺的大海，会让您的灵魂得到升华，会让您领悟到什么叫天地无涯和理想境界，您难道不觉得是这样吗？"

这段对话，当然是典型的浪漫主义格式，不仅"灵魂茂盛"，而且"语言茂盛"。渐渐地，爱玛对这种"茂盛"上了瘾，先是赖昂，然后是罗道尔弗，然后又是赖昂，直至最终她为这种虚假的茂盛付出生命。

福楼拜写爱玛，交缠的浪漫主义和现实主义总是让看的人击节赞叹，尤其是"农业展览会"一节，简直妙到毫巅。不过，有一次，我在电话里和朋友一起歌颂"农业展览会"，我外婆在一旁听见了，就问："什么地方的农业展览会那么好？"

外婆出身穷乡僻壤，对农业有真挚的感情。可是，这牛头不对马嘴的问题，我听了控制不住地哈哈大笑，马上又在电话里讲给朋友听，朋友也笑得岔气。后来我看外婆有点讪讪，心生歉意，就用了中国人名、中国调调，把《包法利夫人》的故事约略讲给她听。

外婆听得非常认真，听完，说了一句："这个包太太要是在我们这儿，不可能死的，我第一个就把她给劝住了。"

我刚想笑，马上忍住。现在，我重新打开《包法利夫人》，想起外婆的话，突然觉得，是啊，关于爱玛的命运，我们讨论来讨论去，从浪漫主义说到现代主义，从她的父亲说到她的婆婆，从她的老公说到她的情人，怎么一直忘了问，爱玛的闺密呢？

噢，要是让我外婆遇到爱玛，只要爱玛能多少跟我外婆透露一点赖昂的行状，我保证外婆一定能在第一时间甄别出这赖昂是个担不起事的学生弟。

20世纪80年代，外婆开过家庭旅馆，类似现在的青年旅馆，因为价格便宜，常常会有穷学生来住。晚上，外婆挨个查房，遇到腻在女生房里不走的男生，就会当着男生的面说："嘴巴上说得好听的男人最靠不住，记住啊！"男生要是还打算跟外婆辩论，外婆就会拿出在乡村社会练就的大江大河本事，说出一溜真理性的涉黄句子，直到完全破坏人家年轻男女的那点小资情调。

所以，赖昂这种人，外婆不用见面，就能把他判断个底朝天。爱玛呢，即便心里很不以为然，即便很反感外婆这么说，也会让外婆说得心花委顿。甚至，我相信，凭着外婆坚定的意志，如若不让爱玛意识到婚外恋可耻，她自己都会觉得没有尽到做人的责任。

从我记事起，我们家的大门，不到外婆睡觉，是不许关的。那些年，即便不是天天，也隔三岔五就有邻居到我家来理论家庭纠纷。外婆不是里弄干部，但一直比居委会干部更受群众信赖，她常常会很权威地命令："现在就把你媳妇叫来。"

闹得疙疙瘩瘩的一对夫妻来了。外婆站在灶头旁，一个小时不带句点的演说，就把他们给说和了，虽然我有时也觉得他们可能是被外婆说烦了。

所以，别说赖昂这种小年轻、罗道尔弗这类登徒子，就算狡猾的高利贷商人勒乐，外婆保管能在第一时间为爱玛把关——只要爱玛遇到外婆。那些年，我父亲最爱讲的一句玩笑话就是，要是你外婆有文化，让她当个国家的总理，她都能胜任。

每次听到有人自杀、心理辅导失败等报道，外婆那神情，分明就是遗憾她没在现场。我想这是可能的——爱玛吃砒霜前，如果在路上遇到外婆，外婆一定能看出她气色不对，那么，不把气色不对的人弄对了，外婆是不会罢休的。

可惜，外婆在人世尽了近90年的责任后，离开了。重新看《包法利夫人》，再也不会有她那样既天真又热情的读者出来说："要是让我遇到爱玛……"我知道，像我外婆这样的读者绝对不是理想读者，可是，今天，在我们只能用浪漫主义和现代主义的各种术语来解释爱玛的命运时，我真的非常想念外婆。不光因为她进入爱玛命运的方式让我感到现代理论其实有多么冰冷、多么无聊，还因为，那样热情地把自己卷进去的阅读在今天变得可笑了，而本来，这可能是阅读和理解应有的状态。

相亲记

脱不花

　　早晨一睁眼，伸手摸到床头柜上的四凤儿，打开微博，我缩在被窝里开始像伊丽莎白女王一样批阅奏章。发现有一个陌生粉丝专门@了我这么一条蔡康永的微博，名为"给未知恋人的爱情短信"："你有时一定怀疑老天的货架上根本没有准备好一个要拿来跟你谈恋爱的人选，而你像呆子一样推着空空的购物车在无垠的超级市场的无穷无尽的货架和货架之间眼花缭乱疲于奔命，你能和店员们老板们其他顾客们哭诉些什么呢？能不能换家超市还是干脆别逛超市啦！"

　　这位热心的粉丝还捎带手写了句贺词："说你呢！"

　　瞬间，我觉得这张我亲自暖了一晚上、八年前搬家时我妈送给我"结婚用的"两米乘两米的特大号美式胡桃木四柱床变得拔凉拔凉的。我强忍着被陌生人"抬爱式羞辱"的生理快感，回复说："呃！我哪有购物车，我不过是一直在货架上老老实实站着呢，但是已经从生鲜组调到了罐头组，紧接着，就要去干货组啦！"

　　我想，这对我爸妈的打击会远远超过我，因为在之前我爸妈的工作重点一直是严防死守我的早恋问题。我爸毫不惜力地常年动用他那资深公安人员的刑侦技术、审问技巧、法医常识之类的来对付我，不仅密切关注我的衣着举止，而且采取多种手段诱供、逼供，对我身边的同学关系进行筛查。而作为一个在我们老家那里著名的女强人，政工科科长出身的我妈坚信思想工作"抓而不紧等于不抓"的理念，几乎每次谈话都对我进行摧毁性打击："你长得实在不好看，你可没有卖弄脸蛋儿的本钱，你只能靠自己好好学习才能改变命运。"

当然，他们成功了，我不仅没有在中学里早恋，甚至当我在北京交往第一个男朋友的时候，我妈还持保留态度地说，是不是稍微早了点儿？那一年，我二十一岁。

回想起来，我和初恋男友分手的时候，我们家大人们甚至还挺开心的：早说那小子配不上我们家闺女，早分早好！所以他们对失恋的可怜人采取了无条件支持和纵容的态度：一辈子中第一次可以随便打扮、随便血拼、解除宵禁，一夜之间从小镇姑娘变成了漂在北京的物质女郎。所以我妈才会在搬家时去挑了一张至今谁看了都脸红的超级豪华大床送给我："反正不多久结婚就用得上了。"那一年，我二十三岁。

现在，我三十四岁了，我没结婚，甚至手头没有男朋友。而对我的家长们来说，晴天霹雳，咱家惶惶然敝帚自珍的闺女，一眨么眼的工夫，惶惶然成了干货了……

于是，整个家族的长辈们都不淡定了。

和初恋男友分手之后，度过了一年多胡吃海塞呼朋引伴的好日子，又经历了一段没来得及在父母那儿曝光的诡异恋情，在二十六岁的时候，终于，不爱听贝多芬的我，被命运的黑毛手一把扼住了小喉咙。

毫无疑问，对一个自认为经济收入中上、智力程度中上、幽默感中上、在朋友中受欢迎程度中上的二十六岁北漂女来说，和"相亲"二字挂上关系，简直堪称奇耻大辱。但是，由于北京和老家之间的地域差而产生的惊人的时间差和观念差，我正在日益成为一个"老姑娘"这一事实和几乎每周都要送出去的结婚、生娃红包而给父母带来的焦虑和耻辱感才是真正摧枯拉朽的力量。不管我怎么拧股来拧股去地给父母找别扭，都不能阻止他们开始积极向我传递来自各种消息渠道的相亲信息。

当然，也不能说我的斗争毫无成效。这一年，在我妈的回忆里，我至少发起了三轮卓有成效的抵抗，用非暴力不合作的态度，拒绝出席父母以"老战友、老同学、老乡"的名义组织的各种"三老"聚会，粉碎了几位十分喜爱我的长辈试图把我发展为儿媳妇的公开计划。现在看来，这是对我"生猛海鲜"年华最珍贵的纪念，因为，这种盛大的"父母包办局"，在我超过二十六岁以后，再也没有出现过。看来，在婆婆们的心目中，一个超过二十六岁的"罐头妞"，是没有资格参与儿媳妇角逐的，不论她的儿子是三十岁还是三十六岁。

在我二十七岁生日之前，一位值得敬重的女性长辈——我爸的姑表哥的太太——非常热心地安排了一次相亲，跟我妈打电话不下三次之多，而且郑重声明只是让我单独和男当事人一起吃个饭，长辈们都不会参与和干预。而我妈则煽情地说："儿的生日，母的难日，你就当过生日顺从一次妈妈行吗？"

话说到这份儿上，我要是再较劲，就简直大逆不道了。这个事后被称为"处女相"的相亲事件，成为我们办公室里一场事先就被充分消费的段子。在我带着一种英勇就义的表情前往预订地点之前，我的两位男同事、老大哥在走廊里截住我，逼着我摊开手，一个在我的掌心里写下"少说话"三个字，另外一个则在另一只手上写下了"别买单"三个字。配合着他们俩心存善念的坏笑，那瞬间仪式感强极了，不亚于岳母刺字。

介绍人给我们下班之后约在国贸二期的星巴克见面，然后再去楼上的俏江南吃饭。那时候"小资"二字还是褒义，星巴克还是北京相当小资的约会场所，俏江南则是风头正劲的时髦餐厅。

由于是"处女相"，我严重缺乏战斗经验，不好意思也不知道事先该向介绍人问些什么问题，因此，只记住了介绍人的口吐莲花："留学博士，即将毕业回国发展，研究电信技术，家境小康，身高一米七八，形象很好，比你大三岁因为读博士耽误了婚配。"

事到临头，作为一名和男人单独相处的经验并不丰富的良家妇女，我对这事儿还是感到相当忐忑的，当然也充满了各种合理的良好愿望——比如，他会不会是个被埋没的比尔·盖茨呢？再比如，万一他是个漏网的"达西先生"（那几天我刚好看了《傲慢与偏见》）呢？忐忑到甚至提前四十分钟到达指定地点，甚至对自己身上工整的藏蓝色职业套装突然感到不满，以至于飞速在旁边昂贵的时装店买了一身我认为十分女性化的浅橘色甜美裙子当场换了下来。而且，还忘记把自己原来的衣服带走。

然后，我一溜小跑回星巴克，装作十分淡定的样子坐在一个朝门的位置上开始观察和揣测每个进门的单身男人。过了大概五六分钟，突然转门那儿闪进来一个很瘦很瘦的人，在看到这个人的瞬间，我脑子里弹射出来了中学课本上老年爱因斯坦那张留着稀疏的蒲公英式发型、眼神趣怪的著名照片。瘦小枯干四个字中，只因为身高而不宜用"小"字来形容此人。这个人在星巴克门口站住了，开始在国家领导人视察基层时才穿的那种夹克衫里摸来摸去，然后，掏出了一部手机，打电话。三秒钟之后，我绝望地听见，我的手机，响了。天不佑我，上帝没有听到我"千万别是这个千万别是这个"的祈祷!

我十分僵硬地接电话,他十分僵硬地挪动进来坐在我对面,我们彼此都十分僵硬地自我介绍。然后,面对爱因斯坦先生按部就班提出上楼吃饭的邀约,我比任何时候都希望老板突然打电话臭骂我一顿让我回去加班,或者星巴克的地板能把我当场摔成骨折。

往餐厅去的路上,我简直不知道怎么个走法才好,一前一后,肯定不行,并肩而行,又好像有些莫名其妙的尴尬,最后我们走成了一种十分奇特的阵型:并排走,中间隔了至少一个胖子的距离,谁也不看谁,谁也不理谁,但是任何人都能一眼看出这两个人是一起的。

爱因斯坦先生是个实在人,在吃饭的前半场,他面对我"你究竟是搞什么专业的"这一个问题,认真地对着一个文科生进行了详细的光纤技术发展趋势的学术报告和个人留学生涯与体会的总结。而且,他有一个口头禅,就是每隔三分钟说一句:"你知道吗?"

可把我憋坏了,因为我对于爱因斯坦先生的无数个"你知道吗"的挑衅实在忍无可忍。听完了半顿饭的讲座,我觉得我对我妈和介绍人都尽到了足够的义务,于是,我把老大哥写在手心的两条箴言丢在脑后,丝毫不顾爱先生关于"我刚回国还不太适应油大的菜"的声明,悍然加了一份自己喜欢的毛血旺,并且开始胡说八道。现在我已经基本上想不起来我究竟说了些什么,大概是说了说我为啥被迫来相亲的事儿以及相亲有多可笑之类的。当然,很重要的一个情报把我气得七窍生烟:我得知,介绍人根本没有见过这位爱因斯坦先生,只是和他的母亲有些交情。

气疯了,我大喊买单,一把将爱先生掏钱包的手摁住,迅速地结了账,然后,立即起身出了餐厅。爱先生说,要去洗手间,当然,喝了一大杯咖啡又吃了一肚子毛血旺的我更要去洗手间,于是，我们就在俏江南的洗手间门口分了手。

爱先生后来给我打过两次电话，约吃饭，不巧，我都在"出长差"，而且"不知道什么时候能回来"。所以，白山黑水，永不相见。

我以为这事儿就算完了，但是，回家之后才知道，其实，只不过才刚刚开始。我妈端坐在客厅里等我，并且指定座位让我坐好，开始询问整个晚上的细节。比如怎么吃的、吃的什么、对方有多高、对方言谈举止如何、对方家庭条件，等等。我直插主题：不行。但是，这个态度显然不能让我妈的信息欲得到满足，于是我妈开始逼供：你说说怎么不行？具体什么地方不行？

我甚至都暴跳如雷地指责介绍人，说她根本没有见过这个人，之前的形容都是不实之词，根本不负责任，等等。我妈对此的态度是：你不说说怎么不行，我怎么跟介绍人回复？你这孩子怎么这样！你性格怎么这么差！你脾气这么坏谁能和你一起生活！最终，当天晚上以我哭得直嗝气儿和我妈气得失眠而闭幕。

第二天，我听见我妈给介绍人打电话："哎呀，孩子觉得还行，可是我找大师结合了一下姓名属相，大师说命数不合，这个太遗憾了呀，太谢谢了，改天请你吃饭，你还得继续给张罗呀……"

嗯，这位神秘的算命大师，就此登场，而且每隔一段时间，就会出现在我们家的电话外交里。

由此，我得出了两个关于相亲的技术层面的重要结论：第一，绝不能相信介绍人的形容词；第二，一定要想好"哪儿不行"对父母和介绍人交代。

无情的事实证明，在相亲这么一门讲究"说学逗唱"的古老艺术面前，我，还是太嫩了。

相亲这件事对女人来说，就跟卖淫一样，一旦迈出了第一步，你就会持续走下去。在失败的"处女相"之后，几年间，我荣升为熟人们口中的"北京相亲局"局长。

我参加过各种各样的相亲，有长辈介绍的，有朋友介绍的，有大眼瞪小眼两人单独见面的，有一大伙托儿在场只为烘托气氛的，有未婚的，有离婚的，有续弦的……

最盛大的一次相亲，是一位在军队医院工作的阿姨，跟发现新大陆似的得知她们医院政治处新调来了一个未婚少校，刚刚报到，还没来得及被女护士们染指。她以一个军人的果断立即安排相亲局。怕"孩子们紧张"，就安排说多来几个人一起吃饭，"气氛活跃点儿"。我妈吸取以往对我放任自流的教训，这次盯得很紧，逼着我提前下班回家，换上她指定的套装：浅灰色亚麻七分袖小西装和配套的及膝 A 字裙，里面搭上宝石蓝真丝衬衫，灰色中跟船鞋，以及我最好的一块手表，总之看起来简直像日本雅子妃那么温良恭俭让。

等我开车拉着我妈到了饭店，我见到了生平见过的最大的一张圆桌，以及，陆续添出来的十六个座位。少校连军装都没来得及换，我看到他的第一眼，军装敞着怀，露出里面的米色衬衣以及衬衣透出来的"9 号"篮球背心，胳膊下夹着一条软中华和一个黑色小手包正在上楼。进门之后，少校冲坐在沙发上的我们点点头，然后就开始忙着拆包装、在桌子的不同位置一盒一盒摆香烟。

也许是阿姨人缘太好，也许是这位少校表现不错领导重视，总之当天的饭桌上除了我妈、他二姨两位当事人家属之外，密密麻麻坐了十几位医院各个科室的主任，基本接近院党委会阵容。整场宴会进行过程中，我旁听了该医院最近的八卦绯闻、新外科大楼的建设情况、某领导的真实健康情况等内部消息，大开眼界。只是，我和这位少校阁下，跟牛郎织女似的悲催地被隔在桌子两端，一晚上连句话都没说。

当然，军队的规矩是官大一级压死人，少校的注意力全部都在各位领导身上，对于他的前途，主任们显然比一位莫名其妙的相亲女当事人要重要得多。以至于他举着酒杯打完一圈儿通关就已经明显喝多了，开始豪言壮语拍着胸脯向各位领导表忠心，估摸着，要是当时拉开他的军装，小胸脯都拍红了。

一直到散场，大家突然想起了我的存在，最大的领导指示：你们俩换个电话！于是，我们俩在众目睽睽之下，换了电话号码，才第一次搞明白对方的姓名究竟是怎么写的。等电梯的时候，饭馆的电梯很小，领导们站进去之后，我和少校就上不去了，喝了点儿白酒的领导们开始起哄：正好正好，你们小年轻走楼梯，正好单独聊聊！于是，我们俩就转到黑洞洞的楼梯那里，一共只有三层，我刚在想对方会说啥，对方开口了："不好意思，你慢慢来，我先快点下去，接一下领导们。"然后，就一骑绝尘跑下了楼梯，居然在电梯开门的时候他就已经迎候在门口了。然后，我默默地回家，洗洗睡了。

我妈很兴奋，因为这次的男当事人在外部条件上来看是没什么毛病的，而我一晚上最多说了五句话，表现得非常温婉贤淑，应该也没露什么马脚。于是，我妈开始用各种方式催促我和对方第二次见面，甚至我妈在第二天就已经丧权辱国地和对方的二姨通了电话，一顿互相恭维拉近关系。我总不能把觉得对方势利这种虚无缥缈的感受当作理由说出来，因此也就逆来顺受地准备下一步进程。

过了两天，晚上九点多，我正在加班开会，对方突然打电话了，我没法接听，只好按掉开关，过了一会儿，发短信给他：我正在开会，有什么事？或者晚点回复！他回复说：没事，不用回复。

我就把这事儿给忘了。

没想到，第二天我下班回家，等待我的是一场莫名其妙的批评。我爸妈联合训我：你怎么这么大的架子？哪儿来的？你以为你是谁？云云。我彻底晕菜了，听了半天才明白，对方向介绍人反馈说：他晚上九点给我打电话，我不接，而且说在开会，他认为这不可能，一定是我找借口，而且，他认为我的问题在于收入比他高挺多，他觉得我肯定不好相处，因此就算了吧。

至此，我得知了男人这种动物的自尊心骨质疏松起来可以脆到什么程度。

在担任北京相亲局局长期间，我逐渐摸到了一些基本规律，比如：第一，一定要充分"前戏"，脸皮厚点，把介绍人那儿的功课做足，其中最重要的一个问题就是：您和男当事人怎么认识的？通过这个问题，基本上可以判断出介绍人之前的天花乱坠到底靠不靠谱。如果介绍人说他是我老婆单位领导的二外甥之类的，那么，我就明白，之前的所有信息，估计除了肯定是个男的这一条之外，都不可信。当然，介绍人本身的风格也很重要，千万别相信一个二百五朋友能给安排出正常的相亲来，曾经有人居然试图把前男友介绍给我！

第二，长辈安排的相亲可以随便去，因为长辈对这种事儿不会太过在意，充其量就是个热心而已。但是，朋友安排的相亲，一定要慎重，搞不好，朋友都没的做。因为，既然双方都是可以安排相亲的熟悉朋友，某种程度上也就背熟了自己的品位。我如果说对方"不行"，介绍人顿时会有被冒犯的感觉，觉得我瞎了狗眼、瞧不上他的朋友、辜负了他的好心。而如果对方真的十分不靠谱，那么，我对介绍人就肯定会有意见：怎么想的，介绍这么一个人给我？我在他心目中原来这么没档次？我就因为和一位朋友介绍的相亲对象约会几次之后表示不再继续，伤了对方的心，不仅要花钱请吃大餐向朋友道歉说明情况，而且还被这位介绍人悍然宣布在生活中"拉黑"。

第三，相亲尽量不要安排吃饭，否则几次下来就要得胃溃疡。再怎么轻车熟路，也不至于成了相亲职业选手，难免紧张拘束，要是再加上对方十分讨厌，好嘛，这饭吃得可太不痛快了。最好是约个咖啡约个茶，进可攻退可守，而且花费不大。也别跟傻帽儿电视剧里演的似的，找个朋友中途来电话，根据情况决定电话那头说的是"家里失火"还是"明天再说"，我试过，除非是好演员，否则一定穿帮。如果万一吃饭，那么，不要吃香辣螃蟹啦棒骨炖粉条啦这些挑战吃相的东西，也不要吃卤煮火烧九转大肠之类的重口味食物，无论对方是谁，咱干吗糟践自己的名声，还是来点小清新口味比较安全。

第四，一旦相亲失败，立即启动预案，赶紧想好怎么对父母和介绍人交代。"行，还是不行"，这真是个问题。一旦"不行"，"怎么不行"就成了问题的焦点。根据我无数惨痛的教训，不是随随便便抓出个理由来就能对付过去的。比如，我曾经在一个咖啡厅里对着一位过早谢顶愁眉苦脸的青年科学家枯坐了一个下午，回来之后，我把真实的理由告诉了父母和介绍人："对方在聊天中很后悔地说，哎呀，早知道不来这个单位（注：该单位是他所从事学科的顶级机构），要是进去哪儿哪儿哪儿，每个月能比现在多一千多块钱呢！我觉得，这个人太小家子气了！"结果，这个理由完全不能在围观群众中间获得同情，反而引发了新一轮的关于"对人求全责备、对生活不现实"的批评。相比之下，在父母那儿最好使的借口是：我觉得他看起来身体不好！这可是头号大事儿，父母立即会十二分担心，并且绝不允许闺女去冒和一位潜在慢性病人交往的风险。当然，对于这位不知情的男当事人，那就真的对不起了！而对介绍人来说，找借口是比较麻烦的，我一般都是拖刀计："我再琢磨琢磨！"

第五，残酷的现实告诉我，当年"处女相"时的箴言：少说话、别买单，真的是相亲时必须遵循的基本守则。不论一个男人在夜店里是多么能够和辣妹耳鬓厮磨，在相亲这个情境下，中国男人永远都只准备好了和温柔斯文女相会的一种模式。而且，少说话还能带来一个现实的好处，两人总不能对着打坐，我少说，对方就要多说，那么，我就能了解对方更多的信息。少说自己，多问问题，瞪着无知的双眼频频点头，再时不时地发出几句"哎呀，真的呀，原来是这样啊"的感叹，等等，我就基本上不会有"没被人看上"的风险，因为此时相亲男已然嗨极了。我就是在相亲中深刻体会到"好为人师，人之患也"这句名言的内涵的。而男方买单绝对是相亲礼仪中的基本红线，你要是因为女权主义作祟争着买单，那么你就"扫了对方的面子"！同理，万一对方打听你收入，就低不就高。别穿戴奢侈品。也别开车。这样，万一我看上人家了呢，他出于礼貌肯定就得提出送我而我就配合地不表示拒绝；万一没看上呢，我会非常客气地让他送我坐上出租车就可以了。

据我看，大部分人都极少能在相亲里找到真的合适的人，但是男人好像更容易采取"管他呢，闲着也是闲着，先试试再说"的态度，所以，就显得女人在相亲里特别苛刻似的。其实，相亲是个特别伤自尊的活动，每次相亲结束，我都觉得十分沮丧。如果没看上对方，那就不用说了；如果自己没被对方看上，又会自我怀疑：我怎么沦落到这步田地？

当然，正常男女关系的启动，古往今来主要是两种模式：相亲、勾搭。这两者在学术上的主要区别在于：有没有介绍人。因此，在我去相亲的同时，也没放过求勾搭这条康庄大道，我相信这一点上大部分单身男女都和我一样。而且我坚信像我这种相貌平平、德行一般的女人，在劳动中积累出来的战斗友谊可能更靠谱点儿。只不过，虽然严重鄙视相亲这回事，但是我的勾搭事业也和相亲事业一样没啥进展。我不得不承认，也许是因为错过了早恋这一重要的能力养成时期，所以导致在搞男女关系这件事上，我十分失败。

到了三十岁生日那天，我居然找不到人陪我吃饭，最后只好约了发型师剪头发打发时间，觍着脸问这位熟悉的发型师能不能请我吃饭。他板着脸严肃地说："吃饭没空，但我准备好了送你一个蛋糕！"我孤零零地抱着他送的超级小蛋糕回家，打开包装，凄凉地发现上面写了这么一行字："人过三十天过午！"

在这句生日祝福的鞭策下，那种结婚生娃的紧迫感突然就从我父母那儿变成了我本人的内驱动力。相亲，就从一个二十多岁时有事没事撒一网的娱乐频道，变成了一个需要主动大力发展的全民健身频道。所以，在经过了密集的传统相亲局的锻炼之后，我开始向新技术、新媒体、新市场大胆进发。

其实，所有逼婚的父母都有一个误区，认为孩子之所以迟迟不结婚是因为他或她本人不积极、不上心。天哪，父母难道不明白，我们又不是修道院的圣人，难道自己就不想早日过上举案齐眉的好日子？不过，我又怎么可能把自己的种种未果行为作为呈堂证供呢？

比如，我都不惜在网络上整天十分浅薄地嘚瑟插花啦烹饪啦泡茶啦写诗啦等行为，以营造一种贤妻良母红袖添香的形象，甚至发动我的朋友们四处传播我的征婚口号："不留活路对你好，这样的姑娘哪里找！"导致某天我在拜访一家合作机构时，对方老板十分热情地向会议室里的其他人员介绍我在行内是个有点影响力的专业人士，为此，没等我阻拦，他手脚很快地在网络上搜索了一下我的名字给别人看，而出现在投影屏幕上的，居然全都是各路人马转发的我的征婚微博。

比如，我都不惜花了四百八十大元在一家著名的婚恋网站上注册会员，还一五一十地上传个人资料，然后每天下班前都登录上去阅读当天收到的留言。久而久之，我发现，除了我这种二百五之外，几乎所有人的个人信息都是语焉不详的，甚至对方到底是男是女都搞不清楚。不过他们始终有一个明确的共同信息：约见面。一般的程序是先在网站上互相发个小字条留言，然后就是互相交换MSN（不知为什么我对QQ号十分反感），转移阵地敞开了聊。渐渐地，我也学会了以胡说八道来应付神秘男的问题，因为我发现有的男的在MSN上专门建了一个组，比如叫作"百合"或者"世纪佳缘"之类的，里面好几十好几十的都是征婚女的MSN，我怀疑他们根本分不清哪个是哪个，逮着谁跟谁聊。通常来说，如果跟同一个人在网上聊个三四次，对方就会开始用各种男女段子来试探你的尺度，甚至表达得更加露骨。所以我认为这些网站被命名为婚恋网站是十分可笑的，准确地说，应该叫乱搞网站。我只见过一个网络相亲的对象，这么说吧，当他真人终于出现在我面前的时候，我内心对这家网站的老板祖宗八代骂了一个遍。就是这么一个人，在咖啡厅里坐了半个小时之后就开始营造气氛试图摸摸小手。我在婚恋网站上的发展，经过三个月之后以一个惊人的发现而终结：非常偶然的，我看到了一个女朋友的现任老公的个人资料，居然，还是"活跃会员"。说实话，我真的被吓到了，从此彻底删除这个网址，并且对这段耻辱的记忆守口如瓶，以致我的某位朋友前两天还安慰我说："你还不错了，没那么惨，至少你还没上过那种婚恋网站嘛！"

比如，我不惜逼迫所有的朋友深入发掘身边的未婚男青年资源，搞得人人鸡飞狗跳。连某著名财经杂志主编在年底请吃饭时，对我的企业管理专栏质量大大表扬一番之后，问我有啥要求，我不假思索地提出："在我署名和头像照片旁边能加上征婚两个字吗？"

也许是年龄大了，自己的心态也端正起来，抱着张爱玲奶奶所说的"某种范围内人尽可夫"的积极态度和"多个朋友多条路"的实用精神开始主动推进相亲大业。把相亲当学习，向相亲要效益。通过相亲，我初步对投资、航空、拍卖、医疗器械、碳交易、NGO等行业建立了粗浅的认识，并且积极地把这些知识应用在实际工作中。话说回来，既然买卖不成仁义在，通过相亲，还真交了几个朋友，就是那种人不错，一见面就聊得来，但是没有荷尔蒙关系的朋友。我经常带着朋友去吃饭的一家特别好的餐馆儿，每次都能得到最好的招呼和折扣，别人羡慕地问我面子哪儿来的，我照实交代："跟老板相过亲。"相亲认识的朋友，还真挺特殊的，因为不熟，所以彼此有一分客气，又因为相亲这层尴尬关系，比普通熟人多一点默契，所以有事儿帮忙时还真给力。

当然，我的相亲之旅远远没有就此停步。

有一天，我接到一位以前的商学院老师的电话，一顿寒暄请安之后，他很兴奋地说前不久在一个很私密很高端（说实话我对这几个字过敏，总觉得不是干好事儿的）的聚会上碰到了一个很牛的人，聊了几句之后，没想到那个人知道我，而且因为和我是老乡，仿佛还和我们家有点什么鬼七马八曲里拐弯的亲戚关系。牛人淡定地表示了对我的兴趣，希望有时间认识一下，交流交流。

我听说过这个名字，在我心目中这大概属于上一辈江湖英雄之类的。既然老师发话，而且又是前辈，我当然唯唯诺诺，谦虚地表示一定向人家请教，并且对于老师居然认识这么牛的人表示了充分的惊喜和羡慕。老师马上说："我把你电话给他了，他和你联系！"

果然，没过多久，一个电话就进来了，手机上显示"未知号码"。我知道，这是混在北京的重要装逼方式之一，接起来，那头儿传来一个十分低沉的声音："喂？小李吗……"我愣了一下，说实话，这辈子还真没被人喊过小李，倒不是说咱端架子，恰恰相反，所有人都是喊我名字的，因为李这个姓太过常见，小李根本没有识别性。当然，这都是吃饱了撑的心里瞎活动，当时嘴上可没闲着："是啊是啊，哎呀，您是s总吧，真不好意思还要麻烦您打电话过来，实在太荣幸了！"牛人继续低沉："听说你干得不错啊，很给咱们老家争气啊！"我觉得这个对话实在太畸形了，既是代表业界前辈，又要代表家乡父老？我只好顺着这后生晚辈的路子往下接："哪里哪里，刚刚入门，还需要前辈多多提携！多多提携！""嗯，哪天见个面吧，我听你说说个人情况！"说实话，他的声音实在太低沉了，我电话里听起来有点费劲，我开始打马虎眼："好好，我提前约您时间，到您公司来拜访！""不用，明天吧，明天晚上到我家来吃饭吧，我正好刚搬到钓鱼台旁边，你来看看！"

啊？去人家里？我觉得太冒昧了吧！不过，指天发誓，当时虽然觉得别扭，但是我把这个邀请理解为长辈、前辈"没拿你当外人"的安排了，所以也就没再说别的。

第二天，我谨记后生晚辈的礼节，既然是富豪的乔迁之喜，又不知道人家喜好什么，但是对一位能说出"我住在钓鱼台旁边"的人来说，我想附庸风雅四个字总是没错的，于是我忍痛买下了一把昂贵的紫砂壶作为上门拜访的见面礼。

实事求是地说，这是我这种外地进京务工人员去过的顶级的豪宅了，而且真是离钓鱼台国宾馆挺近的，不是别墅，是那种一梯一户的平层豪华公寓。保姆开了门，穿过一个豪华的门厅才进入客厅，哪儿跟咱寒门小户似的，一开门就是客厅，拖鞋都堆在门口。我小心翼翼地落了座，四处打量，发现我的礼品没有选错，四壁挂满了名人字画，客厅里全部都是红酸枝镶螺钿的清式家具配刺绣垫子，两三盆很名贵的绿植，一盆极好的桂花，甚至还有一个做旧的铜鎏金瑞兽落地香炉，整面的落地窗能够远远看到钓鱼台里面的一部分景观。当然，要是没有那两个明显是改风水的盆景就更好了。

突然，低沉的声音在我背后出现了："小李啊，欢迎你啊！"吓得我立即跳起来，几乎来了个空中转体一百八十度："您好，幸会幸会！"这时我发现牛人是从隐蔽在屋角的一个门那儿出来的，他年纪大概不到五十岁，中等身材，染得乌黑的分头，在家里也穿了一身高尔夫服装，正伸出手来，我赶紧凑上去握手。不过，他是那种只把手平平地伸出来让你摸一下、连手指头都不弯的人。

宾主坐定，牛人开始关心我的学业事业，这时，我发现他低沉的声音不是天生的，而是故意压得很低，我瞎猜是为了掩饰口音。我们老家的口音还是很顽固的，很难改掉，而且因为是山区，大概听起来有点土。当牛人开始问到有没有对象（我们老家管男女朋友、年轻夫妻都叫对象）、为什么还没有时，一心想跟人家学习点致富秘籍的我有点接不住了，琢磨着就算是前辈和长辈，毕竟是异性，而且第一次见面，这问题也太私人了吧？于是我就提出："哎呀，我还是第一次进这样的豪宅呢，能参观一下吗？"牛人很低调地说："没什么好看的，就是个房子。""哎哟，房子跟房子可不一样，这房子得多少钱一平方米啊？"牛人："一直没住这房子，我买的时候便宜，七万多点吧！"我当时就快晕过去了，我们家房子买的才四千多！当然，我还是如愿以偿地参观了，边参观边想不知道装修公司黑了这户人家多少钱！

房子很大，不过能看出来只有主卧有人住，客房、儿童房都是空着的，牛人闲闲解释说："两个小孩儿跟着他们的妈妈。"哦，也不稀奇，有钱人离婚也不是什么稀罕事儿。当然，这种房子都把书房设计得挺小的，而且背阴，真不知道为什么。要是我买得起这样的豪宅，就把那个最大的房间搞成个小图书室，三面顶到天花板的书柜，用最好的木头，全世界收书，多过瘾。

绕了一圈，进到餐厅，他一个人住，居然用带转盘的圆桌，也是红酸枝的，不过脑袋上方挂着一盏稀里哗啦的水晶灯，怪怪的。牛人介绍说："我们家这个厨师还不错，以前是驻京办的主厨，试试看，以后常来！"我这才反应过来，以后再有人说"我们家保姆做饭"，我就可以嗤之以鼻了：有钱人家保姆就是打扫卫生的，厨师才管做饭！

桌上已经提前醒好了一瓶红酒，牛人边倒酒边说："初次上门，一定要尝尝我收藏的好酒哦！开车不要紧，一会儿让司机给你送回去！"

吃饭的过程十分枯燥，我积极地请教了几个问题，除了证明了他确实像我们老家传说的那样是因为房地产高峰期倒腾钢材完成了第一桶金的积累，然后到北京开始发展的之外，其他的都不愿多说，对于他公司现在开展的几个业务，也只能模模糊糊听出来肯定是和大人物的子女有往来合作才能搞成的事儿。唉，真失望，这种法门我又学不会，白来了。

牛人摆出一副既是远亲又是近邻的架势，问候完我妈问候我爸，把我们家户口查了个底儿掉，又好心地提醒我说年龄不小了，要好好认真对待个人问题，要找一个知根知底可靠的人，这个年龄不要再瞎混了。这种话亲戚们说得多了，我也没引起注意。

酒喝了一半，他突然说："你酒量行吗？你别在这儿喝多了！"嗬！我这暴脾气可就上来了："您放心吧，我肯定不会喝多的！"

不过我还是挺感激的，毕竟人家很客气，很关心咱嘛！

吃饱喝足，应邀在他据说是刚调试好的视听室看了一场电影，感受了一下高级音响的震撼，胡说八道地评论了一番这个烂片，特别是忍受了牛人非要给我看看手相的封建迷信活动之后，我觉得我的豪宅之旅差不多了，于是提出告辞。牛人这时突然站在门口似笑非笑地回头问我："你真没喝多？你还能走吗？"

直到这时候，我这个弱智还在满心感谢地回答："没问题，放心吧，也不用司机送，我刚才发短信叫代驾了！"牛人突然收了笑，低沉地说："那我送你到楼下。"

一夜无话。

第二天，那位好事儿的老师来电话，兴奋地回访我："怎么样怎么样，你对他印象很好吧？人家对你印象很好，觉得年龄阅历正合适，说都看了你手相了，旺夫！"刚奇怪了一下他怎么知道我头天去拜访了，我才恍然大悟，怪不得人家没把我当外人呢，人家本来就是找内人呢呀！

哪儿跟哪儿啊，这这这，完全是相亲相了下一辈儿嘛！我觉得我们这老师脑子一定进水了，而且自作多情，误会了牛人关心晚辈提携老乡的意思，而我呢，稀里糊涂地被他给绕进去了。

没想到，牛人在之后一段时间，经常给我打电话，我故意不接，因为他的电话没有显示号码，我也就合理地不需要回复。之后开始用一个有号码的电话给我发短信问长问短，邀请我再去吃饭，如果我回复说我出差了，他就很不客气地批评："女孩子家，东奔西跑的成什么样子，你也应该干够了吧！"或者说："你不就是做咨询嘛，回来赶紧找我，我请你们公司给我们集团做个咨询！"我明白了，老师没搞错，搞错的是我。

圈子不大，我很怕误导人家，传出去不好，于是我鼓足勇气，给他发了个短信："我非常敬重您，因为您是我们的前辈，也承蒙您多关照，希望您今后多多提携小辈。其他方面承蒙错爱，不过我实在不敢当。谢谢。"这个世界，一下子消停了。

过了几天，前台送进来一个快递来的包裹，沉甸甸的，应该是文件。我打开一看，愣了，足足五分钟没明白这是什么东西。之后，我才看出来，原来是一整套各种资产的证书文契复印件，有房产证，有土地证，甚至还有公司法人营业执照副本，唯一的共同点是上面的人名都是牛人自己。就是这些文件，我拿过信封又掏了半天；包括把这沓子文件抖搂了一下，真的，其他一个字都没有。

我静静地对着这摊子富贵坐了一会儿，找了个空白的快递信封，把东西原封不动放进去，然后让前台按照寄件人地址寄回去。不过，我咬牙加了个便签：承蒙错爱，我自己都有。

快递寄出之后，我突然一拍大腿，觉得自己犯了个脑残级的错误：人家就是把资产证明拿来给你瞅瞅，别的一个字没写，又没说你要如何如何我就送你一半，里面的意思全看你自己怎么理解，牛人啊，高明，高明！我倒好，十分有骨气地给人回个字条，而且还吹牛自己都有，一副富贵不能淫的德行，好像人家钱是白捡的，立马三刻要拿富贵淫我似的，传出去这也太二了！

后来，有明白人指导我说，当时人家问我还能喝吗，能走得了吗的时候，这就已经是"明示"了，标准话术应该是斜眼儿瞅人家一梭子，然后反问："走不了怎么办？"据说，这就要"办大事儿了"！我气急败坏：办什么大事儿？这什么行情？敢情我赔一份见面礼，还得搭上让人泡？明白人乐不可支：你送人紫砂壶，可不就明说让人"泡"吗？

当然，我就这么跟大富大贵擦肩而过了，我衷心祝福牛人继续发家致富，啧啧，估计等我老了，主要指着吹这段儿活着了。

有句老话说得好，叫作"看出殡的不怕病小"，就在我绝望不已、内分泌日益失调的时候，闲杂人等开始纷纷向我和我爸妈推荐那个倒霉的电视节目《非诚勿扰》。可能是因为每次我听到他们让我报名去《非诚勿扰》的时候，眼珠子都红了，我爸妈倒是没太把这个变态途径当作目标市场。

此时，有一个虽然离了婚带个孩子但是仍然整天忙着各种甜蜜约会的姐姐神神秘秘地给我"指了条明路"：据说有一个高端神秘机构，类似俱乐部似的，主要是为高端人士提供婚姻咨询服务，听起来像是个高级婚介所。这姐姐参加了这个俱乐部，感觉里面认识的人素质都挺高，服务也不错，推荐我去试试。一来我以前的朋友都是和我一样的女光棍，没啥成功经验可交流，好歹眼前这位天天门前约会的车马川流不息，惹得我十分眼红；二来我也实在受够了业余媒婆们的各种精神虐待，心想，嘿，术业有专攻，还是信任专业人士的好！

所以，我就按照这姐姐给的联系方式和对方的一位"资深顾问"取得了联系。听声音是个老大姐，不过很矜持，不肯出来喝茶，约我到她办公室面谈。她一报出地址来，我不禁虎躯一震：嚯！在北京 CBD 著名建筑物的顶层！我知道，那楼里绝大多数都是外企的驻华机构，还得是五百强才行！看来，这专业的就是不一样，实力强劲啊！我的欲望小火苗又死灰复燃起来了！

第二天下午，我打扮得体体面面的，尽量让自己看起来能符合人家服务对象的档次的样子，开车直奔该俱乐部而去。经过豪华的大堂，乘电梯到了顶层，发现电梯口的一溜名牌上没有这家俱乐部的牌子，我只好按照房间号码一路摸过去。在走廊的尽头，有两面很大的对开磨砂玻璃门，旁边刚好是正确的房号。我按了门铃对讲，马上，听见门锁咔嗒一声开了，我一边推门，一边嘀咕，在这种写字楼里面安门铃的可真少见。一进门，右手边是前台，后面墙上射灯明晃晃地照着俱乐部的牌号，里面坐着个高高的很精神的小伙子，彬彬有礼地问我是不是约了谁谁谁，我说是的，他做了个手势，把我往大门左手边带。我注意到这边是一溜房间，有七八间，门都窄窄的，看起来有点像是公司里一间间的洽谈室。果然，他推开了其中一扇门，说：请稍等，黄顾问马上过来，请问您喝点什么？我反问：有什么选择吗？他：现磨咖啡、铁观音、花草茶、红酒、依云，如果还要什么特别的，可以让楼下酒店送上来。嗬，还挺丰富，基本的高端饮品都全，这得收多少会费啊！我笑嘻嘻地要了一瓶依云。

我所处的这个房间很小，有个六七平方米，布局很紧凑，欧式风格，两个宽大的温莎椅九十度摆着，一盏很漂亮的仿古欧式落地灯，一张同系列的茶几，茶几上摆着几份英文原版财经杂志。就是墙上挂的两幅假冒伪劣的油画有点露馅，我猜两幅画都比不上画框贵。从四十多层的落地窗望下去，东三环的车水马龙也是一道不错的景观，想必晚上会更漂亮。

随着轻轻敲门，黄顾问和我的依云同时进来了。依云被放在一个小托盘上，旁边还有一只刻花水晶玻璃杯。黄顾问的年龄基本上和我猜的差不多，四十七八岁，略微发福，穿得可气派了，一身黑丝绒的长袖连衣裙，胸前点缀着一些细细的水钻，配一条印花的羊毛披肩。不过，这些都是我后来才逐渐观察的，因为，当时我一下子就被她的脸给牢牢吸引住了：天哪，我从来没见过一张这样殷勤的脸——胖胖的圆脸上，眉头微微皱着，眼睛微微眯着，嘴角刚好保持一个热情微笑的弧度！配合着她说话的方式，那么殷切，那么关心，那么体谅，先声夺人，真是先声夺人啊！

她进门的时候我出于礼貌站起身来。她完全没有寒暄废话，还没等我坐下，她就开口了："李小姐，您不需要到我们这里来呀，您条件多好呀，气质真好，应该随时都有很多优秀的男士追求您啊！"千穿万穿马屁不穿，虽然我理智上完全知道这是扯淡，但是不可否认的是耳朵还是相当受用。没等我回答，她紧接着叹了一口气，把身体往我这边倾了三十度："不过我特别理解您的难处，虽然条件好，但是受身份限制，不能随便像一般人一样和人交往，所以选择的范围反而小了。"嗯？身份限制？什么身份？这也太夸张了吧？

她接着说："不过没关系，我们就是专业做这个工作的，我们知道怎么为您处理这些事情，您只需要把要求告诉我就行了。对了，您对男方具体有什么要求？"

说实话，我一时间还真说不清楚。我边说边想："嗯，未婚、有正当职业、经济独立、身体健康、有好玩儿的爱好、比我高、同龄到大我十岁以内……"黄顾问很包容地笑了："您这些要求太泛泛，这不能从我们的资料库里识别出来，这样吧，我问您答！"她打开了那年还很小众的 Mac Air 笔记本，输入了一串密码，我看见她进入了一个程序："资产要求？""啊？什么意思？""就是您希望对方身家多少？比如几个选项：一千万以上、五千万到一个亿、亿元以上？"我当时就晕菜了，敢情这都跟下订单似的了！一直以来，我对我未来老公的经济要求就是别让我养他就行，但是这显然不在黄顾问的体系里面，于是我就说："那就一千万吧！"黄顾问显然很满意："您这么随和，肯定好找，您知道那个女明星谁谁谁吗？她也在我们这儿，都登记两三年了，她都四十多了，但是要求必须亿元以上，这就不好找了！"我瞳孔都放大了，真没想到，还能顺便听到这么内幕的八卦，而且居然女明星也需要找专业媒婆相亲啊！

第二个问题：职业要求——官员、企业家、投资人、专业人士、艺术家？我立即说："不要公务员！"黄顾问同情地看着我这个土鳖："我们这儿没有普通公务员，我们这儿都是有一定级别的官员，当然他们不一定是自己在这里登记的，好多都是热心的朋友让我们帮他留心的。"好吧，那就专业人士吧，至少有门手艺。

第三个问题：目的。什么目的？黄顾问耐心解释："就是交朋友、结婚还是别的？"啊？我嘴都合不上了。黄顾问马上说："别误会，我说别的，可能是有些商务人士要互相谈些生意之类的。当然，"她压低了声音，"您受过高等教育，不歧视同性恋吧？也有些高端人士有这个倾向，但是自己的日常圈里绝对不能暴露，只能通过我们来寻找伴侣。""不不不不，我不歧视，我很尊重他们，我觉得这完全是个人选择，也是个人隐私。"好，勾上。目的：结婚。而且是：跟男的。

第四个问题：对方个人状况。这一项就多了：人种国籍身高体重年龄籍贯常住地家庭成员，等等等等，还包括婚姻状态，比如离婚的行不行、离无孩行不行、离两次的行不行、有孩子的能不能和孩子一起生活、能接受有几个孩子等等。黄顾问以一位资深媒婆的身份对我进行了深入浅出的端正态度再教育，尖锐地指出，结合我的年龄和目的来看，我把离婚男性排除在外的想法根本是错误的，并且坚决地说服我同意至少将"离无孩"纳入选择范围。

随着一个个问题的对答，我开始走神，眼前埋头在 Air 里打钩的黄顾问仿佛变身为一个硕大的漏斗，眼睁睁地看着一个个符合条件的男人正在被筛选出来、油光水滑地鱼贯通过。

这时，黄顾问抬起头来，满意地说："好了，您的要求我比较了解了，现在谈谈您个人的情况吧！"我一下子紧张起来，哎哟喂，人别是看出来我根本不是人家服务对象吧？

照例有一大堆问题，我都实话实说，有些问题相当搞笑，比如上来就问了有无婚史，我当然没结过婚，有本事结婚谁到这儿来啊。但是紧接着问有无生育史。我大乐，以为是发现了他们问卷的设计漏洞。结果黄顾问非常认真地说："这一条您还真得回答，您没生过孩子吧？"当然没有！"有没有流产过？"啊！啊！啊！当然没有！看出我震惊过度了，黄顾问只好解释说："有些男会员要求得比较细，不过要求细了比较好，我们容易开展工作，您说是吗？"

　　我以为下一个问题就得问是不是处女了呢，还好，没有这个问题，只有一个比较隐晦的：有无同居经历。

　　女版的问题明显比较多，身高体重全问，三围也问，不过我是真不知道，总不能把内衣尺码写上吧？我估计是不是这俱乐部的男会员都是处女座？怎么这么多事儿妈问题？

　　终于填完资料了，黄顾问满意地敲了一个回车键，把电脑递给我说，根据双方的条件，资料库里会初步筛选出一些符合硬条件的对象，我可以先浏览一下，我听她的语气，就是让我开开眼的意思。因此我寻思着也别表现得那么猴急，尽量淡定地把电脑拿得远远的，扫了几眼屏幕。嚯，这还真是个专用的系统，唰唰往上冒代码啊，每个代码都代表一个男会员，因为我还不是正式会员，所以一部分内容我是看不到的，但仅就能看到的部分来说，那可真是每条都是人中龙凤啊。照这些个信息来看，我估摸着资料要是泄密，好多家上市公司都得出来发声明。我突然心理平衡了：这么多上市公司主席都找不着老婆，我着啥急啊？

　　我故作熟练地问："嗯，我基本了解了。那么，你们具体是怎么开展服务的呢？"黄顾问惊讶地说："我们已经开始给您服务了呀，我们的资料库已经开始运作，会初筛很多人出来，我有很多年的经验，一看见您就知道您需要找什么样的人，我会在后备人选里给您挑合适的见面对象，预约双方时间，安排你们在这里或者在你们指定的地方见面。当然，如果您不满意，我们会持续更换人选，直到您满意为止！"

哦！再高级，也还是婚介所嘛！我的心理价位出来了："请问你们的收费标准和收费方式呢？""我们共有三种会员服务：至尊会员九万八千元，终身服务（终身接受婚介所服务？听起来怪怪的），并提供周边相关配套服务；钻石会员，三万八千元，三年专属顾问跟踪服务；黄金会员，一万八千元，服务期一年。当然都为一次性付款，服务人员也略有不同。"

真的，我差点夺路而逃！怪不得在 CBD 顶层写字楼办公呢，怪不得给喝依云呢，怪不得资产一千万起呢，这年头，媒婆可是朝阳暴利产业啊！

我开始支支吾吾，朋友没说这么高的服务费啦，身上没带钱啦，回去和家人商量一下啦。黄顾问对付我这种人简直杀鸡牛刀："我特别理解您的心情，对我们这种高端私人俱乐部的服务模式还不够了解，有疑虑，没关系，我只是提醒您想一想，这笔钱对您来说真的算很高吗？与您的婚姻幸福相比，您等于是做一个区区几万块钱的投资啊，如果您找到一个符合您条件的爱人，恐怕用一本万利来形容都太少了吧？""这样吧，我和您母亲年龄差不多了吧，我替您做个主，以您的条件，肯定不需要三年的服务，一年，其实最多半年之内，我肯定包您找到如意郎君，这样，您选一年的黄金会员服务吧！不就是两套衣服钱嘛！我们有好多会员找到合适的之后，小费都不止给这个数，您说他们得多满意！""没带钱……""没关系，前台可以刷卡，您先刷一万就行，其他的，等事成之后，您就当再给我们封红包吧！好不好？"

我还是脸皮薄，而且看这小黑屋里又填表又攻心的架势，也唯恐自己难以脱身。再加上当时快到春节了，马上要回老家，每天焦虑得紧，眼一闭心一横，好，一万就一万！老娘赌了！

黄顾问矜持地抿嘴笑了："谢谢，请这边刷卡。"她站起身带我出门，边走边轻声问："对了，您需要发票吧？开会议费、广告费还是咨询服务费？"

啊？没想到啊没想到，征婚相亲也给开发票啊？开！干吗不开替他们省税，开会议费，相亲可不就是甲乙双方开小会嘛！

刷卡签单，关门走人。我没遇到其他会员，不过每间小屋的门都闭得紧紧的，仿佛都有人，看来他们在安排会员来访时间上也很有办法。

黄顾问一再承诺我"很快就会听到好消息"，而我呢，带着一颗滴血的心惦记着我的一万块钱回家了。到了家门口，我定了定神，想明白一件事：这一万块钱的事儿，打死也不能说，特别是我这张大嘴巴，跟谁也不能说，要不，肯定会被笑话死。

没想到，专业人士就是专业人士，我到家没多久，黄顾问的电话就进来了："您明天有空吗？我们这儿有一位特别适合您的会员，我很了解他，不仅符合您对学历、职业等方面的要求，而且特别帅，年龄只比您大五岁，没结过婚。您一定要抽空过来见见，错过就太可惜。人家也满世界飞，这次是恰巧碰上，再安排时间就不太容易。"

我对黄顾问的效率感到相当满意："好的，明天下午我没什么事，我可以见面，到哪里？"黄顾问："对方希望就在我们这儿，您两点能到吗？""可以。""好，一定别迟到啊，麻烦您务必要准时啊！""好！"

第二天，我花枝招展地去上班，还偷偷在车上藏了一块桃红色的大丝巾，准备离开办公室的时候就披上。不过，出发得稍微晚了一点，到俱乐部的时候，黄顾问正在电梯旁边急得团团转等我，一见我，她立即说："哎呀，还好还好，只晚了十分钟。"她搭着我的胳膊开始往俱乐部走，一边走一边简单介绍男方情况："祖籍北京，军队大院儿长大，后来在新加坡、澳大利亚都留过学，回到北京做投资，创办了一家投资公司，没有结过婚。"听起来，简直是天上掉下个王老五。

进了俱乐部，她把我领到那一排小房间门前，不过，进了另外一个房间，面积也很小，这次的房间是有点巴厘岛风情的布置，全是藤编家具，她说："您稍坐，我去请先生过来。"

过了几分钟，我正笔直地坐在藤椅沿儿上，轻轻的敲门声响了，黄顾问推门进来，侧身让进来一位男士。我有点慌张，笨手笨脚地起身握手，寒暄，然后，黄顾问简单客套几句，互相介绍了一下，就关门走了。

接下来的一分钟，是互相打量时间。如果仅从外形上说，黄顾问确实比那些业余媒婆靠谱多了，一点没夸张，这位男士的确很帅，身材挺拔，显得很年轻，而且服装发型搭配相当时髦，看得出眼镜皮带皮鞋全是国际大牌，骤眼看长得有点像演员赵文卓。我不知道黄顾问怎么向对方形容的我，反正我是挺自惭形秽的，只希望她别夸张，实事求是就好。

接下来的二十分钟，是互相盘道时间。我继续发挥诱敌深入让他"言多必失"的战术，因为对方自我介绍是投资公司的创始人，巧了，我以前就和投资人相过亲，我们公司和投资公司还真打过各种各样的交道。我犯了职业病，带着做尽职调查的架势开始向人家请教关于投资公司的各种事务。帅哥轻描淡写地回答了一会儿，突然很销魂地笑了笑："你怎么对我的工作比对我还感兴趣？"哎呀，我不好意思极了，别是人家误会我瞎打听人家家产呢吧？我立马收了架势，眼观鼻，鼻观心。帅哥问："你平时喜欢什么娱乐呀？""我很宅的，喜欢自己看看书、喝喝茶、听听音乐。""老这样可不行，你得多出去活动啊，喜欢什么运动吗？""我不太擅长运动。""喜欢游泳吗？""一直想学，但是没学会。""好呀，下次选个时间我教你游泳吧，我常去嘉里中心游泳，离你远吗？"啊？这都什么路子啊，第二次见面就游泳？是要直接坦诚相见考察身材吗？

这时，帅哥突然抬手看了看表，我一眼看见他戴了一块镶满钻的俗称满天星的劳力士金表。我心里咯噔一下：这可不像年轻人戴的表啊，话说这年头老头子都很少戴这么俗艳的手表了。不过，我刚要说话，黄顾问敲门进来了，一脸喜悦："还需要加点什么饮料？谈得很投机嘛！"我说："看来先生还有事，要不今天先这样吧，回头找机会再聊！"然后，我就起身告别，走了。我出门的时候，对方又坐回去了，我突然明白我迟到为什么黄顾问这么着急，肯定是给这位投资界"精英"安排了不止一场相亲，要是被我打乱了节奏，可就不好衔接了！

黄顾问把我拦到另外一个房间，很关心地问我："怎么样，不错吧？"此时，我已经明白我刚才在相亲时不知道哪里有点怪的感觉是从哪里来的了：这个人，的确很帅，穿衣打扮也很范儿，很有钱，像明星。但是，就是不像做投资的！我认识的那些做投资的家伙，哪个不是每天累得像条死狗，一天工作十六个小时，电话会一小时开两三个，一坐下来，眼皮都能耷拉到肚脐了！哪有这么气定神闲油头粉面！而且做投资的个个都是自大狂，一谈起自己的项目滔滔不绝，哪有不愿谈自己公司反而要和姑娘谈游泳的！而且，一个投资人，绝对不可能戴着一块满天星的金钻表出门！

148

当然，我也知道是我从小侦探小说看多了，凡事总往《警法时空》的方向去想，可能人家只不过是不同的生活方式罢了，未必就是婚托骗子风流拆白党。而且，黄顾问毕竟只是个媒婆，她只能根据会员自己的介绍来收集资料，根本没有能力对个人信息的真伪做验证和判断，应该跟她没关系。我赶紧打住没边的联想，对黄顾问表示感谢，但是面露难色地说："真不好意思，我觉得他太帅了，跟个明星似的，我有点配不上人家，我还是希望找一个风格朴实一些的，好好过日子。"黄顾问不满地摇头："您不能这么想，我觉得你们很登对，感情是培养出来的，要不，你们再约着出去吃个饭，或者我再给你们安排聊一次？"我坚决摇头："这个风格不是我的菜，还是算了，省得浪费别人时间。"黄顾问看我态度坚决，于是换了个口气："好吧，咱们试试不同的风格才知道您想要什么对不对，我明白您的要求了，我再尽快给您物色！"说这话的时候，我突然油然而生一种古时候皇帝翻牌子的感觉呢！

又过了几天，黄顾问又安排我去见面。我正好出差，拖了几天，总算把时间协调好了。这次据说是个"踏踏实实做装修工程生意的广东人"，朴实得很！这回，不是黄顾问亲自服务了，而是由负责这位男会员的顾问来安排。我又体验了一间新的房间，全中式的，一把圈椅，一张罗汉床，看来这里的每个房间都不一样，相同的只是墙上都挂着劣质的装饰画。我发现，黄顾问形容人的能力真的很强，这个小个子广东人，三十六岁，真是非常典型的粤商，受教育程度不高，但是对生意很敏感，做生意挺朴素，而且表达很直接，很坦诚。我们聊了一个小时，说到开越野车长途奔袭，以及广东人到底有没有不敢吃的东西之类的，聊得蛮开心。不过，我内心其实已经闻到了那股熟悉的"兄弟味儿"——又一个相亲哥们儿。这时，我问了一个问题："你为什么和前女友分手呢？"小广东很诚实："她跟我的时候才十九岁，今年二十三了，年龄大了，想法多了。不过我给她安置得很好。"二十三都叫年龄大？我都三十二了！他到底是来找什么的！我一下子想起来第一次来的时候填写表格"目的"一栏，我叹口气，瞅瞅他："咱们换个电话吧，有什么好玩儿的越野活动互相喊。"

这次，我没等黄顾问，直接走了。接到她的电话时，我都快到家了。我尽量客气："他不是来找老婆的，他以前只跟十几岁的小姑娘交往，说难听点就叫包养，二十三岁他都嫌年龄大，我肯定不适合他。下次您还是帮我把好关，我时间也很紧张，希望还是能够和同类型的人多见见面。"

黄顾问这次没多说什么，唯唯诺诺表示一定让我满意。我心想："等我八十了您再让我满意，有个屁用！"不过转念一想，我才交了不到一年的服务费，八十？想得美！

这时候，我细细地回忆了一下接触黄顾问以来的过程，我对这家机构的性质产生了浓厚的兴趣。怎么看，这也不像是个正经婚介中心的路子：顶级写字楼，私密小包间，要求繁多的男会员，从来不会碰到其他人，倒是处处透着一股子邪劲儿。我突然想起来之前黄顾问无意间说起的一句话："像您这样的要求还真少，好多漂亮小姑娘到我们这儿来都办三年的卡，指明就要见有钱人。"我明白了，这不是婚介中心，搞不好这是皮条中心啊！我这一出唱的是"相亲相出案情，良妇误入淫窟"啊！

我的好奇心被勾起来了，我非要自己侦查一下，这到底是不是我想象的高级淫媒不可。所以，再接到黄顾问的电话，特别关心地询问我："年龄大点的行不行？我觉得年龄大的更会疼人！"我连具体情况都没问，立即答应见面，就想再一再二不再三，我倒要看看，这第三个人是不是还不靠谱。等到见面那天，黄顾问告诉我，这位先生不愿意来俱乐部，他在旁边的五星级酒店有个长包房，希望在那里见面。我又不傻，怎么可能？于是就说："那就在楼下咖啡厅见吧！我可以等他！"没想到，这一等，就等了一个小时。等到这位阁下出现的时候，我都快哭出来了，纵然是超级爱马仕您糊一身，也架不住您五十多岁了，原来，年龄大，是这么个大法！我没情没绪地坐下来，接着喝我的柠檬茶，对方说什么都不要，并且解释了一下：年龄大了，午觉必须睡足，中间起不来。我倒是无所谓，反正是侦查来的。对方一边简单地介绍自己的光辉海外工作背景和当今的"显赫身份"，一边上上下下地打量我，甚至一点都不掩饰地往后靠在椅背上，目光探到桌子底下研究我穿的鞋子。然后莫测高深地说："从你的打扮上来看，你是个标准的办公室白领女郎。"下一句话把我震惊了："你一年收入多少？""呵呵，小康生活吧，具体数字不太方便说。""别误会，我没别的意思，我这个人很坦率的，我就是想说，你身上充满了谋生活的刚硬，缺少女性化的成分。""哦，是吗，可能吧，我从小一直当男孩养的。""你还挺幽默。不过即使如此，我可以声明，我还是愿意继续和你交往。"声明？用上新闻联播吗？我心里骂了一句脏话，装什么大尾巴狼！

这时，对方说："不过呢，既然我们要继续交往，就得彼此多了解一些，到了我这个年龄，我很知道什么是重要的，什么是我需要的……比如，我可能必须得问你：你喜欢性爱吗？"

什！么！我瞪着这个跟我爹年龄差不多的老不正经，火冒三丈。但是发狠会，撒泼还真不会。我咽了口唾沫，看了看手表，大惊小怪地说："哎呀，都这么晚了，我得走了，还有事呢！"

对方早就看穿了我，闲闲地说："那就算了吧。"然后，站起身来，晃晃悠悠就往外走，连替我结账的意思都没有。我自己恨恨地掏出钱包，买单，还额外给了服务员一份小费。

走到街上，过年的气氛已经很浓了，到处披红挂绿的，我气冲冲地往前走了一段儿，突然忍不住哈哈大笑起来。真没想到，以我这样的土鳖，这辈子居然还有机会和北京城里的拆白党、包养小姑娘的土大款、在酒店长包房的老淫棍打交道。实在太有趣了！

我怀疑这家所谓的俱乐部是个高级淫媒。我甚至想过要报警，但是，这里收的是会员费，会员都是成年人，彼此你情我愿郎情妾意，我又没有什么人家拉皮条抽份子的证据，报的哪门子警？告人家什么？唉，算了，我就当自己是集邮女吧，这回，一万块钱的代价，可算是把各种相亲样本都集全了！

那年春节期间，我倒是意外地没有经受过大的压力。因为我的同龄人们纷纷打起了离婚官司，同学、邻居、亲戚们中就像几年前的扎堆结婚一样开始涌起离婚潮。我爸妈受惊不小，开始念叨"结得晚总比离得早要好"，而这次淫窟相亲给我带来的乐趣还没消费完，我心情也是相当轻松。唯一担心的是我留在那里的都是真实资料，哎呀呀，我要是竞选总统可麻烦了，会被人翻出来的吧？

过完年回来，我听说了一个坏消息：一个拐弯朋友，被公安请去配合调查，已知的事实是：她那从事投资行业的神出鬼没的男朋友，居然是个拆白党，同时用不同的名字和六个女人交往，而且，以帮助理财的名义，从每个女人那里都骗了一大笔钱，据说我的这个拐弯朋友损失得算少的，也有两百多万。

她不肯相信，她坚持要找律师，一定要单独见这个男人。我们都劝她：你见他干吗，难道去问他是不是真的爱你？别招人耻笑了！

她大哭："我不信他真的是个骗子，他是经常说出差、出国做项目，项目保密不能联系，但是每次进进出出都是阿斯顿马丁、劳斯莱斯什么的来接他，他一个人，怎么会有这么大的布局？""嘿！不是一个人，那就是团伙作案呗！人家都设计好的圈套，就是等着你往里跳呢！"

我突然心里一动："你们怎么认识的？""在一个俱乐部组织的活动上。"她哭天抹泪地说。

我不敢再往下问了，江湖恩怨，险过剃头。

黄顾问仍然锲而不舍地负责任地给我打电话安排见面，现在，我知道了，她可能不是仅仅对那一万块钱负责。带着一身冷汗，我在电话里告诉她：我有男朋友了，是的，不是相亲认识的，是老同学。所以，谢谢她，不用再和我联系了。黄顾问很热情地祝福了我，不过，她说还是保持联系吧，谁知道呢，也许有更好条件的人出现呢？有备无患嘛，哈哈哈。

从二十六岁到三十四岁，历时八年，鬼子都投降了，我的相亲生涯也基本落幕。不过，不是你所想的那样，我的生活中并没有一个老同学老同事老战友出现，三老集团还是一如既往地不靠谱。只是，我一个人在这个舞台上东奔西窜，根据各种各样相亲男主角的要求，扮演各种各样的相亲女主角，实在是累得够呛。

以失败开始，以失败结束，我的相亲记可谓是"善始善终""始终如一"。不过，沮丧之余，乐趣更多，在这个过程中，我见识到了各色人等，千奇百怪地证明了人类社会的多样性，也因此让我对人性的复杂性和差异性充满敬畏。

情人节快到了，我收到了一盒巧克力，正是一位相亲相出来的哥们儿送来的"慈善"礼物。是的，生活就像一盒巧克力。每一颗，都好吃。

哎呀，前几天，编辑说要把她办公室的一位男同事介绍给我，你说，我见还是不见？

欢情

张天翼

2011年

1

廖一梅这样说：在你找到完美无缺的情人之前，你的胃口早就吃坏了。因此我庆幸的是，在败掉胃口之前就停止了可能致命的暴饮暴食。大学里的恋爱似乎都乏善可陈，前三个年头，我出于不负少年头的心态，狂热地投入恋爱事业，几乎试遍与身边所有异性的可能性，连在火车上邂逅都不放过，每次都用一百二十分的力，每次都不成功，或日未久而生厌，甚或变生肘腋。这些，是薛君至今都不知道的（我曾打算告解，他没兴趣听）。

三毛生前曾有一次在演讲中讲述与荷西的初遇："我第一眼看见他时，触电了一般，心想，世界上怎么会有这么英俊的男孩子？如果有一天可以做他的妻子，在虚荣心上，也该是一种满足了。"与薛君初见，庶几相似，不过并无"眼花缭乱口难言，魂灵儿飞在半天"。长沙一个秋天的下午，因要寻合租者，我在一棵巨大的槐树下与他相约见面。193公分的他高得像一棵小树，皮肤黝黑，年轻的颧骨额头闪光如上好的瓷器；瘦，惊人地颀长；阳光的光纹像鞭痕嵌在他头发里；这样一个超大尺寸的男孩，神色却时而像等人认领的小童。我第一个想法，便是三毛的"如果有一天……也满足了"。

没说几句话，他笑了，牙齿雪白，如明月破云而出，我还没觉出好笑，已经禁不住跟着微笑起来。

于是事情就这么定了。我搬入他租住房间的隔壁。一个单元三间卧室，另一屋也是个女生，都是准备考研的人。他是建筑专业的工科生。属于他的一间小室清洁、整齐，主人明净的目光像有反光投在屋里，把斑驳的家具也映得亮堂了；书桌上，书本仰面砌成一叠，他解说是如果竖放，怕灰尘落到书页缝子里；他严格按照自己制定的时间表生活，前后不会相差十分钟，上课、学习、到操场打球、到食堂吃饭，绝不熬夜；他每天下午喝茶，每晚吃一颗水果，每周固定时间洗衣服，有计划地吃芹菜、猪肝、牛奶、豆腐、木耳；他大学一年级的时候已经是篮球比赛中的 MVP（"最有价值球员"）；他从来不说脏话。

他……从来没有恋爱过。

他不是我见惯的敏感、挑剔、城府颇深的书生，不是"有匪君子，如切如磋，如琢如磨"，我从未见过这样的男孩，有如英谚中的"diamond in the rough"（意为：浑金璞玉，未经打磨的钻石）。他更像一枚刚铸造出的银币。

我无法克制地要跟他拉近距离，那时每天夜里用功到一两点钟，白天还要上课，需用咖啡提神。我跟他都买速溶咖啡喝。某天，我买到一种新牌子的咖啡，沏好一杯，放在客厅的案子上，然后回屋发短信给他："××咖啡开展大酬宾活动！我们为您送货上门！只要您现在推开门到客厅去，就可获得一杯热气腾腾的咖啡！还等什么？心动不如行动！"短信发出后几秒钟，我听到隔壁的房间门轻轻地开了，足音走到客厅里，停了半晌，又转了回去，

156

关上门。我无声地笑，得意非凡。隔几秒钟，短信回来了："贵公司本次活动举办得不错，深受消费者欢迎，咖啡沏得很好，不过，如果现场有礼仪小姐负责迎宾就更好了，希望下次注意改进……"

在做了两个多月邻居之后，他不经意说了这么一段话："你身上有香气。你待过的地方也有香气。穿堂风一吹起来，我在自己的房间里就能嗅到。如果香气浓，我知道你在，如果香气淡了，我便知道你出去了。"

——我还没来得及感动，就被撼动了。

他傍晚到操场跟同伴们打球，天空呈出深紫与琥珀色，即将碎裂成黄昏时的微光，建筑物默默地吐出白日吸收的余热。校园各个角落的呼叫和欢笑，汇成一片嘈杂得令人安心的烟雾，飘浮在上空。我常算好时间从图书馆出来，抱着书到操场找他，坐在石凳上一边看书一边等他。等他打完一场，到我身边坐下，就把准备好的水递给他，还特意有时乍着胆子将额角撂在他肩头，颈子不敢完全松弛，随时准备弹起来。他只浑不着意似的微笑，头发在夕阳下黑得发蓝，像黑喜鹊、渡鸦的羽毛。我暗想：此即"两鬓鸦雏色"。

这个时候我跟他，已经到了不说话也不觉得冷场的地步。

不过，很久之后他曾笑着说："那时你到操场找我，还要给我吃一块糖，其实刚剧烈运动过，人热得像个火炉，糖放进嘴里就像添了一把火，难受得上腭都要烧裂了。"我大为震惊——因记得那时还表功似的问："糖好吃吗？"——不由得懊恼万分："你为什么不告诉我？或者干脆不吃……或者你放在口袋里，说等会儿再吃！"他淡淡一笑，简简单单地道："是你给的，怎么能不吃呀？"

男生晚上睡前容易饿，我经常买些香肠、饼、馒头备下，十一点钟左右，到厨房炸两块馒头、煎一根香肠，端到他房间里。其实只为多一些共同消磨的时间。

谁都不会去爱在自己眼中毫无钦羡之处的人，薛君学问不及我远甚，则他因何吸引我？说不清。他有一种无可挑剔的从容风度，十分笃定，永不会急躁失态；又有一种时常若有所思的、温柔的神情。与他晤对之时，"如坐春风"尚不足形容，更像是面对一株散发清香的植物，他每笑一声辄绽开一朵花，某种不可替代的宁静浸透身心。

他敏捷如雄鹿，温驯如牝羊；浓淡适中的眉云之下，双目犹如蜻蜓、鸽子或秋蝉的眼睛。

我已经不记得对另一人会渴望到这样程度，怀着这样恶狠狠的、绝望的热情……想要完全地占有他，要我的名字成为他唯一的呓语，成为他弥留时嘴唇上滑落的最后一片花瓣；但因自己曾经荒唐，我不得不反复求证这不是另一次转瞬即逝的好奇，且不仅仅是令登山家心痒难挨的"因为山在那里"。

又恨不能向天借得利剪，剪去杂芜往事，才好配得起他无瑕无邪。

有一段时间，我认为我终将失掉他，于是给他写一段离别曲：

"……似这般敲窗冷雨潇湘夜，怎忍听高楼人唱雨霖铃。恨只恨，香君闲了桃花扇，杜柳不遇牡丹亭。帘卷不尽西风，人道不尽飘零。早是我远渡河津，你留下空庭，此一去重见无音凭。算别后徘徊立遍苍苔径，你可也辗转终宵对月明？……"

《圣经·雅歌》写道："耶路撒冷的众女子，我指着羚羊和田野的母鹿嘱咐你们，不要惊动，不要叫醒我所亲爱的，等他自己情愿。"我认为他是情愿的，因此"叫醒"也不算是罪过，更何况，我将给予他从未想象过的、世上最好的东西。

后来，我像要去杀人的西门吹雪一样，择吉日良辰，茹素一餐，沐浴三匝，更换松爽的新衣，把自己要做的反复想过两遭，便敲门进他房间去。他正在灯下读书，朝我回过头来，柔声问："什么事？"灯罩清莹透明，发散橘黄光芒，半截屋子亮得浓，半截屋子淹在黑暗中。

我不出声，自暗影中轻手轻脚地走到光源处去，立在他面前，端详半晌，探身吻着了他。

他并未怎样惊异，就像春天的花苞迎迓雨水一样，承接了这个吻。我的手反复把梳他的短发，发绺在指缝间滑动，像流淌的糖浆。绝顶的快活令浑身皮肤要迸裂开，险些喊叫出声。太锐利的幸福，有如抵在夜莺心口的玫瑰花刺，让人刺痛。

……那像是不再活在世间，或终于重生。

第一次见到他的身体，又是数日之后的事，其时也是在月光里，不过薛君不是白先勇笔下"月如"那样娇弱的学生，"青白的胸膛和纤秀的腰肢"（《金大班的最后一夜》），他身架甚小，骨肉匀停，每处肌体都被十余年的不懈运动锻造过，腰肢细而柔韧，肌群不算发达，但出奇地精悍秀丽，有如春日山坡的曲线；那种修长身形，是青春期抽条抽得太快、体重还没跟上的瘦，令他长久滞留在少年的形象中。"今夕何夕，见此粲者？"在现实生活中，我从没见过，也再没见过更美的男人。

在那晚之后，我和他要做出的决定是：就是眼前这个人？要向做夫妻的地步努力了吗？

我知道我永不会忘记与他拥抱、亲吻、挨贴、凝视、抚摸的时候，玫瑰与果实是怎样芬芳地缭绕在脑际，那是一种强烈得像镌刻在石碑上的爱意，比血肉持久，深到这个地步的感觉不是十年、二十年、三十年能够摆脱的，一旦失去，往后的生命除了怀恋和悔恨，别无他途。

而对他这种男孩来说，第一个吻就像雏鸟破壳而出的第一眼。

因此我跟他交换的答案都是：好。

歃血为盟、嚼指书誓都不必，事情就这么定了。

星辰之下，羊群终归于牧人的约束。"我们早起往葡萄园去，看看葡萄发芽开花没有，石榴放蕊没有，在那里，我将我的爱情给你。"

2

我的随身物品很少，一箱书一箱衣服，再把被褥抱进他的房间，就这样开始同居，暗合双鬟逐君去。胖房东来收房租的时候，把我和他上下打量两遍，笑嘻嘻地说："恭喜恭喜！"他很坦然地接受了，我也没觉得窘迫。

莫泊桑有个短篇《爱情的语言》描述这样一对情侣：女人在情热之时，总是吐出不适宜的话，亲吻后把情人呼作"我的胖狗儿""我的大公鸡"，令男人气恼得直想把她打倒在地。作者这样总结道：爱情像非常复杂的乐器，一点小事就能把它毁了……在爱情中应当有一种完美的协调，要在姿态、声音、语言、温情的表露上完全协调，要与那个动作、说话、表态的人以及他的年龄、身材、头发颜色以及他的形象完全协调。

"饥饿的人吃起来狼吞虎咽，讲究的人挑挑拣拣，他们常常为了一点微不足道的小事就会感到无法遏止的厌恶，对爱情对菜肴都是如此。"恋爱最开始的时期，人们会沮丧地发现：爱情是否能顺畅地继续，取决于许多极细小的地方，例如：劈开腿的坐姿，吃饭时不雅的声音与姿态（边吃边咂嘴，或每餐必以大蒜或臭豆腐佐餐，或喜欢张口、肆无忌惮地打出响亮的饱嗝）、肉体的气味（有些人的肉体散发陈腐气味，更别提口气、腋臭与脚臭对情爱兴致的毁灭性败坏），还有各种惹人不悦的生活习惯：尾指上留一截长指甲用来挖耳、把鞋跟踩塌了穿、往牙缝里吸气代替剔牙、趿着难看的拖鞋上街、入睡后鼾声震天，甚而至于对感情与生活的态度……衣食住行中布满成百个危险的细节，就像一条长路上的坑洼，不至于让车子翻覆，可总归是拖慢了速度；一口好菜中夹杂沙粒，你不会嫌恶得把菜全吐出来，但沙粒也够让人默默地不自在一阵。

比较著名的案例是，某对夫妇因牙膏从中间挤还是从尾部挤的分歧而离了婚。

两只带有无数细齿的齿轮，要每一只齿都紧密无间地咬合，无碍无滞地运转，这要有多难？

我小心翼翼地度过了与他共处的第一个星期。难以置信的是，我没有感觉到任何不适，哪怕一闪念也没有。勤于运动、严谨作息、健康饮食，令他身上时时散发林间泉水似的清鲜香味，他面部孔窍中透出的气息更令我疯狂；以身高比例来说，他的手脚十分细小，长短适中的手指不够纤秀，但能清楚看到它在未来的生活中修理水喉、更换灯管，并描画出人生的曲线；他的所有动作，一扬手一回身，轻捷灵巧；每次我的手搂抱他，总要兜到他腰臀连接的地方，两个浅坑之下是陡然隆起的山丘——并非世上每个男人都有这么迷人的部位；他常为合租单元的公共区域做卫生；他对所有人都客气而温柔。

而他所不满意我的地方，计有：从外面回来不洗手，吃手指头，换衣服时不拉窗帘，躺着看书，用脚趾去按地上的插座开关（"容易触电！"），洗澡时不拔掉热水器插销（"容易触电！！！"）。就这些。

……这几年，我一直在努力改着呢。

3

关于生活费，二人约定如下：买一个公用钱包，每次每人放进一百元，吃饭、购物都从其中取用。他还一定要说清楚：我答应跟你这么做，是因为现在咱们花的是父母的钱。等到我自己挣到钱，一定不可以这样。

简媜说"净"：有一种人净得无话可说，像两只透亮的水晶匙铿噔一响，连爱情也无法污染他。薛就是这般。心思好像搁在琉璃身子里，给我看个清明，毫无保留地相许相依。我并不感激涕零，只觉得一切本当如此。

研究生考试结束后，多数时间是这样打发：我盘膝在床上看书。他用电脑画毕业设计图纸，只穿一条短裤，精悍的肌肉轮廓根根是铁线描，弯着身坐，小腹前也淤不起一丝赘肉。画上一两个小时，累了，他过来依偎着我，和我说话。我把正看的书拣一段好的，慢慢念给他；一次看元朝民歌，大为激赏，说父母为怕女儿偷情，在她床前细筛炉灰（跟安徒生童话《打火匣》同妙），结果是"小奴奴负郎进门负郎出，两人只穿一对鞋"，他为之笑，讶于此女智高胆大，我说不仅胆大，还要力大，若要我负你，那肯定是负不起，这女子的爱郎不知是怎样娇小；又读《杨叛儿》"欢做沉水香，侬为博山炉"，释者说有性暗示，我要他与我一起参详，仍不得索解。

听我说话时，他喜欢把手插在我衣服下，并无性的意味，只是在一处静静栖停，如倦鸟得枝。外面昼长人静，骄阳遍地，此间一日，抵得世外千年。

亦有欲。怎可能没有？壮硕饱满的少年男女，爱意又如此充盈。第一次清晰感觉到身体中涌起陌生的潮汐，应和月亮的引力——他便是月，又像是天边燃起的火烧云。那种渴求是从每个细胞中渗出的，汇成壮阔的呼喊。但也没有别的想望，只要抱住他，只要让尽可能多的皮肤感知到他胴体的温暖，体内的波涛就逐渐平息下来。

无论多宽厚多富有的男人，都愿意家中有一位为晚餐忙碌的女人。从最开始的时候，我就对他说：君子远庖厨，以后家务完全由我来做，这不是新式女性或旧式女性的问题，也不是平等的问题，我觉得男人的社会角色不在厨房里——当然，你若肯帮忙，我自然高兴，不过只是感激这个情分罢了。

每天下午相偕去买菜。因没有冰箱，菜只能买很少，甚至几毛钱的一把。他强烈希望我常试验新菜式。这使我的图书馆记录添了一种：菜谱。就算我试验失败，做的菜偶有盐梅不调，他也仍然高高兴兴的，边吃边夸。像小孩子过家家，小女孩端出泥沙树叶对小男孩说：饭做好啦！小男孩响亮地作势大吃大嚼一番，嘴里说道：真好吃。而我的兴趣不在吃上，只在于看他吃。有一阵，给他熬养胃的桂圆糯米粥，天冷时文火炖一罐萝卜排骨汤，入夏改成每日一钵绿豆粥。夜宵端上来，他总要我也吃。我只陪上樱桃大小的一口——否则我的体重有望与他持平。

素日娱乐的种类十分贫瘠，无非四处散步，或是玩拼图、下棋、看动画片、看电影。他看动画片真会笑不能抑，是有童心的人。有一次在草地发现硕大的蜗牛，个个有金橘大小，他颇以为奇，喊我和他一起捉，捉到几十只，用一只废旧铁壶盛着带回家，在里面放了树叶作为干粮，赏看半日。晚上，他说怕牛会死，还是放掉吧。放掉之前依依不舍地为牛群合影留念。牛们都甚精神，爬着挤在壶把上抢镜。趁夜，将壶放倒，搁在外面草丛里。早上去看，壶与牛皆踪影杳杳，牛们是自己爬走的，壶是被收废品的收走了。

或者专等黄昏，到操场坐着，日落未日落、暮未暮的时分，数幢教学楼齐齐亮起灯光，宛如昼伏夜出的多目怪忽然梦醒睁眼，殊为奇观。

他颇识些星座，我愧不能及，夜如丝绒穹庐，他握着我的手指高指天幕，在虚空中画线，"看，这是猎人的腿，这是他腰刀，在他对面是金牛儿，牛角上那两点看到没？"

还陪他看电视。他喜欢所有的比赛转播，除了英超、意甲、西甲、NBA，连美国牛仔骑牛大赛都爱看。

有人说小龙女和杨过若隐居古墓之中，必不能得久，杨过是活泼性子，久必生厌。其实隐居不一定就是整日闭门不出，他二人到高山大川人迹罕至之处游玩，不入江湖不理俗人，也叫隐居，不然郭襄不会找不到他们而跑到少林寺去。我是安静人，他正是活泼性格。起初的半年中，我与他几乎与外界隔绝，自我放逐一般。他本来视篮球如性命，有我之后很少去球场。我特意租一张他所不喜的文艺电影碟（《孔雀》《大象》之类），他才肯撇下我去打球，说"你看完这个电影我就回来"。后来他的球友跟我说："他告诉我们，他只待一个电影的时间。"偶尔朋友到访，虽有惊喜，仍祈祷来人快快离去，把蜗居留给我们这两只蜗牛。这样久了，我逐渐忘记如何与他之外的人说话，与旁人聊几句话，不知该持什么态度、该亲昵到如何程度，而且在说每句话前习惯地呼他的名字，然后再慌忙道歉。

屋小如舟，春深似海。

……日子总是长长的，时间也模糊了。偶然提起一事，我说：那是很多天前的事了。查一查，其实只是前天。朝霞星辰、晨风夜露，都混沌了逝去的痕迹。其实千百年来千百对夫妇都是这样过，所谓"幸福的家庭都是相似的"；一时却只觉得这种日子只有我才得享用，忍不住沾沾自喜、夜郎自大。

此像是《古诗十九首》里的人世，或是《诗经》，又或如《玉台新咏》，物质几近于零，也知道没有奇迹，虽有梦想也不过是对庸常未来的谋划，然而寻常岁月里亦有繁华花事，寻常小楼里也可听枝头蝉嘶，袖底清风，云间明月，耳得之而为声，目遇之而成色，乃造物者之无尽藏也，是吾与薛之所共适。

有一次他朋友教导他说，女人是要浪漫的，要时不时搞点小惊喜，并大肆宣传"爱情保鲜论"。他回来转述给我，两人笑了一阵，惊喜和浪漫是怕对方不清楚自己的心思，刻意捏造，好像大观园里为宝玉所不喜的稻香村，附庸风雅，流于下乘。情人节时，他与我商量要不要买玫瑰，我说那天玫瑰太贵，真不如买菜实惠。他说：好歹是头一次过，还是买一枝，跟端午吃粽子似的，应个节令。于是下午从菜市出来进了花店，花店里漫天遍地的玫瑰，好像以前过冬时家家户户茓的冬储大白菜，又像夏天街边成车成车的西瓜。另外还有讲究，写在一张大红纸上张挂门旁：11朵象征一心一意；22朵象征二人偕老……99朵的口彩最好：爱你长长久久，云云。我在整桶整桶的红玫瑰里拣了一枝开得圆满的，付账，插在青菜兜子里回转。

那枝玫瑰的归宿，是夹在书里压成干花，聊为纪念。

我有时胡乱写点诗给他看，都迹近"打油诗""口占""口号"。最"打油"的如放假在家时写道:"床前明月地上光,身在故乡心彷徨。人人尽道故乡好,故乡虽好无薛郎。"某次出门买午饭,半路小雨忽降,行人纷纷撑伞,我们淋着雨悠悠徐行。他炫耀道:"我知道有一句讲下雨的诗!——天街小雨润如酥。"我故意问:"后面呢?"他挠头,接下一句:"天街小雨润如酥……这个这个,人皆有伞我独无!"我大喜而笑。在街市上买了热干面回去吃,他回家后把四句续完:"天街小雨润如酥,人皆有伞我独无。冒雨去买热干面,回家吃面呼噜噜。"

人说只羡鸳鸯不羡仙,神仙确实没什么好羡慕的,不然天上神女不会纷纷思凡,织女和三圣母都是榜样;白蛇娘子盗仙草、水漫金山,也只为保住与许仙的情分名分。看起来世间最好的还是做人,虽为人甚苦,为女人尤甚,劳作生育,几十年就红颜老去,最终还不免一死,却有夫妻恩义,朝朝暮暮,鸡皮鹤发也能爱悦不渝,只这一点好处,已够引动天女精怪之心,上天入地,只求与讷书生、放牛郎厮守。

4

新学年开始后,我南下到广州升学,他则留在长沙读研。粤地校园中,有参天的椰子树,食堂供应便宜又鲜美的珠江鱼、多达十几种的凉茶;粤女娇小黝黑、热情质朴,粤曲也别具风味。风物人情俱美,然我无一刻不思他,"虽则如云,匪我思存"。司马迁《报任安书》写道:"肠一日而九回,居则忽忽若有所亡,出则不知所往。"又有《子夜四时歌》状相思之痴:"想闻欢唤声,虚应空中诺。"一一应验。夜晚走在浓荫之下,会茫然立住脚,想象眼前幻化出他的身形，伸手想挽他的手，又仿佛听到他喊我的名字，低声答应。

在精神上，我与他每天几十次地对话；又写过很多很多情书。用的是这样的法子：随身带一个彩色的便笺纸小本，上课、去图书馆、去食堂，想到要写的话就立刻撕下一条纸来写，写好了折个方胜儿带回宿舍，存放在纸盒子里。在写自己的情书之外，还誊抄过大把政客、文人、艺术家的情书，如拿破仑在军帐中挑灯写给爵色顺皇后的信："在军务倥偬、检阅营地之际，我的心中只有你。你的容颜、你的健康，无时不在念中。于我而言，热爱你，设法使你幸福，不做任何使你烦恼的事，是我此生的目标与追求。远离你，黑夜显得漫长、乏味和悲凉；在你身边时，又为不能永远是黑夜而深深遗憾。"最后一句旖旎不似君王口吻。另一封歌颂爵色顺对他的绝对霸权："……你从哪里学来的魔力？竟令我神魂颠倒、浑忘万物。我的心澄澈见底，对你一无隐私。我曾以为爱你已有多时，但自从与你离别之后，我才感到现在爱你胜过往昔一千倍。"字条即将塞满盒子，就倒进一只大信封寄给他。

这种爱情文学的操练，反过来煽动了心灵之火。真正热烈的情书，对写信人比对收信人更危险。我对他的恋慕在那个时节达到顶点。而咀嚼思念之苦，像吃苦瓜、喝咖啡一样，亦是独特的乐趣。奇特的是我现在完全不记得我写过些什么，一个字也不记得。反倒是他，在几年后还常能背出我的句子，里面充满了澎湃得让人脸红的比喻句：

"于我，是生命的拼图完整了，原本模糊的图案清楚地显出每一根美丽线条；好像手里拿到一把巨大宝库的钥匙，心里知道有很多很多好东西等我领取；又像一扇门缓缓打开，门后是想都想象不到的奇妙景致……一个点只能衍生一条前途渺茫的射线，或是一条直线，或者永远只是一个点，但两个点就能确定一条线段、画出一个圆。现在，我终于找到了你这个点，我们所做的每一点努力都是积累，慢慢积累成我们的圆满……你喜欢我叫你宝贝，就让我一直叫到你九十岁吧。"

当时，他常要到建设中的武广高铁工地去做实验，回到学校又要帮导师做项目、写论文，十分忙碌，我的课业稍清闲些，于是每隔一个月，我就从广州搭车北上。为了早离校、晚回校，跟导师也不知说了多少谎话。又图省钱，每次都买一趟最便宜的慢车硬座，夜晚启程，凌晨到达。火车上总有奇怪的味道和相似的人群，那味道是过度浓稠的人的体味、烟味，再加上方便面和不新鲜的食物气味，在密封的铁皮厢中发酵。半夜时要上卫生间，站起来一望，只见"尸"横遍野，有的人上半截和下半截分别伸到两边的椅子下面，剩一段腔子横在走道中间；昏暗灯光中，所有人都在半睡半醒之间，表情狰狞，口涎挂在微张的嘴边，如地狱百鬼图。十几个小时硬座挨过去，脚踝肿得跟小腿一般粗，腰疼得要断掉。

即便如此，每次回去仍然像过节似的兴奋。

一年下来，往返车票积下一厚叠，有时拿出来像拿扑克似的捻开端详，一把写满离合的扇。每次我拖着行李箱在宿舍走廊里走过，同级不同级的人路过都笑着招呼："又回去看你男人？"有朋友甚是替我不值："你是女生！为什么你去看他？他为什么不来看你？"我道："有区别吗？总之是在一起就行了。"

有种比较流行的恋爱态度是：女人要有所保留，要让男人来迁就，让他来做牺牲，这样才能令他倍加珍视。而在最初时，我已决定毫无保留。如果还会念及自尊，那必是爱得不够深切。不仅因为薛君值得不顾一切，还为了万一事不谐矣，扪膺自问，非战之罪，可以坦然无愧，不会终夜转侧悔青了肠子。

离开长沙回学校之前，往往故作镇定，实则惶恐如大难临头。我甚至不敢踏进售票点，只站在外等他进去买票。晚上他送我到长沙火车站，我往往痛苦得说不出话，胃里仿佛吞进一块大石，吐又吐不出，化又化不掉。有时连硬座车票都售罄，广州那边导师又严令要立即回校，无法迟延，只能持站票上车，寄望夜里能等到座位。

某年盛夏，那一趟车返粤的民工极多，厕所里站了三四人，过道的盥洗台上也盘坐着几位，我连车厢都挤不过去，一上车就只能站在两节车厢连接的地方。后面的乘客仍然在不断往上挤，有用扁担挑着脸盆行李的，有扛着硕大蛇皮袋的。我被挤得紧紧贴住最里面的车厢内壁，几只皮箱顶住胫骨、卡着脚踝。车门关闭后，人们默默地流着汗，等待开车，隐隐听得车门外传来有节奏的"咚咚"声。怪声始终持续着，有人小声嘀咕："外面怎么回事？"靠近车门的人艰难回身，在凝了一层雾膜的玻璃上抹个圈，道："咦，有人在砸门，好像要跟车里的谁说话？……"

我心里一惊，粗暴地拨开前面的肉身，踮起脚往外看，圈里显出模糊的人影和一只按在玻璃上的手掌，是他。我弯腰到行李箱找手机，屏幕上十几个未接来电，哆嗦着拨回去，他简短地说："你到车厢里的窗边去，从窗户出来。今天不走了。"

我仍在哆嗦："可是车快开了。"

"还有五分钟，时间富裕得很。快！"

我把手机塞到箱子里，一把抓起行李箱提手，叫道："让一下！"一瞬觉得箱子轻如鸿毛。侧过身子，上半身先往前栽过去，疯狂地用头和肩膀去撞面前湿黏黏的脊梁、肚腹，强迫他们让路，箱子拖在身后，悬在半空；很多在地上蹲坐的人被我踩了脚、被空中划过的箱子撞了头，骂骂咧咧地站起身。我像机器一样不停重复"对不起"，从车厢连接处到车厢的第一个窗口，花了两分钟，沿途激起一片涟漪似的怒叹和抱怨，余韵不息。我喘了口气，但见小桌上高高地堆着行李、食品袋，杂物中还搁了个襁褓，有婴熟睡。我说："我要开窗，请帮忙把东西拿开。"不等周围人答话，已当先抱起襁褓，婴儿的父亲母亲嘴里呼叫着，同时起身来抢，我趁乱把其余东西迅速清扫到地上，抓着木头窗棂，一股蛮力发作，"呼"地将厚重的窗玻璃提了起来。

外面湿热的空气猛扑进来，薛正在窗下，仰面望着我，犹如阳台下殷切的罗密欧。月台上昏黄灯光照着他的侧脸，一层汗釉，亮光闪闪。他张开手臂，道："快下来。"

我顾不上说话，先把箱子递出去，然后爬上小桌，将自己的上半身探出窗口，胳膊刚好抱住他的颈子。此时浑身上下再也使不上劲，没个做手脚处，陡生一念：万一火车就此开动？……终于惶恐得呻唤出声。他双手握紧我的腰肢，发一声喊，我就像洞穴里的兔子、泥涂中的萝卜一样，被囫囵拖了出来。

距离开车还有一分钟。他把我轻轻放下平地，俯身亲吻我汗津津的脸颊，吻了又吻，说："不走啦。今天不走了。不然你这一夜怎么过？"

我几乎站不稳，两腿棉花也似，脚踝和大腿跟窗棂硬磨一回合，火辣辣地疼。惊魂甫定，强笑道："我刚才是不是走光了？"他说："不要紧。农民大哥们最纯朴，看到也不会给你乱说。"见我大汗淋漓，身上热腾腾地冒气，又笑道："你现在活像一只刚出笼的包子。"

火车长长嘶鸣一声，缓缓开动。

目送火车远去，颇觉劫后余生。然后到售票厅去退票，买到两天后的票。竟然又有两天厮守。48个小时！无数分钟，无数秒钟！在公车上呆呆对视，看着看着就笑，狂喜得像捡到一筐金元宝。

后来又有几次"没走成"，例如前一天师兄忽然通知老师到外地去开会，一周课程全部取消。若能有延期，那么再走也不会觉得太难过了。

5

三年中，曾选了一个夏末去游西湖。临行前由我做了详细的预算报表，两个穷学生，一切以节约为标准。我们坐公交到西湖岸边，在距离"柳岸闻莺"公园很近的地方找了一家小旅舍。一群美术学院的学生恰好也住在舍中，几乎占据所有房间，我们住在院里的单间，门板薄得像三明治里那片肉，楼上楼下少年们的说笑声听得清清楚楚。

杭帮名肴有西湖醋鱼、龙井虾仁、蜜汁火方、干炸响铃等，因餐费严格算在旅资之中，两人约定每天只吃一件高价新鲜菜。一条全是饭馆的美食街，每家都有艳妆姑娘笑吟吟地揽客，从头走到尾，查遍菜单，才选定一处最便宜的。上楼，叫一条醋鱼，一碟蒜蓉青菜，两碗米饭，珍视无比，一筷一筷揲鱼肉吃。结论是：西湖醋鱼就是清蒸鱼淋上醋，无他。

要上雷峰塔，也得另花门票钱，我毫不犹豫地拉他走开，说：穷人就穷逛，等咱们发迹了再来，把咱家私人直升机停在雷峰塔顶上。

旅舍的洗澡间在院子里，像中学宿舍似的，用橡皮管子导水，晚上洗澡需得排队，用搁着毛巾浴具的盆代表自己，一排水盆陈列在墙根，时不时要过来关照一眼，被人加塞就懊恼了。浴毕，相携散步到湖边去。一团朗月恰上林杪，带水汽的凉风，从皮肤上丝丝缕缕曳过。月色如纱，我跟他在湖岸边坐下来，身子偎着，脸颊贴着他的脸颊，他默默微笑，脸部肌肉在我脸上滑动。雷峰塔在湖对岸的幽暗中矗立，塔顶一粒红灯灼灼。我跟他开玩笑说，塔上寄放着舍利子佛宝，因此夜放霞光。他一惊，我不禁大笑，道：你真的相信？这是雷峰塔，又不是《西游记》里的金光塔。

远处有人吹笛，水洗过似的声音款款送到耳畔，只不知是什么曲子。我跟他都凝神谛听，魂魄像随笛起舞的蛇，摇曳裂胸而出。

断桥之几乎被游客压断，苏堤之忽降小雨行人狼狈奔逃，都不如那一夜西湖边的笛声印象深刻。

后又去过一次湘西。小城从容在山坡下铺开，两边楼台人家，中间一脉清流，那便是沱江——苗女翠翠的沱江。江岸边长久泊住一只小船，船上穿苗服、头戴繁复银饰的姑娘，每天从清晨七点半开始用麦克风唱山歌——无非"阿哥阿妹"云云，每有一只载满游人的船驶过，辄曰："希望大家玩得开心，现在阿妹给大家唱一支歌"，歌毕道："好啦待会儿见，待会儿阿妹找你们赛歌。"不一会儿，船原路返回，此阿妹再献歌一首。歌讫，道："祝大家玩得愉快，再见！"

那支麦克风功力巨大，小城每个角落都听得到阿妹的山歌。

我和他白天在路边买了一瓶土酒，玻璃瓶子上连纸签都没有，卖酒的老阿姨笑眯眯地附送一袋她自家种的花生，花生壳子上还带着泥迹。晚上临窗对饮，一边喝一边从楼上往下看，沱江边很多人在放纸灯，黑黝黝的河里好似倒进一盆星子。那些巴掌大的莲花灯，离了岸，底儿上粘着一个亮忽忽的倒影，走了一段，又与别的灯会合，厮伴着，悠悠向下游去了。薛说："你喜欢吗？去放一盏吧。"我道："才不花那个钱。等咱发迹了，买上一万多个灯，来他个'投灯断流'……"

土酒的味道好得出奇，像是暖茸茸的烛光，自咽喉一路跌落，一头栽进胃里。死去果实的魂魄复活过来，在胸臆间缭绕，释放余香。

饮上几口，相视而笑，廓然忘贫。

……距离那时候，又过去了几年？蜗居之所从长沙移师北京，发迹始终无望，热恋仍然不减。悄悄问他："咱们要恋爱到何时为止呢？"他说："就到死亡的那一天吧。"我便说："求你死在我前面。万一你非要抢着死在我前面，我就在你榻前仰药自尽。"梁实秋在《槐园梦忆》中引罗伯特·伯恩斯（Robert Burns）的诗，道出千万伴侣心声："约翰·安德森我的心肝，我们俩一同爬上山去。很多快乐的日子，我们是在一起过的；如今我们必须蹒跚地下去，我们要手拉着手地走下山去，在山脚下长眠在一起。"

……冬天已往，雨水止住了，百花开放、百鸟鸣叫的时候已经来到，斑鸠的声音在我们境内也听见了，良人，我们以青草为床榻，以香柏树为房屋的栋梁，以松树为椽子。风茄放香，在我们的门内有各样新陈佳美的果子，这都是我为你存留的。

求你将我放在心上如印记，带在臂上如戳记。我的良人，我终将与你到达流淌奶与蜜的应许之地。

带灯的人

草白

　　祖母的一生致力于制造炊烟，即使在年老体衰、摇摇晃晃的暮年，还习惯像先人们那样生火做饭。古人用木和金钻燧取火，用石头敲出火，祖母用的是火柴，那种涂着红色易燃物的火柴头，很方便制造出火花，也很容易因受潮而覆灭。当火柴逐渐退隐，打火机取而代之，祖母娴熟地用打火机点燃松针、麦秸秆、铁狼萁，或许还有烟蒂。她习惯在喂柴的时候吸烟，火光和烟雾在她脸上聚拢起来，又慢慢散逸开去。她对木柴、灶台和烟熏火燎的岁月的挚爱，是一个从小使用电炒锅，靠外卖饱腹长大的人所无法体味的。她本能地弃绝电饭煲、燃气灶等一切可以使饭菜快速熟透的烹煮方式，并表现出顽固的对抗姿势。那张皱纹密布的苍灰色的脸因长期暴露在烟雾之中，而分辨不清到底属于哪朝哪代。偶然看到那张脸庞的陌生人，大概是要惊吓地狂奔而去；就连熟识之人也不忍细加打量，就像创作者不忍对一个可怜之人过于苛责，那将是双重的打击、加倍的残忍。

　　说什么都太晚了，祖母已至老境，耄耋之年，不能一口气说太多话，不能一下子走太久的路。我在不算遥远的童年时代所遇见的那个人，比眼下的她可要年轻得多，至少腿脚灵便，说话之声邦邦响，将山核桃和脆锅巴也咬得嘎嘣响，还没有到要人搀扶和庇护的地步。很快，她就到了这一步。不知从什么时候起，或许是当所有的时间都浓缩成一股风吹向她的脸庞和发梢，她便成了那副让人害怕的模样。

一阵轻飘的风或一片摇摇欲坠的树叶，都可能让她摔跤。即使没有风，她也能将自己绊倒在床沿前、井台边，哼哼唧唧，无法动弹。她齿牙脱落、肌腱受损、骨头断裂，最终一劳永逸地将自己送到病床之上。即使到了这一步，她还如此傲慢，不近人情，拒绝暴露自己的身体，拒绝以任何途径让自己获得他人关注，并将此视为奇耻大辱。最终，她只能将自己化作一道温热的火光、一阵轻盈的烟，飞往另一个世界。

整个过程迅疾、酷烈，让人不忍卒视。即使如此，她仍然是那间宅屋里待得最久的人。是上天选择了她，让她成为最后离开的人。在独子和丈夫相继过世后，她房门紧闭，独坐阁楼之上。她避人耳目，自己将自己藏匿起来。现在回想起来，无论多么长寿之人，人世的日子都是短的。人们要死那么久，却只能活短短几十年，甚至比不上木头墙壁里寄居的虫蚁一族，只要木头不腐，房梁不倒，便生生不息。

如果不是断骨，不是要将身体隐私毫无尊严地暴露在人前，她或许还能活得再久一些，哪怕只是苟延残喘，哪怕胸膛之内只有微弱的气息流淌，她也要活下去。她并不排斥活着的日子，她熟悉那种感觉，并多少拥有一些算不上宝贵的经验。她知道如何将樟脑丸包裹起来，放入衣柜的四个角落里，不让它们直接接触薄软、滑凉的衣物。她还知道最好的引火物是干燥的松针、质地松软的木柴以及所有含松脂的木料。至于如何救活一簇奄奄一息的火苗，如何在炎热难耐的长夏午后只以一柄蒲扇来对抗蚊虫和酷暑，如何在滴水成冰的日子给饭菜和自己的膝盖保暖……所有这些，她都有自己的一套。

只是，现在的冬天越来越仓促，往往是寒冷还没真正开始，便提前传来衰歇的信号。盛水缸被冻裂的辰光、屋檐下悬挂冰凌和冰柱的时日，早已一去不复返。下雪的日子越来越少。即使是越来越稀薄的雪，像一条破毯子似的丝丝缕缕的雪——祖母也独自看了很多年。

从前，檐下有燕子呢喃，后院有哑巴学语。现在，家人、哑巴和燕子都离开了。窗户被垒起的木柴封住，只够漏进一些微光。光线落在陶罐、酒瓮、瓶子和碗钵上，也落在油腻腻的毛状灰尘上，它们板结成团，不轻易挪动位置，衰老的人早已学会与其和平共处。某次织网或诵经的间歇，祖母倚靠窗前休憩，将花白的脑袋无限靠近外面的声响和光，但绝不探出头去。她不想被注视、呼唤和谈论。

每次想起祖母，脑海里浮现的总是那个小小的身体在灰暗屋宅里踽踽独行的场景。一个头发灰白的老太太，在堆积着南瓜和土豆的屋角落里走来走去。丰收的果实充溢着她的小屋，时间的蛛网结在屋宅的椽木与屋梁之上。一年四季，步履蹒跚地从她窗前爬过。青苔趴在石头缝里，最终爬上高高的墙头。不远处是日夜奔走的溪流，永远在那里流着，不停地流着。生老病死、婚丧嫁娶，不过是枝上结出果子，又坠落了果子。她的世界破败却完整。那间屋子也是完整的，处于孤独的上升期的屋顶与阁楼，充满梦幻色彩的廊檐、天井、马头墙，还有楼梯和雕花门窗所通向的往昔的旖旎世界，不期而至的风雨、冰霜、闪电和月光也属于这间家宅的馈赠物。不能没有这些。这座有空间根基的宅屋，好像是大地之上长出的植物，是屋宅之人心中的宇宙中心。无论从梦境还是现实的角度看，它都是完整的，一座房屋该有的它都有。

祖母在老家屋宅里安然入睡，我却在无法忍受的噪声里失眠。一开始是租来的房子，许多人共处一室，别人的脚顶着你的脑袋，说话之声嘈嘈切切，不绝如缕。这世上真有如此逼仄的空间，这空间里全是密密麻麻的人，交换着站立与躺倒的姿势。后来，情况好些了，可以找到离阳光近些的，站在窗前可以看见绿树的房子，幸运的话，还能看到河水。无疑，离家之人从来没有放弃过对家宅的寻找。很快，他们就找到了那样的地方，比鸽子笼更大一些的地方。那是由不同功能的房间所组合而成的套间，所有物品都可以找到它的摆放位置，沙发、床、书桌椅、台灯，还有书架，都在视线之内一览无余的地方。它类似于蜗牛的壳，虫蚁的洞穴，乌龟身上的硬质铠甲。即使小，也是宇宙的核心，各种力量的汇聚之地。你以为自己真的找到了那种地方——全宇宙中心最静谧的所在，但你很快发现，在你的左边、右边，在你的头顶和脚底下全是人，是深夜里的人声、下水声和油锅爆炒声，你们之间以管道相连，以电线相连，以深夜里的呼噜声和梦话相连。

当然，最重要的连接来自那种叫作"电视机"的家用电器。那些年，它们在无人的房间里代替人与观看者讲话、互诉衷肠，制造"高朋满座"的假象。祖母的房间也有电视机，起先是14英寸，后来变成17英寸、21英寸，由黑白换作彩色，电视节目更是换了一茬茬，不断有新的出来，老演员生下小演员，这个连续剧里的小女孩在另一个剧里当了小孩的妈，甚至还有年纪轻轻就死去的女演员，某著名主持人以及专门以逗乐为能事的小品演员也赫然列在死者名单上。当然，电视之外，这个屋宅里的人也在一个个离去，他们在体育解说员的慷慨陈词中，在保健品和汽车广告的轮番轰炸下渐渐进入弥留之际。祖母是家里唯一能把众多电视连续剧看到剧终的人，谁也没有她看的电视多，连广告也不放过。很多年后，祖母也进入弥留之际，她躺在那个没有电视机的临终的房间里，叫嚷着要把电视机关掉，说里面的人吵到她了；从前是那些从来没有见过面的人陪伴着她，到了最后关头，也是那些从来没有见过面的人打扰了她。

当她在电视里看见高楼、街道、红绿灯、穿梭往来的汽车以及从汽车里走下来的人时，大概也会想起我。我十六岁那年离家之后，便住到一个她从来没有去过，也永远不会去的地方。她知道，我就住在她在电视里经常看到的那种"鸽子笼"里，还会坐那种车身很长、车上设有广播装置的车子去上班，有空的时候去那种有一点点水的公园里划船。说是"船"，不过是改造成动物形状的小铁皮，大多是鸭子造型，岸边还有拍照的人，这样的照片在被塑封后大概不止一次地寄回家去——被祖母耻笑成旱鸭子戏水。电视让她见多识广，让她轻松识破骗子伎俩，也让她失去部分自己的生活。

很显然，那个伸着触须的黑匣子所提供的生活更加绚丽多彩。它可以提供任何地方、任何种类、任何维度的生活，古代的现代的、凄惨的欢乐的、虚假的真实的，应有尽有，但不负责提供具体的感受。当然，祖母老了，也不需要这种无用的东西。足不出户的她在编织渔网的同时，就能将整个世界一览无余，这在过去无论如何都无法办到。

祖母仰面凝望小匣子里的生活，目光在玻璃窗、水泥楼梯、曲曲折折的管道上攀爬，眼神投注在一个个长形的、方形的格子上，某个时候，她忽然发出轻蔑的笑声。她环顾自己的家宅，再看看那些被整齐分割的、像抽屉一样的鸽子笼——它们还没有她家里的谷仓大，还不如她后院的兔子房大，反正它们看上去都好小。她全然沉浸在自己的世界里，认为屋宅之外的空间混乱不堪、一无是处。那个世界的老人好像不是自己的同类，居然住在那么高的地方——比她房前的棟树还要高的地方，就像是住在高高的树杈上，总会有一天，他们会像熟透的果子那样掉落下来，会像树梢上的絮状物，被风吹到深深浅浅的沟渠里去。

从祖母的视角看世界，世界在一刻不停地滚动着、旋转着，风风火火，摧枯拉朽，却一无是处。那是别人的世界。她的世界在尘埃弥漫、蛛网遍布的角落里。她甘愿缩作一团，她的脸和身体也渐渐成皱缩状态，就像很多年前她曾饲养过的蚕茧。可她毫不在乎。

祖母睥睨众生的表情至今还清晰地印在我记忆的板壁上，不知是谁给了她那样一副骄矜自满、不可一世的神气，难道是来自电视的无上馈赠？一个蜷缩在犄角旮旯里的老人面对鲜乐缤纷、花香馥郁的世界应该感到羞愧才是，而浮现在祖母脸上的表情除了骄傲还是骄傲，这实在毫无道理可讲。

我曾萌发过带祖母到我生活的地方去见识一番的念头，坐白色的快车或绿色的慢车都可以，按照老年人的身体节奏，可能慢车更好一些。我还有时间给她讲讲未来人类可能经历的生活，那是我和她都没有办法抵达的生活。但我终究没这么做。每次从外面回去，回到古老的屋宅里，满脸羞愧地站在她面前——我等着回答她的问询，哪怕是领受她的训斥，我为自己居然过上了与过去完全不同的生活而庆幸，而自得，而羞愧。如果这时候祖母提出那种要求，哪怕是让我难堪的要求，我也不会拒绝。很多老人千里迢迢跑到某个地方，只为了拍照，他们占有这个世界的方式就是不停地拍照，把世界缩影在一张白纸上，便于随身携带。这是一个很好的安慰心灵的方式，我以为祖母也需要这样的方式。

可她在观看了足够时长的电视节目之后，对此也产生了厌倦。

在此之前，她可不是这样的。她总是得意扬扬地说，这是东方明珠，这是天安门广场，这是万里长城！可它们看上去并不怎么样啊——后来，当她这么说的时候，我即刻打消了带她去远方"遨游"的念头，她只需要在自己的屋宅里"遨游"就够了。另有一些时候，相似的念头又会顽固地升起，她真的应该去外面看看，哪怕仅此一次，哪怕她实际感受到的只有喧嚣的噪声和肮脏的尾气。

毫无疑问，我不会真的鼓起勇气提出这样的建议，除非提出这个建议的人是她自己。但她永远不会这么做。祖母有一根竹制的"痒痒挠"，她对它的喜爱甚至超过任何一个儿孙，儿孙不可能时时刻刻在侧帮她解决难忍之痒，"痒痒挠"却可以。激动欢喜之余，她肉麻地称之为"我的宝贝""我的如意"。她总是说，我从不求人的！言下之意，如果真的要求，她求的也只是"痒痒挠"！不用说，这个长柄、一端有弯形梳齿儿的小物件帮助祖母解决了几乎所有难题。那些隐秘角落里的岁月，亲人离散的日子里，她唯一能倚靠的也只有它了。

既然有了这件不求人的器物，有了它可暗通款曲、互诉衷肠，既无限信赖于它，也将隐私向它无尽敞开，祖母怎么会与他人（哪怕是亲人）提及不切实际的要求呢？所以，她能铁骨铮铮地说，我从不求人！她只求己，求"痒痒挠"，求时间的馈赠与流逝，求手上的梭子穿越墨绿色的渔线时最好不要发出任何声响，她不要听见大海的咆哮声，风暴中船只的触礁声，也没有深夜里双眼紧闭时所产生的声音幻觉。

祖母的一生依赖双手和嘴来劳作，她先是以双手编织渔网，后来则是不间断地诵经。她织网，编织着一个个充满漏洞的世界——这是她的祖母、祖母的祖母都可能涉足的营生。它不再是营生，而成了先人之间的对话方式。她们通过无数的网结、孔隙以及作为标志物的红绿布头，通过自相矛盾、无法被拆除的方式，彼此联结在一起。祖母不分昼夜，打下一个个、无数个结，那些纵横的结合，经纬的交点，既是现实世界存在的印证，也是对自身所属角落的心灵定位。

与先辈们不同的是，祖母生活的时代是所有时代的总和，也是它们的终结。她的编织生涯戛然而止，它被打断了，准确地说是被无情地取代了。渔网不再是古老的渔猎工具，它成了速成品，是流水线上的一环。相应的，它所对应的猎捕事业也成为杀戮和牟利的工具，商业时代的资本增值魔方，再也听不到来自深暗世界里的呐喊。

不多久，祖母以念经取代织网。她整日端坐阁楼之上，双眼微闭，好似在用另一种方式聆听。窗外，蜿蜒的青色山脉似回忆中的往昔，亲人故交慢慢进入那草木葳蕤的世界。头脑中的经文却源源不断奔流而来，无须任何思索，便自动呈现。那些声音使楼阁上的空间变大，一切都在增大，好像她不是坐在宅屋的阁楼之上，而是在不断生长的树木与树木之间。她占据了中心地位。这么多年，她始终以为自己占据的是这个世界的中心。

祖母所在的屋宅属于海边山地一隅，在它四周，常年演奏着风与大海的乐章，无穷尽的山林环绕着它，并从高处俯瞰着它。对这一切，祖母一无所知。她去过的最远的地方如今成了谜。有人说她去过上海，也有人认为她脚步所及最远之地不过是镇上混乱的街市。她织好的渔网就是送往那里。某一天黄昏，她从那里回来之后，再也没有在距离家宅五十米开外的地方活动。

那些年里，祖母好似成了远古时代的人物。当母亲告诉我她开始诵经，并且以此为生时，我毫无障碍地接受了这个新形象，好像这就是祖母该走的路，她总有一天会走到这条道路上。颓败屋宅里的人从渔网的编织术中挣脱出来，开始致力于给远去之人送去最后的安慰。

那些被反复念诵的经文，与当初打下的结一一对应，有多少网结便需要多少重复出现的诵经声，它们在祖母干枯的胸膛里涌动着，如汩汩不息的暗流。

一开始，那些找她购买经文的人，还会狐疑地望着她。

——怎么回事，难道这些堆积如山的东西，它们都是……真……真的吗？真的有用吗？真的有神圣的经文附着其上？

他们对金黄色的、来自干燥大地的麦秸秆的质疑，惹怒了祖母。她不知道世道的衰微是从人们开始怀疑一颗土豆、一枚松果、一粒麦子的真实性开始的。他们从祖母手里接过东西便惊慌失措地逃走了。他们被她的怒气吓着了，暂时忘却了内心的质疑。

离家渐久，我逐渐忘记祖母的脸，甚至无法回想她怒气冲天的模样。但祖母阁楼之上诵经的形象却在不断放大，它们逐渐脱离阁楼和她所置身的天地，成为我熟悉的书本里的形象。我常常将过去时间里的人与熟悉的书本里的人物进行比较，并将两者混为一谈。自十二岁离开祖母的屋宅，我在回忆中不断修订她的形象。它们不断增多、放大、溢出，一种不断变化的关于祖母的形象已经在我的脑海里扎下深根，死亡只能让这个形象进入更加迷离、惝恍的状态，而不是彻底消失。

祖母的一生几乎没有离开过自己的屋宅，只有在那里，她才可以随心所欲，可以骄傲蛮横，可以怒气冲冲。那里才是她的宇宙中心，生命能量的聚居之地。我应该用构建一个空间的方式来想象祖母形象的多变性与统一性。重要的是后者。时至今日，脑海里的祖母仍坐在一个封闭的空间里，或织网或念经，或编织竹篮或纺织棕榈线，她做着这些古老的营生，它们不仅是营生，还涵纳她对这个变幻莫测的世界的所有想象。

有时候，我甚至认为她随时可以抛下它们，去做别的事，去过另外的人生。她可以轻松地把自己放入另一个世界，像元宵之夜，人们把河灯放在黑暗的河床之上，让它顺水流走。

祖母停灵的日子，他们要我回屋宅里去取一盏灯。在那个屋子里，祖母给自己留了一盏灯，现在，她要走了，必须带着那盏灯上路。我不知道那是一盏什么模样的灯，除了祖母本人，谁也没有亲眼见过它，但所有人都异口同声地肯定了它的存在，特别是母亲。当我忐忑不安地打开祖母生前的宅屋，发现那里早已成了堆积如山的物的陈列馆，十年、二十几年前曾使用过的物品仍在原处层层叠叠堆放一起，散发出一股古怪的、属于另一个世界的气味。最多的是经文，以红纸覆裹的经文，各种形状的经文，在幽深静谧的角落里给人一种火光跳跃的悸动感。没有灯。我脑海里浮现的是纸灯笼，元宵夜的纸灯笼，烛光在青石板上跳跃和闪烁。

连母亲也知道那盏灯，说祖母一定准备好了，她可以忘记别的，唯独不可能忘掉灯。不知从哪个夜晚起，母亲也开始和她那个年纪的老人们围坐在一起通宵达旦地念经。她这么做，据说也是为了得到那盏灯，为了在离开尘世之时将它带在身边，照亮黑暗的路。这是我没有想到的，连母亲也在做这样的事，她是怎么忽然想起做这样的事的？

关于那盏灯，母亲并没有告诉我更多。她只是说在某些夜里，她要丢下家务和放弃一整夜的睡眠，去某个地方——大概是去一个信仰虔诚的村民家里，她和她们在那里度过了一个个不眠之夜。

说起这些，母亲的神情是坦然的。她已经是这个家里年纪最大的人了，那盏灯也应该属于她，她总有一天会用得着它，这是迟早的事。

最终，我找到了祖母的灯。它就挂在板壁上。它不是纸灯笼，而是一盏小小的、可以收起来的布做的灯笼；它看上去甚至不像是灯笼，而像两块可以折叠的、看不出明确颜色的布。

其实，它一直在那里，在整个屋宅最干燥、最孤独的角落里，从祖母获得它并安放它的那一刻起，再也没有挪动过位置。

在我的家乡，所有六十岁以上的人都要有一盏属于自己的灯——这里所说的是女性，好像男人并不需要那种东西。我从来没有听说过谁家的祖父或外祖父也曾带着这些东西上路。他们总是骂骂咧咧或唉声叹气，脚脖子一伸，眼睛一闭，便去了那个世界。只有祖母和外祖母们才带灯。对她们来说，余生没有比准备一盏灯更重要的事。

童年里，停电的时刻，祖母的屋宅里点着油灯。棉线做的灯芯浸在煤油里，豆大的火苗获得了灯油的滋润，但并不发展壮大，它的光影在墙壁上、屋梁上颤抖、闪动、跳跃，试图照亮更多的角落。

油灯之前是蜡烛，那是更为微弱的火焰，随着时间流逝随时可能终止的火焰，它们放射出的微光只在事物表面打转，这给人一种恍惚感，好像这个屋宅里的时间永不会终结，它是循环的——因为黑夜也是循环的。

祖母很少打开那盏十五瓦的卡口灯泡，她宁愿在黑暗里进食、织网，或者念诵经文，做所有这些事都不需要太过明亮的光线。她讨厌浪费，不需要弥布整个空间的光。她喜欢的可能是火苗，所有垂直向上的火苗，它们由古老的油灯、蜡烛释放而出，灶膛里也留有它的踪影——伴随着木质纤维断裂发出噼啪响。

晚年的祖母，却越来越少地发出声响。她直挺挺地摔倒在水缸边，不呼喊求救，不大声嚷嚷，甚至不让自己发出难听的哼哼声。隔壁宅屋里就住着一对中年夫妻，两家可以听见彼此油锅的爆炒声，胸膛里的咳嗽声。祖母完全可以大声求救于他们，想必对方绝不会袖手旁观。但祖母一声不吭。她惯于把自己伪装成一个没有困难的人，这样做的后果是，当真的困难来临时，她便只能沉默以对了。

离家之后，我搬过无数次家，短暂的寄居之地终将成为遗忘的对象，唯有老家昏暗的宅屋及祖母弓腰驼背的形象时常在脑海里闪现。直到有一天，我发现自己的人生居然与祖母之间存在某种程度的耦合之处，惊诧不已。我从未想过去学习祖母的生活，尽管我也会织网，对《心经》早已耳熟能详。我以为自己过的是另一种生活。毕竟，我早已离开祖先的宅屋，不断学习外面世界的生存技能，住在电视机里的人们所居的屋舍里，过着大多数人都在过的现代生活。但我明白事实并非如表面那样一目了然。

祖母对火光的执念，让她熬过了最艰难的岁月，也让她受尽苦头。尤其是暮年，哪怕仅仅是将最简单的食物煮熟，也绝非易事。被无限放大的自尊和对单调事物的沉迷，让她的人生撑到最后，并终结于此。而我呢，这些年过着近乎避世的生活，并越来越安于这样的现状。

祖母跌断的是左侧股骨，人体最大、最重要的骨头，在她这个年纪，这根起支柱作用的骨头不可能在没有任何外力作用的情况下自己长好。当她果断拒绝来自他人的帮助，便也自行掐灭了生之焰火。

祖母去世后，我在一本书里无意读到以下文字。

多年以前，有人问美国人类学家玛格丽特·米德："在您的研究中，您认为人类文明最初的标志是什么？"

询问者心里想着，玛格丽特的回答或许会是类似鱼

钩和陶罐等器具或是类似衣服的东西。然而，玛格丽特
给出一个令人始料未及的答案：

"一个愈合的股骨。"

玛格丽特解释说，在古老的年代，如果有人断了股骨，
就无法生存，会被四处游荡的野兽吃掉。除非他们得到
别人的帮助，否则就不能打猎、捕鱼或逃避野兽的伤害。

那天，担架来到祖母床前。母亲和我都站在那里。我们早就知
道祖母的选择，但救护车和抬担架的人还是来了。随行医生说，断
掉的股骨不会自己长好，除非借助手术或医疗器械。祖母充耳不
闻，无论他们说什么都与她无关，甚至奉劝那两个从救护车下来的
年轻人赶紧回去，别在这里浪费时间。

——我不去医院。

——我这辈子从没有去过医院。

她神情镇定，没有坐以待毙者的哀怨和沮丧。她仍然是大嗓
门，睥睨的眼神，表情执拗而不屑。她放弃医院和他人救助，她放
弃了生，选择死。

她在床上又挣扎了二十一天。退烧药、止痛片、白酒在她体内
轮番上阵。她昼夜疼痛，白天喘不过气，夜里睁不开眼，渐渐油尽
灯枯，于腊八节晴朗的冬日黄昏辞世。彼时，窗外溪水淙淙，山林
沐浴在夕光里。彼时，我在城市屋宅所在的小区里散步。眼前没有
河面，却有水气弥漫，白腻透亮，如在梦中。黄昏回到家中，静坐
片刻之后，手机铃声响起，告知祖母已逝。家人发现时，她双目微
闭，唇口微张，好似刚刚喘出最后一口气。而脸颊、下巴上仍留有
温热的气息。她刚刚离开，去了另一座山坡，另一片梦境。

那天午后，我和母亲从山上下来。冬日的阳光罕见地温煦，风

吹在额头上并不冷，还有树木的清香从空气里渗透出来。我们在一条山溪前停下奔走的脚步。那一刻，母亲脸上流露出如释重负的表情，说祖母真会挑日子，多年诵经，终于功德圆满了。

一个断掉股骨的人只活了二十一天。

从断骨的第一天起，生命便开始了它的倒计时。祖母被搬离旧宅，安置在新房二楼的卧室里。朝北的房间，可以望见远山，但没有阳光。阳光只停留在房子的另一面，不越雷池半步。他们会在固定时刻给她送来水和食物，并更换尿不湿——后者引起她强烈的羞耻感，比断骨本身更让她痛心疾首。这让母亲感到不可思议，一个人行将就木，怎么还在乎这些？

断骨事件发生后，我回到家里，像个客人那样站在祖母的床前。我努力说出安慰的话，但没有成功。她让我赶紧去休息，不要管她。任何到她床前探望的人都遭到她的驱赶，好像她什么事情也没有，根本不需要别人的探望和照顾。

二十一天，五百零四个小时，三万零两百四十分钟。一个人在断骨之后，在不接受任何医治的情况下，可以活二十一天，五百零四个小时，三万零两百四十分钟。这是我们之前所不知道的。祖母终究没有等到下雪的日子，她在最寒冷的时日到来之前悄然离开。

她带走了灯笼，还有经文——那是她给自己准备的"盘缠"，也是带给那个世界家人们的礼物。在白雪覆盖大地之前，她步履轻快地赶往那里，好像是去履行某项重要使命。

那年冬天，祖母屋宅所在的地方，寒冷依旧，却没有一片雪花落下。这之后很多年里，冬天都没有雪。很多时候，你会沮丧地发现，雪或许正在寻找适合它的世界，它将我们遗弃，去了一个更加明亮、温暖的世界。

对岸

孙苒麦

　　我说不清这一切是怎样发生的。前一秒还笑着，后一秒就哭起来了。她蜷缩在沙发的角落，抽噎着，面前堆满狼藉的杯盘。她必定同我一样想不明白，自己做错了什么，母女之间的关系又何以变成了这样。似乎先是在饭桌上，好好的，我提起了喜欢的男生，用小女孩般娇嗔的口气："他怎么还不来找我说话呀？他要再不来找我，那我也不喜欢他了。"本是个玩笑，谁知母亲却当了真，正色起来："人家男孩儿要不喜欢你，你也别上赶着去追，世界上好男孩那么多，哪里就缺他一个了。"

　　当然也是句善意的提醒。我的倔脾气却偏偏在这时候上来了，笑容僵在脸上，嘴边的空气开始冷却，一边怪她玩笑话何必那么认真，更多的还是埋怨她扫了自己的兴。于是抓住那些话里的细枝末节不放——有时越得不到什么越想要证明什么的——"他怎么就不喜欢我了？不知道情况就别乱讲。"过了一会儿觉得不解气，又追加道："好好地说一件事，你老拿莫须有的事情泼人冷水，有意思吗？"遂搁下碗筷不吃了。

　　她必然没料到自己一句话能激起这么大的波澜，先是错愕，继而疑惑自己是不是说错了什么，接着几种复杂的情绪混杂在一起，在胸腔里酝酿出巨大的委屈——临到嘴边又失了火力，嗫嚅道："我不过是提个醒，让你给自己留条后路。还不是怕你受伤，要不是你妈，谁在意你怎么想？"

话单拿出来自是句句在理，无懈可击，却偏偏触到了我的着火点："为你好""留退路""我是你妈"。每一句都足以让我爆炸。要知道有时候爆发的根由并不在眼前的一事，而是几件事，乃至长久以来的情绪和生活共同作用的结果。于她如此，于我亦如此。先是一双袜子，再是一对没擦干净便穿出门去的鞋。从口红颜色到恋爱、学业，从不经意的提醒到拌嘴再到夺门而出，一团乱麻层层抽开，偃旗息鼓之时我们都忘了出发点是什么。

印象中上一次跟她吵架，是为着这个男人走入我的生活，她埋怨我不跟她说。我说，不是不说，而是觉得不是时候，时候到了我自然会说。

后来不知怎的吵了起来：

"和你有什么关系？是我结婚又不是你结婚！"

"好啊，你现在长本事了，妈妈管不了你了，你想和谁结婚就和谁结婚不用跟我汇报！"

"跟你汇报？不是你先来问我的吗？谁愿意给你说？"

"好，说了你不听，吃了亏别回来找我！"

"不找就不找！咱俩各过各！"

……

事情早在情绪的推动下变了样子，说出口的话好像射出去就再难回头的箭。她像被布头塞住了嘴巴，半晌说不出一句话，扭头走进了屋里。我说不好她是不是哭了，她的眼眶是不是红了。她的嗓门大得好像能掀掉屋顶，哭起来却总是无声的。

这次还是一样。同在一个屋檐下二十二年，我早已熟练掌握此类场景的应对方法：沉默。

房间里突然响起我弹钢琴的声音。

——那是很久以前我拍成视频发给她的。

二

正月里的一天早晨，妈冲进房间，问我："昨晚你梦到你爸了吗？"

我说："没啊，怎么了？"

她显出有点儿着急的样子："坏了，这两天我连着几晚梦到你爸。以前你一回来我们就去看他，这回没去，你爸肯定急了，催我呢。"

于是，虽然嘴上说着"哪有那么玄乎"，我们还是在当天上午就去了墓地。许是来过许多次的缘故，路盲的我终于也能够轻车熟路地来到这里，像受着某种神秘的指引。

墓地坐落在离家很远的一座荒山上，我们只得驱车前往。一条几近枯竭的小河擦着公路溜过，过了桥便是山。山很大，很秃，直挺挺地立在路边。走近一看，树种了不老少，却生气全无，胡乱地堆在坡上，灰蒙蒙地覆着一层。远远地望见一座座枯冢，倒显得有些人气似的。也无妨，墓地这种地方，总归是不能太热闹的。

心头掠过一丝诡异的熟悉。我想起几年前，也正是路过离这儿不远的高速路口，父亲开车，接我回家。

拨开树丛，没两步就看见了父亲的名字。是从哪儿开始的，鲜活的脸孔突然变成了石碑上的几个字？僵硬，冰冷，覆着灰尘。

用抹布拭净石碑。慈父，孝女，血红的大字。是高速路口的风将我们刮散了吗？还是说父亲的家原本在这里？如今，也轮到我送他回家了。

摆上鲜花。买花的时候母亲笑说："要买的，你爸爱浪漫。"

父亲活得讲究，闲暇时爱侍弄些花草，养些小动物，爱在自己搭的"小花园"里读书饮茶。他曾幻想过退休之后回乡下，回到他出生的地方去，过闲云野鹤的生活。

他也有过另外的打算："麦麦，以后你留北京吧。你妈给你做饭带娃，我就每天开车接外孙上下学，偶尔吃吃庆丰包子。"

我笑说："想的倒长远得很。"

也许世事就是一场猜不对结局的游戏，费尽心机追求的梦想常不得兑现，偶然的谶语却总是一语中的。

后来，在他坐过的地方，母亲摆满了花。

点火，上香。一切进行得有条不紊。二月的寒风像一张隐形的大口，三番两次地吹灭烛火——像两年前那场席卷而来的大病，有预谋地带走父亲摇摇欲坠的生命。

从两年前那个寒冷的冬夜听到电话里父亲异常苍老的声音开始，我便开始着手准备面对他的死亡。于母亲或许更早：接二连三的应酬与晚归，疲惫的身躯与来不及脱下就散落在地的皮鞋，还有出现在寂静的夜里，那个清晰可辨的电梯开门声——"咔嗒"。

自我记事起的无数个日夜，我都能看到等待的母亲。母亲像灰姑娘一样等待着午夜十二点，等待着南瓜马车，等待着父亲，等待着那声象征父亲回家的"咔嗒"。

那个声音现在是不会再有了。

出于一种直觉，两年前的那个电话，我几乎是在一瞬间嗅出了父亲声音中的枯朽与衰败，问他怎么了。他当然不是告诉我病情，而是通知我手术成功的消息（若非如此，他甚至准备瞒我至死）：

"麦麦，悬在爸爸头顶的那把剑没啦！"

那时他还欣喜地将希望寄托在那次移植手术上，殊不知未清理干净的癌细胞已在他体内悄悄作祟。后来的日子里我总算渐渐搞明白了，任何事都绝非一朝一夕促成的。也许中途存在些许波动让你错觉事情有了转机，但只消把目光拉长一些就会发现，那不过是人生长河中一些微小的波流。命运还是会带着你浩浩荡荡地冲向终点，仿佛你之前所做的全部努力不过是为了最后能够坦然地赴死。

手术成功——那是一个顶点，接着事态以不可控制的速度走了下坡路：我回家，去了医院，见到了一夜老去的父亲。病房的环境让我感到陌生，但父亲在那里却显得毫不违和。

他和病房一样让我陌生了。

穿过狭窄的过道，撞进眼中的是一张带轮子的病床。床的两侧卡着吃饭专用的便携式小桌，床下是拖鞋、尿壶，还有印着"囍"字的脸盆。两张病床之间夹着个矮柜，放有水壶和一台不知名的仪器。床头挂有空白号牌，再往上可以看到高耸的天花板，拐角处已变了色。

消毒水的气味和仪器一样艰涩而疏离，父亲身处其中，自然如一个摆件。

一切仿佛生来就是为他准备好的：那高高的天花板是让他一天天看的，那空白的号码牌将写上他的名字，那矮柜上的仪器将和他的身体相连，后来一台不够又多了几台。床头柜被一样样东西挤满，不过他也渐渐学会了怎样把它们拾掇整齐，在满满当当的柜台上再见缝插针地放一本书。那狭窄的过道刚好可以容纳一位护士和一台装有各种药品及针管的小推车。护士和小推车一天来无数次，他和护士都烦了。而其他的时候，过道里刚好可以摆一把椅子，那是为母亲准备的。

某个夜晚，我突然看到了父亲的背影。坐在母亲身边，瘦弱如少年。他的双手直直地扳住床沿，颤巍巍地撑起上半身。病号服薄薄地覆在身上，清晰地勾勒出他背脊的轮廓。这件棉质的条纹衫变成了他最常穿的衣服，以往的西装已在他身上显出不合时宜的滑稽来，使他看起来像个偷穿了大人衣服的孩子。我时常感到恍惚，仿佛想让他由内而外融入这个环境似的，每日以治疗之名插入他身体的那根巨大的针管，一天天抽走我记忆里那个高大的父亲。而眼前这个轻飘飘的、小小的父亲，仿佛连跟他讲话，都要小声一些。

烧纸。花式各一、面额巨大的纸钱，一沓沓地丢进桶里。纸钱触到火苗迅速化为灰烬，像面对某种不可抗拒的命运。一天天过去，生命力从父亲身体里加速撤离，而我一无所知。

父亲临走前的最后一晚，我在病房陪他。他斜倚着枕头坐着，跷着脚。呼吸罩像矿工帽一样箍在头上，露出高高的、光秃秃的发际线。眼袋重重地从下眼睑拖拽下来，长长地耷拉在脸上。

我终于也有机会照顾他了。此前尚有丁点自理能力的时候，他都不许我动手，说医院的东西，脏。

癌细胞最终还是击垮了他作为父亲最后一点别扭的尊严。

听老人说，人临死前身体是会自我清洁的。凌晨时他开始拉稀，每隔十几分钟就要清理一次。我一手抬起他的屁股，一手迅速把尿不湿塞在他的腰下。在我生命的起点，那块曾经茂密的丛林不知什么时候脱落成了一块不毛之地，他的脸上闪过了一丝不易察觉的尴尬。我装作不经意地拿了张抽纸盖在上面，再替他掖好被子。他叹了口气，像是为了掩饰尴尬似的笑了笑，又好像仅仅是因为满足。

一时间我差点掉下泪来。父亲是那样注重仪表的一个人，以往出门时，衬衫要扣好，西装要熨平，皮鞋要锃亮。如果还有能力，他是不会允许自己这么狼狈的。

第二天一早，我听见他叫我名字。冲过去一看，他挺着身子，双手抓着床栏杆，大口地抽气。我赶紧叫大夫过来。大夫过来后，没有抢救的意思，只是扒开了他的眼皮，用手电照他的瞳孔。一共照了两次。第一次大夫说他的瞳孔扩散了，我还不信。第二次大夫说瞳孔又扩大了一些。父亲已说不出话，嘴大张着，呜呜哇哇地发出声音，只有出气没有进气了。

病房里骚乱起来。我怀着必死的决心，和置之死地而后生的侥幸，平静又不知所措地坐在床边，一边看着心电仪，一边看着父亲。

我问医生："我爸能不能挺过今天？"大夫摇了摇头说："这就是最后的样子了。"

我感到奇怪，又毫无情绪。我本能地继续低下头看着父亲，仿佛所有的困惑都只是针对医生口中这个怪异的词语——最后。什么最后？"最后的样子"是什么样子？我不明白。

父亲还是老样子，大口大口地抽气，仿佛毫无目的地重复一项单调的运动。他紧抓着栏杆的手好像没了力气，跌落在被单上。我握起他的手，慢慢地，机械地抚摸着。他的手很凉，苍白、肿得像个包子。因为待在病房，太久不见阳光，他的皮肤变得非常细嫩。但每天的输液却让他的手背没有一块好皮，他的血管太细，有时候一针扎不进去要扎好几针。我记得摩擦生热，我想把他的手搓热。我把他的手握在我的手心，朝他手上哈气，想让他逐渐冰冷的身体暖和过来。

可是无济于事。他瞪大了眼睛，盯着天花板。我想让他看看我，就欠起身，把脸凑到他面前，用手在他眼前挥了挥。可他的目光并没有聚焦在我的脸上，仍然死死地盯着刚才那个位置。突然他一皱眉，使劲闭上了眼睛，然后咕咚一声咽了口气。我心里一沉，心想结束了。没想到他很快长长地倒抽了一口气，又睁开了眼睛，弱弱地喘着气。我更紧地握住了他的手，像要抓住什么似的。

病床边渐渐聚集起了人。医生、护士。有准备帮父亲清理、换寿衣的，还有帮忙料理丧事的。各司其职。他们都在床边站着，不说话，只看着父亲。似乎万事俱备，只等着他的死亡。

心率43。

他缓缓地呼出一口气，又长长地倒抽一口气，如此循环。他的眼睛变得焦黄而浑浊，一滴浓稠的眼泪堆积在他的眼角，但没有落下来。

血压30。

太低了。但我好像听谁说只要有压差就是好的。我安慰自己，有压差的有压差的，父亲还活着。

血氧26。

长时间的抽气运动让父亲的嘴歪向一边，接着一串一串的白沫源源不断地从他嘴里流出来。我赶紧抽出一张纸把流出呼吸罩的白沫擦掉。我不敢拔掉呼吸罩，罩里聚集起一团一团的白沫。

心率22，35，28，19……

我看一眼心电仪，再看一眼父亲。电波在一条直线上偶尔起伏，他在缓慢地死亡。

慢慢地，他原本瞪大的眼睛有点睁不开了。我想他也许是累了。除了心电仪上的几个数字，没有什么能说明他还活着。丧事师傅显得有点不耐烦了，就冲床边的护士挥了挥手，说了句"走了走了，轻轻地走了"，示意可以拔管子了。护士站在仪器后面不敢轻举妄动，征求意见似的看着我。

我说："不，仪器上还有数值，波浪还会起伏的。我爸的心还在跳。你等它跳完，你等它跳完。"

"我跟你说，一会儿事情还多着呢。尸体硬了衣服都穿不上了。"师傅放大了嗓门对我说，"诶？你看看你看看，没数值了。"

我扭头一看，心率变成了两道短杠，呼吸15。

跳动的火焰渐渐熄了下去，消失在一层厚厚的灰烬里。

父亲终于还是没能说出一句话。他对我说的最后一句话，是我的名字。

三

"孙莳麦"。父亲在给我起名字前，曾目睹一位男性给女孩饮料里下安眠药，为了达到某种不正当的目的。然后有了这个名字。莳，种植；麦，小麦。种小麦。即便种小麦也不要依靠男性生活的意思。

但他一定忘了，一朵温室里成长起来的花，可能幸福却不独立，或者独立却不幸福。在父亲离开后的那些时日里，我时常做一些无用的假设：如果父亲还在呢？如果我做一个"好女儿"，能不能换回他哪怕只有一天的活？如果他还活着，我又能否做一个"好女儿"？为他做点什么，一些适时的关心，一些不停留在口头上的挂念，一些不从自己出发的考虑，少些任性的讲话以及无谓的索取，或者再退一步，至少是，自己的事情自己来。

他常说他什么都不要："我只要我姑娘开心就好。"我也总是相信。当然这不过是个自私的借口，我长期沉溺于一种慵懒而温暖的快乐中，懒得问这一切背后的原因。直到他离开后我才开始考量我们之前的关系，我对父亲的感情，到底是需要，还是爱？

按道理我应该是爱他的，哪有女儿不爱自己父亲的呢？只是这爱总要有付出，至少不单单是索取，我在自己身上可一点也没看到。我对外人慷慨大度，对父母却自私，以自我为中心。每年他过生日，我问他想要什么礼物。他总是说："你把自己照顾好，别让我们操心就是最好的礼物了。"于是我知道了，这是一种不费吹灰之力就可以获得的高纯度的爱，而真诚地耍嘴皮子是应对他最好的办法。细数我以往送给爸妈的生日礼物，竟然都是"××大赛获奖""被老师夸奖""身体好多了"这类只和自己有关的名义上的礼物。而当收到这类礼物时，他总是比我还高兴，喜滋滋地拿出去炫耀，仿佛有了这女儿便别无他求。

一个笑话是这样讲的：一位妈妈想让女儿夸夸自己，女儿说："妈妈，你的女儿可真漂亮啊！"这般笑料在我身上真实上演而我却以为理所当然，浑然不觉。也许是依赖之深蒙蔽了爱，也许是爱根本就不存在，总而言之一直到了今天，当一双无形的大手从我身后抽掉父亲这个靠山之后，我才真正感受到了一种难以遏制的落寞和虚空。而这虚空，到底是因为需要而不得，还是因为爱而不能，还是两者兼而有之，依旧是不得而知。

唯一能够确定的是，我感受到的所有情绪：痛苦、想念、后悔，以及更多时候萦绕在心头的难以名状的落寞都是真实的。即便知道无用，有时我仍然希望能给爸做顿饭，和爸逛菜市场的时候主动提菜，在他很累还强撑着教我完成作业的时候告诉他："爸，你去休息吧，我自己的事情自己来。"

"后悔药"一词的存在，从来不是为了治愈和得救，它只是更加深刻地反映了挽回既定现实之不可能，是使后悔情绪更加刻骨铭心、使人一步步堕入深渊的毒药。

有时我仔细忖度，真正让人感到痛苦的，究竟是"最后一次"

的事实，还是有关"最后一次"的意识？诚然，我们生活的每分每秒都充斥着"最后一次"：你保不准这是不是你最后一次踏进这家牛肉面馆，是不是你最后一次与家门口的擦鞋匠擦肩而过，是不是你最后一次走进银行，还清了最后一份信用卡账单。但我们并不因此感到难过，一方面是因为这些事在我们的生活中并不必要，另一方面也更重要的是，我们深谙生活之道：运动是物质的本质，正如变化是生活的本质。正是由于变化无时无刻不在发生，每一个"第一次"都有可能是"最后一次"，所以"最后一次"并不使我们感到痛苦。

那么，引起日后连绵不绝痛苦的到底是什么？那绝不该是痛苦的事物本身，而是有关痛苦的意识。也就是说，当我们切实经历某件事时不会感到痛苦，只是因为我们并不知道它即将是最后一次。这也是人们总说死亡是病人"歇了地上的劳苦"的原因。说实在的，死亡对被病痛折磨的病人来说并非不公平，甚至可以说是贴心到家。病人一旦撒手西去，尘世间的一切从此都与他无关。若一定要说痛苦，那恐怕是行将就木想活而不得活时最痛苦，是活下来独自面对往后日复一日熬煎的那位最痛苦。

总有这样的心理测试：如果人生只剩三天，你最想做什么？还有一些鸡汤："把每一天当成人生的最后一天来过。"一群人持着生命终结的危机感玩得不亦乐乎，甚至感激涕零，但仔细想想，这类"如果有机会，我一定会……"的假设在逻辑上就不成立。有些事就是这样奇怪的，距离产生美感，亲近生出厌倦。有了陪伴就不会想念，产生想念是因为没了陪伴，想念和陪伴不可得兼，彻悟永远滞后于当下。

这必定是生活同我开的一个玩笑：一个赋予我名字"自力更生"含义的男人，却只有用自己的离开，才能换取我瓜熟蒂落的成熟。在二十岁的当口，我恍若一个一无所知的婴儿，父亲连同我过去二十年的人生一起带走了。

一起带走的还有母亲接下来几十年的人生。

四

人们用刻度将表盘划分为十二个部分，企图以空间来捉住时间。但实际上时间是一种流体，与感觉相连。时间从一个人流向另一个人，总量无增无减。这是我后来才发现的：父亲死于五十二岁，之后，他被掠走的那部分生命似乎以补偿的方式加了我和母亲的生命里。从此日子被拉长，除了正常的工作和学习，每一个漫长的白日都被母女俩用来做同一件事：怀念那个逝去的人。

说不上为什么，对那个磕绊远多于恩爱的人，母亲如今的想念，却要更多一些。

夏季的一个傍晚，吃完饭，我和她出门散步。天已经完全黑下来，我们沿着一个土坡上了马路，深一脚浅一脚地走。身侧一丛灌木刺拉拉地长下去，最底下是火车轨道。火车驶过的时候一阵风刮过，她说："你爸要是在就好了。"

近两年她常说这话，吃饭的时候、打扫房间的时候。有回我忘了行李箱密码，待在家中手足无措。她下班回到家，一进门就嚷嚷着，听说你行李箱坏了，我以为你爸又闹着玩儿，赶紧回来念叨念叨让你爸给你开锁。接着，她又提起父亲走后一些亲戚不敢来家里住，坐在沙发上绘声绘色地模仿人家的神态。

"我也不怪他们。我不怕，你爸对你那么好，不护着你还能害你咋地？"

我笑说是，不做亏心事不怕鬼敲门。

她又想起什么似的："你爸对我不好吗？"

我说，也好也好，爸不会吓唬咱娘儿俩的。

她半晌不语，又说："你爸要是在就好了。"

"你爸要是在就好了。"我一边走，一手拨拉着围栏，说了声"嗯"。察觉到气氛有点尴尬，她又嘿嘿了两声。不声不响地走进西北民大校园，融进黑暗走进人群，绕着操场，她又一圈圈翻来覆去地讲曾讲过无数遍的，爸从生病到离开那段日子里的事。说到动情处，我听到她急促的呼吸声，以及喉头呼之欲出的哽咽，像被人扼住了脖子。群山寂静，我分不清灯火和星星。天空没有边界，夜色大到好像可以容纳所有的心事。

她说："你爸走的时候，来了几百号人，殡仪馆小厅装不下，我包了中厅。"

她说："你爸也就是走了。但如果他还活着，再照顾多久我也能坚持。"

她说："你妈不是不行。"

我说是，那时爸也说过。她忙问："你爸说了什么？"为了避免尴尬，我推说忘了："就说你行呗。"她显得有点失望，但话题一转，也就自顾自地忘了。

我没对她说的是，在医院的某个我和她剑拔弩张的时刻，她夺门而出。父亲走了出来，让我别跟她吵。

"今天你妈被大夫骂哭了。"

"我准备做检查，排了一上午队，拖着这俩管子，站都站不稳了。你妈有点着急，就找了大夫，让给催催。是个小大夫，估计人多挺不耐烦的，让她边儿上候着去。你妈一急，就哭了。"

"搁过去我能让人这样欺负你妈？可现在这样，唉。"

"你妈脾气是急了点儿，但能这样不离不弃地照顾一个人，除了你，我想谁也做不到。"

最后他说："你妈是个伟大的女人。"

但，女人还是女人。

终归不是男人。

五

一个男人在女人生活中所占的分量到底有多少呢？

我并非独身主义者，我需要丈夫，也需要父亲。但是，如果做一假设，假设一个女人的生命里一辈子都不会出现一个男人，健身、读书、旅行……她选择了一切丰富自己生活的方式却独独绕开了爱情，那么她的生活，是否会被视为残缺的，甚至不正常的？

答案多半是会。"老处女"之类的词语已屡见不鲜。然而"正常"又是什么呢？在同等情况下，对一位除了配偶拥有一切的男性的称呼则体面许多："黄金单身汉"。而有关其私人生活的联想也要乐观得多：他可以拥有很多，暂时没有只是因为他不想。男性永远拥有更多选择权，而一个没有男性依靠的成年女性则常被认为是弱势的、不完整的、值得同情的，甚至，设若日后该女性身上表现出来异乎常人的特征，无论事实是否如此，都恰恰可以成为"缺乏男人而造成的生活失常"的证明。主动选择的结果尚且如此，更何况，被"抛下"的两个女人。

以关爱为由施加于人的同情仿佛温柔陷阱——这甚至更加残忍，因为它将你的生活状态固定在了关爱者的臆想里，根本不给你翻身的机会。从那之后，有真心的亲人和朋友，也有这样的一群人，他们站在你面前，代你设想了日后的生活场景，播撒下高高在上的爱，动情之处还不忘洒下几滴热泪。一番自我感动的表演过后，满意地咂咂舌，拍拍屁股，走了。除了这个节点，你之前和之后的生活都与他们无关。

而用来形容母女俩的，是那个温情却刺耳的前缀：相依为命。

六

后来，另一个男人走入了我的生活。

研究生录取结果出来，未来三年的生活尘埃落定。无所事事的春天，我整日在校园里游荡，心情像柳絮般飘忽不定。然后他出现了。一个小说中的漂亮男孩，会弹吉他，在足球场上驰骋的样子像匹健康的小马。说话像唱歌一样温柔动听，会看着你的眼睛，为你唱自己谱写的歌曲。

没有人会拒绝这样的一个男孩，遑论一个几无恋爱经验的女孩子。

谁又能将爱情说得清楚呢？当我们谈及爱，有多少指的是爱的对象，有多少指的是产生于特定情境的特殊情绪，而这爱的对象中，又有多少是真实的他本身？一段靠网络维系的恋爱关系，我像建筑师般从手机屏幕上撷取字句，又在脑海里为它们加上温柔的语气。我孜孜不倦地构建着，用想象勾画出未来的形状。真诚、善良、爱干净、有礼貌……我将自己认为的所有美好品质都投射到他身上，然后无法自拔地爱上了那个脑海中的幻象。

于是当知道了他对我所说的所有言语都在和另外一个女孩分享

后，我几近崩溃。一段靠言语搭建的爱，言语的崩塌就意味着爱的崩塌。最最致命的是，我竟然把这份自以为是的爱当作信仰。所以，当过往的词句碎片一样从屏幕上脱落，他从社交网络上消失，我无法忘记也无法理解的还是那句："我会保护你。"

我曾在一篇文章中这样写过："后来的这几天，这对母女始终保持着心照不宣的默契：她们谁也没哭，甚至经常开玩笑。她们的心脏在一次次希望与失望的拉扯中变得越来越硬，也越来越脆弱。借用个她刚学来的词：纤维化。在这长达半年的心理战中，她和母亲的心都纤维化了：就像放了很久失去了水分的柚子，外表看起来和正常柚子毫无二致，但谁吃谁明白——只消一碰，柚子瓣就会碎成一粒一粒干瘪的颗粒。她们像柚子一样干瘪了，这对柚子母女再也流不出一滴眼泪，取而代之的是扑面而来的虚空和荒芜。"

多年过去，我和母亲已经可以笑着谈及父亲。

有天闲聊时母亲突然说："你爸要再活五年也好啊。"

我说："有些东西是没办法的事。这样说起来，等五年过后又想再活五年，到时候可怎么办呢？"

"好歹那会儿你工作了。"

我说："没事的，我也不指望我爸帮我安排工作啊。"想了想又补充："不是不用找工作就可以让我爸去死的意思。"

母亲大笑，顿了顿又说："有些东西的确是没办法的事。"

大抵是终于明白了许多事是"没办法也只好……"，所以只好转向自身、建立，以便承受这重击。忘了从什么时候起，我们都坦然接受了这个事实，那个曾以为要用一辈子消化的事件似乎也变得举重若轻。开始的一段时间倒总是逞强，表演出强硬的样子以隔绝那无用的关心，甚或无谓的同情，仿佛无论何时，坚强总是个值得赞扬的美德。

但我了解自己，也了解我的母亲——我们都不是那么坚不可摧的人。

　　我开始意识到无论如何我的人生都需要一个支点。父亲去世后这种感觉变得尤为明显，从那以后，我清晰地感知到我身体的某个部分正在悄无声息地下陷。就像沙漏，又像我之前在父亲的悼文里写过的——"说不清具体哪里，到底怎样，我只是感到突然地手足无措，突然地茫然无助，像抽掉自己的两根肋骨，冷风嗖嗖地刮进来，心里有一个地方忽然觉得空。"那时我无意识地写下这句话，时至今日我才知道这句话有多么准确。只是空。两年了这个洞不仅没能修补，我反而愈来愈清晰地认识到它的存在——就在那儿，不可转移、不可改变、不可掩埋。

　　而这时候他出现了，告诉我："我会保护你。"

　　一个女人想要的究竟是什么呢？所谓"女性主义""女权主义"，我是不懂的。我从不排斥生育，不畏惧生育的苦痛，甚至向往一种传统意义上安稳和乐的家庭生活。一个未曾生育、没有过性经验，甚至与男性都接触甚少的女孩，男性对我则意味着，一个像父亲一样的人，一根顶梁柱，一把保护伞。

　　过去二十年里，"保护"于我，是男性存在的意义。我渴望建立一段相互交托的关系，试图找到一双手，在我坠落的时候，托住我。创口自愈是需要时间的，在那之前，我们下意识会先找创可贴。如果创可贴的出现，能够让生活一如既往地进行下去，创口的自愈还是否如之前那样重要而紧迫呢？

　　其实哪有那么多需要捍卫的东西，说要捍卫什么，也不过是让自己开心而已。

　　分手之后，我像发了疯似的寻找那片"创可贴"。在与另一个女孩的对比中，一种强烈的不被选择的焦虑攫住了我。不被选择，进而是不配被爱，由此引发的价值恐慌将我不断拖入自我否定的泥沼里：到底是哪里出了错？是我错了还是爱本身错了？如果我有错你告诉我，我可以改，如果爱本身错了，那我之前感受到的又是什么？……我每日周旋在此类毫无意义的问题中，无暇顾及选择权凭什么可以被交到那个事先背离这段关系的人手里。

我试图找到能使破镜重圆的方法。

自我欺骗。承认自己是个普通人，于是一切懦弱与卑劣都有了前提。承认一切情绪存在的合理性，以及在不理智的情况下做出的不理智决定：包括为对方开脱和无底线的谅解。

迎合标准。高考作文的规则是，总分结构，虎头豹尾，语言流畅，论据充分。一种只看标准不看头脑的考试机制，纵使再才华横溢，因离题万里而被判死刑的试卷也不在少数。温良贤淑，知书达理，端庄大方，女人的标准。我笨手笨脚地拿那套子套在自己身上，以期获得高分（谁又是裁判呢？）——我哪里做得不好你告诉我，我可以学。你忘了，我最擅长做好学生了。

甚至做自己。是的，是那个早已不鲜见的口号：女人要活出自我。这是较之"迎合标准"更为体面的手段，然而它的动机却很可疑。当女人味不再被狭隘地定义为温柔、端庄、莲步轻移的大家闺秀，"做回自己"因其内含的自信、洒脱意味被大量营销号推崇为主流价值的一种，而那之前往往要再加上一句，"男人喜欢的是你本来的样子"——重点不在于你本来的样子，而在于男人喜欢。

其实哪有那么多需要捍卫的东西，说要捍卫什么，也不过是让自己开心而已。

自我，一种更为隐晦的迎合。一场以男性审美为标杆、以占有为目的的自我塑造，最终却造成了自我的陷落。

七

我时常回望自己的童年，企图按图索骥，找到这一切究竟是因为什么。小书包、马尾辫，家与学校两点一线，填塞着数学题、钢琴课与母亲严肃的脸。我看到自己像株温室里的树苗，在悉心的照料下抽了穗拔了节，又在一脚踏进二十岁的门槛时，忽地失去了父亲。

很长一段时间，我反思自己过去的人生如何活过，以及未来的人生要如何去活，惊恐地发现自己脱离了父母几乎是个一无是处的废物，甚至打理不好基本的个人生活。父母全权安排下的前二十年人生，我由一系列标签组成：乖巧、懂事、成绩好——典型的"别人家的孩子"。除此之外并没有一个真实的"我"存在在那儿——像被套上了一个漂亮壳子，然而生硬、死板，毫无弹性和蔓延。

"失去"或"未得到"是质疑存在的前提，否则不是不识好歹，便是无病呻吟。许多事情都是如此。当你深谙应试教育之道，在标准之中游刃有余，成为被标准规训的范本——甚至成为标准本身，又有谁会去质疑标准存在的必要，有谁会在意标准本身的对错呢？

其实哪有那么多需要捍卫的东西，说要捍卫什么，也不过是让自己开心而已。

只是，过去成就我的，如今也能击溃我。

好女儿、好学生、好女友。我人生的前二十年里，所有好孩子的标准构成了我，我的价值，以及价值实现的满足感全部来源于一张张试卷上的分数、各项考试的排名以及老师、家长的夸赞。在我不断从别人口中获得肯定评价的同时，这评价也塑造了我：这是对的，事情原本就应该是这样的。我长期沉溺于死水一般的满足和快乐中，看不到世界原本的样子。

或许我也从不曾在意答案究竟是什么，从不曾在一段感情中思索自己即时的感受，以及感受出现的原因。我想要的唯安定而已，像期末试卷顶端耀眼的分数，和家长会上被大声念出的名字。只是后来站在路的尽头，我却忍不住回头看，自尊、冲动、说不清道不明的喜欢、安全感，到底是哪里出了差错，让我明明白白感受到的爱变得面目全非？我总以为所有事只要努力就有回报，我总以为所有事像考试一样都可纠偏。我甚至试图想找到一样东西，证明并不是自己的信仰崩塌，而是另有原因。

"我哪里做得不好你告诉我，我可以学。你忘了，我最擅长做好学生了。"

跌跌撞撞、恍恍惚惚中，我才算搞明白了，成年男女的世界里，不是所有事都可以用成绩证明的。

"我不过是提个醒，让你给自己留条后路。还不是怕你受伤，要不是你妈谁在意你怎么想？"

我只是不明白，从什么时候起，女性开始不自觉地将评判自我价值的权利交到男性手里，使用一系列标准界定自己的价值，通过与这些刻板而生硬的标准的比照，确认自己被爱的权利？又到底是哪里出了问题，让女性勇敢求爱本身，都成为一种错误？

仿佛生来就要接受的一场考试。

我与母亲的矛盾，或许永远也无法达成完全的和解。我试图建立那根让我成为"我"的柱子且永远不会为此妥协，但母亲的那根柱子却是我。我终于意识到我们是不一样的了。我尚处在人生的前半段，注定是要有新生活的。我仍然可以信心十足地想象，描画出未来的形状。我可以十分有底气地说："我可以有……"而她却只能不断回头看，然后说"我姑娘怎样怎样"，以及那句"你爸要是在就好了"。

八

　　"你为什么总想管着我呢？生活是我自己的，提意见可以，但决定我要自己来做。"

　　"你现在翅膀硬了，有自己的主意了，你想怎么着就怎么着，吃亏了别说，生病了也休想让我给你寄药！爱咋地咋地！"

　　"你要不天天问我愿意跟你说？药是我让你寄的？"

　　"好！以后再别让我管你了！"

　　"莫名其妙，我让你管了？"

　　"你瞎操的什么心，没有自己的生活吗？"

　　……

　　正月十五的月夜，在返校的列车上，我反复循环寺尾纱穗的《狂女》，想到了独守空房的母亲。火车疾驰着驶过平坦的原野，故乡逐渐远去，消失在我视线的末端。

　　我再也看不见她的背影。

　　父亲的离去死死地缚住了她的双脚，让她再也无法过到对岸去。

　　她停留在岸的这头张望我，而我只是海上漂浮的船。

86°C

–

远游与故乡

86℃，珠峰峰顶，水已沸腾，
张扬的远游的心却突然回望平
原上的故乡。

我跳舞，因为我悲伤

2001 年

冯秋子

　　一九九八年七月，北京最热那几天，我进入文慧的生活舞蹈工作室。文慧说我练习的时候特别投入。不过，投入只是个人的惯常状态，并不说明我真的适合做这件事，能做好这件事。我对自己能不能坚持、能坚持多长时间没有把握。

　　参加练习的人有的是做纪录片、做自由戏剧的，有的画画，有的从事行为艺术，还有就是我，文学编辑、作家。一群人很难到齐，很多时候只来一两个人。我每星期坚持着，没有中断。深冬的一天，文慧约我到歌德学院，那儿正举办一个关于德国现代舞的讲座。我找到北京外国语大学一侧那座歌德学院的小楼，没急着见文慧，想独自感受一下现代舞最为辉煌的发生地德国，究竟在做些什么。讲座进行了一个多小时，之后放映影像和图片资料。我牢牢记住了德国现代舞大师皮娜·鲍什的一句话："我跳舞，因为我悲伤。"这是埋藏在我心底的话，是我一辈子也说不出来的话。从那一刻开始，我与现代舞像是有了更深、更真实的联结。皮娜·鲍什朴质的光，在这一天照进了我的房子。我听到了许多年来最打动我的一句话，说不出心里有多宽敞。

　　我是一个比较沉默的人，过去在戈壁草原和围绕着它的大山里，一直很少说话。我表达高兴，就是拼命奔跑，或者一个人待在一个地方，皱着眼睛和脸瞭望远方，我心里的动静，就在那个时间里慢慢流淌。而我的忧伤，是黑天里野生黄牛的眼睛，无论睁开还是闭上，悄无声息，连自己也说不上来为什么幸福、为什么悲伤。半大不小的时候，我被大街上一匹惊脱的马拉的大板车碰倒，腿上碾过一只马车轱辘，也没有出过声。后来我常盯着马路看，想知道一个人倒在车底下是一种什么情形。我偏爱过去那种大轱辘牛板车和解放牌大卡车，它们的底盘高出去一截，倒在车底下的人有可能生还。我的全部生活就是这样，和跳舞不沾一点边。

我们那里一年四季刮风。无风的日子我就快乐得翻天覆地那么旋转身体，我会爬上房顶，测一测是不是真的没风，然后像房顶上堆起的麦秸垛，我在心里垛起这一天要做的事情……我能看见开败的蒲公英的小毛毛漫天飞舞，看见它们在太阳底下乱翻跟头，看见戈壁草原上的一堆堆牛粪，把那些纤细的小毛毛一根根吸进牛粪洞里，看见吸附了碎毛毛的干牛粪被人塞进炉火里，飞溅出灿烂的火星。

"你的泪珠好比珍珠，一颗一颗挂在我心上"，听过多少遍只有两句歌词的这支歌，还是百听不厌。我常去米德格的杂货店，听她奶奶、那个没力气睁开眼睛的老女人哼唱这两句歌。一边听歌，一边帮米德格干活儿。待停下手，就背着米德格的女儿出去玩耍，对那个没有父亲的两岁女孩说话。后来女孩长大了，跟乌兰牧骑一个跳雄鹰舞的男孩跑没影儿了。

那个女孩长到四岁还说不清楚话，不叫我"姑姑"叫我"嘟嘟"。米德格说："你教她吧。"我拿一根树棍在土里写"赵钱孙李……"她写"孙李钱"，写了好几年，终于能把字写得全乎一点了。只是"赵"字，写了几年以后，仍然缺东少西，我前面写，她紧随后面跟着写，可她不写"赵"，光写"走"，还把那条腿拉得长长的，不给往回收。所以她除了添乱，什么忙也帮不上。米德格的奶奶死的那天，我正好在杂货店。老女人唱着唱着突然睡下了，米德格喊我去看看她奶奶想要怎么样，那个小女孩拉扯着不让我走开，等我摆脱那个小东西，跑过去翻转米德格奶奶的身体，问她："你怎么啦？"老女人已经死了。米德格跑过来大喊大叫，老女人这时又睁开眼对她说了一句话。米德格发了半天呆，想起问我她奶奶刚才说了什么。我把听到的告诉给她："别信你爱的男人。"

那是一个长长的没有男主人出现的故事。

我在一个时间凝固的地方长大。

今年春节我回内蒙古探亲，一高兴跟我母亲说，我跳现代舞呢。我母亲说："你要止痛片？"她挪动困难的身体去那个存放了一些药片的小筐里取。我说你不用拿药，我没病。她说："你把止痛片带在身上。"她捏着小纸包从一个屋子跟着我进到另一个屋子，看着我，等我接她的小纸包。这是她能给我的唯一的好东西，在她看来这个东西非常神奇，像宝一样，她周身疼痛难耐时，止痛片帮她麻痹了一些知觉。她听不懂"现代舞"。后来她问："是不是和男子一起跳？"我不知道怎么回答她。

我的事情一般不跟她讲。我确实不爱说话，更不对母亲说什么。从小到大就这样。

我离开家十多年以后认识文慧，她的职业是舞蹈编导，与我同岁。在我的朋友中，她是唯一专门跳舞的人。要是不和她近距离相处，我确信跟她成不了朋友。我熟悉文慧以后，想到：我母亲一辈子承载别人，不知道她能不能明白，现代舞也是一种承载方式。

我想说说文慧。

二十世纪九十年代初，文慧开始倾心现代舞，在国内比较早从事现代舞的实践。我觉得，她选择现代舞跟她的心性有关。她是个愿意倾听别人的女子，常会记挂别人的麻烦事情，在以为适当的时候，送上她的问候。生活中大部分时间比较讲求情趣，有时候也为一点小事发愁，整个人塌陷进去，一筹莫展。还有，她也会情绪化，偶尔发一点怆、发一下浑，是年纪大了以后，舞蹈剧场越做越有声望，她的压力越来越大，撑不住了就释放一下。更多的时间，文慧自觉自愿、自动发光，既和煦又温暖。二〇〇一年春节前，跟我们一起排演《生育报告》的王亚男回云南老家过年去了，我们聚会，她缺席，文慧打电话叫王亚男的二哥过来，他在北京打工，一个人孤孤单单，生活很清苦。这种情况，文慧比较果断。她的温良和热乎心肠，使她通明事理，虽说是个感性的人，她看基本的地方，对人呢，一般情况下能往里看、往深处看，懂得分享他人的欢喜、抚慰别人的悲伤，算一个很在乎别人的人。

是因为能懂得别人更多一些吗？应该是。总之，她在意人的状态，重视人的生存境遇。排练的时候，她着意强调："别忽略此时此刻的感受。"我们在这样的方向里，做了大量练习。作为编导，文慧腾出时间让大家交流，而国内的专业舞蹈演员，之前几乎没有接触过这些内容，不习惯做这样的练习，不习惯长时间坐下来讨论，探究，研磨。动作身体，是他们的强项；用语言、用思想、用情感、用心灵，倾听，交流，相互借鉴，互相切磋，启发，鼓励，协助，给予，以至能有愿望去发现和找寻触及人灵魂的肢体语言和表达，他们不曾有过这样的经历，也没有被要求过或者是感觉到自我需要去做一些实践，哪怕实验一回。私下里有过个别好友之间三言两句的交流，更多的是顺应一种自上而下的程式和规范系统，或者依长此以往的惯性轨迹去完成任务。

再比如，练习在一尺左右的距离对视，舞蹈员们平视对方，安静地体察对方的内容，领会人和人之间也许遗忘日久、也许讳莫如深的东西，在相互凝视的过程中，产生疑似了解，甚至理解那样的元素，艰难的心有一点松动，人们互相产生出珍惜和信任。然后，做肢体训练——这时，充分利用自发的肢体，传达人的内心。在此进程里，文慧讲求开放式训练和训练中人体的开放质量。几年来，她汲取了自己和大家练习时做出的很小、很生动的生活细节，把它们做进了现代舞，已有《裙子》《现场——裙子和录像》《100个动词》《同居生活》《与大地一起呼吸》《餐桌上的九七》《脸》等作品，以及一九九八至一九九九年进行了一年半，于一九九九年十一月下旬在北京人艺小剧场首演的《生育报告》，这也是我全面参与建设和完成的第一部舞蹈剧场作品。其实，北京、广州两大城市的现代舞团及团体外专业人士，到目前为止总共不到一百人，即使加上文慧的非舞蹈者兵马，如我，喜欢并愿意身体力行者，现代舞追随者的总量也未能有一百零一的突破，比起这个国家十二三亿人口，几十人的现代舞队伍，真如沧海一粟。但它毕竟存在了，成为偌大一块高粱地里的一杆枪。

现代舞对人、对舞者自身的关注，是它一出现在文慧的言谈中、出现在北京内部或者公开的舞台上，就吸引我的地方。那时我和文慧经常在一起玩儿，有一阵子，她差不多一周到我家一次，想来已有八九个年头。文慧的思维急促，闪烁跳跃没有规律，一句话还没讲完，就跳到另一句，从一个话题突然跑入另一个话题，从一种语境转脸工夫跳到另一种语境，自己竟浑然不觉。听她说话，我经常是一边听，一边眯着眼睛笑，看着她急匆匆往前奔突的样子，想象她前一爪子后一爪子不失闲那么倒腾，觉着她很像临产前的孕妇，不把肚子里的小孩子生出来，惴惴不安。

不过文慧的直觉和传达能力是出色的。

我看过文慧编导的一些民族舞，像《红帽子》《算盘》，已成为东方歌舞团的保留剧目、经典作品。她是东方歌舞团具有个性的舞蹈编导，曾经被国内影视和大型舞台作品请去请到处编舞，声名火爆。正当隆盛时刻，她突然转身，把自己收回来，不再奔赴热闹非凡的现场。我们就此交谈过很多。她说感觉到很焦虑，那些深埋于心的东西，日久天长以后，似乎已经酿造成形，她觉得必要通过一种与过去完全不同的、了无舞蹈痕迹的方式来表现。她自己越来越想要生活状态里的东西，她意识到，这些正是赋予人到中年的她、她的作品真正具有个性和内涵的东西。

我参加她的训练以后，确实感觉到，以往二十多年跳或者编导民族舞、东方舞的经验，有益的，她努力地吸收进来，多余的，她一感觉到就把它们从自己身上剥离，而且她是比较自觉地去这样做的。我们每做一种练习，她注意朝自己追求的方向靠拢，有时，她不满意自己或别的专业舞蹈员做的动作，就停下来，直言不讳地讲："我们这样不行，太知道肌肉怎么使用了，特别做作。"有时候她居然开着玩笑说出"恶心"这样的词语。于是重做，反反复复做，连着几天做，直至找到感觉。

她对现代舞的认识和实践比较成熟以后，建立了这支相对稳定的训练基队和工作团队，使用她的方法进行训练。我配合着她，一面投入训练，一面插着空同大家交流。从我自己来说，是把练习之前、练习当中或者练习之后的交流，当作另一层面的训练，思想的、心灵的、美学观念和精神领域的探讨和体察，当作人和人相互开启心智、激发灵感、鼓励和协作的方式，当作学习和成长的机会。我也想更多地去认识和理解现代舞蹈，更多地认识和理解在这个现场实验之前不曾经历过的艺术方式。

　　要完成具体作品的话，我们就转入集中排练。文慧这些年去北美、欧洲和亚洲其他国家学习、排练、演出，身体前所未有地柔韧，筋脉能够打开到从前年轻的时候天天练功也没能达到的程度，她自己也觉察到身体的确出现了奇迹。有时文慧很感慨地说起从前，似有深深的不堪回首的隐痛。参加现代舞《生育报告》排练的北京现代舞团的舞蹈员王玫说，一九九六年，文慧给他们团做练习，她的动作还是硬硬的，很猛，中间和缓的东西不是很多，也持续不了多久，可是现在，文慧的身体里好像要什么有什么。

　　我第一次观看现代舞，是一九九三年，在北京保利大厦，金星和文慧几个人，演出金星的现代舞专场《半梦》。这是不是新时期以后中国大陆的人第一次在国内演出的现代舞个人作品专场，我不知道，触动我的是，我看到舞蹈员也是有思想的，当然这是基于我对舞蹈完全陌生，知识储备差不多等于零，基于往昔留给我的残酷记忆所造成的心理上的深涧距离。金星和文慧，以各自灵与肉的伸缩，在舞台上创造着时空里的可能性，创造着人的生息和肢体动静，一切混沌如初，是人在梦里才有的感觉。她们的舞蹈把人引向认识的艰难境地，使看舞蹈的人不知不觉地开始思考，感觉到生命在自己的躯体里涌动，而此时，浑脱的人性显现了……一股雨水从你的心里流泻出来，贮满了你的眼睛，恍然觉得舞台上的人就是你自己，你的内心世界和她的，在这个时刻融会贯通。这一切竟是因为舞台上的几个人，她们的头脑与她们的个体一起顽强地生长，你甚至看到，生长本身的与众不同。在整个欣赏过程，因为被舞台上的人牢牢抓住，因为投入的欣赏，你已经由一名观众成为一名参与者。

喜欢她们的专心致志。我兴奋不已，那天晚上从十条回和平里的家，本来该打车迅速回家，孩子一个人在家睡觉，我担心他有什么麻烦，我们住一个大筒子楼，万一他出去上楼道里的公共厕所，梦里糊里糊涂找不着家、回不了家呢？但是我激动不想一下子缩短这段路程，就这么度过那段时光。于是在心里为孩子祈祷、祝福，但愿这个美好的、星星躲在黑幕里的夜晚万众吉祥。我走着回去，十来里地的路，在黑夜里，在脚下，我奢望一步一步地走完它。当走进黑洞洞的北京城，发现有那么多窗户，那么多暖洋洋的灯光，那么多人尚未入睡，深夜的北京宁静、安详，都像是我的家，都像是我的家人。真是好，就如那个剧场作品是你自己创造的一样。

几天后，文慧对我说，我们一起做吧。她说她想做的现代舞，是要非舞蹈者的内涵，要你的质感，要你带着自己的思想跳舞……她说，就是要你的生活本质、状态，要你对生活的理解。"冯，你正合适。你是最合适的人选。"这是一次令人愉快的谈话，但她的建议，我不能够当真。我离舞蹈实在太遥远了。现代舞对于我，就像我的一个女友面对她八十几岁的父亲突然和一个年轻女子展开的婚外恋，同样不可思议。我跟舞蹈，那位女友看着年迈的父亲每天寄给情人一纸誓言，这些事情，中间隔着的距离，和距离产生的荒诞与威严，对我来说，不可逾越，不可捉摸。

文慧鼓励我，说我身上有种特别的东西，天然的、没有后天装饰的，是她希望引入她的排练中的。比如，舞蹈演员经常是往上拔，身体飘惯了沉不下去，她觉得我能够与土地相接，身心是安静有力的。文慧非常想要与大地靠得更近的东西。我说，我想拔拔不上去呢。她说，你别，别丢掉你的东西。她还想要我投入时的状态。可我觉得，我投入时整个看起来像个衰老的人，身心全都陷落进去。过去是忧郁，现在除了忧郁，还有陷落，沉浸之深已经不太容易拔出来了。听别人说话，或者我在做一件事情的时候，全是那样子。幸而讲述者跟我一样也那么投入。于是我想，那时候我们是平等的。倾诉和倾听，都身临其境，心里的感受甚至分不出彼此，一样感同身受，能够传达，能够理解，并且不知不觉中已在承担。我投入时的那个样子，是文慧想要的吗？

不过还是心动了，我想可以试试。这些话，文慧已经说过好几回，一九九六年底又开始吹风，她说想请我做《生育报告》的编剧，也做舞蹈员。我听取了她讲的希望我承担编剧职责，做舞蹈员的建议并没在意，跟我关系不大。一年后，她从美国回来，多次讲起她想要做的关于生育报告的作品，需要对女性尤其是身为母亲的女性做大量采访，而我是她确定第一个采访的对象。她的生活舞蹈工作室于一九九八年七月开始了常规训练，同时为《生育报告》做准备。她告诉我，她还要从我身上发掘东西，我的潜质远远没有出来。以后的日子，她常让我就某一点做练习、做下去，比如，和一面墙发生联结。让我的身体与那面墙以自己的方式去接触，她要从中看我的理解，看我的身体对墙这一物体的实地反应。那一天，我正对墙壁，紧贴在墙壁上，真有点像我曾经掉进深水井里的情形。那是三十多年前，我的两手紧紧扒住井壁，身体绝大部分没在冷水里，一点声音也发不出来，头顶上的时间像死去了一样，等到比我大两岁的哥哥救我上来时，我已经僵硬地钉在井壁上，他使出全力才把我拽上来……我做这段练习时连自己的呼吸都听不到，也忘了文慧的存在。

我们的练习内容很多，而且每天有变化，有时会放些音乐，每个人怎么理解那段音乐，就把舞跳成什么样。有时是几个人之间在动作上接受、传导、承接、发展……还有一次，训练间隙，她们利用歇息的时间打电话、接电话，我一个人觉得还有力气，就原地跑步。文慧看见了，说："冯，再做一遍好吗？"此后几天，让我增加原地不抬脚跑步。后来文慧见我坐着跑，觉得一种能量蕴藏在相对宁静的情境中，更有表现力，就把我坐着奔跑做进了《生育报告》。坐在原地摆动双臂，速度越来越快，从十几分钟，发展到后来的半个小时，直至耗尽全部力气，并且一边跑，一边叙述，持续不断，像回忆、像报告，语调平稳，声音不大，但很清晰……等我终于停下来，同伴们说，那个过程有一种让人不得不跟着你进入的魅力。而我说不出自己的感受……汗水印在眼睛里，确实生生不息。越往后，我练习时候做出来的很多东西，被文慧做进不同的舞蹈剧场作品，成为那些作品的支点和架构环节。

到今天，我写作这篇文章的二○○一年四月，我们的训练场地换过好多次。偶尔没地方排练，我说来我家吧，她没做选择。在这之前，我感觉到因为场地的困扰，给她带来不小的压力，提议过去我家排练。那是一九九八年冬天，一支二十几人的演员队伍，两个月以后，只剩下文慧和我两个人了，我们住得比较近，在我家训练，对我没有不方便。她说："最好不在家里，在家里人的身体是松懈的，状态不对。"她出去找地方，跑过不下十几家，甚至答应每周去给那里的学员上一次舞蹈课，以换取让我们一周使用半天排练厅。那时，我感到文慧是真爱这件事，即使只有一个队员。一个人真爱一件事，为这件事坚定不移、吃苦耐劳，在北京的寒冬为带领一个队员继续训练做尝试、做努力，这一切在我心里产生了影响。我比较在意了。她说的另一句话，也给我留下深刻印象。我们每次去排练厅，总看见舞蹈演员用过的排练厅一片狼藉，我们二话不说先打扫卫生，使用完离开时保持排练厅整洁干净。文慧讲，在国外也是这样，芭蕾舞演员还有别的舞蹈演员，对自己的排练厅使用、糟践，不会亲自动手打扫，只有现代舞演员不作践场地。她见过的欧美和亚洲其他国家的现代舞团，都非常自觉地去劳动，人也很朴素，平易近人，不管他们的名声有多大。

我相信，这一切和现代舞的精神实质有关系。所以我风雨无阻地做了这件我爱的事情，全副身心进到里面，并从一次次排练中走过来，带着不同的原创作品，应邀在国内和国外的国际艺术节、舞蹈节、戏剧节，以及欧洲、北美、亚洲多国的国家舞蹈中心及大中小城市传统历久的剧场和舞台上，与其他几位专业舞蹈员一起，从容而富有创造性地展开我们的"舞蹈剧场"。

在国内，金星的现代舞与文慧的现代舞不同。金星的舞蹈有更多的肢体挑战，技术含量高，讲求动作幅度和细节，动作的至善尽美；文慧的舞蹈剧场作品比较生活化或者说由外化内，与舞者的现实处境有关，即带着真实的自己进入，排练和交流具有同等的重量。两位现代舞编导各有千秋，追求的高度、难度、幅度都比较大，她们是目前国内优秀的现代舞编导。现在，文慧越来越多地倾向做舞蹈剧场，舞蹈、戏剧、电影、装置、音乐等因素综合发展。就她已经完成的舞蹈剧场看，比如《同居生活》《生育报告》等，作品的表述临界于现实与超现实之间，具有很强的实验性，内部张力的确有点儿蛊惑人心。另一方面，文慧主张的现代舞对演员的素质要求，说简单，也确实是这样，你心里有什么可以抒发出来；说苛刻也不为过，排练中，舞蹈员有时会感觉身心疲惫，心被掏空，就要承受不住了，而且，抑制和约束实际上存在于舞蹈员的艺术素养的根本之处，存在于作品的内外时空中。我以为，它不在于演员做了什么动作，而在于为什么个体有了这样的行为，"我"心里边的东西可能是这样的，或者反过来；为什么非得这样，不这样行不行呢？……

就自身情况而言，文慧的舞蹈、舞蹈剧场，方式和传达，与我比较契合。我在舞蹈，也在尝试戏剧的表现可能，还有对于装置艺术出其不意的整饬。而我，本质上是个忧郁的人，愿意在阅读、思考和劳动中生活，心里面相对安静，有时候比较好动，那是因为小学、中学、大学，当过学校几种球类运动队的主力队员，甚至做过四五年地方乒乓球队主力队员，真心喜欢体育运动，但文慧觉得，在排练厅，我动的时候，还是有点儿沉默。有好多次，文慧要求舞蹈员发出声音，她总是听不到我的声音，后来她跟大家笑说这件事，说那时"冯的声音小得除了她自己谁也听不见"。于是文慧让我出声，让我唱，甚至让我倒立的时候发声。

于是，我一点点打开自己。在肢体和心灵的修习中，一点点地找寻人原本的意义，存活的意义。

我的过去，就像白天黑夜，没有多少意义。

生活在白天和黑夜的时间太长，我不喜欢。

我说过，我的地方。风呼啸而过，房子外面的东西掀翻上天，挪到了别的地方，我们的心和眼睛也被摘掉，放逐到远方。但是几里以外的房子还是传来睡死的老人长一声短一声的鼾啸。天亮后，我们的眼睛陷进头骨里，我们的门窗陷进黄沙里。我和哥哥妹妹拼命喊，没有人听见。风倒是停了。我们的嗓子沙哑，一动就出血，于是用手刨，或者用铲子挖。高音喇叭的线和电线杆子被刮到蒙古国和苏联，战备防空洞和那些流浪汉也全部消失，我们的天地死寂一片。我们完全想象不出父母此时此刻怎么样，我们在这边，他们在流放和监禁。风沙埋葬了一座又一座房子，人们常遗弃断墙残壁，拉大扯小，在看不见路的飞沙荒野行走，想找到一间死了主人的房子。每回沙尘暴过后，沙坝下没有父母的孩子，或者没有孩子的老人，总有冻死饿死的，他们腾出来的房子谁抢占了谁住。沙尘肆虐依旧。后来,我因为放声高唱小常宝的"八年前,风雪夜……"被招进学校文艺宣传队,第二天我交回宣传队老师让填的表格,老师看到我父亲的名字,收回了想吸收我做宣传队员的决定。跟后半晌的风一样,这件事迅速刮过来、一下刮过去,天一亮销声匿迹。以后,我除了呼喊哥哥、叫唤妹妹,没怎么出过声,也没唱过歌曲。那些舞蹈,草原上的什么见到了什么的舞蹈,当时没来得及操练,以后再没往那种美丽方面想。

初中的时候,偶尔从宣传队的教室经过,看到一些切断的动作和笑脸,我在脑子里拼接过这些开怀或者割裂的画面。我能连到一起的是他们的笑。我不太确定宣传队的同学跳舞时一直笑着是什么意思。书上说劳动创造舞蹈。劳动的舞蹈是有欢欣,但专注的基调被抽掉了好像不那么对劲。舞蹈过程立足专注可以避免简单概括、繁华图解,而笑好像帮助遮掩了不少回心不在焉,要不然演员下去以后对谁都是一副横眉冷对的面目怎么解释?从头到尾欢笑,指向了单一的方向,昭显了单一的面貌,支撑生活和心灵的真实而集约的因素却散落不见,人的复合性的血肉、魔魅的质能也被丢失殆尽。不是否认欢笑,欢笑没有什么不好,是说只有欢笑的舞蹈远不足够表达更多的东西,假如只是作为姿态和表情,欢笑也不足以映衬舞蹈。一味欢笑,使舞蹈简单化、表面化、形式化,而且舞蹈格局也有些机械化,再说,一味欢笑也不是舞蹈的全部啊,之所以欢笑的深入的根由应该是在现场,但是,欢笑被规定下来,现场发挥的余地就不大了,而有余地的笑意,总能打动人。我想起,我母亲劳动的时候,还有别的人劳动的时候,不尽是那种咄咄逼人的表情,那种用动作表达态度的模样。据我观察,劳动的人再苦再累,脸上也是平静的,人很专注,比如劳动了一辈子的米德格的奶奶,她唱忧伤的歌,脸上没有忧伤的表情,她爱的男人在她年轻的时候抛下她和他们的儿子远走高飞，但她忘不了，有一次男人喝醉酒抚摸她的脸，他流下了眼泪，因此，米德格的奶奶一生在哼唱那支歌子："你的泪珠好比珍珠，一颗一颗挂在我心上。"

我不明白，笑得那么厉害的舞蹈，是不是好舞蹈。笑，是不是单纯为了舞蹈发笑。笑得那么厉害的舞蹈者，是不是真的高兴，真的喜欢正起劲表演的舞蹈，真的想那么笑，是从心里自然而然地笑出来，具有诚意和相当的稳定性。当时，我想：你在舞蹈里，怎么能一直笑不算是舞蹈里的东西呢？是不是你担心你的舞蹈不够打动人？不管你把舞蹈跳成什么样，你只管笑？直到十多年前，我的思路还停留在这样的地方。我看过一场歌舞晚会。那次，突然感觉到舞蹈演员的笑有时候不那么可靠，他们笑的时候思想和意识是游离于动作本身的，那样的笑法，感觉只是想让观众看见演员，争先恐后地表演作为个人谁笑得更好看，而不是专注于自己的舞蹈在做什么，这个舞蹈是什么样的舞蹈，他对舞蹈有什么想法，在这个舞蹈里他想表达什么，他自己给予了舞蹈什么，这些内容基本看不出来。他和舞蹈的关系局限在外部，深入不到舞蹈的实质里面，演员和舞蹈之间没有建立起本质的关联。演员不承担作品的更多意义。

但我不知道，有一天我会成为一名舞蹈员，并在实践中经受锻炼，做了比较自由、宽敞的舞蹈剧场的编创者和表演者，与舞蹈尝试着建立一种积极的实验关系。因为过往粗陋、偏颇的经验，我差点儿失去体会个人和舞蹈、生活和舞蹈萌生相互协助、互为促动、互相创造的机会。其实那些画面在我心里过滤了无数回，因为中间缺少环节去过渡、缺少内容去联结，画面之间思维混乱、沟壑横亘，贯连不到一起。后来我想，如果当初我能从容地站在宣传队的排练教室里面，没准儿以后就能连缀自己的想象。那时候虽然风沙侵蚀，但心里透彻，渴望被阳光浸融。但是阳光没有照到我。

我不知道那年在西藏拉萨跳舞，对我今天去跳现代舞有没有帮助，那是我第一次跳舞。大厅里响动着一支迪斯科舞曲，我肆无忌惮地跳，疯了一般，跳得全场的人都退下去，静静地看着我，然后掌声突起。在那之前，我和朋友们坐在一个地方，听他们说话、唱歌。有蒙古血统的裕固族青年诗人贺中吟唱了一首流传在西北地区的蒙古民歌，我听了，有点想哭，但又不是完全能够哭出来，心里的东西很简单、透明，源远流长，发不出哭那样的声音。我感到美好，就走进去跳了，跳得有些忘我，不小心摔倒了。摔倒了也是我的节奏和动作，我没有停下，身体在本能的自救运动中重新站立起来，接着跳。那个晚上，在整个舞动过程里有一种和缓而富有弹力的韧性，连接着我的自由。这是没有规范过的伸展，我的内在力气一点一点地贯注到里面，三十多年的力气，几个年代的苍茫律动，从出生时的单声咏诵、哭号，成长中心里心外的倒行逆施、惊恐难耐，到今天，悲苦无形地深藏在土地里，人在上面无日无夜地劳动……此时此刻，我在有我和无我之间，没有美丑，没有自信与否，只有投入的美丽。我一直跳，在一个时间突然停顿下来，因为我的心脏快找不着了。

　　我对文慧说，原来我想，如果自己生的是女孩，不会让我的女儿学习舞蹈，但是现在不这么想，真能生一个女儿的话，一定先经过舞蹈训练。舞蹈也好，音乐也好，绘画也好，文学也好，所有的艺术，都是在心里完成个体的长大成人过程，建立和生活、和人的良性关系，培育和实验发现的能力，创造性地实践心灵和思想的成长。

　　但是，我还不能用语言说清楚现代舞。所以每一次排练，我都随身携带一个录音机，它帮助我把更多关于现代舞的内容、特质，以及文慧的现代舞不同于别人的地方记录下来，帮助我把每一天的感受，每一种练习，甚至是那些过程里的某一个灵动，聚拢起来。希望有一天，我能比较准确地理解现代舞，可我不知道那是哪一天，那一天何时能够出现。

我想在未来做的事情，一是当编辑，一是写作，一是拍纪录片，再有就是做现代舞。一辈子可能就做这几件事。

这几件事，是我热爱的。但跳舞，确实因为悲伤。

我曾遇到这座城市的青春

绿妖

　　说到北京，亮起的第一个画面，2001 年 11 月 22 日，小雪。赖声川的《千禧夜，我们说相声》。小雪夜未下雪，但极冷。这是我人生中第一个"现场"，头一回与许多人一块儿，在一封闭空间，笑声朗朗地看一个剧，虽然笑得悲凉。散场后，长安大戏院前的地下通道寒风刺骨，人们低头急行，或眼疾手快地从人群中逮个熟人一起吃饭。我的饭局有程灵素姑娘、编剧史航，还有千里迢迢赶来的海口文学青年二黑。他是我认识的第一个坐飞机看演出的人。已是熟极的网友，真人相对，竟是陌生。我静静听他们如数家珍，谈"表演工作坊"。这是我头一个北京饭局。

　　原来，北京是这样的。

　　那时我刚到北京，房间十平方米，一桌一椅一床一书架而已。据说要拆迁，房间里没安电话，厕所老旧，一副临时气氛。但它有一个白色阳台，以一扇瘦削修长的门与外界相隔，门刷着古雅的棕漆，高处镶玻璃方格，掩着白色布帘。我常在深夜推门，往楼下的马路上看。北京的深夜，路灯还是亮堂堂的，永远不会一片漆黑。这对一个刚到北京的、有着不稳定的神经、不稳定的睡眠、不稳定的情感的年轻人来说，是莫大安慰——你失眠，世界也醒着。黯淡的马路，犹如一幅宽银幕幕布，时有汽车经过，也有醉汉。还曾有人在楼下深夜伫立，但那晚我睡着了，毫不知晓。我是八月份来的，到十月，在一个杂志社工作。而秋季是北京最好的季节，走在街上，迎面吹来淡金色的风，荡开衣襟。光线里仿佛有细细的金沙，干爽明亮。这是别处没有的风。用《日瓦戈医生》中的一段话来形容被这风吹过的感受："整个空间是如此清明透彻，似乎为你打开了洞穿一生的眼界。这种稀薄空寂的感觉，如果不是如此短暂，而且只是在秋季短短的一天的末尾、接近提早到来的傍晚时刻出现的话，那真是难以忍受的。"

之前，我在县城的一所变电站上班，上一天，休三天。主要工作是用拖把清洁值班室地板及黑色皮革绝缘垫。时间太充裕了，对一个县城青年来说，充裕到让人绝望。我拿这么多时间干什么？县城太小，像一件不合身的外套，像紧身衣，捆精神病用的。县城的夜晚，过了十二点，只有我的窗户还亮着灯，视线所及，一片漆黑。这漆黑也让人发疯。

我只是嫌故乡太小，但命运给了我一个巨大的、巨大的城市。

很多人对北京之大印象深刻。头一回去航天桥"九头鹰"参加饭局，出租车开啊开啊，始终在水泥高架桥上行驶盘旋，从这个角度看，北京城荒凉，可怕，没有人气，像太空城。开呀开，我睡了一觉还没到。大得让人仓皇。

我给许多时尚杂志写采访，每月写近一万字外稿，能有三千元的稿费，加上三千元工资，这是很大一笔钱。我的房租才三百块。办公室是独栋小洋楼，在东四九条胡同里，深棕色木地板，踩上去，犹如老式风琴的风箱，发出温柔悠长的声音。同事都下班后，我几乎每天写到晚上十点四十五，赶115路电车回家。陪伴我的只有北京的风。冬天，北京会有狂风。它们尖利地溜着电线在空中怒飞，声势之大，仿佛窗外立起一个海洋。我侧耳听一会儿，继续写。这时网上开始有人直播饭局盛况，都有谁，喝的什么酒。我扫一眼，继续写。有时写到晚上，下雪了。立在窗户前看一会儿，继续写。看门的大伯觉得我很辛苦，比任何人都辛苦，每次都同情地冲我点点头：下班啦？

　　胡同两侧是青灰色的平房，有月亮的晚上，月亮也是青灰色的。所以没月亮时，我走在青灰色的胡同里，也像是走在月之清辉中。整个平安大道就是一条青灰色的大街，这还是以前统一刷的颜色，虽然这种整齐划一为美学家诟病，但在那时，这条大街是我的游乐场。再往北，或南，东直门大街有热闹的东方银座，天安门长街有奢华的国贸西单王府井，平安大道夹在中间，是一个落寞的存在。不喝酒的日子，我和朋友一起散步，走上几公里，身边是绵延不绝的青灰色的砖墙。作为背景，它们足够安静。走累了，就坐马路牙子上，继续聊。那时的我们有说不完的话，像要把自己倒出来，剖开了给朋友看。一定是颠倒。在青春期，我活得像中年人；而在二十多岁的那段日子，我现出青春期的种种症状，包括，怀着巨大而盲目的热情，包括，急切想把自己剖开了给朋友看。平安大道是单调的，一直是统一高度的平房，一直是青灰色的两岸，一直是宽阔的街道，还有街道边的路灯。但是，如果你跑起来，路灯就会像海洋，把你托在水面。这是我一个朋友告诉我的。每天晚上，我坐 115 回家。临近末班的电车，有的是空位，我坐在窗户边，头靠玻璃，风从敞着的窗户灌进来，精疲力竭的身体里，仍然有东西在飞舞。我记得，那路电车的座椅都刷着浅蓝色的漆。是上世纪工业中常见的淡蓝。同时期工业中常见的绿色也美极，至今淘宝，绿色矿灯长销不衰，那种深绿色配玻璃罩，是一流审美。在 2001 年，这些上世纪的美色仍处处可见。我凝视着黑暗中时隐时现的一个个浅蓝色空位，这就是我要的生活。沮丧、疲倦，然而，自由。

而饭局是我生活中的白色阳台，供我眺望。

2002年2月，张立宪，江湖人称"老六"，ID"见招拆招"，组论坛"饭局通知"，挂在西祠"影视"类下，妄图与影视大版"后窗看电影"一别苗头。为凝聚人气，他疯狂组织饭局，同时在版内连载"记忆碎片"系列，这系列日后成书，名为《闪开，让我歌唱八十年代》，文风诙谐，娴于卖萌。

饭局。我到早了，空荡的包间里，只有一个人等在巨大的圆桌前。抬头，国字脸，酱色面皮，不怒自威。彼时老六是某出版社副总编，多年修为，读书人本色压根儿遮挡不住。这哪是网上萌物见招拆招，我差点夺门而去。

在日后，我不止一次地发现，网络人格和现实人格常截然相反。网上攻击性极强，生活中往往绵羊般无辜无害。幽默的段子手，现实里常忧伤仿佛抑郁症患者。《西游记》中，妖怪都有两种形象：人身，以及，被观音一指现出的原形。那时候，我认识的人也都如妖怪，有至少两种身份，两个名字。日后数年，我不断地验证ID与真人之间的反差，看到一只只妖怪，卷地一滚，现了原形。

饭局，是大规模的妖怪现形日。

经常去的地方。建国门"罗杰斯"、航天桥西北角"桥头火锅城"、蒋宅口面馆、三里屯青年旅馆楼下酒吧（扎啤五块钱一扎）、太阳宫桥"乡老坎"……它们，都不复存在，关门大吉。2013年一个春夜，在火锅店，我们扳着手指，逐个盘点那些年被我们克死的饭店，"红番茄呢？也不在了。桥头火锅城呢？没了！罗杰斯，整个连锁在北京都消失了……"唯一一个有眼色的人——桑格格终于按捺不住，低声：饭店老板还在旁边呢，听着不好。恍然大悟，急忙收起我们的死亡赋格曲。有时，饭局不得不临时转场，因为来人太多，且大有源源不绝之势。老六一度恐慌，如此无休止扩充，"恐怕以后北平没有饭馆装得下越来越壮大的吃货队伍了"。这支队伍终于在达到四十多人时，晃几晃，惊险地稳定下来。

如今想来，那像是老六的一个诡异的青春期：漫无目的地组织饭局，吃饭喝酒，喝多后，领唱《亚细亚的孤儿》，深夜散场，整条马路都是我们的人，跟跟跄跄的醉步印满长街。几年之后，老六开始做《读库》，深居简出，整日看稿，修炼内力。狂歌烂醉的阶段一去不返。电话里，我对这个严肃的男人，也越来越难叫出"老六"，而讪讪地称之以"六哥"。

那也是我的青春期。离开了紧身衣，再也没有人说我是神经病——我的神经质，在北京这所大精神病院里，显得微不足道，特别正常。深呼吸。好像被埋了很久，嘴巴露在地的表层，外面下过一夜细雨，空气是淡绿色。

彼时北京城仿佛都在青春期。离我们不远处，音乐乌托邦"河"酒吧正拉开大幕，歌手和诗人喝五块钱的青岛啤酒混迹一堂，当时在"河"酒吧当酒保兼乐手的张玮玮回忆，那段时间，看什么，眼前都似乎隔着一股热气——就是那种感觉了。2001年，北京房价尚未搭上火箭，"蚁族""胶囊公寓"尚未出现。二环、三环尚能租到房子。从朝外到呼家楼，有许多四五层小砖楼，通常是上世纪五六十年代建筑，砖是青灰色，一块块堆砌的青灰格子图案是很美的。还有一部分，比如我住的呼家楼那一带，小楼刷成红色，粉笔那样淡淡的、略带潮湿的一种红。掩在银杏树后，衬着无轨电车五线谱一样的电缆，美得静穆。这粉笔红，和平安大街的月光灰混合，就是我记忆中最初的北京，又激烈，又宁静。

楼下面馆，一碗西红柿鸡蛋面三块钱。夏利车起步价一块二，从单位打到住处，十二块。房价？没人关心房价，2003年的贡院六号，每平方米四万，老六当新闻贴到版内，大家对这暴发户式房价一通嘲笑。直到2004年，市区也就每平方米五千。2002年，我认识的朋友谁会关心房价呢？大家关心电影还来不及，关心话剧还来不及，谈恋爱还来不及。

老六出过畅销书《大话西游宝典》，也出烂书。饭局，正值他怀疑人生时，"2003年的全国图书订货会在北京国际展览中心召开，俺去那些展厅采风。到处都是'做'出来的书，挂羊头卖狗肉，扯虎皮做大旗，为婊子树牌坊，拿肉麻当有趣。俺对这个行业的反感和绝望达到了顶点……在接下来的时间里，俺一方面编着老廖的书，以及其他的杂碎，一方面被那种无力挣脱的幻灭感撕扯着，实在找不到解决之道。"

那时很多人都刚到北京。被贾樟柯称为"像上世纪二十年代刚从苏联回来的革命家"的Liar，写影评，出书，创"晃膀子联盟"，组织年轻影评作者，与学院派打笔仗，指点江山，意气风发。2012年，沉寂已久，他以本名李霄峰出了本书，叫《失败者之歌》，我采访他，原来当年他是从比利时休学，瞒着父母跑回北京，学费花完后，在一个朋友家打地铺。以长帖《等待是一生中最初苍老》蜚声西祠的顾小白，那时还不是著名编剧，而是铁通职工，单位还分他一套小房子。看上去他完全没理由辞职。他只是焦虑。而在当时，我以为只有我的人生千疮百孔，即使在最欢乐的酒局，茫然四顾时，心里都有个声音高喊：你跟他们不一样！后来想想，很多人，于此时或许已有抑郁症的伏线。2012年深冬一次饭局，一桌人，有四个得过抑郁症。

而在 2002 年，我们对此一无所知。犹如一群等待上场的演员，期待着"真正的生活"，坚信"一切价值将被重新评估"，而与身边世界格格不入。当我们来到饭局，犹如进入另一次元。现实世界被稀释，不再那样坚硬。而精神世界，在火锅店缭绕的白烟之间，在中南海"典 8"的青烟之间，凝固成发光的空中楼阁，我几乎忍不住要伸手触碰。我再也没见过那么多夸夸其谈的人，性情比作品更像艺术品。如果有少壮派"晃膀子"的加入，满屋子嗡嗡嗡都是黑泽明费里尼安东尼奥尼。经常谈论的名单：罗大佑、崔健、赖声川、孟京辉、刘小枫、克尔凯郭尔、杜拉斯、里尔克、杨德昌、侯孝贤、贾樟柯、岩井俊二、宫崎骏、阿莫多瓦。《巴黎烧了吗》《流放者归来》《光荣与梦想》《伊甸园之门》……谈电影比文学多。

我想是因为 DVD。

刚到北京时，文艺青年都是到圣地小西天买刻录碟：黄色牛皮纸袋，装一张裸盘。许多大师片不出 VCD。但进入 2002 年，碟店开始有大量大师作品的 DVD！刚看到时，站在货架前止不住地发抖：这么多的基斯洛夫斯基！这么多的费里尼！这么多以前只在书上看过的名字！我们像饥饿已久的难民，掠过京城碟店，一茬茬地收割。回家看完，聚会就聊。那是一个急剧补课的时代。世界如一匹宽银幕，在眼前缓缓舒展。

那时聚会，还没有人手一部智能手机，滴滴答答发微博。大家出门，要么带书，要么带碟，见面先问：最近看什么了？犹如两只蚂蚁相见，先以触须互碰，一闻而知，对方是否同类。那时候的时钟走得比较慢，时间挥霍不尽，只能大段大段看书。提到一个作家，饭桌那侧总有人应声而起，伸手来握：我也喜欢他——这触须互碰的片刻，如此珍贵，在当年，一个个赶稿崩溃的深夜，提醒我：这一切都是值得的。

其实，虽然自称吃货，所吃饭馆并无奢侈名馆，人均五十的自助餐已算昂贵，因为座中还有学生。饭馆同时要满足如下需求：能容纳四五十人的包间、过十一点不打烊。为找到一家合适的饭局地点，老六曾一下午打掉手机四分之三的电。常常是火锅店，或"九头鸟"之类大众饭馆，若是"罗杰斯"，则包下二楼。而无论在哪里，超过十一点，服务员的脸色都会越来越难看，白色塑料桌布被醉鬼的手蹂躏得满目疮痍。地上啤酒瓶林立，打翻的啤酒带着白沫流出来，沿着地上躺着的兄弟，蜿蜒曲折地画出人形，犹如一场凶杀案的勘探现场。

我开始有了朋友。腥红的、芭蕉、吼吼、天狗……我们交朋友，就是看能否一起喝二锅头。红星二锅头，56度。深绿色玻璃瓶（又是这种绿！），标签是白底大红色块。每一种颜色都饱满，充沛。后来它模仿扁瓶装威士忌，出过一款灰色磨砂瓶。拙劣。它不知道自己原先已很美。二锅头的度数像一条拒绝平庸的分割线：要么不喝，要么喝醉。那时，只要有一个人问：谁喝二锅头？应声而起者，于我都格外亲切。犹如一个声明：你们慢慢喝，我们先走一步。烈酒喝醉的，哭和笑都格外投入。喝多，出丑，就消失一段。直到大家与自己都忘掉那次失态，或，有更厉害的，盖过了这次失态。

和网上的飞扬快意不同，Liar、小白、我、芭蕉、公路……现实中都极沉默，话少得令人难堪。这样的人，相聚一堂，也如独处囚室。我们心怀热情，却像密码不对无法接头的情报员。一个个沉默密封的啤酒瓶，渴望能来一把起子。而酒能帮助越狱，打破孤绝，触到隔壁伸来的另一只手。狂呼烂醉，大概只求这白驹过隙的片刻，我知道你的存在。我知道你的迷惘。

交谈常在酒醉之后开始，在理智模糊的边缘，那是一种超出理性分析判断的友情，我们用所有直觉与潜意识对话、交谈、分辨忠奸。倘若你曾跟人痛痛快快地醉过一场，那样交上的朋友，总有一种格外的亲昵。时常已经无话可说，却都不愿散去。门外就是黑夜，人群自有温度。一次酒后，乃哥指挥大家唱罗大佑的《无言的表示》，"风雨中人们，一样的孤单，奔向那无尽的沉默夜晚"，一帮男女认真地、大声地、颠三倒四一遍遍地唱这首歌，那情形，又凄怆，又滑稽。醉后合唱的经典曲目还有《海阔天空》。如果，老六开始眼泛桃花，动情地自抚酥胸，继而，伸出兰花指，那么多半可以期待接下来的罗大佑，《亚细亚的孤儿》《告别的年代》《恋曲1980》《恋曲1990》……罗大佑的歌天然适合在这样的场合合唱，他的音乐里总有一种行军节奏感，音节铿锵，慷慨激昂。

常喝的酒依次为：普京（普通燕京）、扎啤、二锅头、桂花陈、螺丝刀。姑娘们普遍选二锅头，很大一部分原因是：啤酒让人发胖。并且，啤酒喝到醉，需要川流不息地上厕所、上厕所、上厕所。从走廊到厕所，有人拥抱，有人在哭，有人在吐，有人打另一个人耳光，偶尔有人埋伏着要拥抱你，或被你打耳光。危机四伏。不如喝二锅头，四两，就能让你醉得如愿以偿。更重要的是：它便宜。席上，我和腥红的喜欢点小支装二锅头，简称"小二"。大瓶虽划算，但"小二"的深绿色小扁瓶更具流线美。同时，一支小二一支小二地喝，有节奏感。音乐和喝酒，节奏感都很重要。但喝空两支之后，又无所谓节奏感了。

二锅头好喝吗？难喝。像沙尘暴。但这和北京的粗粝是一个气味，一个体系的。难以想象，在上海的饭馆会有人喝得躺到桌子底下去。但在北京，这是可以的。这种不体面，只能发生在铺着白色塑料桌布的廉价饭馆，以及喝了五块钱的二锅头之后。当一个城市，件件事都有了统一的风格，就会呈现某种美感，哪怕这风格是由丑陋的元素组成。而究其根本，青春与生命力的绽放，本身就是有力的，哪怕是垃圾堆上的绽放，哪怕是废墟里的青春。这种力量难分好坏、美丑——它只是来了，带着生命力本然的动人，感人至深。

有人酒后磕破脸，有人摔破下巴，鲜血直流。我的裙子挂栏杆上剐破。咣咣抱着老六在他家的厕所地板打滚。还有两个姑娘拥抱着滚在雪地里，大声说：你是我一辈子的朋友！

那种喝法，就像没有明天。

只有非常非常年轻时，人们才能那么用力地去喝酒、交朋友、打人耳光，往人脸上泼酒，才能如此猛烈地摧残自己。青春期的人，动作总是变形的，每一样感情的流露都放大了一百倍，爱和恨，孤独与喜悦，都是。

酒上的日子，几位酒神于云端发光。

咣咣。二锅头党，饭局监酒。2013年火锅店的春夜，他说起一次喝多，他与老六同去厕所，心情激荡，但觉一切都很美好，遂拥抱。觉拥抱尚不足表达，就亲了老六一口。大家笑得东倒西歪，什么时候的事？咣咣讪讪地：就过年前。啊，难道这么多年之后，咣咣依然如故？

一大半醉酒记忆都与他有关。他的破捷达曾在北京上演各种惊险：百米逆行、撞电线杆、挡泥板被生生刮掉……那时对醉驾还没概念，但人有求生本能，一般酒后并不开车。最可怕的是他喝得大醉，固执起来非要开车，其他醉鬼如一群小鸟，欢乐地争先恐后地挤上来，就因为他车上放的音乐更好！一个醉汉拉着一群醉汉，在深夜的北京疾驶。如今想来，那犹如一个死亡邀请。死神华丽的天鹅绒黑披风，湿淋淋紧裹着我们。

有次跟史航聊天，他说，咣咣是这种人——如果你中奖得五百万，可能有人会嫉妒，可是咣咣中奖大家就都服气。是的。大家服气，因为他会把这五百万都用来请喝酒，最后算算还倒贴点。他对待钱、地位、面子、生死，总一派随随便便，不黏滞的清洁。咣咣做过开颅手术，手术实用他老婆手机群发短信，告诉大家他手术失败不治身亡。发现这是个玩笑时，狂怒的老六几乎没把他宰了。

2013年春夜，散场时正逢北京降温，狂冷，众人急急找出租车的空当儿，咣咣与格格拥抱并互把对方抱起，小孩儿玩摔跤般，隔老远听到咚一声。七手八脚揪起格格，头上已鼓起大包。那一瞬，昔日重来，十年前的大饭局，要没这么个结尾简直不算完。

听说摔了格格，咣咣在出租车里哭一路。在KTV，当瑜老板唱起歌，我挽起格格的手做人浪翻滚，咣咣起身加入我们。我没有遇到第二个男人像他那样，从不怕丢失男性宝贵的颜面，所有这些柔媚动情在他都是自然而然。

咣咣喝酒，有"死便埋我"的痛快，在他心里，只有审美与喝酒是正经事。咣咣是魏晋中人。

腥红的。我在饭局最早交到的朋友。我以为我喝酒就够拼命，她比我还拼。一次酒局结束，外面瓢泼大雨。朋友去开车，我和腥红的笑着，而仰着脸在雨中跳起舞来。跳着跳着，腥红的失去踪影，我们找了几条街，最后发现她倒在她家楼下，水泥地上，睡了。一度她信佛。后来又成为一名基督徒。她去广州、上海分别生活几年，最后又回到北京。但当年那个腥红的已不复存在。贯穿这一切动荡的是，她一直写作。

她小说中有一段北京和年轻姑娘的关系，是我看到过最好的一段写北京的文字："在北京，一朵花就是在一夜之间横空出世，啪地照亮整片夜空。没有来路，也没有去路，她要么是一朵跳出光线的花儿，成为光本身，要么什么都不是……北京和那些花儿的关系是有些特别的。只有在这些花儿面前，北京有特别卑躬屈膝，特别迁就的一面。是什么？有什么是它没有，所以要向她们得来的呢？……它唯一缺乏的是气味……没有这些花儿连续地、日夜地开放，这座城市将痛苦地面临自己真实的衰老和死亡。"

芭蕉。曾有几条好汉与她拼酒，最后好汉倒下，她无恙。她喜欢约在三里屯青年旅馆一楼，后来，她和兔子在劲松的住处成为酒鬼们的"欢乐家园"，座中客常满，冰箱酒不空。家中常备一条大红色睡袋，供醉汉使用。我也几次留宿。她并非沙龙女主人，她不艳丽、风情、长袖善舞。她连话都懒得说。她不应酬谁，所以，在她身边，就舒展，自由。所谓"林下风度"，大概就是这样。她和咣咣很像，在对许多事的不黏滞上。但咣咣说，芭蕉其实非常冷血。是的，相比咣咣酒后动辄热泪盈眶，芭蕉无情得多。她不欺人，也不自欺，她有多少热度，就展现多少。犹如冰层下流水，看似冰冷，探手进去却有微温。

芭蕉是平静的亡命之徒。

兔子。小圆脸，成都女子，皮肤极好。那两年，她仿佛饭局的盆景。一推门，就看见她盘坐桌上，在一堆盘碗碟盏之间，缓缓起势，把双腿放到自己肩头。或者站在地上，把腿搁在别人肩膀上。她的脚神出鬼没，出现在种种匪夷所思之处。比她的脚更匪夷所思的是她的直接。她的那种直接，会被不敏锐的人误认为放纵，只有很深的世故，才能看出她的单纯。

当年这些酒中仙，如今只有呲呲一人仍徜徉酒海。我有时会诧异，所有人都变了，他何以不变。继而想，所谓"智极成圣，情极成佛"，他之纯粹，接近得道。

还要写一个人，虽然她不喝酒。1995 年时，我最喜欢的一份报纸叫《音乐生活报》，投稿，写黄舒骏，发表。足足快乐了一个月。十几年后，认识当年报纸的编辑，重返 61 号公路。她在一个荒诞的年代，仍不合时宜地保存着哥特气质。她之哥特，不是穿鼻钉化浓妆，而是骨子里的狂狷。杨葵看《寻找小糖人》，说看罗德里格斯想到她，因为那"半屌半羞涩的表情"。准确。她永远穿黑衣服，抽中南海，微笑看醉汉玩闹。公路不太喝酒，对我们这群醉汉，却有舍命陪君子的气概——她是少有可用"气概"形容的女子。公路不喝酒，但比醉汉还疯狂。她近视，不戴眼镜，高速公路敢超过两百迈。去京郊爬山，盘山路极窄，她眯着眼把车开得虎虎生风，每一次对面来车，都惊险万分。和芭蕉的亡命不同，公路是玩命。

这么多年，公路也没变。只比当年更瘦削。仍穿黑裙子，抽中南海。眯着近视眼半蔑视半含笑地看着世界。她也是我认识的少有的知行合一者。她之原则，如上阵带兵，无形在她与别人之间划出边界。这条线划得凛然，也杜绝人生种种情感变得雾数。在这个女人身上，我看到古龙说的"风骨"。

还有那些北京的过客，一次次犹如流星闪过。每个外地网友到来的日子，也必定是饭局之夜。在广州的桑格格说，那时下飞机，都是直接投奔饭局。想到北京有这样一群人，就觉踏实；欢送土摩托赴美饭局，在"九头鸟"一间地下室，推开门，看到四十多头吃货，蔡一玛说：那是她第一次参加饭局。惊恐地看着眼前，她懂得了什么是江湖。

是的。江湖。那是饭局的另一面，更复杂更无以言说。对于新人，它就是一个江湖。我该怎么描述一个新人在其中感受的一切？自卑、失落、惊恐、仓皇、焦虑……就像成长从你身上揭掉一层皮，鲜红的嫩肉和密密麻麻的神经丛都裸露在外，一蜇一跳。我的每一次喝醉也是壮胆，笨拙的演员只有喝醉才敢上场。散场后，在深夜，一个人长路迢迢回住处，呕吐，刷洗被吐脏的地板和鞋。这独处的空白像对之前盛宴的消解和清洗。在一次次饭局和一个人的空白之间，时间过去，新的皮肤长出来，我开始能看懂更新的人，他们第一次落座时的眼神，也有仓皇，也有欣喜。

庆幸我遇到的是这样的江湖，这样的论坛。是啊，光是我遇到论坛的黄金时代，已经值得庆幸。和"每个人都是一座岛"式的博客、碎片化的微博比，论坛时代，更像一个众声喧哗的班级，它就是用来亮活的。那也是我写作最不费力的时候。第一本书《我们的主题曲》，许多文字写于那时。不用构思，像被一股热气推着走，一气呵成。想要绽放的欲望压倒一切，就像迫不及待要在他们面前展示酒量（为此我曾一口气干掉一杯扎啤）。不只是我，而是，几乎所有人都陷入一种迷狂的写作状态，老六的《闪开，让我歌唱八十年代》写于那时，芭蕉为长篇小说《天使记》的修改而频频约人喝酒。那时的人，看完一个话剧，晚上就抛出一个上万字的帖子，第二天我们拜读毕，动辄就回几千字……虚荣也好，绽放也好，我再也没遇到过那么多写得好的，聚在一起，几乎是迫不及待地交流、迫不及待地拼文字。那种迫不及待里，有一种仓皇，仿佛一个短命天才，预知自己时日无多，爆发式地写作。果然，进入博客时代，他们消失一批。微博又不见一批。

我怀念那个短暂的绽放，好像八十年代的文学热——一条长长伏线，隐埋身世，在新世纪头一个十年登场亮相，事了拂衣去，飘沓如流星。

转入 2003 年，迎面非典。大街上空空荡荡。我们仍然喝酒，爬山，路上有人发烧，全体人员都视死如归。非典之后，时钟突然拨快。街上行人变得匆忙。房价起飞。夏利取消。有一度，聚会时空气里嗡嗡震动的不再是黑泽明七武士，而是房子啊房子。最初，饭局上谈论房子，还会被鄙视。到 2006 年，房价飙过两万，大家如梦初醒，房子的嗡嗡声再也压不住——现实，以排山倒海之力，长驱直入。一碗面条要十五块的时候，你是无法坐而谈论小津安二郎了。旧建筑越拆越多，新建筑里没有我们的一席之地。北京犹如一个气球，被无限地吹大，我们是气球上的图案，随着它的急剧膨胀，脚不沾地飞向四环、五环、管庄、通州、燕郊、香河、天通苑、回龙观，"所有星云都在彼此互相远离，而且离得越远，离去的速度越快"。碟店关门，DVD 濒临灭亡。朋友们陆续皈依佛教或基督教，我戒了酒。许多人开始信风水占星宿命。有人在中年改名，希冀改运。有人跳槽，跳来跳去总是不满意。一半的人都换了工作，甚至行业。老六只是其中之一。他砸掉体制内的工作，出来做报纸，倒闭，自己做《读库》，沉静下来。有人创业。有人破产。有人换房子。有人失恋。有人离婚。有人再婚。有人酗酒。有人患抑郁症。有人染上赌瘾。有人自杀。有人猝死，在他的葬礼上，据说有人，握手，泯恩仇。

之前的饭局犹如一场大梦。真正的生活，早在无声无息之间来临。

谁曾在年轻时到过一座大城，奋身跃入万千生命热望汇成的热气蒸腾，与生活短兵相接，切肤体验它能给予的所有，仿佛做梦，却格外用力、投入。摸过火，浸过烈酒，孤独里泡过热闹中滚过。拆毁有时，被大城之炼丹炉销骨毁形，你摧毁之前封闭孤寂少年，而融入更庞大幻觉之中；建造有时，你从幻觉中寻回自己，犹如岩石上开凿羊道，一刀一刀塑出自己最初轮廓；烈火烹油中来，冰雪浇头里去。在现实的尘土飞扬与喧嚣之中，你迟早会有一瞬，感到自己心中的音乐与这座城市轻轻共振，如此悠扬，如此明亮。谁的生命曾被如此擦拭，必将终身怀念这段旋律。

月圆之夜

2008 年

张悦然

1

我不喜欢旅行。旅行太多，人会渐渐变得无情。

在旅途中认识了新的朋友，相伴几日，同行一段，情谊的建立，几乎不耗丝毫气力。分别的时候，也会依依不舍，互留联系方式，约定下次一起出游，或者登门造访。可此后真正有往来的，却非常少。所谓的往来，也不过是平日里的几句寒暄，生辰或节日的简单问候。彼时应景而生的情感，也许还盘桓在心里，却怎么也捻不出一个头柄，接着往下续。各有各的世界，微薄的接壤，无法承受此后漫长时间的啃噬。

最终还是断了联系，很久之后想起，道别时的话，犹在耳边，那般信誓旦旦，难道都是假的吗？而我会一直记得无法兑现的承诺，它们令我感到羞耻。

后来，每当与那些旅途中的朋友道别，我总是很难过。说的是再见，心里却知道，也许一生都不会再见到这个人了。这样想着，便忍不住再去看他一眼，脑中全是善良的念头，世界是残酷的，人心却仍能清澈见底。

如果总在旅行，不断与人相识又告别，慢慢变成习惯。人生的格局被切割成一个个狭短的回合，来不及期待，也不用对情谊做任何努力，就自然地滑入下一个篇章。这样的人，在我看来是无情的。

当然，总在旅行的人，他们有丰富的见识，平和的心性，通常很迷人。我喜欢与他们交谈，听他们说旅行中的见闻，内心却始终有戒备，不愿意交付太多感情。

如果去旅行，也不应当为此做过多规划，太强的目的性会消减旅行的乐趣。专程去看一处风景，不管多美，还是会失望。真实的事物总有缺憾，怎么也敌不过在头脑中的想象。

也没有在旅行中拍照的习惯。"摄影既是一种确证经历的方式，同时也是一种否定经历的方式。"苏珊·桑塔格也曾这样说过。拍下的旅行照片，很久之后将会对记忆造成一种限制和干扰。旅行的意义，于我而言，不在于当时看到了什么，经历了什么。而是这些对内心产生的影响——要过很长的时间，才能慢慢显露出来。所以，每次旅行之后，对我来说最重要的事情，便是遗忘，越快越好。唯有忘了，才能再现。

有时候是会这样：走在北方浓雾低沉的大街上，抬头看见矗立在立交桥后面、外形有些滑稽的大型建筑，不知怎么忽然想起热带公园里的一棵雨树，想起树下蓬松的落叶上，那只死去的松鼠。用树枝挖了小坑，铺上一层干草，将它埋进去。竟是很怀念，松鼠冰凉的脊背。又有一次，前夜喝了酒，早晨醒来昏昏沉沉，撩开窗帘，白日汹涌，恍惚看见一个被宽檐帽遮住脸的少女，帽子上系着一条刺眼的猩红色丝巾，花枝太满，几乎从丝缎上伸出来。她紧闭双唇，一直在流汗，却不肯摘下帽子——我不记得是从哪里见到她的。常常如此，从不相干的事物中，看到了从前的某次旅行。

那是非常奇妙的，让你忍不住张开怀抱，像是在拥抱一个多年前的情人。你并不想把他占为己有，你甚至怀疑他是否真的曾经属于你，但这并不重要，重要的是，你记起了他的好，所有的好。那种温暖，让你蜷缩在过去某个时间里，不想出来。

　　也许是把旅行视作情人的缘故，对它我始终抱有宁缺毋滥的态度。

　　这些年，许多次出远门，却始终没有给自己买一只好的皮箱，是因为害怕从此喜欢上旅行，喜欢上迁徙。这一喜欢，也许会是一生。

2

　　曾有一次旅行，在二〇〇五年春天，是终生难忘的。我和女伴Y去了泰国的普吉岛、皮皮岛，几乎毫无准备。时值东南亚海啸过去整整三个月。此前有几个夜晚，脑海中都是在满目疮痍的小岛上，人们重建家园的景象，一想到，身体就热了起来。好像有一种召唤，让我必须去那里。

　　来到那里，岛上到处是崩塌的房屋，破碎的瓦砾，荒闲中的人们继续着悲伤和凭吊，唯一忙碌着的是海边的轮船，每天都在附近的海域巡回若干次，收敛不断漂浮上来的尸体。那些肿胀的身躯，破破烂烂，像一封封来自彼岸的回执信。观光客早已敬而远之，只有少量到访者焦急地在海边奔走，打听失踪亲人的下落。那一次我随身带着照相机，并且不能免俗地拍下了眼见的所有。我不知道自己为什么这样做。这里的伤痛不是我的，始终与我无关，也不会因为拍摄下来，就与我产生联系。终归还是有一种猎奇的心理，照片甚或作为炫耀。

可是一切都因为那个夜晚变得不同。坐在网吧写邮件，忽然店主喊道，海啸来了。旋即就跑得不见踪影。我们来到大街上，人很少，只有几个惊慌失措的金发女孩，和我们一样不知该往哪里逃。我们跟上两个皮肤黝黑的少年，他们面色沉着，不懂英语，似乎是当地人，一路来到海边。他们跳上一只简陋木船，发动马达，放掉缆绳。我和Ｙ冲到水里，朝他们呼喊。这时的大海已经鼎沸，滚滚黑水向岸上涌来。一个浪扑过去，我们已经有半个身子浸在水里。挽在手里的挎包，被水泡着，越来越沉，简直就要提不动了。两个男孩起初并不打算救我们上船，继续向前开了一段，其中一个动了怜悯之心，二人起了争执，船又停下来，远远地向着我们抛下绳索。

我们被拉上船。他们丢过来救生衣，又拿一块结实的厚毡布给我们披上，就这样开始在茫茫大海中前行。抬起头，看到月亮，圆得几近挣裂。三月二十六日，我忽然记起这一天的日期。距离东南亚海啸过去整整三个月。月圆之夜，潮汐汹涌。这个被忽略的事实正在悄悄地展示它的魔力。

记起日期的那一刻，我感觉到，潮汐冲破了柔韧的皮肤，闯到身体里面来。海浪翻涌，漫沸，与之相比，外面世界的喧杂几乎可以忽略不计。有一种腥咸的味道在扩散。起初以为是打在脸上的海水。可很快便知道，不是。是更迫近和亲切的气息。从青春期以来，就很熟悉。

月经。潮汐。身体的周期和自然界深深印合，一切都是真的。我看到被打开的自己，像稀薄的雾气，悬浮于海面。

在一条颠簸的木船上漂流，生死未卜。月经突然而至。从未这样强烈地感觉到它，甚于初潮时的震慑。我微微起身，把那条金棕色、湿透的裙子拉展开，在身下铺好。没有卫生巾，这个念头一闪而过，现代文明带来的羞耻心。此刻已经消失殆尽。只有一种原始的依恋，对身体。和以往经历的月经周期不同，内心没有任何杂音，也不躁郁。只是坐在那里，静听体内和体外的潮浪交汇。

第一次，生出一种写作的责任心。在此之前，是没有的，从未想过用写作去影响或者改变别人。认为责任感之于写作，是虚妄的。可是此刻，我被一种责任感紧紧地抓住。它让你看到，自己与世界之间有那么醇厚的联系，不可放弃。也无法放弃，没有这样的权利，你不属于自己，而是和月亮、潮汐一样，属于自然界，或是更遥远和不可知的能量。

责任心，是在旷阔的空间里，找到了你自己。必须这样做，做下去，因为别无选择。生活的责任心，写作的责任心，都是如此。

不再害怕，扑过来的海浪有了热度，觉得温暖，和身下的血，来自同一个地方。

在安达曼海上，度过了整个夜晚。天亮之前，海水渐渐平息，也许因为，这是另外一片海洋。我们安全地到达一个小岛。

岸上等着我们的，是一片新天新地。在小岛上，我看到穿裙子的男人从庙堂里缓缓走出来，看到女人们坐在房前的吊床上，叽叽喳喳地说着话。两个男孩用摩托车载着我们，一前一后，在螺旋状的盘山公路上疾驰。四周都是浓密的植物，婉转的鸟鸣在暗处，雾霭从土壤中升起来，有一种蒙昧的香甜。我们很轻易地忘掉了海啸的事。这里太闭塞了，连灾难也无法抵达。

忽然转头发现，身后那辆载着Y的摩托车不见了。我被男孩带到山顶的某处荒弃了的房子里。几根残存的柱梁上也挂着白色的吊床，地上有碎散的烟头，也许是年轻人聚会的场所。男孩意欲对我不轨，我激烈地反抗。他害怕我大声喊叫，只是一次次靠近，试探我的反应。我愤怒地挣脱他伸过来的手，嘴上还在徒劳地劝教，用他完全听不懂的语言。神明、父母、善良……我几乎动用了所有可以唤醒良知的词语。我甚至捏起了血迹的裙角给他看，希望月经可以激起他的厌恶。可是显然月经在这个部落里，不是禁忌。他对此几乎是漠视的，只是继续着他的进攻。

写这一段的时候，我感到非常吃力。找不到合适的词语，描述彼时的心情。恐惧，痛苦，悲伤，愤怒……不是，不是这些。我似乎在思考一个更遥远的问题：如果失身了，那么它意味着什么？我是否要隐瞒这一事实——也包括对 Y 吗？我甚至想起了美国女歌手托莉·阿莫斯（Tori Amos），她曾被一个黑人侵犯，这件事成为她音乐道路上的转折，影响了她此后作品的风格。早先对她那种没有道理的喜欢，也许在今天之后，有了解释。

那段对抗的时间，非常漫长。长到我几乎已经接受了失身这件事。挣扎只是一种本能，如果 Y 没有及时出现，我也许就要抵御不住了。先前在船上的时候，确切获得的一种生命的责任感，竟那么容易丢弃。我以为自己获得了一种和自然界打通的能量。可它很快就消失了。

不早不晚，男孩载着 Y 从远处驶来。Y 喊着我的名字，跳下摩托车，奔过来抱住我。她抚着我蓬乱的头发，无限怜惜。"我没事。"我对她说，眼圈一下红了。"我也是。"她说。我们相视一笑。两个男孩聚在一起，说了些什么，纠缠我的男孩就从吊床上站起来，走出去很远，独自抽烟。

后来 Y 说，那个男孩也想对她做什么，但显然是太羞怯了，Y 只是狠狠地瞪了一眼，拼命摇头，他便放弃了。Y 心里惦记着我，又与他说不清，只好用树枝在沙滩上画，画了一个男孩和一个女孩。他看懂了，带着她来找我们。

这时已是天光大亮，所有属于夜晚的邪念渐渐被驱散。但他们似乎心有不甘，只好这样僵持下去。我们掏出湿透的钱包，给他们钱。所有的都拿出来，任他们取。他们商量了一下，载我的那个男孩抽去一张，一千泰铢。他看看我们，又看看那沓尚未被收回的钱，终于又试探着伸出手，多拿了一张，然后示意我们，够了，旋即腼腆地笑了。他其实对于索求，始终是羞涩的。

他们又恢复了和气。我们便问从这里如何去普吉岛。"普吉岛"这个词，是我们语言的唯一交集，他们听懂了，让我们上摩托车，虽然心有余悸，但这似乎是下山的唯一办法。我们害怕再分开，坐在摩托车上，一定要牵着手。那其实非常危险，车速如果不一致，就会跌下来，或是连人带车翻进山谷。男孩似乎有意戏弄，他们调整摩托车之间的距离，时而靠近，时而远离，让我们刚刚碰到的手，再一次分开。

整个下山的路途中，我和Y的目光一刻也没有从对方身上移开。我们无视男孩们的存在，大声说话。你是我一生中最重要的人——这一句，忘了是她对我说的，还是我对她说的。

在此后很长一段时间里，我努力忘记这次旅行，也许更重要的是，忘记这句越来越缥缈的话。直到Y已嫁作人妻，我将为伴娘的前夕，才又惶惶然地想起。

两个男孩把我们带到码头。早上有船去往普吉岛，我们买了票。时间还早，四人在船舱里坐了一会儿。他们用手势问我们饿不饿。要不要下船吃点东西。我们本应拒绝，哪也不去是最安全的。可是他们如此热情，我们只好又跟着他们下船，坐上了摩托车。

吃饭的地方就在山脚下，似乎是部落里的食堂。简陋的木屋里，有许多戴方形白帽的男人，缠裹头巾的女人，坐在长条桌旁，他们好奇地看着我们，却始终很安静，没有议论。食物并不丰富，包在竹叶里的碎肉和米饭，几乎是冷的，黏硬的糕饼不知是用什么米做的，颜色黄得吓人。有一台破旧的电视机，播放着早间新闻。马来语，我们听不懂，只是看到一组画面，大海扑向岸边，人们四处奔逃，房屋倒塌。

后来我们知道，前夜海啸没有来。但印尼发生了严重的地震，苏门答腊岛沉没。海啸通过地震来预报，所以当晚谁都以为海啸来了。

吃完饭，他们忽然又提出在四处转转。我们被带到他们住的地方。房屋悬空，用四根结实的木梁支撑，与湿润的土壤隔绝开来。四周都是疯长的植物，水汽从中升起，环托着木屋。在房前的树林里，我又一次看到她们——那些坐在吊床上的女人。距离上一次看到，只隔三两个小时，却仿佛是前生的事。

由于生育年龄早，经历相似，母女两代人看起来倒像姐妹一般亲昵。她们都很美，目光欢喜，嗓音澄亮。那种美是望不到尽头的，没有人会忧愁它的凋敝。我再也没有见到过那样一些女子，美人有许多，但美丽中总潜藏着不安、焦虑，那些美，很容易就用完了。

在《誓鸟》中，我写到了吊床上的女人，却没有尽兴。未免是太心急，只过了一年，她们的形影还很清晰，没有走远。也许要过很长时间，她们才能走远，并再次走到我的面前。

载我的那个男孩又从木屋里抱出一个婴儿，应当是他的儿子。那个孩子大概刚刚出生不久，没有襁褓和衣服，皱巴巴的褐红色皮肤裸露着，像一块红彤彤的焦炭。他抱着孩子朝我走过来，把他丢给我。然而似乎不是抱一抱这样简单，我想要把他再交还给男孩，男孩却闪身躲开了。对面坐的那些女人也只是微笑，没有人走过来把他抱走。我只能继续抱着，直到他在我的怀里睡着。

我始终不明白男孩的意图，很久之后和朋友谈起，朋友说，他或许希望你把孩子带走。这种部落里，孩子养得太多，一点也不珍惜，觉得你是有钱的人，所以想把孩子送给你。

即便当时明了，我当然也不会把他带走。只是想起那个曾睡在腿上，坚硬如小石头的婴孩，他的命运竟与我有牵系，不禁感到悲凉。没有勇气设想，倘若彼时把他带走了，之后又会怎样。

末了，婴孩被我不安宁的内心吵醒，大哭起来。温热的尿液从他的身下流出来，弄湿了我的裙子。我轻拍着他的背，他倔强地翻了一个身。我抱着他站起来，交给对面坐着的一个女人。她有些失望地看着我。孩子从几双手中传递，终于停在一个少女的身上。少女或者是孩子的母亲，十四五岁，解开上衣，露出硕大的乳房。孩子吮着乳头，又睡了过去。

我们起身告辞，又坐上男孩的摩托车。山风吹着湿的裙角，蒸腾的膘气里，是无处不在的人间欢愉。我也许不该否认，那一刻曾经闪过这样的念头，就此在这里生活下去……

我坐在男孩身后，扶着他的腰。与他相识一场，我看到他生活的地方，见过他的妻儿，甚至对他隐秘的欲望略知一二，而他对我的生活一无所知。他经年在海上摆渡，不知见过多少过客——大概很快就会忘记我。我却是不会忘记他的了。

他们送我们上船，船上已经坐满了人，多数是包着头巾的妇女，每个早晨去普吉岛做工。两个男孩在甲板上站着，直到船要开了，才走下去。我们起身，看到他们靠在摩托车上，用力地挥手。

我攥着那张写着这个小岛名字的船票，很想在若干年后重访这里。但最珍贵的东西被放了又放，小心地放好，却仍是在搬家中弄丢了。在地图中寻找，再也没有找到那个岛。找不到是对的，世界上没有多少重访有意义，不过是发一些时过境迁、物是人非的感慨。

两架照相机，浸水之后，都坏了。有一架后来修好，但照片尽失。现在看来，它们也毫无用处，不过是在掠夺别人的故事，和之后我们的经历相比，实在微不足道。

有关这次旅行，没留下丝毫凭证，除了记忆。但遗憾的是，由于它太波澜壮阔，我忍不住讲给别人听。一次次复述，把属于我的故事不断向外推，许多次过后，再说起的时候，心中忽然一凛，热情已经用尽，我仿佛是在叙述别人的故事。

拍照、叙述、书写，这些都是对记忆的损害。所以我怀疑，一个写作的人，是没有真正的记忆的。

在多次叙述、书写之后，我已经不确信，吊床上的女人，骑摩托车的少年，炽热的婴孩，他们是否能够再次回到我的记忆里来，那么贴近，让我可以闻到他们的气息，像那个夜晚和次日的清晨一样。

苏乎拉传奇

李娟

我第一次看到苏乎拉时,她正在北面峡谷口水流边一棵高大的落叶松下洗衣服。我和卡西走下山坡,遥遥走向她。走到近前,她抬起头来看我……当她抬起头来看我时,我真想立刻转身就走!

我真想立刻回家,把一身松垮垮脏兮兮的衣服脱掉扔得远远的,换上最最漂亮体面的那件衣服,把脸洗得干干净净,辫子扎上最鲜艳的发带,并穿上做客时才穿的那双鞋子……把自己弄得浑身闪闪发光。

然后,才重新走到她面前,让她抬起头来看我。

苏乎拉真美。见惯了我家卡西这样类型的牧羊女:香肠似的手指头、黯淡的头发、红黑粗糙的面孔,再回头看苏乎拉的话,忍不住深感奇迹!她总是温和而迷人地微笑,话语低沉而清晰,声音里缓缓流动着某种奇妙的惊奇感——似乎对任何细微的动静都入迷不已。

真是不可思议,这莽厚的深山露野中,怎么会出现苏乎拉这样光滑精致的女孩呢?在漫长艰辛的转场路上,是什么在保护着她,是什么东西在她身上执拗地闪光……她脚步所到之处,有眼睛的都眍大了眼睛，没有眼睛的就眍大心灵。她手指触动的事物，纷纷次第舒展开来，能开花的就开花，不能开花的就深深叹息。

苏乎拉不仅漂亮，细节和举止也和山里姑娘大不一样。她留着均匀修长的指甲，而我们为了劳动方便都把指甲剪得光秃秃的。苏乎拉平时穿的鞋子都很漂亮，我们只有去别的毡房做客时，才会换下破破烂烂的布鞋……苏乎拉能清清楚楚地说好些汉语，卡西只会对我说："李娟，这样！李娟，那样！啊，李娟！不要！！"

那天，卡西和苏乎拉蹲在溪流边长时间地聊天，谈论城里的事情。我在旁边一会儿玩玩水，一会儿揪揪草。心时远时近，不时暗暗打量眼前的美人，说不出的愉快。四周那么寂静，森林蔚然，天空高远。

突然，苏乎拉扭过脸来，用清晰的汉语对我说："我爱森林。"竟然令我不知所措。

回家后，我反复向卡西称赞苏乎拉的美，她却很不以为然。直到傍晚我们把牛从山谷上游赶回家，开始挤牛奶的时候，她才告诉我关于苏乎拉的事情。

原来苏乎拉好几年都没有进过夏牧场放羊，怪不得那么白，那么娇柔。

卡西说，去年的这个时候，她偷拿了家里的四万块钱和一个男孩私奔，两人到乌鲁木齐待了大半年，直到今年春天才被哥哥强蓬（其实是叔叔）找回家。卡西还说，因为这件事，苏乎拉八十多岁的妈妈（其实是奶奶）给气病了，很快去世。

听到这些，吃惊之余，反而对卡西有些反感了。卡西的口吻听起来满是厌恶与妒忌，许多强硬的结论无非都是听来的或推测的。无论如何，苏乎拉看起来那么美好，流露出来的气息足以让人信赖，让人纯然愉悦。也许她真的做过错事，但绝不会是有恶意的姑娘。一个有着如此平和温婉神情的人，我相信她的心灵也是温柔耐心的。

我一声不吭。我相信苏乎拉的纯洁。

苏乎拉和卡西是小学同学。于是我翻出卡西的小学毕业合影照，很快找到了苏乎拉。这才突然记起：原来这个小姑娘我是认识的。她小时候常来我家的杂货店买东西。那时她不过八九岁的光景，因为非常文静甜美，便印象深刻。

而十二岁的苏乎拉，稚气未脱，就已经艳媚入骨了。她在相片上轻轻笑着，在一群黑压压的小脑袋瓜中格外耀眼。

刚上初中她就开始被男孩子追逐。初二时，苏乎拉突然离家出走。传言中，她和村里的一个二十多岁的小伙子跑到乌鲁木齐，两个月后被家人找回。不到半年，她又被另一个男人带到县城一家饭馆打工。此后换了若干男朋友，频频偷拿家中的钱。最近的一次就是那可怕的四万块。她拿着钱去乌鲁木齐待了半年，并在一家短期培训班学习电脑操作。

后来有一天我和卡西到她家毡房做客。喝茶时，她不辞辛苦搬开沉重的马鞍和一大摞卧具，从最下面的一个蓝漆木箱里取出细心收藏的几张照片给我们看。全是和电脑班里的同学的合影。照片上的苏乎拉轻松愉快地坐在大家中间，完全是城里姑娘的形象，完全蜕脱了村野的土气，从一个傻乎乎的漂亮姑娘变成了轻盈精致的少女。

她说，刚开始听课的时候，老师说的话一句也不懂，幸好同学中有一个懂些汉语的哈萨克人，于是那个同学边听课边帮她翻译。半个月后，苏乎拉就能完全独立地明白老师的意思了。从那时起，她就一心学习汉语，一心想要改变生活。

可最终她还是回来了。回到原先的生活，心甘情愿步入原来的轨道，什么也不说，什么也不解释。

苏乎拉是做了很多错事，可又能怨她什么呢？她还那么年轻，神情和举止里分明还有童年的痕迹。大家都说，苏乎拉不好，苏乎拉坏得很，天啦，苏乎拉太可怕了！——可是，大家又都愿意同她待在一起，都喜欢在旁边近距离看着她，问她城里的事情，并相信她说的每一句话。

几天后，南面牧场要举办一场分家拖依，冬库尔的年轻人都会参加。我问苏乎拉去不去，卡西挤着眼睛替她回答："当然去！"

成人的宴席安排在白天，而年轻人的聚会则安排在深夜。从下午开始，卡西和加孜玉曼就不停地往苏乎拉家跑，把她所有的漂亮衣服试了一遍，最后一人借了一套回家。傍晚时我们把头发梳了又梳，换上干净鞋子，一身鲜亮地出发了。出发时天色还很明亮，等穿过森林和两条河谷到达那片牧场时，黑夜就完全降临了。

舞会持续了整个通宵。但苏乎拉没来。

几乎每一个年轻人都向我们打听苏乎拉的事："为什么没来啊？"

没有苏乎拉的夜里，连欢乐都显得平庸沉闷起来。

烛火飘摇不定，录音机时坏时好，房间昏暗的空气中一片白茫茫的哈气。我冻得发抖，蜷在毡房角落等待天亮。

突然也期盼着苏乎拉的到来。

十天后又有一场更为隆重的婚礼拖依举行了，这回苏乎拉表示一定会去的。可是我却不能再去了。这次路程太远，非得骑马不可，而家里的马全在外面放养，斯马胡力花了半天时间只套回来三匹。其中一匹是赛马，不让骑的，另外两匹就算两人共骑一匹也不够。我若去了，卡西或加孜玉曼就去不成了。于是我只好和扎克拜妈妈参加了白天的成人宴席。傍晚回来，和光鲜而欢乐的年轻人换了马，目送他们热闹地远去。苏乎拉和斯马胡力共骑一匹马，使得这个臭小子得意扬扬。

那场拖依非常盛大，深夜的舞会更是将夏牧场上方圆百里的年轻人都聚到了一起。

有苏乎拉在的夜晚，该是多么新奇美好啊！她不像别的牧羊姑娘那样搞得大红大绿、浑身叮叮当当，只是穿着浅色小外套、白色的薄毛衣、牛仔裤和运动鞋。在浓重的夜色里，一定缥缈干净得像一个从天而降的少女。

又过了十多天，我们离开了美丽的冬库尔，迁往下一个牧场。

因为路线基本一致，我们这条山谷的五家人把羊群合到一起出发，每家出一个年轻人参与羊群的管理。我家和爷爷家自然是勇敢的卡西了，她的同学亨巴特也来帮忙。恰马罕家是哈德别克，加孜玉曼家就是加孜玉曼了。

当听说强蓬家让苏乎拉去时，我大吃一惊！

转场时，羊群和驼队是分开走的。羊的路远远比驼队的路恶劣，据说一路上全是悬崖峭壁，而且大大小小数千只羊，孩子们得在陡峭的山路上来来回回上上下下不停奔波。劳动艰辛，天气又严寒，娇柔的苏乎拉能受得了吗？

我一心认定苏乎拉是城里的姑娘，肯定做不了牧羊女的活儿。连她会骑马这件事都让人吃惊，连她帮我把淘气的小牛系到桩子上时，熟练地随手挽一个扣结——都感到吃惊。那种结儿，若非一个有着长期游牧生活经验的牧人，轻易是打不来的。

天蒙蒙亮时，羊群和驼队从两个方向出发了。我骑在马上频频回首。

下午时分，我们的驼队终于在群山间一个绿茸茸的小山坡上停了下来。等我们卸完骆驼，扎好简易毡房，喝完茶，又睡了一觉后，孩子们的羊群才慢慢出现在东南方向的群山间。

直到傍晚时分羊群才走到近处。马上的苏乎拉捂着厚厚的围巾，只露出刘海下窄窄的一溜儿眼睛。解下围巾后，神色疲惫冷漠。

当天夜里大家只休息了两个钟头。第二天凌晨两点钟，驼队装载完毕，继续出发。天色大亮时我们进入了寒冷阴森的帕尔恰特峡谷。走着走着，突然听到斯马胡力说："苏乎拉在前面。"

我立刻快马加鞭赶了上去，之前骑马从来都没跑过那么快。

果然，她牵着六峰骆驼在前面林中石路上慢慢地走着。我松了一口气，太好了，不让苏乎拉赶羊了。

积雪皑皑的帕尔恰特峡谷林木森然，曲折连绵，永远也走不到尽头似的。我对苏乎拉说："啊，真好，帕尔恰特真是太美了。"

苏乎拉微笑着说："是啊。"却并不对当下的劳碌辛苦做任何评价。

当驼队终于走出峡谷，走到高处，翻过最后一个达坂后开始下山时，突然出了点儿麻烦。赛力保和媳妇下马休息时没有系好缰绳，马不知怎么受了惊，跳起来跑了。另一匹也跟着一起跑，赛力保一路呼喊着追下山去。

当时我正策马走在下方的石路上，回头看到两匹马狂奔下来，立刻勒停自己的马横在狭窄的路面上，想进行拦截。但毕竟有些怯意，那马似乎也感觉到我的不安，就蔑视地避开了我，远远离开路面，从山坡树林里横穿了下去。

而下方S形山路的拐弯处正巧走着苏乎拉。我冲她大喊了一声，像是希望她能把脱缰的马拦下来，又好像在提醒她躲开。

我看到她调转马头慢慢迎上去，狂奔中的马儿渐渐狐疑地放慢速度，最后胆怯了，主动向她靠拢。她不慌不忙策马走到近前，俯下身子拾起拖在地上的缰绳。啊，她截住马了！

——苏乎拉怎么可能是城里的姑娘呢？她游刃有余地把握着眼下的生活，熟知并透悉着自己的传统。她天生是这山野林海中的精灵……

在我看来，真是矛盾的青春与命运。

作为亲生父母的长女，苏乎拉一出生就被赠送给了自己的爷爷奶奶，爷爷奶奶过世后便和叔叔婶婶（称之为"哥哥嫂嫂"）一起生活。在她家的毡房里，悬挂着一张老妇人的照片，苏乎拉说是她刚过世的阿帕。如果卡西说得没错，应该就是那位因她离家出走而活活气死的老人。

苏乎拉的亲生父母在县城工作、生活。她给我看过一张她父母和她弟弟三口人的全家福照片。照片上，她的亲生父母都是年轻漂亮的人，穿着体面，她的弟弟也相当漂亮。她强调说她的亲爸爸能说一口流利的汉语，还说他最好的朋友就是一个汉族（最后说来说去，才知那个所谓的"最好的朋友"竟是我家老爷子……），流露出的意思是：如果当初没有被赠送的话，自己现在也是城里的姑娘呢。

可能这就是为什么苏乎拉会那样向往城市的生活。

大约在这个女孩子很小很小的时候，她就发现了自己的美丽，感觉到了命运的宠溺，并得知了自己的身世及生活的另外可能性。于是，当她刚刚长大一点点，刚刚强大一点点的时候，就迫不及待地扑向另一种人生。在她看来，那有什么不对呢？

她不愿寂寞，就接受别人的爱情；她想改变生活，就去学电脑；她渴望更丰富更美好的际遇，就去城市；她想明亮一些，再明亮一些，自信一些，再自信一些，就偷拿家里的钱……苏乎拉是一个多么小的小女孩啊！她过早地远离了少女时代的平凡懵懂，过早地领略了现实世界的匆忙繁华，但她无所适从，沉默不语。她不停地和不同的男子约会、拥抱、生活，她勇敢热情地接受他们，也许并非因为爱，而是因为她需要一种方式来介入截然不同的陌生。她努力地去爱他们也不是因为爱，而是在努力地尝试和适应那陌生。

想象一下吧：当这个孩子一次又一次离家出走，怀揣巨款，孤身面对整个浩大世界……看在她的美貌和孤独的分上，大家就原谅她吧！

那次转场，一路上我们与苏乎拉同行了整整两天，后来驼队和羊群在沙依横布拉克牧场分开。我们去往美丽的吾塞牧场，她家则去往更为偏远寒冷的边境处。从那以后，我们就再没有见过面了。

但是，关于苏乎拉的传说仍屡屡不绝地撩动着我们的生活，苏乎拉的痕迹仍布满这浩茫山野。

木材检查站的工作人员说："苏乎拉昨天刚刚经过这里。"

耶喀阿恰的杂货店老板说："这种款式的发夹苏乎拉也买过一个。"

牧业办的司机说："请快一点儿，苏乎拉要下山，正在前面十公里处等我。"

六月那场盛大的弹唱会上，大家都在猜测："苏乎拉会不会来呢？"

卖羊毛的季节到了。我们骑着骆驼，载着大捆大捆缠成团的羊毛，长长地跋涉过杰勒苏山谷，沿着越流越宽的河流往东走。走到一处开阔的三岔路口时，大家指着另一条渐渐消失进北面的崇山峻岭中的小路说："这条路，通往苏乎拉家……"

通往苏乎拉家的路！

我一次又一次路过那个三岔路口，勒马驻足，扭头往那边张望。是的，这是通往苏乎拉家的路，这条路指向多少年轻的心所渴望的地方啊！多少孤独的牧羊人同我一样，每每经过这里，都忍不住扭头遥望。从那个方向传来的消息经久不散地传播，越传越美丽。谁能真正得到苏乎拉的爱情呢？谁能永远把她留住呢？谁能把她的故事引向更为激动的结局呢？

这条路我永远也不能踏上了。苏乎拉与我短暂的交往如梦一样结束。苏乎拉真的是记忆中的某个人吗？她更像是这夏牧场的传奇，是眼下这种古老生活最后显现的奇迹。

此刻的苏乎拉又在干什么？她系着奶渍斑斑的围裙，拎着小桶，正走向乳房饱胀的黑色奶牛吗？一束洁白的奶水正从她手心喷射进小桶吗？一切深深地停止吧，生活请继续黏稠香腻吧。牛奶在金色火苗上煮沸，同盐一起兑入黑色的酽茶。更多的牛奶静置在花毡边神秘地发酵，暗自翻涌变化……美丽的苏乎拉，一生再也不会陷入慌乱了吧？一生再也不会左右为难了吧？所有的离开啊，归来啊，都无所谓了吧？那么，请在城市里继续迷恋新衣和情人，在牧场上继续醉心于古老广阔的情感吧！——再也不要去计较了……

美丽的苏乎拉，要知道，她今年才十六岁啊！十六岁就已经艳名远播，十六岁就在游牧生活中被刻下深重划痕……十六岁而已，能寄托什么，能断定什么呢？当外面世界里更多的九〇后女孩仍在深沉斑斓的童年中整理花瓣，迟迟不能绽放，十六岁的苏乎拉，十六岁就已凌空而越，跨过了我们不能想象的漫长的成长过程，十六岁已经铅华洗尽，十六岁就已经有了一双从容不迫的眼睛和心灵。是什么——是这山野里的什么——作用了她的最终抉择？然而十六岁的苏乎拉，人生刚刚开始，生命绵绵无期。我真心祝愿她美丽长驻、一生平安。

在湖北各地遇见的妇女

林白

二〇〇四年

洪湖老湾乡，2004 年 5 月

　　一路上风雨兼程。心中只觉得山河浩荡，且波澜壮阔。与友人约定，用三年时间，相伴走遍湖北。千湖之水原来就是这样藏着隐秘的呼唤，如同隐约的耳语。

　　但她们的笑声是很响亮的，甚至性感。

　　云很低，雨又要下了。空气中满是细小的水滴，比水滴还细，你看不见，但皮肤和眼睫毛却都是知道的。她们七八个人等在学校里，在二楼。

　　棉花苗已经长得一拃长了，油菜正在收。有不少活要干，好在下雨，她们就来了。

　　谁先说呢？

　　年纪大的先说。

　　四十九岁，张三英。她说她没上过学。全家九口人，三个儿子，两个媳妇。小儿子当兵，在福州，今年二十四岁，当了五年兵，回来过两次，可能有对象了。

　　她说现在生活可以，以前放鸭子，现在开米厂，加工一百斤粮食收一块二，一年有万把块收入。钱都花在孩子身上了，大儿子婆亲花了两万，三金花了三千多，金戒指、金耳环、金项链，在洪湖市买的。

你戴的金耳环花了多少钱呢？

家里养了猪吗？养了鸡吗？鸡蛋卖给别人吗？

娘家几姐妹？几兄弟？

张三英的后面六七个人坐成了一排，她们听着，就揭发说，她认得字！还会写！

就让她在我的本子上写她自己的名字：张三英。

八几年的时候扫盲，培训了五十天。七二年当妇女主任，入党了。"一打三反"工作组来搞的扫盲班，在晚上。还上过党校，洪湖市党委的。

如果现在有人教你，你愿意学吗？

她说想学，想多认得些字，告诉孙子。想学抄字，在米厂经常要抄字，有业务就要抄。爱人认得字，偷偷跟他学。五组的人名基本上会写了。

全村的名字认得，就是不会写。

银手镯？是媳妇买的，她打工，在广州的鞋厂。大儿子也在广州，搞电焊。过年回来一趟，都回来了家里就有八九个人，平常就是祖孙苦在（待在）家里。一年到头都有人到家里玩，有茶喝，打点小麻将，赌小钱，赌烟，开开心。

种多少田？只有三亩水田。种油菜，现在割光了，下秧苗，撒谷种。种了二亩半油菜，一亩地收四五百斤油菜籽，吃不完，换百多斤油，一百斤籽换三十二斤油。

生孩子在家里生，接生婆是本村的。合作医疗。生第一个孩子的时候二十一岁，提倡晚婚，当时是妇女干部，自己带头。做领导干部的，不带头就说服不了别人。盖了两层楼，1993年盖的，花了两万多。

汤仁美，1956年生的，也是四十九岁。

眼睛不行了，看电视看坏了。远视，看那边看得到。我从科里村嫁过来的，1981年嫁，自由恋爱的，有两个孩子，一儿一女。大的二十岁，儿子，上大学，襄樊师专，本科的。第一年考了五百五十分，考上本科没走，第一志愿报昆明理工大学，第二志愿是华中师范大学，报高了，没录取。现在挺风头的，拿到了奖学金。

原先种了十五亩水稻，别人到武汉郊区种蔬菜去了，田就给我种了。棉田也种了二亩七分棉花，种了七年。后来搞鱼塘了，不种了。年龄大了种田不容易。

丈夫不帮忙吗？

他是小学校长，能帮忙，亲戚也帮。

读过三年小学，家里兄弟姊妹多，有八个，我是老六，四个女孩四个男孩。我有想法，家里不让我上学，我想上，家里要我引伢（带孩子），就没去了。难过，没办法。后来上培训班，七八年、七九年。我七七年入的党，在党校扫盲。那时候经常去党校，一去就是个把月。村里也搞了，晚上扫盲班，青、妇、贫三方联合。妇女队长专门管，要写心得体会，背语录。

现在基本没有文盲了，我的女儿今年上高三，普通高中。我自己没读过书，现在让我的女儿多读点书。

来月经？叫"洗身上"，现在早，现在有十一岁就发育的。不来了就叫"转去了"。我是四十八岁转去了，早的有四十五岁的。我二十四岁结婚，我妈一辈子都用布，不能见阳光，晾在厕所里。我们用卫生带和草纸。以前有好多妇女病。有规定的，来月经、产期、上环，一个星期不干活。妇女干部管。有的男干部不愿意，说妇女光鬼（即麻烦事多）。

生了两个孩子的以结扎为主，一个孩子的以上环为主。孕检每月一次，自己自觉去计生服务站。原来收费五元，现在不收了，三个月检查一次，查上环的，查环查孕。

上环腰疼，月经量多，上环有时候没用，照样怀上。现在都皮埋了，只管五年，有人月经也不正常。计生的人说，皮埋增加性激素，人显年轻，就是贵，一百元。个人不出钱。我们村有两个皮埋的，没有副作用。现在妇女病少多了，以前特别多，一皮条子（形容特别多）。我当了十九年妇女干部，知道。

黄四新人最老实，肤黑且瘦，不太能说，不笑。但很认真。

读了两三年书，家里姊妹多，有七八个。在家是老三，八四年嫁过来的，从黄家口嫁过来的。有三十里地，是人家介绍的。

他家困难，就给买了两套衣服，到街上买的，他陪着去的。还买了一双鞋，皮鞋，青的（黑色的），现在坏掉了。腊月嫁过来的，办了上十桌，前后花了千把块钱。

有两个儿子，大的十八岁，小的十六岁。大儿子当兵了，在广西桂林，前年去的，虚报了年龄。他不肯读书，自己要去，没走后门，关关都过了。小儿子去武汉玩，住在我姐姐家。初中毕业就去了，让他学手艺，他说晓得的。走的时候给了他三百块钱。

现在养鱼，有鱼塘，养"四大家鱼"，一年的收入有万把块。主要是赚钱娶媳妇。去年寄了两千元给当兵的儿子，让他交朋结友。

结扎了。小儿子一岁多就结扎了。那时候老腰疼，活多，要干活，不能休息。丈夫有手艺，是个瓦工，有时候去别的村干活。一天有二十块钱工钱。

都爱用"娇丽"牌卫生巾，有两块的、两块五的、三块的。用"海飞丝"洗头，两毛钱一袋。小时候用洗衣粉洗，头发洗得很枯。母亲用草木灰洗头，用芝麻梗、黄豆梗烧灰，用布把灰包起来，泡在水里，就用这个水洗头，还洗被子。七五年、七七年，都用过。还用碱洗衣服，粉的，也有块的，烧手。碱是买的，用鸡蛋换，用多了衣服都会烧坏。

能认一点字，没有扫过盲，没有学习机会，以前学的字都忘记了。如果现在有人扫盲，愿意学。现在分田到户，各干各的，没多少时间，不识字的人也少。原来扫盲是公家的事，去扫盲有工分。现在单干了，没时间了。

几个女人中郑小菊最好看，圆脸，大眼睛，一笑一口整齐的牙齿。她不停地笑，不笑的时候眼睛里也满是笑意。说的是谈恋爱的事，大家都很兴奋，笑得很响，一直传到学校的大门口，在那等我的朋友都听见了。

他们很纳闷，这些女人怎么会笑成这样呢？真是太难理解了。

我跟他是娃娃亲，他是姑妈的儿子，表兄妹，不是亲的。十五岁的时候听妈妈说的，很认真地说。十三岁来的月经。以前过年过节看见表兄来，不明白，说他老上我们家来搞么家（干什么）？到八七年二十岁了，就结婚了。

两个人约会吗？他送给你东西吗？两个人去看电影吗？结婚之前在家里住过吗？他亲过你吗？他不来你想他吗？你送他什么东西呢？大家一次次笑得很响。

十七八岁的时候就约会了，他到家里来，平日就是空手来，过节的时候带酒和点心来，带茶来。茶指的就是点心，不是茶叶。蛋糕和金果，按节气，过年就是金果。每年春节，我送他一双鞋，是自己亲手做的，布鞋，鞋里放一双鞋垫，也是自己做的。

他有时候一个月来几次，骑自行车来。婶娘说，搞个瓜物堆，看它结不结果。就是说，我给你一根藤，看能不能结果。去看电影，到河里镇看电影，晚上，露天电影。看的有《一江春水向东流》《三打白骨精》，还有《瞧这一家子》。

一点都没有亲热，拉手、亲嘴，一点都没有，一直到结婚。未婚先孕更没有，绝对没有。下雨的时候就在我家住，不下雨就让他滚。怕别人说闲话。以前没有什么感情，娃娃亲。他不来也不想他，真的没想。

他送了一双袜子，还有肥皂、手帕。有时候把手帕拿出来看一看。袜子是尼龙袜，大红色，省着穿，想一次穿一次（这句话是旁边的妇女帮她说的，她笑）。有时候他也想亲你，有一点点，就赶紧推开，怕，亲热，就怕。

郑小菊六七年生的，三十六岁了。

马喜善比郑小菊小两岁，回族，她是自由恋爱，跟本村的青年恋爱。开始时我跟朋友说，要找一些文化程度低一些的妇女聊天，最好是文盲，我打算将来当志愿者，搞一个妇女扫盲班，编一个实用的识字课本。

喜善却上过高中。穿着也是最时髦的，墨绿色紧身高领上衣，上面有许多向日葵，眉毛修过的样子。前面的小菊是娃娃亲，轮到喜善，一旁的妇女抢着说，她是自由恋爱！好像她一个人的自由恋爱是大家共同的喜事。有一种喜悦洋溢在教室里，湿润的空气也有一点乐滋滋的。

他家里什么都没有！他跟我一样大，那时候也是二十岁，他家六兄妹，我家也是六兄妹。他长得帅，又是高中生，在小学当教师，现在转到高中教书了，教语文，他参加高自考，拿到了大学本科文凭。

我爸爸是教师，中学教师，妈妈是农村妇女，我上过高中，没毕业。队里只有我一个女孩上高中，别的女孩都干活。我就跟我妈妈说，别人都干活，我不要一个人读书，我也去干活。我这个人就爱做。

半年之后就去教小学，就跟他认识了。是同事，就认识了。我是回族，回汉是不能结婚的，我爸爸反对，我们谈了三年，最后结婚了。九一年结婚。没去看电影，是秘密的，地下的。开始的时候是心里知道，你心里喜欢我，我心里喜欢你（一个妇女插话：阴着搞）。

同村的好朋友第一个发现了，她观察，看眼神（好朋友在旁边插话：我第一年就发现了，后来我弟弟也告诉我了，我就成了她的嫂子）。

家里不同意，做了蛮大的斗争才结婚。结婚之后，生米做成了熟饭，就好了。父母现在很喜欢他，又有才，又乖，又孝顺，长得又帅。生了一个儿子，九二年十月十号生的，十一岁了，丑的地方像我，好看的地方像他爸爸。很满足，很幸福。

他是公办教师，我八六年当教师，九二年回村。种田，七亩，自己种（旁边的人插话：她特别能干，会做事，是"一棵手"，一棵手就是一把手，一把好手）。我什么事都不让他干，打农药都是自己打，要耕地就换工。

村里有喝农药自杀的妇女吗？以前有喝农药的，一年总有个把人，夫妻合不来，经济不好，喝"1605"，还有老鼠药，有的救过来了。想不开的都是女的。也有死的，死的最年轻的是一个二十六岁的，最大的八十七岁。她活得不冤了，儿子也孝敬她。她耳朵聋了，她八十多岁，儿子说：说不定我还死在你的前头。老太太平时都听不清，喊她吃饭她也听不清，就听到了这句"说不定我还死在你前头"，就这句听到了。

村里八十岁以上的有十个以上，有一个都九十了，活得蛮健旺（很健康）！

天正在黑，又飘着细细的雨丝，风一阵一阵的，有点冷。妇女们各自散去，只有喜善陪着我。这时我才知道她是现任妇女队长。她说，让找人采访，到哪儿找人啊！到处都在打菜籽，都忙，还好下雨不打了。有两个是下雨了才过来的。还有一个在栽棉花，我想找哪个？就看哪家事情做完了吧。看各自的农活。本来还有一个没谈，她要做饭，先回去了，叫但汉英，姓但，二十八岁，头胎生了一双女孩，就结扎了，是个计生模范。

公社合作化的时候每个队就有一个妇女干部，现在也有。当妇女干部待遇跟民办教师一样的，民办教师能转正，考试，达到分数线，就交两万块钱。现在民办教师一年三千，一个月三百，现在都转正了，叫聘用。

老湾街上有一个清真寺，每年开斋都很隆重。都信伊斯兰教。万一有谁不知道，把猪肉带到家里来了，就要挂红，放鞭炮。祖籍不在这里，听父母讲过，是一个叫野鸡滩的地方，是个小地名，不知道是哪里的野鸡滩。

和喜善说着话就到了路边张三英的家。一进门，堂屋里迎面就是毛主席像，十大元帅像。厨房门口贴了一副对联，蒸焖煎炒是×××，鸡鱼鸭肉××××，横批是调整美味。有趣，而且热闹。厨房里堆着土豆和柴火，有棉梗、汕菜梗，也有蜂窝煤和煤气罐，在雨天，更显热烈兴旺。院子里有一口井，井上有两层很大的盖，猪圈也在院子里，有一只母猪，两只小猪，正哼哼唧唧来回走。给母猪配一次种要花四十元。院子的后面还有院子，后院种着黄豆、空心菜、豇豆、菱角，还挖了一个甲鱼池，一亩二分。丈夫就回来了，她喊道：牛犊子，来人了！丈夫的小名叫牛犊子。

红安七里坪天台山，2004 年 5 月

　　红安有天台山，是明朝李贽晚年归隐处，又是佛教八大宗之一的天台宗诞生地，风光很好，也是山河浩荡。但是没有知名度。谁会想到上天台山呢？山上的松树石头和红色的野百合，也都有几分隐士的样子。

　　白天爬山还好好的，夜来风雨大作，树叶哗哗响成一片，抽掉了一整包烟。失眠。早晨起来看见窗外的树木草叶在风中奔涌，乱云飞渡，耀眼的绿色湿淋淋的，凄艳至极。只觉得触目惊心，像是有一片悲声直击心头。无端想哭一场。

　　但是刘汉珍却来了。

　　她的声音在走廊里响起，她是我的工作。工作总是好的，多少冲淡愁绪。就像一声响镲，把人的心思转移了。

　　便不再想心事，起床梳洗，对着刘汉珍微笑。

　　她也对着我微笑，她很好看，跟她的年龄相比，她的容颜要年轻上十岁。她说她已经四十五岁了，五九年生的，但怎么看都像三十五岁上下。她的微笑对我来说，就像是整个人间的微笑。她的声音也像是人间的款款低语，连绵不断的，带着体温。

　　她说的是捡一个女孩的故事。

　　九一年，在这里银行的路边，是别人看见的。村里的陈广娇叫我去看看那个小细伢，我那时候在小卖部做生意，锁上门就去了。走过去两三分钟，就到了。前面湾子的人把她捡了放在簸箕里，用稻草盖着她。天好冷，2月，下着雪，我穿着棉袄，家里还烤火。细伢没哭，湾里的人给她喂奶粉了，她没哭。不知道是谁丢的孩子，刚刚生的，十一点才生的，下午就捡了。

细伢的妈妈把她的生辰八字写上了，只有两块片子，一个帆布包。听三大队的人说，是来打工的河南人生的女孩，是他们扔的。生男孩就带回家，生女孩就扔掉。

我看那细伢好可怜，小脸都冻乌了，旁边的人让我捡回去抚到（抚养），我丈夫不同意，说：你没有帽，找个瓢罩倒。意思是你找个麻烦。他说你今天抚一夜，明天还送回原场。我说：要有人要，别个就捡走了，不能送回，送了就饿死了。

那天是清明节，公公来了。我说：他叫我把细伢丢掉，我说丢了就饿死了。公公就跟他儿子说：你要把细伢扔掉，你就放五百元在那给她。他就没吭声。就把孩子抚了。搞计生的公家人来，要罚款，要六千元，我说谁罚款，谁就把孩子抱走。没抱，还抚着。现在十三岁了。

我们两人给她取了名字，叫徐海霞。生得好，有我这么高，下半年就上初中了。她知道我不是她亲妈，有时候也打也骂。听话，还可以。

生儿子是在家里生，村里老人接生的。全是早产，七个月就生。怀孕的时候什么都干，承包了六百亩荒山，种杉树，天天爬山，开荒种树。第二胎生了就结扎，做手术，医生上门，村里有个小卫生所。

有一段我家没油吃，肉也没有，承包荒山，都投资了。现在树长大了，二十多年了，都成材了，如果不砍就太密集了，对树不好。现在没砍，投资出去没收回来，没收入，主要靠小卖部的收入。生意一般。砍树可以，划不来，脚力远，运不出去。也有人偷，得雇人看林，不用给钱，算帮忙。是一个河南人，他过来了没地方住，给他一个落脚的地方，有地种，他自己管自己。

原来杀猪，现在要定点杀猪，个人就不杀了。以前是我杀。

第一次杀猪是八六年，怕也没办法，为了生活。找人杀还得给钱，二十块。杀了卖肉，一星期杀一头，一天挑两遍去卖，走六里路，到河南去卖，那地方叫卡方。我丈夫他不杀，他按着猪，总得有人按着，他力气大，他就按着，我用刀捅，有时一刀捅死，有时两三刀才捅死。一共杀了有二三百头猪。两块多一斤，便宜。一头猪就赚四五十块钱。交税？小卖部是一年一交，一年两三千块税，现在还没减。

我娘家是河南新县，头门村。我高中毕业，七七年毕业，考大学，没考上，就在家种田。有两个姐姐一个哥哥，两个妹妹，还有一个弟弟，我是老四。大队让当妇女队长，当了一年。我娘家爸爸也是队长，几十年的队长。爸爸是残废军人，爷爷是牺牲的，爸爸享受待遇一直到他死。我妈是我爸当兵带来的。

我有个叔叔在湖北，是个残废，只有一只脚，二叔，叫二父。他一个人，家里让我来湖北照顾他，我就来了。这地方叫徐家旺，他在大队当村主任。七九年，我刚刚二十岁，开始谈恋爱，谈了半年。到乡政府参加一个班，会计培训班，一二十天。

在大队还搞过宣传队，过年过节，演点戏，唱着玩的。（唱的什么？）不记得了，都是老歌。时间太久了，记不得了，结婚以后就没唱过歌。（仔细想一想）《大海航行靠舵手》，边唱边跳，上十个人，打锣的不止一个，有四五个，有拉二胡的。还坐过竹船。白天干农活，晚上排练。白天排练就记工分，就几分，一天一个劳动日，二角九分钱。大队有个苹果场，场里有知青，是回乡的知青。从初一演到十五。（演的什么？）《国际歌》、陕北民歌，还有《英雄儿女》《红灯记》《映山红》，都忘记了，你不唱，我一句都记不起来了，很多年不唱了，结婚以后就没有精力唱歌了。八〇年结的婚，买了一台缝纫机，花了一百四十元。

我跟他谈恋爱，他家大人不喜欢，他原来有定亲。我就跟他说：你要是喜欢我你就把亲退了，什么东西都不用你家买，你给那女孩买的东西就算在我头上，我不要！他就说退。

退婚的时候买了十斤猪肉，还带了点心去退。当时他去退亲，没跟这家大人讲，在那家也没跟女孩讲，不敢讲。那个女孩把他送到半路，在半路上才讲，说完他就走了（旁边的一个妇女说：太残酷了）。回来就对我说，已经退掉了。

我自己就到他家来了。他家大人不高兴，原来的那个女孩个子比我大，能干活。他就跟大人说，我要智力不要体力。当时女孩上高中的很少，我是当地第一个。什么都没买，袜子、手绢，他也没买，大人也没买。

缝纫机是我要的，是他自己的钱。

现在有肉吃，统一价，七元一斤，个把星期能买一次肉。鸡蛋三块四一斤，比武汉还贵，武汉才两块八一斤。油是菜籽油，四块一斤。这里是林区，种不了油菜。学费每学期一百零六元。大儿子现在在常州搞御膳，小儿子在家，去广东打工，在电子厂。

说完话仍风雨不住。下山。漫山郁郁葱葱。

乡村修女，2004年8月，利川

觉得修女应该穿着宽大的黑色修女袍，头发裹得严严实实，只露出一张贞洁肃穆的脸。但胡修女剪着运动头，穿着粉红色的T恤。在中国农村，湖北恩施利川的山里，修女就是这样的。

来到花梨岭天主教堂是一个意外，本来只是去鱼木寨，却来到了这里。山高水深，教堂在山坡上，拾级而上，发现这天主教堂规模很大，完全不是我在河南濮阳看到的乡村小教堂。横楣上有"赐建"两个大字，是乾隆皇帝赐建。教堂里有一个神父，毕业于北京神学院，年轻俊朗，脸部线条很有雕塑感。请他向我们布道，他却只说了宗教流派、宗教历史等知识性的东西。

下了山坡，一个大院子就是修道院，他们管这叫女堂。砖房，楼上是木板房子，有回廊，栏杆是陈旧的暗红色，有一种年深日久的安静。

胡修女的教名叫加辣，她写在我的本子上，我感到意外，为什么不写成加拉，或者加纳。胡土葵修女生于1972年10月，教友家庭。初中毕业在家待了一年，哥哥的朋友推荐带她去武汉、上海参加教友活动。1991年上了宜昌修女院，念五年书，有三十多个同学。毕业后在荆门三年，后来又回宜昌，最近才调到这里，恩施利川花梨岭天主教堂修道院。

旁边有人问：修女能结婚吗？要是有人爱上你怎么办呢？

她说修女不能结婚，一年一发愿，如果不愿意当修女，可以退出，连发九年暂愿才可以发终身愿。准备发终身愿了，要自己先申请，教区要考虑较长的一段时间，很慎重。最后有一个仪式，发终身圣愿。胡修女早就写上申请了，她说每个人都有爱的权利，也有被爱的权利，但如果发了终身愿，若有人追求，就应该拒绝。

花梨岭天主教堂有五个修女，老修女三个，年轻的有两个。段修女学医的，今年七十九岁，有一个已经九十四岁了，还有一个七十七岁，朱修女，教名玛利亚。

房子很老了，楼上是修女住的地方，房间里仅一张床，床头柜、书桌一概没有，糊墙的是旧报纸，看不出是什么报纸，没有图片报头，全是铅字，密密麻麻的。木地板、木墙、木窗。木头颜色年深日久。老修女在院子里走来走去，拄着拐杖。

院子里有树有花，有竹椅子。十个小孩排成一排，九个女孩，一个男孩，他们唱圣歌。曲子是上世纪八十年代红歌星程琳的《妈妈的吻》，"在那遥远的小山村，小呀小山村"，"妈妈的吻甜蜜的吻，让我思念到如今"，改成了"亲爱的主，亲爱的主，爱我们到如今"。

在深山里，奉献给主的岁月就是这样的。而另一个人，把自己献给文学的人，由于命中的机缘，来到这里，她们短暂交谈，擦身而过，她们本质上是同一类人。她们有一天会重逢吗？

有关胡修女，我写了一首诗，末尾一段是这样的：

我们是世界的两粒珍珠
丢失在不同的角落
在通往彼岸的路上
遥遥相望

2004 年 8 月 25 日，武昌东湖

说明：本文中的地名为实名，人名为虚构。湖北方言至今仍保留大量古音古义，为尽量减少阅读障碍，本文多处用发音相近的字代替。

100°C

生存与希望

100℃，喑哑的溪流也升华为气体，呐喊着，习以为常的事情竟开始悄悄发生改变……

回头的路

行超

赶回家的时候，她就躺在那个小小的木棺里。

原来一个人竟然这么小吗？一生中所有的宽敞、明亮、柔软在此刻顿时化为虚无，在已经凝滞的未来时间面前，它们都将随着肉身一起消亡，最后不过是挤入这局促的空间内，如此孤独地，被隔绝在另一个世界。

客厅已经搬空了，只看到花篮、花圈和五颜六色的纸扎簇拥着那张最后的照片，既热闹又悲怆。无论门外多么喧闹，无论哀乐放得多么大声，这里却始终奇迹般地维持着一种静默的气场，黑暗中，唯有制冷机的轰鸣声，一刻不停。

奶奶的棺材是爷爷多年前买的，那时候不到 60 岁的爷爷已经为两人备好了寿材，经年累月地存放在久无人居住的老房子里。如今这棺木渐渐渗出了时光的蜡油，散发着木质特殊的香气。即便在农村，这样的寿材今日也不多见，因为费工。"画棺材"的仪式是在奶奶走后第二天正式启动的。一大早，从临县请来的专业画匠开始了他繁复的工作：第一层，先用腻子抹平木质的纹理，接着刷一遍黑色的底漆；第二层，描上"二十四孝图"——这是专属于女性逝者的图案，生前是为规训，死后则代表着荣耀。若逝者是男性，则要画上"八仙过海"，以显示其智慧与功绩；第三层，着色。由是，那悲痛的浓黑色基调竟又涌起极其矛盾的鲜活；最后一层，上亮油。经过整整一天的装点，那个几十年后终于派上用场的木箱子便成了结结实实的灵柩，不久前那种朴拙的原木色被替换为掷地有声的沉重与压抑，它立于此处，这场漫长的告别于是开始。

倩倩

倩倩生活在另一个城市，一大早就驱车赶来。我看到她一个人坐在奶奶的棺材旁边，失神地望着，便走过去，抱了抱她，却已经想不起来我们有多少年没见面了。两人默默无语一阵，倩倩红着眼睛转过头来告诉我，她的名字是奶奶起的，"倩"就是"欠"，奶奶说，"是我们欠这孩子的"。

倩倩是我表妹，比我只小一岁。她的身上有一种模糊的年龄感，她皮肤白白的，脸蛋红红的，声音小小的，说话时不怎么直视对方，说是个中学生也不为过。但她身边那只不断响起的手机以及随之而来的繁忙业务却告诉我，这显然是一个比同龄人老到、干练的成熟女性。我完全不知道她什么时候长成了今天的样子，但她的每一次改变似乎都不令我惊讶，她身上所发生的一切都是惊心动魄却又合情合理的。

在我记忆中，倩倩只是个害羞、寡言的小姑娘，似乎只有每年过年的时候我们才会见到她。每个大年初一的上午，倩倩都会来看爷爷奶奶，我们一群孩子在屋里玩，就听见院子里大人们喊着，倩倩来了，然后隔着窗户看到她走进楼上爷爷的房间，坐一小会儿，再下来跟我们打个招呼。没多久，大人们又喊道，倩倩走了。小时候我只是隐隐感觉，倩倩与我们的关系是不一般的，那种关系既近又远。近在于，凡有任何重大节庆，倩倩都需要参与我们相同的仪式，坐在与我们最近的位置；远则在于，她的日常生活我们全不熟悉，几乎只是一个存在于讲述中的亲人。那时候的我来不及细想，只知道她是我的妹妹，亲戚们都说我俩长得最像。

很多年之后，我才在家人的只言片语中得知，我曾短暂有过一个大姑，生下倩倩不到一年便投井自尽。年幼的我对此全无记忆，只记得之后每当提起她，奶奶都会沉默着低下头，摆摆手，其他人也不再多说。在那些被小心珍藏的泛黄的老照片中，我艰难地辨认出她的模样。如同大家所描述的，我的大姑有着倔强而坚定的眼神，在村里，她割麦子最快，家里收拾得最整齐，村里人一起看露天电影时，她总能用不知哪里学来的知识为大家"解说"。大姑性格刚烈又博闻强识，不仅没有农村妇女习以为常的内敛、乖顺，还有着不合时宜的对另一种生活的渴望，直到快 30 岁了，才在媒人的说合下草草结了婚。这样的女人，几乎是一早就注定了悲剧的命运，但她却至死都对此浑然不觉。又过了很多年，当我也成为一个需要面对婚姻与家庭的女性时，才真切体会到这故事背后彻骨的寒意。

直至如今，大众对女性的产后抑郁依旧很难客观认识，许多人认为，那不过是"娇气""矫情"的表现。30 多年前，在那个贫穷而闭塞的北方农村，人们更是不知"抑郁"为何物。大姑一辈子都没能走出那因禁了自己一生的小山村，还没等到过上她一直向往的新生活，没等到身边有人能够理解她的"古怪"，便匆匆离开了。邻居后来说起，刚生下倩倩的时候，姑父在城里打工赚钱，大姑一个人守在农村的空房子里照顾女儿，有时邻居串门，她就看着自己怀里的那个小人儿问，姐，你说这么小个娃娃，我怎么可能养得大呢？那时候邻居只当她说痴话，农村妇女，哪个不是生好几个孩子？又有哪个孩子是养不大的呢？

印象中，我从未见过这位姑父，从小女孩时期到现在，倩倩从来都是一个人来，一个人走。即便奶奶葬礼当天，他亦称病未到。我不知道我们家与他的交往是从哪一刻开始戛然而止的，更无从知晓他的生活、他的情感世界。在农村，这算不得问题，更没人会因此苛责这个本就够可怜的男人。乡土社会对于人情有一种微妙的把握，相比那略显虚无的情感，他们大概更信任血缘——无论是生而携带的宗族关系，还是后天签订的婚姻契约——你是一家人，那么赴汤蹈火在所不辞，而这份关联一旦断了，那情分也就差不多断了。

无论如何，倩倩只能自己长大了。

我刚上大学没多久，倩倩就结婚了。那年我一个人辗转从北京赶回去，参加了她在农村举办的婚礼，第一次如此近距离地围观了一个同龄人即将开启的婚姻。在一片混乱的喧闹与红火中，两个不过是小孩子模样的"夫妻"被人潮簇拥着，稀里糊涂地享受着幸福。那一年，倩倩刚满18岁。

时间该是有相对论的。很多年后再次回到农村，那里静得没了声音，时间也仿佛停滞了。于我，这漫长的人生乏善可陈，不过是读书、再读书，工作、再工作，而倩倩的人生却总是充满着惊涛骇浪，我不断听到她的消息：她很快当了妈妈；两口子外出打工，开公司、当老板；她又生了一个孩子；她的公司在当地做到最大，很快又开到其他城市……这些精简到极限的信息背后，是倩倩高密度的人生，她几乎是在以我的几倍速度经历着人生的各个阶段，我猜，她的每一天都是翻天覆地似的，她的每一天都充满变动又迎向未知。可再想想，这翻天覆地的人生背后，该是有多少无路可退的无奈。

奶奶下葬前一天，我们一起去村里的祖坟扫墓。不远处，是归属于生前丈夫一家的倩倩妈妈的墓。说是墓，其实不过是荒草丛中的一个小土包，30年的日晒雨淋已经几乎将这里夷为平地。因为丈夫尚且在世，大姑的坟前一直没有墓碑，只能根据旁边那棵路标般的老槐树来判断位置。坟前有祭扫过的痕迹，想必是姑父一家也来看过。这个与我的人生擦肩而过的至亲，我第一次离她那么近，30年过去了，如今我已长成至她离开时的年岁，自以为在那些道听途说的故事之后，渐渐与她达成了共情，然而，如果真能穿越时空回到30年前，这隔岸观火的情感真的可以缓解她的痛苦和绝望吗？

深秋的北方干燥而寒冷，正午的日头映出了空气中的浮尘，偌大的山坡上空无一人，唯有层层叠叠枯黄色的干草与黄土。这块土地承载着又埋葬了大姑短暂的人生，但她真的属于这里吗？此刻，我所感受到的四周阔大无边的寂静，在大姑的人生中漫无尽头，于她，这寂静一步步内化为孤独，而这日久天长的孤独，在乡土社会又实在是难以启齿的。我们在这个小土包前面烧了很多很多的冥币、寒衣、纸元宝，直到双眼被浓烟熏得快要睁不开，直到那青烟覆盖了目之所及的整个上空。小姑一边哭一边跟她地下的姐姐说，咱妈也过去了，到那边你要好好照顾她。

广全

我从小就知道，我有一个"老家"，还有一个"老老家"。"老家"是爷爷奶奶生活的地方，是我每年寒暑假都要回去住上几天的那个小县城；"老老家"是爸爸的"老家"，也是爷爷奶奶搬来县城之前居住了许多年的村庄。小时候我总是缠着奶奶带我去"老老家"，仿佛去往一个陌生而新奇的世界。每次回去，我们都住在奶奶的弟弟家，我们那里叫老舅。老舅家在村里最远的地方，需要爬过一个荒芜而尘土飞扬的大坡，才能看到高处老舅家的两口大窑。窑洞、暖炕、风箱，我对北方农村传统器具、日常生活的全部认识，几乎都是在那里习得的。

幼年的记忆一点点远去，如今早已所剩无几。只记得老舅有个怪脾气的儿子，叫广全，他很少说话，脾气却倔得很。小时候我常常听到他被大人们呵斥，内容我一概不知，但那种恐怖的氛围却让我至今难忘。与他的姐姐一样，老舅一生蔼然待人，性格温和，甚至有时显得软弱，大概只有在家人面前，他身上属于典型北方汉子的一面才会被激发出来，尤其是在咒骂自己那不争气的儿子时，老舅的嗓门会忽然变得又大又生硬，声如洪钟、气势磅礴。在城市里，我几乎听不到这样的声音，城里人吵架，无论如何到底还是有碍于面子，音量、措辞也多少有所保留，又或者是因为缺少了庄稼人的底气。广全叔好像从不反驳什么，那些高分贝的叫喊只属于他的父亲，他的沉默让老舅的呵斥越发铿锵有力，带着一种绝对的权威性和合法性，如同这个男人在他家庭中的地位一样，容不得一点质疑。

乡村的夜晚是一种透彻的黑、极致的静，一切都服膺于自然的法则。在那些静谧而漆黑的夜晚，幼年的我无数次被老舅的声音吓哭，奶奶一改平日的慈祥，严肃地告诫我不能出声，小孩子在别人家哭闹是很不礼貌的。于是，我一边强忍着自己的泪水，一边压抑着心中的恐惧。有时候，奶奶会从屋里走出去，劝阻正在院子里破口大骂的老舅，但她好像一辈子都没有那种向他人辩解、抗议的能力，即便是面对自己的弟弟，她不过只能又心疼又无奈地说，别说娃了，娃可怜的。

正是因为那些夜晚令人生畏的呵斥声，我心里一直对广全叔保持着某种疏离，似乎从那时起，我就认定他是个不听话的、可能给家人带来麻烦的"坏孩子"。那时候的我尚不能理解，即便是最亲近的家人之间，亦会出现难以消除的隔阂，甚至，我们对待亲人的包容程度，有时还不如对待一个陌生人。有那么几年，广全叔几乎成了全家的矛盾中心，不仅是老舅，大家说起他来不是唉声叹气就是捶胸顿足，他是这个完美家庭中的不和谐者，或者直接说吧，他几乎成了全家人一起用力隐瞒的秘密。渐渐地，人们的呵斥、哀叹变成了漠视和遗忘，广全叔的名字越来越少地出现在大家口中，而我也有20多年都没再见过他。奶奶的葬礼上我才听说，广全叔离了三次婚，如今50多岁了，还是个单身汉。童年记忆中的那些呵斥也大多来源于此。广全叔干干净净，不说一表人才，但在农村也算得上相貌出众了。没有人说得清到底为什么，他就是无法像所有人一样循规蹈矩地成家、生子，这些村里人看起来天经地义、最简单也是最基本的事，在他的人生中屡屡成为越不过去的坎儿，而他又一直用沉默和试错对抗着所有人，及至如今人到中年，他依旧紧闭着自己内心的那扇门，好像也从来没有谁认真地试图走进去。

广全叔的花篮与他的几个兄弟一起，摆放在奶奶棺材的两侧，看起来是很重要的位置。他的几个兄弟现在个个出人头地，有做生意的，有在国企当干部的。与他的兄弟们站在一起时，讷口少言的广全叔，以及他的肤色、眼神、穿戴，竟显得如此格格不入。这么一大家子人，好像只有他始终停留在最初的起点，而他的兄弟们、他的乡亲们却早已跑出去很远。

这是那个总被长辈训斥的广全叔吗？

我只看到他，每天都是最早从村里赶来，天还没亮，已经在帮忙搬东西、扫院子；又是最晚回去，直到人潮散尽，独自把这一整天的狼藉全部收拾干净，第二天一早再来。红白喜事向来是农村最重要的社交场合，即便是在夜以继日的哀乐声中，即便四周充斥着肃穆的挽联、花圈，葬礼上依然弥漫着荒诞的喧闹甚至笑声。唯有广全叔一如既往地沉默着，人们七嘴八舌的时候，他只是远远地看着，偶尔凑过来听一会儿，从不插嘴，也似乎没有人注意到他的存在。有一次我走到他身边，刚要听听大家的谈话，广全叔立刻站起来，示意要把座位让给我。我赶忙请他坐下，他却说要去干活了，笑眯眯的一双眼睛看着地，脚下迅速地离开了。

到底怎样才能将记忆中那个常年被大家排斥和看轻的"坏孩子"与眼前这个任劳任怨的中年人联系在一起？广全叔一生没犯过什么大错，用老舅的话说，甚至老实到了"憨尿"的程度。他既没能力像他的几个弟兄那样走出农村，去挣钱、当官，去折腾出一番新的生活；又不能忍受重复他父亲的一生，像所有的庄稼汉子那样，春种秋收、娶妻生子。广全叔这大半生所遭受的一切，无非来源于人们对这种难以被归类的人生的排斥。在那个传统的北方农村，祖祖辈辈的人们年复一年地传承着面朝黄土背朝天的生活，一代代沿袭着约定俗成又根深蒂固的观念。日出而作、日落而息，亘古不变的生命节奏让人们逐渐形成了对重复、安稳生活的崇尚，那些有出格之举、打破常规的人，在这里显然是不见容的。如今，即便是在号称最开放包容的一线城市，我们依然难以接受所有的离经叛道之人，可以想象，在那个闭塞的小山村，勤劳、沉默，又倔强到固执的广全叔，就这样数十年地背负着自己一生最大的罪过。

奶奶的葬礼上，广全叔是最忙碌的身影，却又是最没有存在感的人，他没有大嗓门的呼喊，也从不跟谁套近乎，那些省城来的客人，他更是一步都不会靠近的。广全叔似乎早就给自己圈定了一个世界，他的世界一如乡村的夜晚，一成不变又静得出奇。他大概早就坦然接受了自己平庸无能的人生，此外的生活、他人的好福气，他既不奢求也不羡慕。如今这个村里大部分人都在外做生意，多的是在大城市生活的老板、大款，但即便是最落魄的时候，广全叔也没有开口找过他的哥哥们，靠着卖力气，总归也能生活下去。

广全叔辗转过很多地方，打过很多种工，不过都是为了糊口。广全现在在哪儿干着？我听到爸爸问他。又看到他低着头，笑眯眯地说，在一个大厂子里当苦力，稳定呢。话里没有一丝苦楚，甚至有种劫后余生的幸运感。

村里人说老舅妈最近"糊涂了"，这么个生活了一辈子的小村子，她居然常常找不到回家的路。如今，老舅全家的孩子都发达了，在县城的、在省城的，还有在北京的，只有这个最没出息的广全叔，这个打了一辈子光棍的、遭人嫌弃的儿子，还守在村里陪着他的糊涂妈。

宏明妈

奶奶的墓地在村里一处高高的土坡上，离祖坟有点远，是不久前才选好的新坟。坡下面不到百米远的地方，有两处相依为命的小土包，那是奶奶生前的好朋友，两口子离世已经快十年了。如今他们前缘未尽，竟又以这样的方式再续。

随着爷爷工作单位的变化，一家人在县城搬过好几次家，性格内向的奶奶却几乎跟所有邻居都能成为朋友。现在的住处附近，有好几个与她年龄相仿的老太太，天气好的时候，她们常常坐在一起聊天、打牌。我陪着奶奶去过一次。在她们的社交圈里，奶奶并不是中心，偶尔轻声慢语，大多数时间只是安静地听，跟着大家一起开心地笑。大家却很喜欢奶奶似的，那一天，看到奶奶走过来，人群中笑得最爽朗的那个老奶奶从身后掏出两张小垫子，重叠着给奶奶铺好，让她坐到自己身边。后来我问奶奶，为什么她给你两张垫子，别人却一张都没有？奶奶哈哈笑着，知道什么又不告诉我似的。

出殡那天一早，几个老奶奶互相搀扶着前来祭拜。看着她们静静地抹泪，爸爸膝下一软，泪如雨下。

村里当然也有奶奶的好朋友，我见过其中一位。我不知道她叫什么名字，只知道她儿子叫宏明。于是，像绝大多数中国的农村妇女一样，这个奶奶几乎一生都被大家叫作"宏明妈"。几个月之前，我跟爸爸一起回村看过宏明妈，她家是一个宽敞的农村小院，院子里晒着刚摘下来的花椒、辣椒，一进门奉着一张黑白的男人照片，那是宏明爸，已经走了快20年，宏明妈也就这样一个人守了这空荡荡的院子20年。我们给宏明妈留下一些过节的礼物，并不贵重，却都是奶奶亲手挑选又一一嘱托过的。临走时，宏明妈硬要塞给我们一包自己炸的花生米，还有一把自己扎的小扫帚。爸爸怕她劳累推说不拿，她拉着爸爸的手，凑近他问，村里的东西，你嫌不好？又笑着将那些东西推了过来。

宏明妈瘦瘦高高的，穿一件洗得见白却很整齐的西装，还戴着一副黑框的近视镜，在农村妇女中实属罕见。年轻的时候，爷爷在县城工作，每个礼拜回村一次，奶奶带着几个孩子生活在村里，一边种地、做农活，一边照顾家庭、拉扯几个孩子。宏明妈也差不多，据说她男人不爱干活，庄稼地里、自己家里，里里外外都是宏明妈一个人在忙碌，如今鼻梁上的那副眼镜，多半就是年轻时摸黑做针线活带来的。

听说这两年宏明是红人了，十里八村的红白喜事，都是他带着自己的厨师、帮厨在张罗。操劳了一辈子的宏明妈，如今也可以享享清福了。奶奶牙口不好，喜欢吃软的、甜的，只要有熟人顺路，每次宴席过后，宏明都会嘱人捎来一碗软糯的甜米——如今只是那些碗，都已经在我们家摞成了小山。从县城到村里不过十几里路，说起来并不算远，但受限于各自越来越沉重的身体，奶奶和宏明妈这么多年其实很少见面。两个农村妇女，也不会用手机，很少打电话，就是隔着这一袋花生米、一把小扫帚，还有一碗碗甜米，年复一年地遥遥相伴着。

奶奶走的前两天，宏明妈特地从村里赶来，那天奶奶精神很好，两人聊了很久，临走时奶奶下床将她送出去，还一起走了很远的一段路。那一天，奶奶刚做完她人生中的最后一件衣服，那是一件藏蓝色碎花的小棉袄。我至今仍不忍想象，她当时究竟是如何挨过那几乎将她吞噬殆尽的病痛，又是怎样用尽自己的最后一点力气，完成了在她看来比自己的生命更重要的任务。奶奶这一生，不知为自己的孩子、孙子，以及一切有血缘没血缘的亲戚朋友做过多少衣服、纳过多少鞋子。她常说自己什么都不会，只能做点这些没用的事，我却不知道，哪里还有超越这些琐碎平凡之物的爱。

在做好了那件小棉袄、送走了宏明妈之后，奶奶像是松了口气似的，在床上昏睡一天一夜，凌晨时分便与世长辞。而这让我们措手不及的离去，其实她自己心里早就有数了。后来我才知道，那天下午奶奶跟宏明妈说，我身体不行了，我走的时候，你来给我穿寿衣吧。

宏明妈果然来了。放在奶奶棺材下面的那些小桌椅，都是她亲手做的。出殡那一天，院子里喧闹至极，一阵阵呼喊紧接着一阵阵悲号，人们各司其职地沉浸在这最后的繁文缛节之中，忙碌、繁杂几乎覆盖了悲伤本身。宏明妈静静地不发一言，整个上午，她一个人在里屋默默叠着纸元宝，白色的、金色的，几乎铺满了整张床。我看着埋首其中的她忽然意识到，在这漫长的人生中，奶奶与宏明妈互为彼此的镜子，她们那样牵挂对方，也许就是对另一个自己的惦念。如同一生中的所有时刻那样，她们如此柔软又如此坚强，奶奶临走前缝好的最后一件小棉袄、宏明妈仍在不断折叠着的纸元宝，正是她们所能想到的、几乎是唯一的爱的方式。在那些被寂静与枯燥覆盖的日子里，作为被规训的农村妇女，她们从不认为自己有多大本事，唯有缄默无言地持续付出。到最后，如果真的什么都不能改变，那么就去忍耐、去承受，正如她们一直所做的那样。

　　宏明妈没有跟我们一起送奶奶的灵柩下葬，在农村，那并不是女性被允许出现的场合。按照习俗，整个下葬的过程都不可以哭泣，否则，故去的人便难于安宁。这场最后的告别中，除了人们的轻声耳语，就只剩下空气中火焰呼呼燃烧的声音。那声音仿佛沉默如谜的呼吸，又像是坚硬而沉重的顽石，压在人们心头。我感到窒息，不是因为哀伤或者痛苦，而是为这沉默与安静。漫天黄沙中，我想起了大姑，想起她生命中曾经一望无际的孤寂，又想起广全叔，想起老舅家那些一成不变的夜晚。他们是如何用一生面对这黄沙，他们是怎样挨过了这无尽的死寂，他们又可曾有片刻感到过窒息？

　　葬礼结束时，有个阿姨问我，你还记得娜娜吗？娜娜是她女儿，跟我同岁，如今已经是两个孩子的母亲。阿姨告诉我，小时候我偶尔回村就会去找娜娜，还常用突兀的普通话说她：你看你，脏兮兮的。阿姨说这话时当然没有一点责备，她知道那是童言无忌。我有点羞愧地看着她，不知该作何回答。是啊，我并不喜欢这里，我从小在城市长大，渴望热闹、光鲜、灯红酒绿，我几乎没有真正关心过眼前这些人的命运，甚至并不认为他们与我的生命有何关联。我们生活在巨大的断裂中，我们彼此血脉相连，却又几乎素不相识。似乎直到此刻，我才第一次与这陌生的亲人、遥远的故乡相遇，可这相遇又注定是极其短暂的。

"千万不要回头"，当我们最后离开时，村里的叔叔阿姨们不断叮嘱着，这是整个葬礼过程中最为严厉的规则。也确实回不了头了——眼前的残阳正在急速坠落，它又一次横亘在我们之间，仿佛早已知晓，这相逢已是离别。

生生之门

叶浅韵

梦里有杀戮和偈语，砒霜和蜜糖，都在神的手上。
生与不生，都是命。

——题记

1

一道门，隔着帘子。无风的盛夏，帘子哗啦过来，哗啦过去，人进一趟，出一趟。呻吟，痛苦的呻吟，从昨天下午太阳落山时开始，就一直没有停过。家里的气氛变得有些奇怪，说是二伯母要生产了，但我感觉不像在迎接一个新生儿，倒更像在恭候一个敌人。我爷爷已经把大门的门槛撬了，他说，要向什么神仙投降，以表诚心。

我父亲和母亲一大早就去后面山上种苦荞了，说要趁着刚刨完洋芋，地软，有余肥，把苦荞撒下去，那几块地够他们忙活一整天。出门前我奶奶在铁锅里烙了几个苦荞粑粑给他们带着当午饭，剩下的一些放在簸箕里凉着。我最不爱吃那个鬼东西，又苦又硬，偶尔家里会得一点点蜂蜜，苦荞粑粑蘸着蜂蜜倒是会有一些滋味。我知道说饿了，奶奶会让我啃一个苦荞粑粑。我才吃了一口，苦凉的味道就从舌尖爬上了眉头。这时候，我奶奶爱说那一句老掉牙的话：苦荞粑粑才动边！村子里的人都会这么说。她们用这句话来比喻自己不喜欢的生活才刚刚开始，一口下去，才动了个边边角角，辛苦的日子还早着呢。天然的宿命，是村子里的人不可抗拒的选择。苦荞不好吃，但必须要吃，能有苦荞接个口让家里人不饿肚子，这已是神的恩赐。我奶奶总爱讲起她们那个年代吃树叶吃草根的故事，好像能吃饱肚子已然是一种应该知足的生活。

屋里，二伯母还在呻吟。那声音让我想起去年腊月里的事，那头黄毛猪被几个人用绳子缚绑起来抬上案板，它无力地反抗和哼叫，带着绝望和无助。白刀子进去，红刀子出来时，它叫喊的声音渐渐弱下来，四只脚机械地滑动了好几下，然后，它就死了。我手上的苦荞粑粑被我啃了半边后，就放在手里玩弄着，我奶奶没好气地说，你这姑娘，肚子里有点数了，就要开始作踏粮食，吃不完就放回去，给你爹晚上回来吃。

我奶奶派我二伯去三十多里开外的地方，请了个接生婆回来。说是接生婆，却是个四十岁左右的男人，我奶奶的火噌一下就蹿到了脑门心，她踮着小脚怒气冲天地站在她的二儿子面前，说，命，人命，都快要活不得了？你说哪回让你出去做的事情，你是给老娘办圆恰了的？我二伯有些口吃。他说，去，去，去大村子请了王婆婆，她，她，她家，她家，她家里人说，她，她，她，她……"她"了半天还没"她"出后面来，我奶奶说，她给着老鹰叨克掉了。我二伯头上的青筋冒出老高，总算把他要表达的意思说完整了。原来，王婆婆骑着她的小白马去了四十多里路上的大山深处帮人接生去了，是昨天半夜里走的。王婆婆的邻居是好心人，她说，救命要紧，快去对面那山上请了缪仙家去，神药两解也可保个万无一失。我二伯脚下生风就去请了缪仙家。

屋子里传来我二伯母虚弱沙哑的声音，她像是用尽所有的力气在喊叫，妈，妈，快拿牵猪刀来。我奶奶说，我的儿呀，缪仙家来了，你忍着，忍着哈，他会有办法的。牵猪刀，事实上是叫杀猪刀。但在这个家里，笃信菩萨的奶奶见不得"杀"字，她说杀生是一种罪孽，该回避的要回避一下，省得沾染了邪恶。一个"牵"字，是死的另一种生，是猪的一种命运。猪的生死都掌握在人手里，而人的生死，也许是掌握在神的手里。

在缪仙家神神道道的咒语里，仿佛我眼前的这个世界都被一种无形的东西主宰了。他敬完各路鬼神，转身从他洗得发白的帆布包里掏出旧纱布、剪刀、钳子等。奶奶端来一盆热水，他的一双手在水里来回地搓洗，我奶奶说，仙家，没什么洗的，就有点凤尾秆子烧成的碱灰水，你将就着洗下吧。家里的洗涤用品都是纯天然的，除了碱灰水，还有白泥沙和皂角树上结的皂角。缪仙家用手抄了两把碱灰水，又用清水冲洗了好几道。屋子里又传来我二伯母的声音，她说，我要死了，快让我死了吧。

帘子一动，我奶奶和缪仙家都进去了。我曾悄悄地掀开过帘子偷看二伯母，她睡在光光的板床上，下身赤裸，肚子像一只巨大的南瓜，圆滚滚地侧在一边，身子下边淌了一大摊水渍，头发被汗水浸湿了，嘴唇青紫，面容扭曲。我轻轻地喊了她一声，她没理会我。我赶紧就出来了。

这村子的周围都种满了竹子，毛竹、金竹、紫竹什么的，到了夏天的树荫下，三五成群闲来没事的姑娘媳妇，不是在使针线，就是在编竹帘子。每一道门上的帘子就成了一种价廉物美的装饰，算是给贫穷的屋子添了点小风情。哦，对了，风情这种词在村子里是没有人知道的。只有在如今的回忆里，那些苦难贫穷中不一样的响声才会多出几分韵致。

除了帘子，我还对木门和窗子保留着一些特殊的记忆。尽管后来在一场大火中，村子里一家挨着一户，一户连着一家的房子都烧毁了。那些镂空雕花的窗子、木门，以及透着神秘气息的百年供桌，一切都散发着古老陈旧的味道。夏日的早晨，一个一个小脑袋从楼上的窗子里伸出来，咯咯咯地笑着，瓦檐下的红辣椒和大黑猫就醒了。我们风一样地穿过田野，去捉虫子，去找猪菜。遇见蛇，遇见蝴蝶。被蜂叮过，被狗咬过。

一村子的调皮娃娃，哭声，喊声，笑声，吵闹声，日子就像夏天的日头一样火热。每一个孩子都吃过父母的棍棒，村子里的人说这叫"吃跳脚米线"，那些从山上弄来的细条子，一打一条白痕，痛得直跳起脚来。我奶奶总爱护着我，她说，只要不憨不包的娃娃，哪一个又是依你大人打整来着，你叫他往东他就往东，叫他往西他就往西的时候，怕也是急死几代人的憨货。我母亲就一副恨铁不成钢的样子，丢下棍子匆匆去了地里。有时我摔了一跤，脑门都出血了，我奶奶也一边哄我一边说，摔哈打哈就肯长了。就算是有一次偷了邻家的瓜果被人咒骂，我奶奶也说，咒哈就咒哈了，咒哈肯长。肯长和长大，在村子里是一种希望，就像每一个家庭里养着的小猪儿，主妇们盼望着它们肯吃肯长一样。

二伯母又叫喊了起来。我爷爷手上的长烟袋一直在冒着细烟，他吧嗒吧嗒地咂着一锅又一锅的旱烟，已经去楼上的"天地君亲师位"之前的香炉里点了几回香。缪仙家叫"使力""使力"……二伯母的声音越来越虚弱，我奶奶一盆一盆端出来的水都是红色的。看着那些红色，我想起了前些天我从树上摔下来，脑门上的血顺着脸颊淌下来，我奶奶帮我包完伤口后，洗脸洗手的水全都是红的，我一直止不住哭声，我以为我会死掉。我钻进爷爷的长衫里，闻着他身上又臭又有隐约香味的特殊气息，心里一阵又一阵害怕。若是往常，我爷爷是要挠我的胳肢窝里的痒痒的，我也要摸他下巴上的长胡子玩的。

缪仙家的声音："使力，快使力，看得见头了……"，"谷哪，谷哪……饿了，饿了……"洪亮的婴儿啼哭声音传来的时候，我爷爷丢开嘴里的烟袋，使劲地拍了一下他的大腿说："菩萨保佑，肯定是个带把的，声音这么大。"他说完随手捏了捏我的脸蛋，眼睛里满满的欢喜像是要溢到我身上。我奶奶说，孙子，孙子，我的孙子。这全家人一下沉浸到添了男丁的喜悦里，二伯母刚从鬼门关上打了一个转儿的事，倒是被大家给冷落了。仿佛有了生的降临，死就显得那么微不足道了。

缪仙家的脸上挂着汗珠子，像我父亲从后山上背了重活回来，一口气歇在石坎上，额头上的大汗像不停息的小溪流一样，直到他抽完一根草烟。缪仙家清洗着那几块纱布，一盆又一盆浸着二伯母鲜血的水，泼出去，又泼出去，重复了不知多少遍以后，那几块纱布终于见到点白色的痕迹了。缪仙家把它们放在水里煮沸了，才晾晒在外面的柴堆上去。

第二天早晨，二伯抱着一只红公鸡给丈母娘家报喜去了。我的眼前又出现缪仙家一盆一盆泼出去的血水，想起这村子里的人爱说的一句话，嫁出去的姑娘泼出去的水，泼出去的水都浸到了土地里，转眼儿就不见了影踪。那它们都去哪儿了呢？南山嫁了一个姑姑，北山又嫁了另一个姑姑，她们都是村子里的客人，只在一些特别的日子里回来看看，又马不停蹄地回去了。这方圆团转村子里的人说谁家嫁女儿这事儿，还有另一种说法，叫打发姑娘。谁家定了嫁女儿的日子，就会说，某某人家哪天打发姑娘，要吃个酒去。

有了孙子的爷爷，像是在他的血脉里注入了兴奋剂。那个晚上，他在梦里唱起了情歌："啊，隔河的哥哥望见妹爬坡，头发辫子往后拖，我的小情妹……"大概是他想起了他年轻赶马时的那一桩往事，为了粮食，他用马驮着村子里的乡亲们用竹子编制的箩筐、背篼、簸箕等，翻山越岭去贵州换粮食。曾经有一年遇上灾荒，生意难做，一路雨淋日晒，回到家粮食全都出芽了。爷爷讲的故事里曾有一个头上戴着大饰品的新婚娘子，那饰品足足有簸箕那么大。在我们村子里这样装扮的一定是七老八十的老妇了。爷爷一开口就叫人"大妈"，待回过头来，才知是个俊俏的小妹。

生了儿子的二伯母在这个家的地位明显高出了一簸片，对，一簸片，这是我母亲在挑水歇气的时候跟人说的。村子里的竹子常常成为她们比喻什么东西时的参照物，比如说，太阳升起一竹竿了，打核桃就打了几竹竿，小菜出了簸片高了什么的。竹子已成为一种言语上的秩序，就连对生育稠密的女人们，她们也会说，就像春天出笋，一个赶着一个。那时，我不知道生男生女的概念意味着什么，但对于接连生了三个女儿的母亲，这听上去气不顺的话语，得到了与她同样境况的几个婶娘的响应。她们的语气里都有一种生不着儿子不罢休的坚定。

村子里有一户人家已经连生了八个女儿了，那个我要叫五伯母的女人伛偻着腰挑水的时候，我又看见她鼓起的肚皮。我曾听见她与村子里另一个伯母吵架的时候，对骂难听的话，她高涨的气焰在听到一句话之后顿时僵了下去。那个女人恶毒地说，让你家断子绝孙，成为老绝户。她像是突然被人摸到了软处痛处，一下子蹲到地上，号啕着伤心着。另一个女人生了五个儿子，像是得了天大的势力一样，腰板挺得老直，声音老大。

没过多久，五伯母又生了，据说她丈夫在第一时间看了婴儿的性别，又是个女儿，失望中带着愤怒的五伯父对他的老母亲说，快拿粪箕来端了丢出去，要这么多熬人吃的货，还让人怎么活下去。见五伯母还在床上哼哼着，他的火气更上到了头顶，大声八嗓地说，你还趴着干什么，还不赶紧给我起来，该干吗干吗去。难听的话还没说够，五伯母又生了一个娃。是个男娃，五伯父像是中了什么大奖，高兴得直搓手，赶紧叫他老娘，捡起来，快捡起来，别冷着冻着。转身就去外面煮红糖鸡蛋，煮了六个，端来慢声细气地叫他媳妇儿吃下去。生了儿子的五伯母大概是这许多年来第一次见到丈夫的温存，眼睛里的眼泪再也噙不住，这些年的委屈忽然就有了一个去处，鸡蛋没吃完，就哭得伤心不已。她婆婆说，快别哭了，月子里的眼泪会致下病根的。五伯母哭得更厉害了，她生养了那么多女儿，自第三个女儿之后，哪一个月子不是泪水泡过来的。如今，倒是生出了一个儿子，就什么都变了。她想起丈夫刚说要端了丢掉的女儿，心一横一凉，又仗着些刚生了儿子的底气，指着眼前的这对母子说，要丢就两个都端了丢掉吧。婆婆说，这是龙凤胎，打着灯笼火把也找不到的龙凤胎，你别乱说，千万别乱说，快些躺下，躺下。

村子的背后有一个山洞，里面不知丢弃过多少个婴儿，曾有人说婴儿的骷髅用瓦片炕黄，磨成细面，再和着白酒吞下，对治疗头痛有奇效。总有胆子大的人下到洞里，从来不会空手而归。村里嫌弃女儿多的人家，要么选择放在村前的路上，期待有人抱养，但通常都是失望，婴儿在哭了几天之后，就死在了纸箱子里，又被人丢进山洞。要么干脆直接丢进山洞，哭了几天后，慢慢断了气。也有人生养了豁豁儿，一生下来就狠心丢到了山洞里。也有舍不得丢弃的人家，就一直养大，养大了也难找到媳妇。如果生的是个女豁豁儿，通常就毫不手软地丢了。这娶进门的媳妇，谁的肚子会是空着闲着的，都是一胎接一胎地生。曾有娶进门的媳妇，生养了儿胎都带不活的，村子里的老人们偏偏弄出个难懂的词，叫"练腰"，说媳妇年轻了，练练腰杆劲儿，以后再生养就好了。带不活的都是坏掉的，坏了的就是不好的，老天是要收回去的。也有的人家，"练腰"这两个字都说不过去了，坐了许多年的空月子，又说要带个来"压长"，就去村子外远些的地方，抱一个婴儿回来，通常抱养的都是女儿。再穷再苦，上村下村就没听人说舍得丢弃儿子的。说来也是奇怪，抱养了一个女儿来"压长"的人家，再往后生的娃娃，就一个个带大成活了。

村子里的人大多是同一姓，来自同一个祖先，但经过一代又一代更替之后，就有了亲疏远近。一道门关上，一道门开启，便有了彼此，有了分别。在打断骨头连着筋的地方，会形成一个小小的堡垒。有时，他们会为了房前屋后的几尺宅基地，为了大人孩子口中不经意的一句话，闹得不可开交。吵架的时候，谁又会顾及谁的脸面，通常都是哪句难听伤人就说哪一句。兄弟姤娌间一时当了外人，互相指责对骂，为了一丁点儿的利益红了脸，又会为了另外一丁点儿的好处不计了前嫌。村子里常常都会发生这样的事，但有一点是齐心的，无论哪户人家里有人死去了，必然是整齐昂扬地举全村的力量，送死去的人最后一程。至于生这件事，倒显得草率了些。就比如，我二伯母刚生了儿子这件事，除了我爷爷奶奶高兴了一阵子，我父亲母亲高兴了一阵子，村子里两个素日与我二伯母相交甚好或是人家欠了她人情的人送几个鸡蛋表示祝贺之外，没有人把我二伯母生孩子这件事放心上。村子里一年降生多少男娃女娃，估计也没有人来认真统计过。他们都在妈妈的奶头籽上吊至一岁两岁，妈妈要生产下一胎了，才断了上一胎的奶。村子里的妇女们都是这样过来的。即使在我二伯母与村子里的女人们讲述她如何从鬼门关打了一圈儿的时候，也没几个人有心向着她。甚至还有人说，女人生孩子就像剥蚕豆米一样，生来生去，瓜熟蒂落，一挤就出来了。你看，你看人家刘大嫂子，挺着个肚子背着箩上山，娃娃生在山上，一样称手的工具也没有，人家找块钝石头把娃的脐带敲断了，脱件衣裳包着就回来了。

这村子里除了我二伯母生产时较为困难些，其他只是听一些老人讲，谁生娃生死了，谁的娃一生下来就死了，仿佛那些古老的事都不会与她们发生任何联系。直到前排房子的二婶在挣扎两夜三天之后，连同肚子里的娃娃一起死了，一口棺材抬了两个人，村子里的男人和女人们才对妇女生产这件事缄默了很长时间。至少不再有人开玩笑把豌豆米和蚕豆米与妇人生产联系在一起了。

悲伤也像村子前头的那条河流一样，夏天涨水的时候，浩浩荡荡，到了冬天，潺潺流流。第二年，二叔又娶了新妇。

2

许多年来，村子里的生老病死，自然得如同季节的变化一样。"生死有命，富贵在天"这八个字被人们随时随地挂在嘴边。那时，乡村里的人觉得看电影还是一件稀奇的事情。听说，哪个村子来了放映队，方圆团转都会奔走相告。曾经在很长一段时间里，在电影开始前，总是有一个人拿着大喇叭宣传计划生育政策。连生几个娃娃这件事都要开始有计划了，人们在惊讶中议论纷纷。喇叭里的人讲得唾沫乱飞，下面的人在小声地骂。骂这些人是狗腿子。好不容易电影开始了，小孩子们都迷糊着眼睛了。我才一睡着，我母亲一下下地把我摇晃醒了，我也一遍遍地追问母亲，银幕上刚出来的这个是好人还是坏人。草地上，有个姑娘穿着裙子在散步，村子里的几个年轻小伙子就张巴着眼睛站在幕布下面，希望能看见点什么。母亲是读过几年书的，她说，这些憨货，这个是投射过去的影子，连这个都不知道，真是！

起初，人们以为计划生育只是下几场毛毛雨，说说讲讲就过去了，人们还是要在土地上劳作，在自家院子里吃烟喝水歇气，生的生，死的死，嫁的嫁，娶的娶。春天要种洋芋、苞谷，夏天要薅草、施肥，秋天要收割，在收完洋芋后还顺便种上一拔苦荞。不怕高冷寒凉的苦荞，就着洋芋地的余肥，快速地发芽、长大、开花。一坡一坡的苦荞花，比夏天的繁星还好看，风一吹过，就像无数的希望被点燃。苦荞的生长周期短暂，产量却是很好的，它们扭成索弯下腰的时候就可以收割了。丰收的季节，我奶奶有个顺口溜："苞谷像牛角，洋芋像秤砣，荞麦扭成索。"方言里都是押了韵角的尾字，一上口就满嘴生香，喜气洋洋。我不喜欢吃苦荞粑粑，但我喜欢看奶奶做苦荞粑粑，和着适量的水搅匀的那个动作太好玩了。我常常从奶奶手里接过来，搅啊搅，拌啊拌，可怎么也没有奶奶那么娴熟，像是要在碗里开出一朵朵苦荞花来。

村子前头的大路两旁有两排百年的石榴树，正是五月，石榴花开得红艳艳的，有风轻过，花瓣像雨一样飘落下来。一村子的孩子都喜欢在树下玩，爬的跑的笑的闹的。有牛经过，后面就传来吆喝的声音，大孩子抱着小孩子，躲过牛的脚蹄子，又在泥土里的虫子身上找乐趣去了。村子里那些能写字的地方，都用石灰刷上了标语。"生男生女一个样""要想富，少生孩子多种树""生儿子是名气，生女儿是福气"……以前从未听说过的词语像潮水一样涌进村里，人流、引产、放环、结扎……仿佛春天的竹笋都还未冒尽，村子里的生活秩序就发生了巨大的改变，家家户户如临大敌。树荫下，院窝里，土地上，屋檐下，到处都是耳朵与嘴的互动。鸡飞狗跳的日子比土地上的呼唤更令他们揪心，各种各样的消息让每一个家庭的未来都充满了恐慌。

计划生育工作队来到我家的时候，我的母亲已生养了一个儿子，按政策必须去做结扎手术。那一天，气氛阴沉，来的人都是我的长辈，这个舅舅，那个外公的，都是我爷爷的姻亲。他们一进来就与我爷爷喝起了炕茶，边喝边就聊到了正事上。我爷爷像一个勇敢的进攻者，毫无畏惧地向对手投了颗炸弹。他说，你这些狗日的狗腿子，来我这里喝茶吃饭，青白淡菜，好好孬孬点，都有给你们吃的，做什么手术的事，别给老子闲扯，老子只听见过劁猪骟牛马的，没听说过人也要拿去劁了骟了，什么王法，这是在做断子绝孙的缺德事。也许在工作队的人眼里，我爷爷算个乡间的绅士，居然说了这么重的话，他们都坐不住了。其中一个我要叫二外公的人，眼睛睁得有铜铃那么大，想说什么又咽了回去。我奶奶出来圆场，说让他们吃了饭再走，可他们一齐向门边涌去。出门前，还是又强调了计划生育政策。

我母亲说，我去做结扎手术吧。我爷爷说，做什么做，一个儿子，太单了，走出去被人欺负，连个帮手都没有呢，怎么说也得再生一个儿子，有个伴，再去也不迟。我母亲说，这事又不是依得人算计的，这是国家的政策，太违拗了，也怕是要不得，这来的人。都是亲戚呀。我爷爷说，亲哪门子戚，谁跟他们亲。他仿佛还在为刚才的事情过不去心里的坎儿，紧接着他的咳嗽剧烈起来，费劲地往火塘里吐了好几口浓痰，喝了几口水才安静下来。然后叫我给他抓背，从上到下地抓，爷爷说，对，就这里，就这里，你的小猫爪子真好使。

我读小学的地方离家五里，要过一条宽大的河流，整条河面上没有一座桥。夏天涨水的时候，平河满岸的浑水气势汹涌，冬天，河水有时就断流了。我最不喜欢过河水，脱光了脚过河水的感觉让人害怕，水大的时候，那些细沙一溜儿地移动，脚拔得慢一点，仿佛就要把我小小的身体席卷进去。冬天，硌疼脚底的大小鹅卵石一个个争相迎上来，僵冷的水让人直打哆嗦，一上了岸边，冷风袭来，裸露的地方像被细刀子割伤了一样。我的手上，脚上一到冬天就长满了冻疮和细裂子。

村子里有几个被婆婆周治的媳妇，一聚在树荫下就骂家里那老不死的。其中有一个连生了两个女儿的婶子，她说，这个老不死的，她天天鼓捣他儿子打我，说我不会生养儿子，人家计划生育宣传说了，生儿子生姑娘决定权在男人，女人就像是一块土地，男人是种子，你们说种下麦子它会出韭菜吗？树荫下就一窝窝的笑声。刚说话的婶子更来了劲，全家子给我一肚子的气受，逗发我的鬼火一绿，我就去做了结扎手术，让他家趁早死了这条心。另几个婶子就你一嘴她一舌地掺和进来，"要不得，要不得"，"等躲过这一头风，还是生个儿子，将来养老有个指望"，"别的不说，这上山下河，使牛耙地的活路，就哪怕是人死了抬口棺材，上前的也是老伙子们呀"。

村子里那些儿子多的人家，在与邻里发生争执时，他们整齐上阵的父子兄弟，扎实地占尽了人多势众的好处，若要是动起手来，人人都要畏惧着些。一席一席的话，说得好像这世界上最离不得的就是男人，最重要的就是男人。所以，村子里有许多老女人吃饭还一直坚持上不了桌子，什么旧时的三从四德、三纲五常，她们烂熟于心。我奶奶就曾经对我说过，"夫在从夫，夫死从子"，还说儿子是一点子，女儿才是半点子。这"一儿半女"的说法大概源于此。哦，对了，我奶奶还说，如果没有儿子，死了是不可以进祖坟的，说什么"有儿坟上飘白标，无儿坟上长青蒿"。我一直觉得祖坟是一个很神秘的地方，村子里的人不允许嫁出去的女儿回来给父母上坟，也不允许她们回娘家过年。

计生工作队又来过我家几次，一次也没讨得我爷爷的好嘴脸，他们像是仇人相见一样，例行完公事，连茶水也免吃了。终于，我母亲在交了一些罚款之后，还是去做了一个小手术。这么做的结果是，我们家每年都要交罚款，在我的记忆中，我弟弟都上初中了，超生的罚款还在交。我父亲说，他们是在敲钉锤，敲得点算点。就像我们村子里熬玉米糖卖的人家，敲打成一小块一小块的玉米糖，一点点卖出去，换得钱换得苞谷，周而复始地把小作坊开下去。

风，猛烈地刮了好久，吹开了杏花，吹开了梨花，又一个春天来了。村子里的人对于要计划生育这件事已经表现得很淡然了。如果头胎二胎就有儿有女的，爽快地就响应了政策，生了两个儿子的人家，嘟囔几声也就去了。唯有生了两个女儿的人家，东躲西藏就盼着要个儿子。可这政策的手，像是长了无数双眼睛，魔高一尺，道高一丈。人们在互相安慰，说这房子就在村子里，人又不能像蜗牛一样顶着个壳出去，躲得了初一，也躲不了十五。听说村子里一夜之间出去躲的那户人家，是投奔昆明的远房亲戚去了，可这样的亲戚也不是家家都有得起的呀。

好几年后，那家人回到村子里。他们已经生养了两个儿子，看上去像村子里的有钱人家，他们高兴地做了结扎手术，又大方地交了数额不小的罚款。还开玩笑说，这两个儿子买贵了，并且把小儿子的小名儿叫作"小买狗"。这买来小狗狗果真比村子里的"小土狗"们聪明伶俐多了。多年以后，这个叫小买狗的娃娃在外地承包工程，成了村子里第一个富裕起来的人，逢年过节，还记挂着给老人们买袋米，买桶油。村子里的老人偶然会回忆起当年的计划生育，夸赞小买狗的父母亲有本事，若是小买狗投胎在胆小的人家，早就被计划掉了。说这话时，一窝人笑得前仰后合，仿佛那些年的风声鹤唳到了今天就成了和风细雨。

当一项政策成为一种常态之后，也就成了自然的一部分，它们像村子周围的竹子一样，年年出笋，年年砍伐。东风刮一阵，西风刮一阵，总是哪边风大就要依了哪边的。人与风也没什么两样。家家门前一样过的风，谁不依了风的方向就会成为异类，当了异类的人家总是要受人的指指点点。但每一个年代都必然要有异类的诞生，才会是真实的生活。而异类总是在不断升级，上面有了政策，下面就必定要生出许多对策。比如村子里头胎生了女儿的，二胎就必然想要一个儿子。虽然说医院里不允许鉴定胎儿的性别，总有人钻得进医院的空子，托熟人找关系做个B超，制造一些意外，终止妊娠，直到生出儿子。

3

我是个女儿身，从小我奶奶就教导我，一个女儿家家要嘴稳手稳脚稳，要早起晚睡，要脚勤手快。仿佛一个女儿家的哪里有个鞋歪脚左，就立即成为万恶的罪源。所以，我一直很努力，学会一切农活，好好读书识字，甚至还跟着奶奶学绣花。村子里从来没有听说过有一个女孩子是读书改变了命运的，就是男孩子也是没有的事。后来，我把这件不可能的事做成了，成了村子里第一个有铁饭碗的人。这是全家人的大喜事，也是全村人的高兴事。

待我结婚的时候，我奶奶仿佛觉得我吃了国家的公粮就亏欠了自己一大截。跟我母亲说，你说这村子里家家可以生两个娃娃，这姑娘就允许生一个，万一生了姑娘，那可怎么办呀？我母亲说，听说城里的人更喜欢生姑娘，觉得姑娘懂事好带，长大又有孝心。紧接着，她们婆媳就数着指头列举了她们所能听见的事，那些生了姑娘又有了大福气的人家。无论是城里还是乡下，都成了她们说服自己的榜样。甚至还说到了我头上，说我做成了这村子里从来没有人做过的一件大事，哪个还敢说生姑娘不如生儿子呢？我奶奶说，你看这些年头，村子里的大物小事，样样都要来这门头上挂累这姑娘，偏生她就爱帮忙。我母亲说，你说前头臭皮匠家那点事，他家那个婆娘血滴滴的逗人恨，就不该帮他家的忙，你说，这姑娘，就是不听话。

村子里有件好玩的事情，就是男人通常都有绰号。都说逢缺别说缺，这算是一种修养。可偏偏在这村子里逆行了。臭皮匠是因为他有狐臭，找来的婆娘也有狐臭，他们经过的地方，就留下一大股难闻的气味。我二伯母说，太像死麻蛇的味道了。猪头三是因为他排行老三，智力有些问题，村子里的人就说他猪头猪脑的。老哑巴不会说话，瞎磕子只有一只眼睛，歪三叔的脑袋从来没有正过，大毛头脑袋上那些头发永远都像一蓬乱葱。我父亲因为力气大吃得苦，被叫作老黄牛。有事没事聚在一起递根烟，喝盅茶时，都是叫着绰号的，且不大爱分长幼，说一句"少年叔侄当弟兄"就哈哈笑过了。一圈一圈的烟在叔伯兄弟之间打过来打过去，没有谁为自己的绰号生过气，残缺也像生活的一部分。

就在我母亲和我奶奶聊得开心的时候，住在坡底下的三叔跛着一条腿到了院子里，他在唱"吃肉不如喝汤，养儿子不如养姑娘"，我母亲说，老跛三，你怕是捡着银子了，唱什么唱。三叔十六岁就与他母亲带来的童养媳圆了房，接二连三地生了六个娃娃，五个姑娘一个儿子，儿子偏生命不好，得了老母猪疯，一扯起来人都变形了，有一次没人在家，扎在火塘里，活活烧死了。但三叔的这些女儿很争气，一个个去了大城市里打工，都嫁在城里站稳了脚跟，家家过得光鲜水滑的。三叔家吃的喝的用的，哪一样不是这村子里最好的呀。村子里的婶娘们开刻薄玩笑时，就说，你看他家两口子收拾打扮得像俑哥俑姐。说的听的都笑了笑，知道表达的是哪层意思就对了。俑哥俑姐是村子里死了人时，道士扎在棺材前的两个花人，穿得花花绿绿俏生生的。村子里的人在说人穿得好时，就爱这么形容。我也没见过哪个就不高兴了，仿佛生与死，都没有人害怕过。

在单位工作的人都是读了圣贤书的，大家都知道计划生育这档子事儿。有的小夫妻结婚好几年，还一直没计划要孩子。那些变着花样的安全套和避孕药，不知扼杀了多少新生命。即使避孕失败了，大街小巷到处都是做人流到哪里的招牌，一个妖媚的女人在画面上，眼神里看不到疼痛和悲伤，好像做人流是一件享受而又光荣的事儿。单位的女人们聚在一起，谈孩子谈爱人，谈得最多的还是生孩子。这个做了人流不好意思去请假，那个放了环不适应，哪一个又中弹了，哪一个又躺枪了。一个单位也像一个村子，发生的喜怒哀乐都抬在一起说说讲讲，然后彼此的难过与好过就有了一个合理的去处。有一个姐姐，她说她数不清做过多少次人流了，以至于她害怕每一个夜晚的来临。戴环受孕、宫外孕，样样她都经历过。在她身上，仿佛就从来没有安全期。有一年，她一共做了五次人流。后来，她的子宫已经薄得像一张纸，一触就要通了。医生警告她，如果要命，就不能再怀孕了。

我听她们讲这些惊心的往事时，对生育还没有一个感性的概念。在那相对保守的年代，一个女孩子怎么敢轻易把自己的身体交给谁，还曾经很无知地以为拉拉手也会怀孕。我在她们的描述中去感知人流的痛苦、尖叫、无奈，并祈祷自己永远也不要经历。她们中甚至有人因为忍受不了疼痛，条件反射地一脚把医生踢出很远。没有麻醉的刮宫手术，心肝都疼掉了一地，有好几个人说她们从人流手术台上下来时，大热的天盖几床被窝都觉得浑身打战。那时候，我仿佛觉得整个身子都掉进了村前头那条大河水的冬天里。

我奶奶说，结婚就是小鸟才兴家，样样要从头开始。在身边的许多同事、同学都有父母支援买房子的钱时，我作为一个从大山里走出的村姑只能埋头工作、读书。不敢与人攀比，家里为供我读书已耗费很多，何况下面还有读书的弟弟妹妹们。在女同事们的眼里，我是一个不爱逛街的怪物，事实上，哪有女孩子不爱逛街的？

为了供养一套房子，我们节衣缩食，勤俭度日，时时掰着手指盼着还清银行贷款的日子。孩子在不期中来临，我又惊喜又害怕。我即将临盆的电话打到村里的时候，母亲正在地里除虫，父亲一阵狂风刮到她面前，心急火燎地说，你姑娘要生了，你还不赶紧进城？母亲一溜烟地跑回家，把准备好的各种物件往篮子里送，就奔往河边等班车去了。父亲一路小跑地跟在她后面，交代她要好生照顾我，别火暴脾气一上来就母女翻脸。这些年来，我与母亲之间的距离有些像两只刺猬，我们不断地用刺伤对方来寻找存在感。

疼痛一阵一阵地向我袭来，像是体内发生了八级地震，排山倒海地涌上来的疼让我不知所措，我说，我要死了，我活不得了。医生一会儿来听胎心，一会儿来检查宫口开了几指，一会儿又说要挂催产素。我疼得无法忍受，苦苦哀求医生让我剖宫产，医生说，宫口都开了六指了，样样指标都好，你那么大的个子，能生下来的。我母亲说，生得下来的，一定生得下来的，你看看剖宫产的人，好多天了腰都还直不起来。你忍忍吧，想喊就喊出来。我的指甲深深地陷进吕先生的手臂里，他大声地叫喊起来，说我弄疼他了，仿佛他的疼痛比我的还来得更猛烈一样。我已经连喊的力气都没有了，奄奄一息地躺在床上，任由一波又一波的疼痛把我扑倒。我想起了沙滩上那些死了的生物，被一波一波的海水淹没。我的身体，我的灵魂都不属于我了，我不是我，我是疼痛。

医生说我的宫口已经开全，要上产床的时候，我已经精疲力竭了。我的羞耻，我的尊严，在白大褂面前，还不及一张草纸。医生说，用力，用力。我拼尽了全身的力气。我感觉到下身被某种器物剪开，辛辣尖锐的疼痛之后，像是立即就忘记了这种疼痛，因为更大更深的疼痛又一波波席卷过来。我觉得我就要死了，死神就站在我面前，他在向我招手，我看见他面带微笑。医生说，你可以大声地哭或是喊，可是我没有一点哭喊的力气了。她还说，你不要害羞，听我的，来，用力，再用些力。我使出了平生所有的力气，挣扎着直起一点点头，模糊中我看见了我高起的肚子，太像祖坟里那些隆起的土堆了。里面，住着我的孩子，我的希望呀，我不能睡去。

护士的双手使劲地按着我的肚子，医生说，用力，快用力，已经看得见头了。我大叫一声，把体内所有力量都集中到了肚子上。然后，我听见了婴儿响亮的啼哭，带着些微略的沙哑。医生说，八斤三两的大胖小子，哪里像一个早产二十二天的娃娃，一定是你记错了时间。好吧，就当记错了。他到处好好生生的吗？医生说，健康得很。那一时刻，我所有的疼痛就像平静的海面那样，一切安定下来，万物寂静，我忽然就想睡了。迷糊中，我听见医生说，口子撕成这种样子，让我怎么缝呀？另一个说，你都不知道怎么缝，我们就更不知道了。天啊，发生什么了吗？医生有点责怪我的意思，说让你使力的时候，用力太猛了。她拍拍我的手臂说，我们产科医生都喜欢你这样的优秀产妇，知道怎么使力，可以多生几个。

接下来缝针的时间就像过了几个世纪，每缝一针都要拉紧一下，像钉进心脏的疼痛，一下接着一下，我所有的累和困都被这种疼痛唤醒了，我睁着眼睛，看着窗外的夕阳，射在玻璃窗前的绿叶上，影影绰绰。我每问一次，要好了吗？护士都回答说，还早呢。被煎熬的时间总是那么长，长得像是从鬼门关打了好多转，每一次回神，都是一种生不如死的战栗。那些针，我感觉不是一枚针，而是许多许多枚，它们在我的伤口上来回地行走，每走一步都让我掉魂。我不知道听了多少遍"还早呢"，终于医生直起了身子，说，好了。旁边的护士夸奖说，师傅缝得真漂亮。医生姓肖，是我一朋友的姐姐，我的一只脚一直抵在她的腰上，每疼一下就用力蹬一下，待她完成手术时，她对我说，妹呀，我的老腰都要断裂了。

肖医生一边擦着额头上的汗，露出大功告成的微笑，一边大声叫唤，来人。我家先生嘴巴笑成一朵大丽花蹿进产房，不知他哪来那么大力气，拦腰把我抱到推车里。全家人围着我笑，而我的嘴巴里一直在重复一句话：我要死了，我活不得了。她们说，不会死，会活得好好的。我被疼痛折磨得全然没了一点正常智商，一直没有追问医生缝针时为何没给我上麻药。到了后来，我甚至都害怕去回忆从生孩子到缝针这个过程，任何时刻想起皮肉都会掉落一地。我的大脑选择性地屏蔽了它们，我拒绝与任何人谈论这个可怕的过程。

一张狭窄的小床，放着我肥大的躯体，因为生产而肥大的躯体，连侧个身子都觉得困难。我以为躺上去，我就要昏睡百年，最好不要再醒来。是谁非要让女人生孩子？我真不知道村子里那些生了十来个孩子的女人，她们是如何让自己活下来的。我闭上眼睛，想睡去，可怎么也睡不着。我想起了刚从我身体里分离出来的小东西，我说，抱来让我看看。我的母亲小心地把他捧到我的眼前，一个多么丑陋的小东西呀，额头上有好几条小老头一样的皱纹，眼睛一只睁开，一只闭着，懵懵懂懂地在半睡半醒之间，我不知道他是否看见了我。我成为妈妈了，成为这个小不点的妈妈了。可我一点儿也不兴奋，又一阵宫缩的疼痛袭来。我说，快抱过去，难看死了。我母亲说，哪个会有嫌弃自己生的娃娃难看的妈呀，你们看，多好看，胖嘟嘟的，粉团团的。全家人都在高兴，除了我，除了我的疼痛不高兴。

我母亲关注剖宫产妇女的腰，她没想到的是，我的半个臀部直到满月都落不下凳子来。蛋白线缝过的伤口上，一直是些疙疙瘩瘩，像针线活不好的人做出的半成品。蛋白线不需要拆线，但吸收的过程有点漫长。很久了，我都觉得自己像一只被修补过的轮胎。看着怀里的新生儿一天一个模样，他像镇痛剂，可以暂时减轻我的疼痛。却也像催疼剂，在他哺乳时，吸痛了我的乳头，还不顾一切地吸个不停，那么小却那么有力。我终于明白了那一句话，使出吃奶的力气。我看见他拼尽了所有，只为了吃奶这件事情。

怀里的小东西要叫我妈妈，我觉得好别扭，怎么一个姑娘家家就成了别人的妈妈，他一啼哭，我母亲就说，快让妈妈给吃几口咪咪吧。好几天之后，我终于习惯我已是这个小东西的妈妈的事实。在疼痛慢慢减轻一些之后，我开始滋生出无边的母爱。只要他一出声，就是我全部的世界。先生说，在我说长得难看快抱过去时，他有点绝望的情绪，他一直在想如果我做不好一个妈妈，他要如何来喂养这个小东西。男人又如何得知母爱可以敌过一切天性，他的想法被全家人嘲笑了很久。他总是在我怀抱着小东西哺乳的时候，露出幸福的笑。足够两个孩子吃的奶水，淌得一床一铺都是奶渍的印记，我说，我倒是帮你们家省了好大一头奶牛钱了哈。

有一次，我左边的乳房肿胀起来，连胳肢窝里都像灌进了乳汁，摸上去一大个疙瘩，旁边还有几个小疙瘩。疼得我声音都叫不出来，小东西吸不完，吸奶器不起作用，我母亲想让吕先生帮我使劲儿地吸，吸通泰就好了。她说，她是挨过这种活计的，太疼。先生大概是离开母乳的时间长了，一边又产生些不好意思的情结，另一边也许是他不能体会我到底有多疼。但我的母亲知道，她看我龇牙咧嘴的样子，二话不说，就帮我吸了起来。她一口一口地一边吸一边吐，她说，奶水都有酸味了，直到吸出一些带血的乳汁来，胳肢窝里的疙瘩也一点一点软下去，我的疼痛才慢慢消失。先生咧着嘴在一边不好意思地笑，母亲说，你认不得她有多疼。他搓搓手说，妈，我认得，认得呢。我母亲说，你认得个鬼，你只认得生了儿子高兴。事实上，婆婆早逝，先生开明，我没有生儿子生女儿的任何心理负担，并且在心里我一直期待是个女儿，我可以把她取名叫"胜男"，设想她会为一个弱势的性别做出些不一样的努力。

在照顾我的一个多月里，我忽然明白了"养儿才知父母恩"这句话的含意。对母亲更加了几层敬重，这一路走来，亏欠母亲太多了，我总是忙着刷存在感，占着我给她带来的荣誉感，态度极不友善地对她。她像从来不把这些当回事儿，样样对我尽心尽力，好话歹话说完说尽。我不知道当年为了省几块钱冒险在家倒生下我的母亲，究竟是否有过恐惧，她轻描淡写地说，她坚信自己没做过坏了良心的事，老天一定不会乱惩罚人的。我奶奶在看见我的一只脚先伸出来的时候，一定是吓得面如土色，好在，我一只手抱着头，另一只手抱着肚子，顺利地来到人间。我与母亲的对立从她怀我，到我长大，一刻也没有消停过，这让我的父亲很头疼。好在，我有了自己的孩子后，这些倒着生长的汗毛，一根根顺当了下来。

我问母亲，她当年生了几个女儿，我父亲嫌弃过她吗？嫌弃过我是女儿吗？母亲说，儿呀，要怨只怨政策，要嫌弃也只能嫌弃政策，你说这自家身上掉下来的肉，是男是女，有吃有穿的年代，哪个又会嫌弃？她还说，我是第一个孩子，家里的人都把我宠得无法无天了，就连我爷爷都是有好吃好玩的，样样尽着我，我父亲就是连生几个女儿都没说过一句什么。我害怕自己被人嫌弃的心，在母亲平常的讲述里，像是得到了某种安慰。原来，家里的人没有因为我是女儿就有人嫌弃，甚至我是受宠的，这让我增加了许多爱与被爱的底气。月子里，除了身上渐渐减轻的疼痛，就是家人无尽的关爱。每当我醒来的时候，我母亲和先生在讲我小时候的糗事，我总是装作生气地说，你们，你们又在讲我的坏话。然后就假装生气，不吃鸡蛋，为了让我多吃一个鸡蛋，他们俩想着法子让我开心。

小东西壮得像一个小肉墩，多抱一会儿就有些坠手了。他吃奶的力气有些吓人，我的两个乳头都被吸破了，血和乳汁喂养着他一天天长大。坐月子的讲究太多，我母亲不顾天气火热，不准我露出脚露出手臂，不准我洗澡，不准我吃水果，不准我看电视……不准我这样，不准我那样，让我像一个幸福的犯人那样被他们管制。但凡我想要做的每一件不被她允许的事情，她都能列举出一大堆案例，我真不知道我们村子里怎么会发生那么多稀奇古怪的事情，我更不知道我母亲是如何就掌握了它们，在必要时如数家珍地搬来教育我。

月子里的疼痛渐渐隐去之后，我成了一个手忙脚乱的妈妈，在母亲每一次离开时，都毫无安全感，我害怕小肉团一张开嘴巴就闭不上。有母亲在，母亲知道他是饿了，还是肚子不舒服了，还是胳肢窝里的小寒疼了。有一个夜晚，母亲回家去了，他哭啊哭，不吃，不睡，背也不行，抱也不行，硬是折腾了半夜才安稳下来。

陪伴一个孩子长大的过程是艰辛的，有趣的，当看着他少年英姿，阳光清朗地向我奔来时，我忘记一切疲惫和劳累。我的记忆里选择性地保留了他成长的一切快乐时光，并在适当的时候与他分享。当我问他世界上最贵的房子在哪里时，他创造性地回答，世界上最贵的房子是妈妈的子宫。我激动得像有好几只小猫在心脏里蹦跳着玩，仿佛因他而经历的所有苦和疼都有了最幸福的注脚。

在这期间，计划生育像是被忽略了的一件事，生男生女之后，大家都很平静。也有一些不平静的人，想尽各种方法钻了政策的空子，把大的孩子弄成计生政策规定范围的有缺陷的一类，顺利拿到生二胎的准生证。然而，小城里也大多是些祖祖辈辈的良民顺民，没有太多的人去钻营。而我，永远也接受不了这样的做假，一个好生生的孩子，怎么要说成是有毛病的呢。按我奶奶教给我的道理，这世间不仅有人眼，还有天眼，别说谎言，别做恶事，才会有善报。这面向自己所说的谎言，而且是朝坏的方向的谎言，未免也太狠心了，我害怕它会变成自己的咒语。所以，我从来没有这么想过，我一粥一饭喂养大的孩子，他应该是健康明媚的，从外表到心灵都是。

街道上的广告牌子上那些年明晃晃写着的人流广告，也悄无声息地换了下来，换成治疗不孕不育的广告。我的孩子在刚认识"人流"两个字的时候，曾指着大牌子问我这是什么意思，我回答不上来。但他却记下了，在又一次见到时，他告诉我，妈妈，"人流"就是人流如织的意思。小小的童言里竟有某种玄机，是呀，人流如织，到了如今，人流被漠视了，处处都是如织的人群。人流也成了常态，再不用被提醒，就连中学生里都有人经历过的事情，更别提那些大学校园附近的廉价宾馆。多少女孩子在经历了多次人流之后，治疗不孕之症又成了新潮，多少男孩子在偷腥猫腻成为情场高手后，沾染了多少旧疾，不育就成了一家人的新烦恼。我不知道有没有人统计过这些数据，但看身边这些年不断流转的风风水水，总是看见了一些端倪。

当我回娘家看见村子里那些日渐老去的婶娘伯母，她们扫去了年轻时的戾气，咒骂婆婆的，婆婆们也都死了，与丈夫不和的，如今也凑合了，她们慈眉善目地长在村子里，像村子里一棵生长久远的果树。生了几个儿子的女人们，往往要看媳妇们的脸色行事，倒是生了几个女儿的，被这家接去，被那家接去，一年到头享福的日子过不尽。生儿生女这件事终于不再有人当成什么大事，她们甚至还达成了一个共同的意见：不管生儿子还是生姑娘，都要狠了（有本事的意思）才算数。为了这个说法，还增添了一个新谚语：会养么养一条，不会养么养一槽。

4

日子像流水一样淌过，我手里的苦荞粑粑每一次都有蜜糖可蘸了，不是蜂蜜就是炼乳，我可以奢侈地蘸很多，让大规模的甜在舌尖上覆盖了苦。许多餐馆里，都有了这道忆苦思甜的面食，从那些年的被动吃它，到如今去主动靠近它，就像怀念一个已逝的故人。故人死于砒霜，我奶奶说那是神在召唤她。逝去的苦与甜，都变成了一种精神长相，悲悲欢欢地撒在前行的路上。不管是梧桐细雨的冷凉秋意，还是十里春风后的灼灼桃花，生活不会因为某个个体而有所停顿。每一个人都像一片树叶，从来没有完全雷同，但总是有太多的相似。孩子要长大，老人要老去，人人都在生生死死中过了一年又一年。

又一个新年在不期中降临时，国家又有了新的举措，允许公职人员生育二孩。我想想自己四十好几岁的年龄，一点也高兴不起来，而身边一大票四十多岁的女人已经在欣欣备孕了。一时之间，妇产科里像集市一样热闹，先是取环热。那一根保险丝，戴上它让女人减轻了许多罪孽。后来是孕检热，生产热。我蠢蠢欲动的心思在先生的态度里摇摆不定，一会儿我打败了他，过一会儿他又说服了我。后来，他坚决地说不生了，打着为我身体着想的招牌，以顽强的气势压倒我。

我常常在看见人家抱着花儿一样的女婴时充满幻想，并且我已经有了好几个干女儿，她们像露珠一样晶莹剔透。但似乎这些都还不能满足我想要一个女儿的愿望，在某个深夜，我在电脑前洋洋洒洒地写下过一篇想要一个女儿的文字，那是一种开在臆想深处的花朵，我的想象随着夏日的清风飞扬，沉醉。

这些年，眼巴巴地看着身边的许多女人经历了戴环受孕、宫外孕、多次人流等痛苦。好像这些都不足以磨灭她们还想要一个孩子的愿望。无论是去超市还是在街道上，随处可见不太年轻的孕妇，竟让人产生一种"满城尽是大肚子"的错觉。看着她们的身影，我就像是一个有了心结的人，巴巴地羡慕着人家隆起的肚子。生产孩子时那种无法忍受的疼痛，像是早已被我丢到了九霄云外，只剩下对新生命的欢喜和热爱。恨这一天来得太晚，要在我衰老的子宫已不能承担一个新生命的孕育时来临。但在某一次梦里，我像是得到某种神灵的启示，有一个小女孩来到我梦里，给我欢欣，令我迷恋，我拥抱着她，就像抱着一块温温润润的美玉，她芳香的小身体蹭在我怀抱里，顿时，我所有的母爱泛滥成灾。

我不断尝试着与先生商量二胎的事，他的头摇得让我看不清他的脸。他说，你应该准备好足够的精力去迎接你的孙子，而不是到了六十岁还在为年少的孩子四处奔波，这不符合自然规律。他从优生优育讲到人生价值的实现，冷静得像一盘古老的石磨。为生与不生的问题，我们又冷战和论证了很久。

身边的女人们很诧异，认为生育这件事情应该由女人来主导，而不是一个男人。也许是因为她们没有与一个理性得可怕的人生活过，不知道什么叫"防患"和"防范"，这许多年来，一个没放环的女人的身体居然可以做到安然无恙，这已经是一种奇迹。为此，我要感谢我的先生，感谢他记得我身上的月事，记得时时爱惜我的身体。我曾做过保守的估计，身边的育龄妇女们，无论是放环与不放环的，一百个人中最多只有一个人没有做过人流，而我就是幸运的百分之一。

这期间，许多人怀孕了，许多人流产了，也有许多新生命降临了。医院，永远像个热闹的生死场。有人在这里新生，有人在这里死亡，永不停歇的生死让人在希望与绝望之间穿行不息。

一些欢喜注定是要落空的。医院里有百分之三十的高龄产妇因各种原因必须终止妊娠，产科医生们忙得四脚着地，寝食不安，学校里有太多生产二胎的女教师已经严重影响了教学秩序，在代课老师之外，连校长的课程都排得满满的。在一个小县城里，常常听见为了二胎而戒烟戒酒，努力搞生产的中年男人女人们。有的人自己不想生二胎，但父母逼迫着生产。老一辈的人动辄就搬出毛主席的话来，毛主席说了，只要有人在，什么困难都能克服。重点是要有人。为了有人，就必须抓紧时间造人。

造人工程是巨大的，如今科技进步了，人工受孕失败，还可以试管婴儿。为了一个二胎，倾其家底的人家大有人在，仿佛他们生活的目标就是为了响应一次国家的政策。

有一些人家，多种原因导致他们不能有一个自己的孩子，就想去抱养一个婴儿。可如今连抱养一个婴儿都成为困难的事了，我想起了那些年被丢弃了的婴儿，要是降生在如今该是有多好呀。母亲说过的话又在耳边回响：在有吃有穿的年代，有哪个舍得丢了自己身上掉下来的肉呀。

好不容易有抱养得来的婴儿，大凡都是因为产妇有难言之隐或是意外之痛。曾有个姑娘怀孕快生了，却被男友狠心抛弃，姑娘寻死觅活，被人劝导把孩子生下来送了人。河边路边，又哪里还见得到一个弃婴呢。即使有，也一定是有残缺的孩子。也曾有一家人抱养了一个女婴，带到两岁多了，孩子经常生病，一生病就发高烧，后来一检查才知是艾滋病患者。

微信圈里随时可见新生儿的欢喜，今天有谁家生了双胞胎，明天又有谁家中年得贵子。其中有一个高龄产妇，已经四十九岁了，生下一个九斤的儿子，全家上下欢欣鼓舞，就像这个孩子在未来会成为他们家的救世主一样。另一些令人担忧的消息也不断传来，有一个高龄产妇在生产中因为羊水栓塞导致胎儿死亡，产妇成为植物人，为了维持生命，需要高额的医疗费用，家庭的自给已经无法了，向社会求助。一时之间，这件事情成了小城中的大新闻。

然而，这些都不影响前赴后继想要生一个孩子的男人和女人们，每一个人都认为那么倒霉的事情不会降临到自己头上。事实上，概率这种事情在医学上显得很苍白，不管概率有多低，轮到某个人的头上时，都一定是百分百的。幸与不幸，由谁主宰，这一直是神的事儿。

生活总是这样，在几家欢喜几家愁中，一天又一天地向前走着。那些从生活中传递而来的坏消息就常常成为先生消灭我的念头时的有力证据，先生说，我最不想面临的事情就是，有一天医生来问我，要保大人还是保孩子。我说，你有得选择吗？当然应该保大人。他说，依了你的性子，待你醒来看不见孩子时，我就知道你要跟我拼命了。在说这些的时候，我上中学的孩子一直站在他父亲那边，他从小就特别想要一个弟弟妹妹，见了邻居家的婴儿就想抱回去，到如今坚决不同意我们再有一个孩子。仿佛还是昨天与今天，他就长成小大人，需要自己的空间和主见了。他总是说，妈妈，我担心你的身体。我说，等有一天我不在了，你在这个世界还有一个最亲的亲人。他父亲接过话头说，你都无法知道，这是一个亲人还是一个仇人，兄弟反目，姐妹成仇的例子还少吗？

一些人离婚了，离婚的原因是妻子不愿意生二胎，或者是妻子已经生不出二胎了，这些荒诞的事情，它们就发生在我身边。尤其是那些有着封建思想，第一胎生了女儿的男人，一项新政策的施行给他们带来了新的希望，他们按下许多年的心思又被点燃了。所以，他们蠢蠢欲动，他们暗度陈仓，他们跃跃欲试。似乎只要有了权和钱，年龄在任何时候都不会成为男人行使性别权力的障碍。

我清晰地看见一张张曾经温情的脸，后来变成了冷漠的路人。因为他们身边立即就有了年轻女人的身影，一个中年的男人，身后积累了一些身家，还笼罩着一身被妻子影响和打造过的气质，对一些想不劳而获的年轻女人，确实会有一定的吸引力。从他们毫不费力地挽着年轻女人的手臂来看，钱就是万年不废的帮凶。那些个做得了他们女儿的女人成了他们的妻子，老夫少妻，看上去幸福融融令人扎心。感情，仿佛是一张廉价的纸，被风一吹就飘走了。

我常常会这样想，也许国家的政策是为育龄中的八〇后一代人准备的，却不料被赶上末班车的七〇后们蜂拥而上，甚至对家庭的稳定带来了不小的冲击。在大城市里，人人都为了提高生活的品质而努力，生二胎这件事情似乎是轻描淡写的。而在离土地最近的县城和乡村里，思想的重心已经转移到了生产任务上来。人与人之间的问候方式都从"你吃了吗？"变成了"你要生吗？"。

我留意到一些新的宣传标语，横幅上，墙壁上，电子屏幕上写着"实施全面两孩政策，促进人口均衡发展""国家政策真正好，一家准生两个宝"，与那些年在乡村随处可见的计生标语大相径庭，令人产生一种忧国忧民和感恩戴德的错觉。

　　一项新政的施行，总是伴随着各种不同的声音，有人成为受益者欢天喜地，也会有人成为受害者呼天抢地。这是哲学的命题，也是必须面对的生活命题。生与不生，就像悬在心口上的一块石头，被自己和别人用心地据量。我回到村子里的时候，婶娘伯母们都不约而同地做我的工作，就连我的母亲也跟着掺和起来，她一向腿疼的毛病在她想要抱一个孩子的愿望面前变得十分轻巧。为了鼓励我们生二胎，她扬言，谁家先生产了，她就帮谁家带。一家子的育龄妇女，听见母亲这话时，有了妈不够用的样子。

　　事实上，母亲的这个举措除了让我心动不已之外，并没有对其他人产生影响，她们都生活在大城市里，奔波于生活已让她们苦不堪言，对于再要一个孩子的愿望从未强烈过。尽管她们头胎都是女儿，也没让她们想要一个儿子的念头占过上风。但我母亲是有希望的，我在她与人对话的口气中听出来了。在村子里的婶娘们忙着去抱孙子时，我母亲的小心肝就被人戳了一下。她背地里说，谁家没个孙子，外孙子也是孙子。转过身去，我母亲就对我的孩子笑话说，外孙是外狗，吃了往外走。

　　村子里这些年已经多出了许多光棍，随手一盘点，三十至四十岁之间没找到媳妇的大小伙子们都足足有两桌人了。婶娘伯母们为这个事急白了眉头，处处张罗着托人找对象，可这上村下铺的姑娘又会有谁是在家里待着闲着的呢。如果不出去打工，根本无法找到一个合适的姑娘。即使从外地找回来的媳妇，也不一定就扎根得下这村子。离婚这种事早已不是什么新奇事了，更有那些不领结婚证，三年五载通过微信或是什么又有了新欢，丢下幼小的孩子一个抖趔就跑了的。邻村有几个小伙子在国外打工带了缅甸女人回来，户口的问题一直解决不了，女人和孩子就只能是黑人黑户。更悲催的是其中一家生了三个孩子，派出所落户时，若没有准生手续，就要做亲子鉴定，鉴定结果显示这三个孩子都跟父亲没有任何关系。

5

生活中不同的际遇就像一双双无形的手，推赶着每一个人走向不同的地方。

谈论二胎的话题渐渐淡了下来，人们以为这项政策带来的结果必定是人口暴增，就像二十世纪七十年代后期那样出现空前的出生率。事实上，各种渠道的数据显示，并没有预期的效果。于是，街头巷尾及各路专家又发出了各种不同的声音。

一个生了两个儿子的朋友，听说要放开三胎政策，更有要全面放开计生传闻时，喜形于色的小脸在灯光下熠熠生辉，一副生不出女儿誓不罢休的样子，与多年前村子里那些生不出儿子就誓不罢休的女人形成多么鲜明的对比呀。在每一个人的心里都有一种贪婪，对于自己所缺少的东西永远充满了向往。有了儿子的，想要女儿，有了女儿的，想要儿子。

其中一些人如愿以偿了，在他们不太衰老的脸上洋溢着幸福的满足感。尤其是一些因为年轻时贪玩或是工作繁忙疏忽了对第一个孩子的陪伴的父亲，像是要对从前的遗憾做一种丰厚补偿，收了身心拼命地把爱倾注在新生儿身上。仿佛人生在某种程度上是一种有回程的旅行，无论是得到还是失去，都能找到一种可以弥补的药方。生了女儿的，像是抱着前世的情人，心心念念的欢乐都寄托在怀抱里。生了儿子的，中年得子的莫大欣慰占据了他们生命的全部。

生活处处可见欢喜，亦到处都有漏洞。不时传来的消息中，一些让人开心，一些令人揪心。接二连三，小城里因为生二胎死亡的产妇已经有好几例，其中有三个还成了植物人，躺在医院里生死未卜。总有一些选择会让人懊悔终生，当一场场期盼中的喜剧以悲剧收场时，留下无数种苦难在人间。人们开启幸福的模式在于，每一个都坚定地相信，许多悲剧与自己无关。

当我四十五岁的表姐传来怀孕的消息时，为她高兴的同时，亦为她的安危担心。生产的原因是封建残余的一部分思想仍在作怪，为了高龄的婆婆心中存念的一点香火的延续观念，兄弟几家生的都是女儿，婆婆认为他们的姓氏里应该有一个男丁来继承。被七大姑八大姨们说服之后，拥有硕士学历的她大义凛然地站在家族的利益之上，听上去像是豪门的夙愿。她说在她所有的同学里，她是绝对的异类，她那些生活在大城市的女同学们都说她疯了，男同学都在夸赞她多么勇敢。许多男人之所以对二孩政策表现得足够积极，是因为生孩子养孩子的过程，他们只是个参与者，甚至有些人一直是旁观者。

整个孕期里，表姐被身体的各种不适折磨，每当她在朋友圈发一段生不如死的牢骚时，就有大波的争论跟在后面。每一次她都在奉劝高龄的女人绝不要步她的后尘，她最好的女同学一再劝她多为将来考虑，还玩笑她说好好一个可以留在大上海工作的姑娘，偏偏要回来当一回生育工具。她在每次说完痛苦之时，像是痛苦就得到了某种有效的缓解。全家人小心得就像捧着一个价值连城的水晶球，不敢让她在小城的医院里做产检，说要杜绝任何一丝失误。她的婆婆天天烧香拜佛，期望能在古稀之年再圆一个梦想。

有时，大家在一起谈论二孩政策时会做一些设想，假如计划生育政策里规定产妇的年龄在多少岁以上就必须禁止，也许就能减少许多悲剧的发生。可又要有多少人痛哭政策的不公，众口难调的人间呀，有哪一双手能抚平所有沟壑，有哪一碗水能端平人心公道呢。更何况人心关于公平的评判里总是无法剔除利己主义的选择方向。发展的大计，百年的大计，这是多么浩大而艰难的工程呀，从吃不饱肚子到如今物质与精神的双重丰足，从东亚病夫到如今的巍然屹立，有多少人在为了这个国家的富强文明而呕心沥血。在小家与大家之间，应该唤醒的又岂止是生生死死，还应该有觉醒后的知与行。

表姐终于要生产了，为计算孩子出生的日子，全家人折腾了无数次。这个大师说要这样，那个大师说要那样。好不容易敲定的日子，比预产期足足提前了三周，表姐说，赶紧剖开抱出来吧，一天比一天更难熬，双脚已经肿得连鞋子都无法穿了。医生说时间提前早了对胎儿会有一定的影响，建议往后。

她婆婆说梦见观音老母从画像上下来，手里拉着一个小男孩，说是给她家的。她们全家都坚定地相信表姐怀的是一个男孩。剖宫产前的 B 超检查时，表姐忍不住问了胎儿的性别，当人家告诉她是个女儿时。她的眼泪急急淌了下来，仿佛一整个孕期的精神支柱一下就倒下了一半。她的伤心吓坏了全家人，就连她婆婆都收起一切封建思想，说了一大通生女儿有福气的良方暖语。手术麻醉前，她一再嘱咐表姐夫，万一她有个三长两短，一定要带好她的女儿们。

表姐在全家人算好的时辰里，诞下八斤女婴，母女平安。全家人没有想象中的高兴，也没有表现出一丝难过。生活中的小失望，往往不足以影响人们对幸福的追求。一天一个模样的小东西让人爱不释手，就连在孕期里一再与表姐怄气，不支持她生二胎的大女儿，也对新生的妹妹表现出了极大的热情。但她总是在别人夸妹妹漂亮时，有些轻微不高兴。并且一再在父母面前做出一些举动，求证是不是有了小妹妹，她就变得不重要了。

另一个朋友有近六个月的身孕了，一些检查指标显示，胎儿可能有缺陷，她需要去更好的医院复查。辗转于各家医院，寄希望于某种误诊。可几家医院的诊断结果都建议她引产，即使她有一万种舍不得，也不得不选择痛苦的手术。之后，她开始失眠，一整个一整个的夜晚睡不着。只要一闭上眼睛，那个孩子就在她眼前，一会儿是男孩，一会儿是女孩，哭着吵着要她抱，但才一伸手，就不见了。她开始嫌弃自己，嫌弃自己态度不够坚定，为什么不留住她（他）？医生的诊断也不可能百分之百准确啊。她拒绝任何人去探望，觉得自己与世界像是隔着一堵高墙。每当夜晚来临，一见到床，就像见到了鬼魂一样。

医生说，她得了产后抑郁症。她的先生说，有时她也偶尔会有高兴的时候，只是高兴几分钟后，情绪就完全沮丧起来。还常常抱怨、指责家里的人，仿佛所有人都与她有仇一样。医生说，这些恰恰是这种病的正常反应，开了一些药物，又嘱咐她的家人要让她时时感受到关心和温暖，注意她的情绪。

她拒绝吃那些药物，她说我没有病，是你们病了。家人只好把药悄悄放在红糖水里，哄她吃下去。她常常躺在床上不停地流泪，谁来劝她，她会哭得更厉害。如果没人劝，她又会觉得没人爱自己而伤心得抽泣不已。

她的儿子已经十四岁了，她是多么希望自己能生一个女儿呀。自从知道怀孕的那一刻起，她就美美地设想，会有一个温软明亮的女儿。她看着她读诗，奔跑，写字，唱歌，弹琴。她会长着爸爸的大眼睛，妈妈的大长腿，她会有浓密的头发，长长的手指，高高的鼻梁，有型的小嘴巴。她会成为另一个自己，被改良过无数回的自己。

她常常梦见各种各样的花，兰花、石榴花、桂花、荷花，据说这是生女儿的胎梦。即使是每天若干次的呕吐，对她来说，似乎也是一种幸福的存在。因为她知道，她怀里的小东西在告诉她，妈妈，我在这里。

她躺在冰冷的手术台上，时针指向下午两点四十五，如果她死了，就是死于这个万恶的时间。麻醉让她失去知觉，没有一丝传说中的疼痛，醒来时，手术刚完，她请求医生让她看看她。医生说，别看了，看了你一辈子都忘记不了。在她的强烈坚持下，医生把那个已经发育基本成形的胎儿在她面前一闪，说，就看一眼，本来一眼都不能看的。她的眼前一黑，仿佛世界就此与她决裂了。

在很长一段时间里，她不能从悲伤中走出。仿佛整个世界都是她的仇人，而她已经不配独自活下去了，她常常觉得自己就是一个凶手，一个杀了自己孩子的凶手。闭上门，关上心眼，她不想见到任何人。在许多个无眠的深夜，雨滴，风声，汽车的喇叭声，火车的汽笛声，它们都鲜活地进入她的耳朵里。

中学女同学来电时，我正在跟她聊天，我尝试着帮她卸载一些精神负荷，让她与自己和世界达成某种和解，回归到一种平常心的生活状态。我才开口问一句，你还好吗？女同学就哽咽着说不下去了。那段我一度艳羡的婚姻亮起了红灯，他们从上中学时老师禁止恋爱中偷于花前月下，到最终修成正果，二十五年的时光，我以为会是一生一世与子偕老的长情陪伴。二胎，又是二胎，如今她身体不够强硬，三高症状向她袭来的时候，她不能为他生育二胎了，他提出了离婚。而她生头胎时，差点连命都不保了。

看着这些血泪斑斑的生活真相，我强烈地升腾起一种念头：如果有来世，我真不想做一个人，更不想做一个女人，我只想当一棵树，长在深山老林里，从来不被谁看见，只与雾霭虹霓一起同呼吸共命运。我伸手数了数自己四十好几的年龄，再想一想身边这些女人关于生育的悲喜交加的日子。完全没有了年轻时想要一切就勇往直前的气势，我终是成了被平淡的日子驯服的说客。

又接到另一个朋友的电话，她生了，如愿地生了一个大胖小子，在有了女儿又过了十六年后，她生下了一个儿子。电话里，我能看到她眉毛与脸色一起飞舞的样子，真心为她祝福和高兴。我说，恭喜，你有儿有女的幸福生活开启了。她说，亲爱的，苦荞粑粑才动边呀。之前她为了生这个二胎，流产了两次后去检查，才知道是男人的支原体感染导致胚胎停育，第三次怀上，早孕反应十分严重，几乎完全是靠输营养液来维持生命。女人们为了拼一个自己或是别人想要的梦，总是母性大发，愿意耗尽一切心血。

于生活而言，个人的悲苦总是微不足道。外面的世界依旧热闹非凡，生老病死每天都在发生。一些女人抱着独身主义，一些女人结了婚也坚决不肯生育，生活总是有多种存在的模式。在离土地很近的地方，人们的观念还在传统的圈子里打转，被冲击，被撕开。但选择走在绝大多数人所行走的正常轨道，依然是人们对普通幸福的一种盼望。

对于一条宽广的河流，每一滴水都是渺小的。但也只有一滴水挨着一滴水的汇集，才有了溪流，有了江河，有了大海。每一个人的心里都会有不同的活法，但并非所有选择都能遵从自己内心的召唤。难道世间事，除了生死，其他都只是小事？一句"顺其自然"的轻描，就涵盖了所有的幸与不幸，有时是荒谬的，有时又觉得那么妥当。人人都在矛盾中营造自己对生活的认同或是无奈。

那个夜晚，我做了一个梦，我梦见村子后面的山坡上开满了苦荞花，那些细碎的小花朵，一会儿变成星星，一会儿变成婴儿的眼睛。风一吹过，它们摇晃着、奔跑着，我伸出手去拥抱它们，它们变成了一张张小脸。在有风、有雾、有露珠的山岗上，我看不清它们是在看着我笑，还是在对着我掉泪。

又是清明，与往年一样，去给此生从未谋面的婆婆扫墓，去父亲的墓前轻语。许多淡忘的悲伤，已经成了一种形式上的怀念。每一个家庭都在不期中遇见死亡、淡忘死亡。墓地里长出许多龙爪菜，它们生机盎然地爬出泥土。抹去悲伤的人们，争相采摘。面对一堆堆黄土，这边是高祖父，那边是高祖母，高高隆起的地方是他们死去之后的归宿，这里长眠着的都是我血肉相连的亲人们。我忽然明白，世间万物，无非从此地到达彼地。万物向死而生，慈悲为土，又长万物。在疼痛、欢笑里，迎接新生命的到来。在唢呐、眼泪中，送走一个人的一生。中间的长度，被赋予各种意义，也可能是毫无意义。生生死死，死死生生。了了悟悟，悟悟了了。

这一路上来来往往中，所见所闻，皆成为一段历史。从何而来，该往何处，像是一种未知的归宿。作为女人，生育是一生中的重大课题。翻开我所能看见的几代人的生育史，就是一部血泪史，只有女人才深知其中的痛苦。于我，更多的是一种幸运，但太多的不幸不会因为我没有经历，它就不存在。它就在我的周围，横横竖竖地堆满一地，谁踩上它，它就沾上谁。何去何从的生命，该在哪里觉醒，又在哪里顿悟？这也许是女人们值得花一生时间来思索的大命题。

女工记

郑小琼

1. 女工记及其他

八年前。我写下一首叫田建英的女工的诗歌，她是以拾破烂为生的四川达州人，1991 年来广东，1997 年到一个叫黄麻岭的地方捡破烂。我认识她是 2003 年，她来广东十二年，四十六岁。我有很多旧报纸与书籍，差不多全给她了。她给我说她和她家人的故事，我写了她以及她一家人的故事。那时我没有想到自己会写《女工记》，只是觉得她和她家人的命运很悲惨，我当时是流水线工人，一天十一个小时班，上半月是夜班，下半月白班，我的工号是245，装边制开关，拉线（line，生产线）上，百分之八十以上的都是女工，手工装配螺丝、弹弓……

2004 年，我在樟木头打工十多年的亲戚因家里有事辞职出厂，回四川老家。半年后再来这边打工，她已三十七岁，在工业区转了一个月，都没找到合适的工作，因为年龄偏大，所有工厂都拒绝招一个中年女工，她在这边有十三年的打工经历，做的都是流水线工种，没有技术含量。像那样的年纪，当时的工厂招普工几乎不考虑，工厂只招十八岁到三十五岁的女工，大部分只招十八岁到二十八岁的女工，她只好选择回家。我送她上车时，看着她过早爬到脸上的皱纹和头上的白发，看着她走进火车站的背影，我一阵心酸。在她转身的那一刻，我从她身上看到我未来的影子，我强忍着不让自己流泪。她上车后把脸贴在窗口时落寞而无奈的眼神时时折磨着我，我写下两首诗，一首便是《三十七岁的女工》，在另外一首《黄麻岭》中我写道"风吹走我的一切 / 我剩下的苍老，回家"。是的，我注定跟她一样，最后只能带着苍老回家。城市终究属于别人，我只是过客，只是南飞的候鸟，注定漂泊不定，没有落脚的地方。我像无脚鸟一样飞着，没有停下的地方。这种过客心理让我对生活充满悲观情绪。我不知道该走向哪里，未来在哪里。走在工业区大道，看到一群群年轻女工，她们穿着工衣。我看见她们疲倦的面孔，想到她们渐渐老去后，回到北方的情形。我想起我自己，还有拉线上的工友，觉得想写一些故事，开始注意收集这方面的资料。

2006 年，由于请假太多，我被工作了四年的工厂辞退。走出工厂的瞬间，心里空荡荡的，拎着行李走在黄麻岭的凤凰大道上，面对三大箱书和日常行李，我不知道自己该走向哪里，在生活了五年的城市，我找不到一块可以安放我行李的地方。天下着雨，我把行李寄放在工厂附近的士多店里，给了十块钱寄存费，一个要好的姐妹陪我去城中村租房子，雨水打湿了身体，我惶惶如丧家之犬，不知所措。尽管这个地方不属于我，但我仍然不想回南充，我知道回南充以后，待上一个月或半个月，我还得出来，还得来广东，毕竟这里经济发达些，更容易找到一份工作。我在工厂待了五年多，五年来的生活，基本是一个月上二十九天班，一天十多个小时，觉得很累，也想休息一下，这种想法也许出于无奈。日子有些灰暗，还不至于绝望。偶然的机会，我参加了诗刊的"青春诗会"，东莞何超群老师与方舟大哥为我争取到东莞文化局一个出书扶助项目，能补上一万多块钱，这笔钱差不多是我一年的工资。

2006 年，东莞文学院首次对外公开招聘签约项目作家，一个月能补贴三千块钱，签约一到两年，当时东莞不少人都暗示我能签上，我对此抱有希望。也想安心写东西，我没有急于找工作，选择在城中村待下来，开始了自己的写作，写作诗集《黄麻岭》，还有一些散文。出工厂一个月，我遇到两件事，我一位多年的工友离婚了，她跟我在五金厂一起工作了几年，我们关系相当好，她老公是四川人，她是湖北人。她是工厂品检员，她老公在另一个工厂做技术员，在我看来，他们是很稳定的家庭，他们的婚姻解体完全出乎我的意料。另外一件事，因为感冒，我去东坑医院，在医院遇到以前工厂的一位工友，她去做人流手术，我们聊到一些女工怀孕后，在小诊所做人流手术的事情。说到有一个工友在小诊所做的人流手术，清了三次宫，才清除干净，估计以后不能生育了。谈到以前有一个工友把小孩生到工厂厕所。这两件事让我想做一个女工们的婚姻与生育方面的小调查。我通过老乡、工友的介绍，认识许多婚姻解体的女工，也了解到一些女工怀孕后人流的故事，这些人流女工都很年轻，十八九岁，很多是初次出门打工，在工厂认识了一个异地男孩，同居，怀孕，有的怕家里知道或者反对，有的因男孩或者女孩离厂，永远地分开，她们只能选择去做人流手术。在我的调查中，这些在流水线的女工普遍文化程度较低，对生育知识知道得太少，来自农村的她们比较保守，对性的防护措施也相当少，往往很容易怀孕。调查一个月后，我便想写些女工的故事，我不知道有没有人关注这些女工，我开始有意识选择跟踪一些女工。有意识去跟老乡、老乡的朋友、租房旁边的邻居交流，通过她们的介绍，我认识了很多女工。我跟以前的工友联系，她们也帮我介绍一些女工。我当时计划花两年时间做这件事，如果能签上东莞文学院的创作项目，每个月有三千块的补贴，至少我不至于担心我的生活了，这样我有更多精力做女工调查，完成一部女工的作品。2007年，我申报东莞文学院的项目落选了。从3月份出厂，到7月底知道没有签上，我已经四个月没有上班，而东莞文化局补贴的一万多块钱也差不多用完了，我必须得找工作。于是，我去了樟木头，在那里的一个塑胶厂打工。有关写作女工们的念头就搁起来了，我知道我要写，如果东莞文学院的创作项目没有签上，因为生活，我没有太多的时间去调查女工，我就不急于写这些女工的故事。我当时想写成散文或者故事之类，后来才想到要写成诗歌。

半年后，我从樟木头辞职，来到常平镇，在一家五金公司做推销员。在我印象中，推销员有大量时间可以自由支配，这样，我有更多时间去完成女工的调查，还有一些其他计划中的写作。

我有意识租住在混乱的城中村，每天都会碰到抢劫的、卖淫的、嫖娼的、做小贩的、补鞋的、收购废品的、做建筑工的、失业的、偷盗的、贩毒的……各种各样的人出没在我的周围，我也出没于他们其中。2007年5月，因为一次偶然，我获了一个奖，然后引起媒体的关注，很多媒体去采访我，我怕我的邻居们知道我的真实情况，我不敢带他们去我租住的地方，如果让邻居们知道，我与她们之间会有隔膜，她们不会告诉我有关她们生存的真实境况。跟南都记者见面，我约他们在桥沥的公园里。南周的人采访，成希陪我去长安，去见我的客户与朋友。后来三联周刊的朋友们过来，也是去的长安。我觉得我寄住的城中村才是我的生活全部，我觉得自己要慢下来，写作要慢下来，我放慢了写作长诗《七国记》。正是跟这些媒体与外界的交流，我知道自己要写一部怎么样的女工作品了。当聚焦的光线对准我的时候，如果不是我偶然获奖，也许没有人关注我，我会如同我的邻居们一样，默默地生存着，艰难地生存着。她们或上进，或堕落，或成功，或失败……我目睹被拐骗的女工如何变成娼妓，目睹一些男工变为吸毒者，沦落为抢劫犯。在租住的桥沥城中村，我经常见到的一名女工被一个吸毒者谋杀了，我只有默默在纸上记下这一切。

　　我尽力地逃避着媒体的关注，我怕我的同事知道，怕我的老板知道，怕我的邻居知道，我拒绝很多媒体的采访，她们想采访我居住的现场，我都拒绝了，我知道自己将要写什么样的东西，我必须深入邻居的生活中，成为她们一样的人，只有这样她们才会告诉我她们真实的生存状态。我有一位邻居是卖淫女，我说我是业务员，我们经常碰面，她经常带不同的男人回来，我会跟她点头，也仅仅只是点头，在这个世界上，所有的人都在防备着别人，都不想把自己的真实状态告诉别人。我这位邻居也一样，她心里充满了自卑，虽然她努力地把自己打扮得漂亮些，装着清高不理我的样子，但是我从她的眼神里看到她的自卑。大约一个月后，我知道她是四川的，我们以老乡相称，她有时会到我房间借一些打工类杂志，比如《佛山文艺》《打工族》等，我们之间的交流慢慢多起来，她会讲一些她们的故事，2007 年过年，她回四川了，然后过来，她告诉我回去相亲了。我指着楼下那个与她同居的男人问："那个不是你的男朋友吗？"她苦笑着说："是的，但我们不会结婚。"后来，我才知道，这些卖淫者天天跟着的所谓男朋友并不是她们想结婚的对象。只是因为她们卖淫，会遇到各种各样的人，有时面对无赖的嫖客，有时遇到抢劫的，有时会遇到敲诈……做她们这行，碰到这些事情，不好报警，所以只好选择跟一个男人，所谓能够保护她们的男人，这些男人就是外界以为的男朋友们。她介绍我认识了几个她们店里的姐妹，有的是被拐卖的，有的原来在工厂，碰上了一些专门进工厂勾搭年轻女工，以谈恋爱为陷阱，逼这些年轻女工出来出卖肉体的男人，有的是主动而自愿，有的被老乡从老家带出来专门从事这个行业，有的因为谈恋爱失败，破罐子破摔从事这个行业。她们完全把我当作朋友，有几次，我去她们的店里，那些嫖娼者把我也当作她们中的一员，我吓得跑了，她们在后面笑。从这个年轻的卖淫者口中，我知道了她们这个行业的很多秘密。比如有一对河南夫妻一起出来，妻子卖淫，丈夫跟在妻子后面，妻子一直想通过出卖肉体赚点钱开个小士多店，让自己的生活走上正常轨道，但丈夫却喜欢打牌、吸烟，不存钱，他们两夫妻经常吵架，大约半年后，妻子瞒着丈夫存了两万来块钱，再找她的姐妹借了一点钱，他们盘下一个小士多店，让丈夫看管。妻子继续做一段时间，还上姐妹的债务然后转正行，跟丈夫一起开士多店。但没有一个月，丈夫天天打牌，不会经营，还跟一些人染上毒瘾，结果士多店只能关门，妻子生气跑了，没有经济来源的丈夫也离开了。后来我听说丈夫去了湛江贩毒，妻子去了另外的城市继续出卖肉体，有一个小孩在河南乡下。还有一个广西女孩，她是一个孤儿，从小父母双亡，是姐姐带大的。她一直想努力赚一笔钱，帮穷困的姐姐修房子，于是选择了走这条路，她没有读过书，什么都不懂，因为年轻，光顾的嫖客多。有些女孩爱惜自己的身体，一般会选择客人，或者控制每天做几桩生意，但这个广西女孩想努力赚钱，不挑选客人，有客人光顾她就接。她没有像别的女孩，用出卖肉体的钱养一个男朋友。邻居告诉我，因为那个女孩不懂得爱惜自己的身体，夏天出汗太多，皮肤溃烂了，私处烂了，也舍不得去医院，两三个月后，附近的小流氓知道她存了一笔钱，便敲诈她，结果被人敲了一笔钱。邻居说起广西女孩的故事，说："就是不养男朋友，赚的钱还不是给别人用了？自己不要命地做，还不是帮别人做？"她说这些时，露出一副看不起广西女孩的神色，她们在一个店里出卖肉体，平时关系很好，我在旁边听着，什么话都没有说，我本身也无话可说。我只是默默记下这些。

当我与她们接触时，我知道我需要写下这些女工的故事，那一年，我接触了很多媒体，也知道了媒体如何做这方面的新闻，比如媒体做一个选题，做工伤方面的选题，他们就会选择一个或者两个有关于工伤方面的个体，用个体呈现农民工在工伤方面的境况，他们选择他们需要的对象，以及适合他们需要的部分，而这个女工其他方面被省略掉了。更多的时候，她们被媒体、报告、新闻等用一个集体的名字代替，用的是"们"字。我是这个"们"中的一员，对此我深有感触。当越来越多的媒体关注我的时候，我有一种惶恐，我知道媒体在选择报道我时，它们会把我当作一个选题，一个所需要的选题去报道，或者我成为一个脸谱化的代表，比如女工成才的励志对象，我一直拒绝做一个脸谱化的典型，这种脸谱化的生活让我有一种说不出的憎恶，很不幸，我依然成了这一张脸谱。我知道自己需要努力深入女工中，把这个"们"换作她，一个有姓名的个体，只有深入她们之中，才会感受到在"们"背后的个体命运和她们的个人经历。2007年，也正是与她们接触，我对世界充满尖锐的敏感。我尖锐的敏感，过多的愤怒让我无法在最为世俗的业务员生活中如鱼得水。但这些女工与她们的生活带给我很多感动，我努力想靠近一些，更靠近一些。

2006年冬天，从樟木头的工厂辞工后，我去了湖南、湖北。跟以前的同事一起回她们的老家，一路上我听到很多有关女性民工的故事，平时同事会跟我讲她们的朋友、同学的经历，比如周红与杨红的故事、美丽与卫红的故事。在洞庭湖平原，从益阳到安乡，沿着湖区行走，见到了大片的芦苇林，开阔的平原。我在网上找到一些有关那里的历史与风景的资料与照片，同事陪我去看那里的防洪堤，谈论起被改变的树种，被改变的村庄。同事跟我谈起，以前他们村庄有很多种类的树木，比如榆树、槐树、杨树、柳树、椿树、喜树、杉树、苦楝树……同事和她的父亲说了一大堆在他们屋前和河道边种植过的树木品种，她父亲说："现在这些树种都很难见到了，河道与屋前屋后只剩下速生杨与杉树，杉树是用来造棺木，如果不是要造棺木的，估计只会剩下速生杨。"何尝只是洞庭湖平原，我的故乡，嘉陵江边的村庄，以前河边的桑树、梓树都被砍伐尽了，我们南充是绸都，嘉陵江边，屋前屋后，有过大片的桑树，如今都被砍伐完了，也只剩下速生杨。同事的父亲叹息村庄树种的变化，同事跟我聊起村庄人心的改变。她说她很多同学到南京、广东等地方从事色情行业。十年前，在她们村庄，很多女人出去，从事这个行当，有姑嫂、姐妹搭伴而行，有同学、表姐妹一起南下闯广东。在她们村庄，最先外出的就是村庄里年轻的女性，她向我描述她们村庄里的一切，那个平原的村庄让我想起《南方周末》曾报道的被鸡头们改变的村庄。在湖北，我陪一个女同事回湖北老家相亲。"十一"国庆相亲，农历正月结婚，一年后，小孩出生，小孩半岁后，同事离婚了。从相亲到结婚到离婚，同事一直跟我有联系，离婚后，她去了长三角，彻底在我的视野中消逝了。这些年，我目睹无数我曾经跟踪的女工从老家过来，然后与我相识，又离开了，最后消逝于茫茫人海中。有时候，站在拥挤的人群中，特别是节假日的公共场所，看见来来往往的人群，我有一种说不出的孤独感，这种在人群中的孤独让我变得敏感起来。在人群中，我感觉我正在消失，我变成一群人，在拥挤不堪中被巨大的人群压碎，变成一张面孔，一个影子，一个数字的一部分，甚至被拥挤的人群挤成了一个失踪者，在人群中丧失了自己，隐匿了自己。

生活何尝不是？我们被数字统计，被公共语言简化，被归类、整理、淘汰、统计、省略、忽视……我觉得自己要从人群中把这些女工掏出来，把她们变成一个个具体的人，她们是一个女儿、母亲、妻子……她们的柴米油盐、喜乐哀伤、悲欢离合……她们是独立的个体，有着一个个具体的名字，来自哪里，做过些什么，从人群中找出她们或者自己，让她们返回个体独立的世界中。

2008 年，因为经济危机，我彻底失业了，6 月份，我去了江西、河南、重庆等地，通过朋友介绍，我去了很多村庄，见到很多女工，听她们讲自己的经历、人生、她们工作的城市、她们未来的打算。她们中有曾经打工然后回家不再出来的，有成功在这边开工厂做老板的，有一个在外打工疯了，她疯的原因至今我不知，她老实巴交的父亲也不知。听到一些客死异乡的女工的故事，被拐卖的女工，有的沦落为偷窃者、娼妓者。还碰到一个在工厂打工数年，回安徽后，跟随老乡一起做假尼姑骗人。有跟丈夫一起偷盗的女工。有离婚的女工，有婚姻出现大问题却没有离婚的女工……我努力记着她们的故事。当我接触的人越来越多，我越来越迷茫，我不知道自己在做一件什么样的事情，我不知道我该用哪种形式来表达我所遇到的女工以及她们的命运，如何在纸上还原她们，用诗歌还是散文，还是纪实类的东西？2008 年，我曾试图写有关女工的组诗，我写了两首女工，是其中第一首与最后一首，我发现这种形式并不是我所需要的，于是我把这个题材搁浅下来，等待能找到一个合适的方式去表达。下半年，我去了广州，在广州一个杂志社培训，是一个有关农民工写作者的，培训后，我被留用在广州的杂志。我一直没有放弃我准备多年的女工题材，我知道我要写这些东西，也许它是我命里注定，我选择每周五坐广深线回东莞，星期一再返回广州，我一直这样在广深线上往返奔波，在东莞与广州，工业区与大城市，流水线与写字楼之间不断往返，我把房子租在大朗，在常平横江厦或者天虹附近，我接触的女工越来越多。比如在横江厦，有很多人嫁给香港人，她们曾经是在工厂打工多年的女工，或被包养起来的女孩，我倾听着她们的故事，她们讨论着如何申请到香港长期居住，如何申请到香港的廉租房。这么多年，我学会了倾听，她们的内心深处充满了孤独，她们的故事无人倾听，她们积聚了太多东西需要表达。在工业区的市场里，我跟补鞋的、卖包子的、小菜贩们交流，我租住在她们之中，她们不做生意时，和她们串门交流。这些城中村的邻居会跟我说起有关她们自己的和她们熟悉的人的故事，她们的婚姻，她们老乡与朋友的生活，她们被没收的人力三轮车、被砸掉的摊子、被掀翻的水果架。我跟随她们一起去蔬菜批发市场批发蔬菜。

通过网络，我认识了另外一些女工，比如四个都是被父母遗弃，由别人抱养大的女工，她们因为共同的不幸身世走到一起，她们是重庆人、河南人、陕西人、云南人。她们四个人一起进工厂，一起出厂。她们对自己的身世都有着深深的自卑，那是她们隐形的伤口，她们不肯多说她们的身世，我曾努力想与她们沟通，但我不忍心撕开她们的伤口。我终究没有完整记下有关于她们的故事，她们便在我的视野中消失了。我还没有完整地了解到她们的情况，我知道我与她们之间。还需要更长的时间才能建立起信任，后来我的一个QQ号被盗了，便彻底地与她们失去了联系。我与她们只见过一次面，半天时间，我没有写下有关她们的故事，后来我接触了与她们类似背景的女工，我找到了单亲家庭长大的女工，写了她的故事，在写她的故事时，我便想起那四个女工，想起被人抱养大的同事。我那个同事很胆小、老实，跟老乡们一起来这边打工，她的老乡欺负她，她学会忍气吞声。我见到的四个被捡养的女孩子胆子很大，她们是 90 后的一群，她们四个人抱团取暖，完全不同于我了解的小敏与亚芳她们。直到现在我都懊恼自己没有好好地与她们交流。

2010 年，我觉得我该开始写我整整准备了六年多素材的诗歌了，我把我了解的女工们列表，把以前写在碎纸上的东西整理了一下，有很多已经忘记了，剩些模模糊糊的印象，有很多有着清晰的记忆。5 月份，我写了周细灵等二十六首诗，我不知道我能不能把这些人物写下去，也不知道她们会成为什么样子，是小人物的志传，还是小人物原生态的呈现，我有些惶惑。我只是努力地告诉自己，我要将这些在别人看来微不足道的小人物呈现，她们的名字，她们的故事，在她们的名字背后是一个人，不是一群人，她们是一个个具体的人，她与她之间，有着不同的故事，不同的命运，她们曾经那么信任地告诉我她们的故事。"每个人的名字都意味着她的尊严。"这是我在流水线生活中最深的感受，在流水线的时候，我们被简化成四川妹、贵州妹、装边制的、中制的、工号……我在流水线都努力地叫工友的名字。很少用工位或工种、地域叫人，比如插钢通的刘忠芳，旗仔的戴庆荷、陈群，在流水线时，每当人家叫我"装边制的四川妹"，我心里总有些不舒服，我更希望人家叫我的名字，正是有这种感受，我会叫工友的名字，当她们听到我叫她们的名字，她们脸上惊愕了一下，转而很兴奋，然后问道："你知道我的名字啊！"我觉得我跟她们的关系近了很多。我知道我需要写的是她们名字背后的人，而不是她们工位背后的面孔。到 6 月份，我写了三十几首后，我把这些诗歌给一些朋友看，比如南都报的余远环、刘炜茗等，他们在他们主持的报纸上大力推出这些人物，比如余远环兄长在他的时评版，把这些女工记里的女工以时评的方式发了一个整版，刘炜茗兄在他责编的南都副刊用一个整版刊发了部分诗歌，他短信告诉我，有很多人关注这些诗歌。我并非想为这些小人物立传，我只是想告诉大家，世界原本是由这些小人物组成，正是这些小人物支撑起整个世界，她们的故事需要关注。现实中，无论是新闻、报纸、杂志，太多版面都是关注名人以及他们的成功史，我用这些薄弱的诗歌去写一些小人物的故事，她们都有一个共同的背景，都是农民工，都是女性，我和她们一样，也是女性农民工，我们有着相同的梦，从农村来到城市，面对无法进入的城市，有着相同的苦恼，比如婚姻、工作……我们有着相同的背景和生活。

我只是努力地记下这些女工，当我 2004 年写下田建英的故事时，直到 2010 年，我都在迷茫中，我不知道如何着手，我能为这些女工写下什么呢？我自己是女工，我能为自己写下什么呢？这些年，有的工友客死异乡，有的跳楼，有的被车撞死，还有一个被狗咬死了，有的在茫茫人海中消逝了，不知死活，也有在异乡改变了命运，她们开工厂，开商铺，做到高级白领……我曾经因为她们的命运流泪，也为成功改变的命运高兴。当我穿过阴暗而低矮的城中村，当我打开铁皮房门时，当我看到她们坐在门口、拉线上时，当节假日我们一起去公园、街头，当我在车站看到她们背着行李回家时，在医院门口见到她们去做人流手术时，她们失恋时，她们被抢劫时，她们为了讨薪跪在工厂门口时……我不知道自己该说些什么。

有时候，我胆怯，害怕，耻辱，有一段时间，我租住的城中村有很多出卖肉体的女工，路过的那些嫖客把我也当作她们中的一员。我曾想到退却，当我经过城中村低矮的巷道被抢劫，当我租住的房间被盗时……我都想过放弃。有一段时间，我因诗歌获得虚名，我感觉我跟她们有了距离，我不自觉地把我跟她们划开，我内心有一种疼痛，我反复地谴责自己，直到有一次，我在一个成功者的办公室见到她对待她下属工友的态度，她的行为让我彻底愤怒了，正是这种愤怒，使我重新找回了自己，我为自己在内心与她们划开感到耻辱。是的，我一直在诗中说自己，我是一个怯者，我胆小怕事，比如租住在东坑一个城中村时，我的房间被撬开，电脑被盗，我吓得搬家了。我从湖南到四川到湖北到江西等，只是为了倾听她们的故事，去看看她们生活的乡村，这些乡村与我老家没有两样，我问自己为什么要去看，是一种态度，还是真的想去了解，我都迷茫过，我究竟要如何写这些女工，我知道需要努力地记下来，我是一个笨拙的人。六年里，外界一直在变化着，比如由找工难到招工难的转化，农民工的就业环境有了一些改变，《劳动合同法》的制定，最低工资的增加，收容制度的废除，是的，看来一切都在改变。但是她们在底层的状态却没有改变，她们依旧用肉体直搏生活，跟她们交流，我无时无刻不感受到压抑之后她们心里积聚的暴戾情绪，这种暴戾的情绪一直折磨着我，而底层与底层的碾轧是那样暴力、血腥、野蛮、赤裸……她们让我担忧，我在一首叫《底层》的诗歌中有过表达："贫穷的生活正摧毁坚固的道德与伦理／马低头啃食着寒霜苦与涩更添／人间的寒冷在底层悲伤／已沦为暴戾不幸的人用伤口／测量着大地的深度黝黑的春天／看见底层人群不断地分裂他们是／麻木的器具者或者血腥的暴力者／我没有找到与世界和解的方式深深的／担忧从我的心间投到马眼我与马的交谈／就像一副衰老的马皮披上寒冷的树枝。"我不希望这些女工沦为麻木的器具者，也不愿意她们成为血腥的暴力者，但是现实却不能为她们找到和解的方式，我只能深深担忧着在底层积聚的暴戾，或者这些被压抑的暴戾会成为一股怎么样的力量，它会将我们这个社会如何扭曲！

2. 失踪的女工与寻女的母亲

我见到无数个母亲来这边，有来到陌生地方帮儿女看小孩的母亲，也有找工作的母亲，而给我记忆最深刻的两位母亲，一个是为工伤的儿子讨公道的母亲，另外一个是寻找自己女儿的母亲。

我在工业区的小商店买水，遇到一位老年妇女举着一个红色的牌子在工业区道路上走着，她头发凌乱，显得十分疲倦。她见到路上的每一个人都会问："你们有没有见过这个人？"她指了指牌子上的女孩，一个年轻的女孩，二十多岁，披肩长发，河北人，纸牌上写着"马红英，你妈来东莞常平了，如果你见到后，请速找妈妈，妈妈的电话"。她在十字路口待了一会儿，很快，有一大群人围着她，看那块牌子，议论着。她说她女儿的头发很好，有点胖，她女儿很聪明，读过大学，她女儿自尊心很强，她不断向围观她的人说着她的女儿。她从口袋里掏出一封信，上面写着"东莞常平"，她跟我们说，她女儿三个月前写信说，她在常平一个工厂上班，叫不要担心她，现在工厂工资不高。我接过信封，信封上只有一个收信人的地址、姓名，寄信人的地址仅有一个内详字样。这位妈妈从邮戳上得知女儿在常平，红色的邮戳印着"东莞常平06"的字样。这位母亲不断地说着女儿在常平的工厂里，有人劝她这样很难找到，常平很大，有数千家工厂，几十万人。她告诉围观者，她准备每天找一个地方，又对围观她的人说，拜托大家，如果见到这个女孩，打电话告诉她。我跟她交流了一下，我说可以在网上公布一下，现在网络相当发达。她说好，然后走了。第二天，我又碰到她，她说她回去问了儿子，还是不能在网上公布，因为网络上公布，怕老家那边人看到，女儿很没面子，又说起女儿很要强，要是知道家里人以为她丢了，还找，肯定会寻短见，闺女以后还要活下去，这么大的人如果村里人知道她的事情，怕出意外，她不断地重复着。"我都不敢跟人家说是来找闺女，我跟人家说是去广东看闺女。"她问我有没有别的办法，我说贴一些寻人启事，这些年在东莞的大街上，我经常看到这样的寻人启事，贴在墙上、电线杆上、车站等地方，她说贴过了。我知道这些张贴的寻人启事犹若大海捞针一般，但是我知道还是有人找到自己失踪已久的亲人。一周后，这位母亲再次找到了我，说她要回家了，然后给我留了一个电话，说如果碰到她女儿，打一个电话给她。

如今，四年过去了，我也不知这位母亲找到女儿没有。这些年，我遇到无数从家里过来的母亲，年纪都在五十岁以上，她们一直生活在乡村，也没有外出务工的经历，她们偶然来到这边。看到她们，我想起自己的母亲。

3. 阿芹与阿艳

2006 年，我离开工厂后，有一次感冒去东坑医院，碰到我以前在黄麻岭工厂上班的同事，她去东坑医院做人流手术，我们交谈了几句，跟她一起的也是我以前的朋友，医院里做人流手术的人很多，另外一位工友说，大医院里做人流手术要排很久的队，没有在小诊所做得快，然后就说某某是在小诊所做的，很快也很方便。做人流手术的工友说，小诊所不好，C 车间有个女工在小诊所做的，第一次清宫未尽，刮了两次宫，后来感染了，估计以后没生育能力了。陪她一起来的工友说，好多是小诊所里做的，她出问题，是运气不好。

她们的对话让我产生了做一个有关这方面调查的想法，我卫校毕业，学的社区医学，了解一些简单的医学常识，我花了半个月做了一个小型的有关"女性生殖健康和人流"的调查。我当时找到十五个曾做过人流手术的女工，她们是我托工友、老乡们找到的，这样私密的事情，大家不愿意说。找到十五个愿意说的女工，我费了很大力气，我告诉她们，我不会写她们，只是好玩随便问问，不会把她们的姓名等有关信息透露给别人。受访的十五个有过人流经历的女性农民工中，有十一人是在不具备医疗条件的小诊所进行的，只有四人在正规医院做的人流手术。我有点吃惊，这之前，我没想到比例如此大。

　　工厂还有一些人因为害怕，或者其他原因，没有去做人流手术，比如我写到的这两个女工，一个叫阿芹，一个叫阿艳。阿芹是我以前的同事，她把小孩生到厕所，后来离开那个工厂，从此再没有了她的消息。她不是跟我同一个车间，也没有在同一个班，我上白班时，她上夜班，我上夜班时，她上白班，我不认识她，但我以前同宿舍里有一个她的老乡，是她告诉了我阿芹的情况。我一直想了解出厂后阿芹的境遇，但没有找到，她消逝在茫茫人海中。大约2007年，我在桥沥一个五金公司做业务员，租住在南门的城中村里，我楼下对面有一个小发廊，发廊里有出卖肉体的女子，阿艳是其中一个。阿艳以前在工厂打工，跟人恋爱，怀孕，生了一个男孩，卖掉了。一万块。我听到很吃惊，有时站在楼上，看着阿艳她们在谈笑，好像一点事情都没发生。后来从工厂出来之后，阿艳去了酒店，被一个台湾人包养了一年，一年之后，不知什么原因，就待在这个小发廊。每天看到阿艳，我会想起我的同事阿芹，我不知道出工厂的阿芹会不会走上跟阿艳同样的道路，我一直告诉自己，阿芹应该不会。

　　我又想到在小诊所做过人流手术的女工，不知她们现在生活得好不好。

4.城中村的邻居们

在常平，有一段时间，我租住在老瓦房的城中村，一间阴暗而潮湿的十几平方的房间，没有床，两个长凳搭上几块木板，木板厚薄不同，一个煤油炉，一个油腻的门窗。我以前在高英住这样的出租房，2007年做业务时，为了省钱，也租住这样的房子。城中村遍布各种各样的人，小贩、三轮车载客者、补鞋匠、中年妓女、清洁工……我每天很闲，不跑单就闷在出租房看书，有时跟她们聊天，家长里短，她们年纪比较大，看见满屋子书，说我读了书，应该找一个办公室的工作，工资高，轻松。那个叫凡慈香的女工跟我说，她有老乡在工厂负责招工，帮我问问，她很热心，四十五岁，河南人，一双儿女。她们告诉我她们的故事。做菜贩的刘芳说，她原来想进毛织厂，没技术，年纪大，工厂不要，只好贩点菜。有时，我跟她骑车去常平木伦市场批发蔬菜，晚上七八点，木伦市场有很多从外地运来的蔬菜，新鲜的蔬菜摆得整整齐齐，批发价很便宜，出乎我的想象。有时，低得我不敢相信，我跟在刘芳背后，她拖着平板车，跟批发菜的人砍价，我站在旁边听。有时我会问，为什么这么便宜都不赚钱，她会跟我算要交多少钱给市场，要多少摊位租金，摊位需要转让金，算下来实际没多少钱可赚，我无言。

我在那里生活了半年多，听到她们很多故事，比如补鞋匠与黄娇兰的婚姻。年老的湖南补鞋匠带着黑色老花镜，他六十三岁，对生活充满了信心，他的妻子死于车祸。他跟我谈起他死去的妻子，说现在还没有找到凶手，他经常去派出所与交警队，但没人关注，也没人管，他有些失望，然后开始抱怨，说世界没公平，如果有点关系，肯定能抓到凶手，或说有钱也行。他讲起妻子被撞死的往事，眼里布满哀伤，他肮脏的手从油腻的鞋机上抽出，擦擦眼角，此时他全然没五分钟前那种对生活的信心。言谈中，他被现实纠结着，他说他小儿子不务正业，经常换厂，有时跟些不三不四的女人勾搭在一起，说这样下去怎么行，对小儿子充满担忧。有时他又说，在工厂里老老实实打工也存不了多少钱，一天累得要命，还是两手空空，然后又说起小儿子，什么正经事都不做，居然也活得好好的。最后总会归于叹息，说世界就是这样，让人看不懂。我常去那个鞋摊，有时会碰到老鞋匠与他的搭伙人黄娇兰，他们来自同一个市，不同县，湖南娄底人，那里是湖南山区，家乡话也一样。黄娇兰以前在附近毛织厂做厨工，丈夫去世了，有两个儿子一个女儿在东莞打工，来东莞十几年了，以前在毛织厂查衫，后来年纪大了，眼睛不好，便做起了厨工。鞋匠的生意不错，补鞋时，顺便缝补衣服，附近工业区的年轻人大部分不会缝补衣服，掉了纽扣，新买的裤子裤腿长了，需要裁掉一些，一般都找老鞋匠。黄娇兰比老鞋匠小九岁，她的三个儿子中有两个儿子不听话。大儿子在工厂做养不活自己，小儿子十年前跟一个江西女孩，未婚却生育一个小孩，三年前分开，把小孩留给了黄娇兰，现在小儿子跟一个河南女孩再次恋爱，也未婚便生育小孩，二儿子在宁波那边打工，很少过来。老乡把他们介绍在一起时，对黄娇兰说，老鞋匠做了十五年鞋匠，应该存了些钱，也不需别人养老。老鞋匠租了一个老式的房子十多年了，黄娇兰带着两个孙子一个孙女，跟了老鞋匠，不用租房子，老鞋匠也顺便帮她看一下。介绍人跟老鞋匠介绍黄娇兰时，说她在工厂打工，三个儿子都成家了，没负担，自己赚钱自己用。两个人在异乡搭起了伙，没结婚证，把老乡叫来一起吃顿饭，便成了半路搭伙夫妻。搭伙后，黄娇兰才发现老鞋匠并没媒人介绍的那样好，老鞋匠喜欢喝酒，常常喝醉，醉了就会胡言乱语，有时还摔东西。老鞋匠发现黄娇兰两个儿子把小孩丢给黄娇兰，从来不过来照看，也不给家用，孩子花的钱还需用老鞋匠的。搭伙后，老鞋匠原不想让黄娇兰再去工厂打工，想她帮他做饭，顺便帮他一下，老鞋匠怕老了以后，无人养，把钱控制在自己手中，黄娇兰带着小孩，儿子又不给钱，便继续去工厂打工。有时，我经过老鞋匠门口，看见他喝了酒，在骂黄娇兰的两个儿子。他不喝酒时，对黄娇兰不错，带着小孩在鞋摊边，老鞋匠是个善良的老人，对几个小孩不错。有一次，我看见黄娇兰七岁多的孙女在帮老鞋匠忙，便问孙女儿，问她有没有回过湖南，她一脸茫然，问爷爷对她好不，她抬头望着老鞋匠，说："爷爷，你说呢？"然后跑开了，老鞋匠说，小孩子什么都知道，这孩子聪明。我们又聊起了这三个小孩，我问老鞋匠，他们父母打没打结婚证，小孩有没有上户口，老鞋匠说，没结婚证，小孩了也没户口。从老鞋匠的口中，我才知道，老鞋匠的小儿子也没有结婚证就生育小孩，小孩没户口，也不准备上户口。我问老鞋匠，没户口如何读书，如何办身份证。他笑着说，现在读书上私人学校，不需要户口，有钱就行。我说初中毕业不能上高中，也不能考大学。老鞋匠说，考大学有什么用，读过初中就出来打工，读完大学还不是要打工，都一样，老鞋匠又说哪个工厂大学生工资还没有文盲的工人高。我说没户口，不能办身份证。老鞋匠说，办个假证，找老乡熟人介绍进厂就行了，再说等他们长大，我早死了，哪能管得这么多。老鞋匠告诉我又不是他们一家，这样的人很多，老鞋匠与黄娇兰出来打了十几年工，对保留户籍的故乡，早没多少概念，全家都在这生活。年轻人的婚姻是合得来就一起过，合不来就分开，生了小孩就养着，读书送到民工学校，大部分读几年书就辍学了，进工厂，或找老乡学技术。当黄娇兰的大孙女走来时，我问她喜不喜欢学校，她说，不好玩，为什么喜欢。她明亮的眼神没一点多余的话，而我的内心却有着一种无言的悲伤。我不知道，我们的户籍制度等政策会不会改变，也不知老鞋匠口中聪明的孙女未来的命运会如何，我看到的是一种可怕的世袭的贫穷。就我的了解，有许多像黄娇兰孙女一样的农民工子弟，他们就读的民工学校，有时一学期一门功课都要换三四次老师。他们没户口，大部分初中毕业或没有毕业就出来工作。

常平遍布酒店，许多从事肉体交易的女孩，她们租住在公寓里，离酒店有一段距离。街道上有许多化妆间，每到黄昏，那些女孩从租住的公寓里出来，去楼下不远处的化妆间化妆，化完妆后，她们便叫上一辆自行车，或人力三轮车，有时是打上士去酒店。人力三轮车价格相对便宜，路程也不远，五块或三块钱，成为这些女孩最好的选择。我的邻居凡慈香是一个踩三轮车的女工，她四十多岁，身体健壮而肥硕，踩着三轮车在大街上拉客。傍晚出去，一直到深夜回来，跟酒店里的女孩一样，她来自河南，认识几个在酒店里出卖肉体的女孩，她每天接送她们上下班。她的小孩在河南读书，老公在附近工厂做搬运工。她租住在城中村，离接送女孩上班的酒店有十来分钟的路程。因为东莞禁摩，也禁止三轮车上路，她得小心翼翼地走那些偏僻的小巷，以免被治摩办的人发现。但是，还是有不小心的时候，她赖以谋生的工具三轮车就会被交警或者治摩办的大盖帽拉走。她不理解为什么城市要禁止摩托车通行，也不理解城市的马路越修越宽了，穷人能够行走的路却越来越窄。她常常跟我说第一次进城是上世纪八九十年代，城市的马路上有汽车道、自行车道、人行道，而现在马路越修越宽了，汽车由四车道变成六车道、八车道……有的更宽了，但是自行车道、人行道却不见了，而到了现在，居然连普通老百姓的摩托车与三轮车也禁止通行了。有时，她骑着三轮车出去，空着手回来，她眼圈红红的，用手抹眼泪，不断叹气，并且责怪自己不小心。是的，当官僚们的公车以无限速度增长时，终于将凡慈香们赖以谋生的三轮车与摩托车挤出了公共道路，我对越修越宽的马路无言。

生活是艰难的，但她们对生活的态度，及邻居间的关心常让我感动。后来，那里房子拆除了，这些邻居不知去了哪里。我知道她们无法挤进她们生活多年的城市，也无法将自己的一切安顿在城市。而城市中央的城中村得以改造、升级，变成高楼大厦，楼房越建越多，越来越漂亮，曾经在城中村生活的底层百姓被挤到离城市越来越远的地方，他们谋生的三轮车、摩托车也被挤出了城市的道路。这究竟是值得高兴还是担忧的事情？我无法回答，但是我有一种疼痛，一种被无形之刀切割的分裂之痛。

5. 艳芬们的故事

2001 年，我在大朗大井头一家玩具厂做员工。那条玩具拉是工厂在大井头第二工业区租借的厂房开设的，工厂总部在大朗水平还是水口，我已忘记。那时，找到一份工作十分难，我进玩具厂后，做助拉，第一次出来，不知助拉是什么样的职位，不过拉上员工对我很好，我认识一些朋友，比如艳芬、魏祺、郑梅、小芳……她们来自湖南、广西、河南等，她们有的出来两年多，有的出来才半年，我是刚从家里出来。我们住在一个宿舍，我一直把打工生活当作学校生活的延续，比如住一个宿舍，来自不同地方，只是把读书换作工作，把交学费换作有工资发，我单纯而简单。她们与我不一样，处处提防着人，遇到一些小问题就互不谦让，吵架，有时还会打架。从那个女工宿舍，我知道了"碾轧"这个词，那样直接、充满强悍的暴力。将你碾碎后，还要轧上几脚……每次她们吵架，我都去劝她们，宿舍里有十八个人，我们五个关系相当好，一起上班，一起去食堂，然后一起下班，遇到某个人被人欺侮了，会合起来碾轧那个人，打开水时，或排队吃饭时，要么睡觉时，如果不幸碰到那个人是一条拉线的，肯定在拉线上要小动作，让那人挨批评。从那个宿舍里，我知道几个人团结起来对某个人碾轧的痛苦，有一个女工被另外一伙八个女工欺侮，只做了三天就哭着自动离开工厂。一个月后，拉线关闭了，我们都失业了。我们一起在大朗竹山村租房子，两张床，五个人，一个煤油炉，一个铁锅，一个电饭煲，一把菜刀，一个锅铲，一个案板，几双筷子，几个盆子，一人一个皮箱，一个桶子，一个脸盆，这些是我们全部的家当，我们一起做饭，一起去找工作。住了三四天后，来自广西的魏祺被她男朋友接到樟木头去了，我们四个女孩每天沿着竹山村的公路出发，向四周延伸找工作。那时候，魏祺叫我"阿琼，阿琼"。我习惯人家叫我名字，还不习惯别人叫我"阿琼，阿琼"，她叫我时，我会开玩笑说："别叫我阿穷了，这样越叫越穷了，我们现在本来就穷。"后来小芳与郑梅进了一个电镀厂，我跟艳芬在寮步一家鞋厂找到了工作，艳芬是我老乡，来自四川。在寮步那家鞋厂做了十多天，我身体不适，受不了车间的高温，得了热感冒，全身无力，请假休息，却请不到假，后来实在身体受不了，便有两天没有去上班，第三天无精打采去上班时，班长说我两天没上班算自动离厂，没工资，连进厂交的一百二十多块钱的押金都不能退还给我。艳芬一直在那家鞋厂上班，魏祺三个月后也进了那个工厂。我们的房子租一个月，还没到期，我又独自搬到那个房间里，艳芬下班后，走四十分钟路，从寮步那个鞋厂到我们租住的房子来陪我，顺便告诉我附近哪个厂在招工，让我第二天去面试。那时，没有电话，我们也没有传呼机，所有的信息都需要亲自跑过去传递。晚上我们睡在一张床上，她安慰我，说我有文化，是中专生，能找到更好的工作，不该待在流水线上等。第二天早上，她又回工厂上班。我们一直有交往，后来我进了东坑一家叫康佳的家具厂做仓管员，我跟艳芬一直有联系，放假时，不是她来东坑看我，就是我去寮步找她。她在鞋厂做了三年多，在鞋厂找了男朋友，然后结婚，后来离婚了，去了长三角，在昆山。去年我去上海，跟她打电话，顺便去看望她。我们聊起往事，聊起那时查暂住证，我们被反锁在房间里，听着查暂住证的治安队员敲门。因为反锁在房间里，我们必须在狭小阴暗的房子里忍住不拉屎。因为出租房里没厕所，是公用厕所，我们锁在里面不能出去，有一次清晨，被尿意涨醒，憋到天亮时的情形至今还在眼前。我们聊起我们的朋友，这些年不断漂来漂去的命运，她跟我说起小芳现在消失得无影无踪，只是在 2003 年听郑梅说，小芳去了深圳上沙那个地方出卖肉体，而魏祺 2002 年嫁到河南以后，没联系了。再后来，说起她的婚姻，她留在四川的小孩，如今九岁了，她说她这几年有过两次同居的爱情，但是终究没有结果。她叹了一口气说，时间过得太快，还不知下一站将要去哪里。

6. 阿敏的故事

2010 年初的某天，我在网上乱逛，发现一个帖子，觉得里面的人物与我相识的阿敏相同，都是湖南某市人。因为生活漂泊不定，我有很多像阿敏这样的朋友，热爱文学，有自己的追求，在铁架床上、餐厅的桌子写着拙嫩的文字，我自己也是这其中的一员，对这群人，我有着本能的情感。我曾有一个 QQ 号，加了很多这样的朋友，我们通过QQ聊天，然后相互交换自己的诗歌，很可惜，这个QQ号在2008年被人盗了，这其中的朋友很多便永远消逝了，阿敏是其中的一个。我在网上看到那个消息时，我第一感觉里面所说的便是阿敏。因为QQ号丢失前，我与阿敏有过几次网上聊天，我感觉她开始在做传销，一直以来，我把她当妹妹看待，没有想到她会变成网上传的那样，于是，我在网络上开始搜索有关这条信息的情况，很不幸，网上所说的那个人真的是我认识的阿敏，有数百万案值。我觉得心里闷得慌，想起这些年与她的交往，心中一阵悲伤。于是写下这首诗歌。写完后，我给朋友吴季阅读，他说，难道是×敏，肯定是×敏，是的，我这样回答他。吴季叹了一口气，说了一声真可悲。阿敏曾经跟吴季他们很熟，在工人诗歌联盟论坛很活跃。吴季曾把阿敏的三首诗改成歌曲，在QQ上，吴季兄把他改编的歌曲《那一年的春天》《回到从前》传给我，在网上听着《回到从前》，我有一种恍然隔世的感觉，为阿敏，也为自己，为无数像阿敏这样的人。

写这首诗之前，东莞诗人汪洋在QQ给我留言，问我是否知道东莞另一位在工厂打工的男性诗人石建强的联系方式。这位男诗人我相当熟悉，我们在2002年左右就认识了，那时我在反应打工生活的杂志《嘉应文学》《创业者》《侨乡文艺》等发表了一些诗歌，诗歌的后面一般会留下通讯地址。我收到很多打工朋友的信件，他们写信告诉我他们的人生故事，也有很多相同爱好者，比如现在的朋友池沫树、蓝紫等人都是那时通过信件认识的，包括以后对我写作有影响的打工诗人张守刚等人。汪洋问我的这位诗人，是我首批认识的在工厂写诗的朋友之一。那时，他在东莞大朗镇的街道上摆地摊，卖旧杂志，一块或者两块一本。在2001年、2002年、2003年，那时候，手机网络在打工者群体中还不普遍，工作之余，大家一般选择阅读书籍或者逛街。我是地摊杂志的常客。石建强在大朗镇生活，我在东坑镇生活，许强在常平镇打工，三个镇相邻。直到 2006 年左右，我离开东坑镇，跟石建强都有联系。我在《打工，一个沧桑的词》中曾提到我认识的几个打工诗人，其中包括与我通信较多的石建强。后来，我知道他去了东莞文联的《南飞燕》杂志做发行员，一份比在工厂打工更艰难的工作，没多久，他选择了离开。再后来，我去了广州，他也不知所终。我的电话里存了他的电话，但现在这个电话却不通了，连同他的人，好像消失了一样。汪洋在我 QQ 如此留言："汪小姐，请问您们是否有打工诗人石建强的联系方法，他已经两年没有和家里人联系了，只知道他在东莞之前有诗发表，手机也打不通，家里人现在也没有办法找到他，他爸爸已经去世了，他妈妈年龄大了，故我们现在也只有求助您这个圈子内的人，我看到您的博客提到石建强在卖书，我想应该就是他，他之前讲过在东莞卖书和在杂志社、学校做保安等工作，石建强是陕西洋县人，麻烦您们了，帮我们找一下这个人。"这份留言是别人留给汪洋的，汪洋转留我，还有东莞海平面诗刊 QQ 群，那里有很多在东莞打工的诗歌写作者。当我看到汪洋留给我的信息，我想起与石建强交往的点点滴滴，然后想起阿敏，想起还有很多还在工厂坚持写作的工友。

一直以来，别人把我当作写作改变命运的典型，我从内心上拒绝做这样的典型，我知道，在类同我这样改变命运的典型背后，有无数个阿敏、石建强，这使我心有恐慌。

7. 黄华

三年前，我在湖北郊区砖厂碰到她，她是四川达州人，四十多岁，甩着空荡荡的袖管，丈夫在水泥砖厂上班，他们全家都在那里，大女儿在这座城市的职业技术学院读大学，儿子读初中，小女儿读小学。他们夫妻在这个砖厂打了七年工，生产空心水泥砖。在这里很少有外地人，他们全家居住在工厂搭的简易四间铁皮房里，她们与村居相隔有两百米距离，空荡荡的工地上，只有他们一所房子，她们很少跟村庄里的人交往。

我朋友说他们来自四川，我便过去跟她用四川话交谈。他乡遇故音，她很兴奋，滔滔不绝地说个不停。她说她现在这个工厂的老板人好，很善良。工厂老板是郊区普通农民，开了三个水泥砖工厂，都比较小，工人来自河南或四川。我问她一些空心水泥砖的情况，因为以前家里建房子都是用实心红砖，这些空心水泥砖，我有点担心，这种担心仅仅是因为砖是空心的，质量没有实心砖好。她也说不出所以然，告诉我现在都用这种砖，成本便宜些，修房子合算些，大家都用，没有谁觉得有问题。对我的疑问，她觉得不可思议，说有人要这种砖，当然就有人生产。她又说起他们老板人好，生产的水泥砖相当结实。她这个老板做的砖，要预订，老板的信誉好。我问她为什么。她回答，别的工厂一包水泥比这个工厂要多生产十来块砖，水泥用得少，砖不好，很容易碎，她老板每次都叫她把砖做好，要把砖的质量做好，人家买砖是砌房子，是大事情，她老板的工厂生产的砖落下来不会碎，很结实，水泥用得多些，质量就好些。她指着远方骑摩托车的说，那个就是她老板。然后又告诉我，开砖厂的老板，大部分人都买了汽车，她老板还骑摩托车，赚的钱没有那些人多。我看了看她老板，一个四十多岁的人，前面头发掉了一大片，他伸手的瞬间，我看了老板的手，指节很大，很粗糙，像做重体力活的手，他在装砖，一个很普通的中年农民。我又问道，这些砖运到哪里，她说她老板没有多少关系，大部分销给私人起房子，有些工厂老板关系多人源广，销到城市的建筑商，那些砖质量不好。她告诉我，城市的房子是框架的，人家都说砖差一点没关系，但乡间就不同，质量要求高些，因为砖着力大些。我说那砖的价格呢，她说差不多。后来我问到她的手臂，因为朋友告诉我，她的手臂被制砖机轧掉半截。我问她有没有赔偿，她说她老板心眼好。医药费是老板出的，还赔了四万块钱，老板一年没有赚钱，还亏了不少，她叹了一口气。她说有一对河南夫妻在另外的工厂做，那个男的也轧断了半个手臂，老板不仅没有赔钱，而且医药费也是老板一半，工人一半，理由很简单，就是乡村的风俗，他给老板做事，老板付了工资，老板没叫你轧断手臂，你自己不小心，与老板无关，出一半医药费是老板心眼好。我问起那对河南夫妻的情况，她说因为断的是男人的手臂，当然只能回河南。她又开始说，她的老板赚的钱没有那个老板多，心眼好多了，全部医药费都是他出的，还给了四万块。她还说，要断的是她老公的手臂，像那对河南夫妻一样，她都不知怎么办。最后她叹了一口气，我们这些离乡打工的人，命就是这个命。我本想跟她说她可以赔偿得更多，但终究没有说出来。

吴桂兰

梁鸿

第一次见到吴桂兰，是在早晨五点多钟。

吴镇刚刚从睡梦中醒来。

沿着老邮局的那条主路，往街里走，路两旁分岔出一条条路，这些辅路上住的多是吴镇的老居民。自家的门口，打扫得干干净净，放几盆花，有的围一个小花坛，种几棵豆角、辣椒、西红柿，也结得轰轰烈烈，热闹非凡。

快到吴镇中心小学时，突然听到震耳欲聋的音乐声。循声而去，看到一个人正在路中央跳舞。只见这个人头戴一顶艳红的宽檐帽子，帽檐上一个硕大的红色蝴蝶结将飞欲飞，上身穿一件橘红色环卫服的夹克，下身穿一件暗红色长裙，脚踏一双暗红运动鞋。她手拿扫把，脚下滑动着太空步，身体随音乐节奏不断摇摆，动感十足，整个人都沉浸在音乐和节奏里。后退、前进、摇摆，铿锵的鼓点似乎是她的脚步敲击出来的，在大地上肆意回响。她旁边是一辆三轮垃圾车，上面有拖把、大桶，还有一些凸出来的纸盒之类的东西。

我被她的舞姿和她的穿着打扮所吸引，拿出手机，朝她拍了几张照片。略有点怪异的是，那些路过的人，睡眼惺忪从家里出来的人，或就在旁边忙着事情的人，都没有多看她一眼，好像那巨大的声音和她这个人不存在似的。

看到我在照相，她更起劲了，腰挺直，胳膊平伸，脚飞速舞动，最后一个急促而优美的站立，扫把高举，另一只手叉腰，头微仰，凝神盯着我，脸上露出非常满意的笑容。

大约定格有几秒钟，她朝我招手，示意我过去。

那是一张饱经沧桑的脸。五十岁？六十岁？甚至还不止。汗水正顺着她的脸往下淌，她努力屏住呼吸，不让自己身体有太大的起伏。她的环卫服、裙子和鞋子被厚厚的油腻包裹，那暗红不是颜色，而是油和灰混合而成的光泽；但她的帽子却是新的，鲜红、艳丽，上面的蝴蝶结压得帽子几乎要扣住她的眼睛。她不时拿手去扶，努力把蝴蝶结扭到前面。

"让我看看，"她凑到我面前，看我手机里面的相片，"你这样拍不行，效果不好。"

"等下，我再跳一段，你再拍，拍了一定发网上，会有你好处的。"她看着我，露出羞怯又骄傲的笑容，"我是网红。有很多人认识我，很多人拍我。"

她边说边在身旁的垃圾车里翻找东西。各种样式的纸箱纸盒、大大小小的塑料瓶、铁片铜圈，几乎塞满了整个车厢。在角落的地方，放着一个完整的纸箱子，里面堆着五颜六色的衣服和饰品，她从里面扒出两条蓝色的缎带，把头上的帽子摘下来，解掉那个红色的蝴蝶结，把缎带绑紧，留出一个长长的飘带，接着，又从纸箱下面掏出两把金色泛红的扇子，朝自己扇了扇，摆了一个定格姿势。

"你站到这边，这边拍得全。"她让我站到垃圾车旁，背对着正在升起的太阳。她在我斜对面五六步的地方站住，弯腰调放在地上的黑色播放器，强烈又刺激的 Rap 音乐立刻在空旷的街道响起来。她扭过来看向我，头一昂，一只脚点地，踩着鼓点，身体像突然抽筋似的，开始快速跳动。她的身体大幅度扭动，扇子在空中不断旋转，头上的蓝缎带随着这剧烈晃动飘得很高。一缕朝霞突然照射过来，整条街瞬间从黎明前的微暗朦胧变得明亮灿烂；正在跳动的她被笼罩在舞台般的强光里，身上杂乱破败的颜色幻化成华丽耀眼的色彩，脸上的沟壑清晰深刻，恍如一只苍老的鹰，在倔强地飞翔。

一曲终了，她气喘吁吁地跑过来看我的手机，看一遍视频，说："这个可以，你赶紧发到网上，肯定会火。对你有好处。"

我问她怎么知道自己是网红，她说现在不是兴这个吗？有人专门过来拍她，拍着还解说着。她每次都很配合。

逐渐有人站下来，远远地看着我们俩，脸上带着某种了然又淡漠的表情。

"我跳了三十年。三十多年。原来只是喜欢跳，从我老头子瘫痪开始，我见天跳，刮风下雨，都没停过。他们都知道我。"她眼睛环过远远看着她的那些人，继续说，"我见天五点多起来扫地，扫到哪儿跳到哪儿，我啥舞都会。跳舞好啊。你看我，你信不信，我以前快两百斤。我背、腰、腿，都走不动。现在，我背起我那个瘫老公就能走，他一百八十斤。"

我说："我在吴镇也好多年，怎么就没见过你？"

她大笑说："不知道我吴桂兰你算在吴镇住过？你咋能没见过我，没见我也应该听说过我吧？"

还真奇怪。吴桂兰前面跳舞的三十年，我真的没听说过她，也一次没碰到过她。而在偶遇她的那天晚上，我竟然又见到了她。

吴镇十字街右边的露天烧烤店是整个夏天生意最好的夜宵店，

店主在街口拉出电线，挂上几只上百瓦的灯泡，周边十几米亮如白昼，越发衬得街道和周边景物漆黑一片。

吴桂兰在烧烤店的路对面，在那片阴影处，正热烈地跳着。白天的环卫服换成一件绿底红花的缎面宽旗袍，脚上着一双小皮鞋，头上仍戴着帽子，但是换了一个窄檐的绅士帽，绅士帽的两侧绑着两朵小红花。她浑身像上了发条，尤其是那双脚，像机器人，动作准确又迅捷。我这才发现，她的脚踝处已经严重变形，腿朝外弯曲，脚向里扣，跳舞时，这弯度反而增加了她的灵活度。

没有人跟她跳。对面烧烤店里的年轻人发出此起彼伏的喧闹声，有乘凉的人三三两两在路边聊天，一边发出笑声，而她这边，是一个人的喧闹。在疯狂的舞动中，唯有她的裙子配合她，闪耀着艳丽而诡异的光。

她的垃圾车变成了一个服装小车，两侧挂着各式各样的衣服。

看到我们，她停下动作，一把揽过我，说："哎呀，又是你啊，咱们太有缘分了。"她拉着我和姐姐，让我们和她并排，一起跟着音乐跳。有纳凉的人看到这边加入了新的人，慢慢围了过来。

有人认出了姐姐，惊奇地大叫，又向别人介绍姐姐是谁。吴镇这么一点大的地方，谁和谁，都能找到牵连。而一旦找到牵连，大家就像亲人一样，瞬间放开了自己。姐姐鼓动她们一起跳起来。那些中年人一开始有点羞涩，被周边人推着进到舞圈，她们又把推她的人也拉进去，待跳了几步，发现没有人关注自己，也没那么难，就随着节奏胡乱摆动起来。

人越来越多，大家围着跳圈圈舞，跳到嗨处的，胖的瘦的，高的矮的，年老的年轻的，都叫起来，一边甩头扭胯，一边发出惊奇而开心的大笑声，对面撸串喝啤酒的，也三三两两过来，加入跳舞的人群。

每一曲跳完，吴桂兰就去播放器那儿找曲子，那些舒缓的刚一出来，大家就嚷着，不要这个，不要这个，于是，又换，直到出来惊天动地的鼓点声，大家就跟着曲子又狂跳起来。

吴桂兰也像疯了一样，在人群中卖力跳着，一会儿教身边的人步伐，一会儿带着大家喊节拍；她的眼睛闪亮，像终于得到糖果的小孩，又像拿到渴望已久的奖章，全身上下都激动不已。

连续跳了好几首之后，吴桂兰似乎有些撑不住了，跳出人圈，站在垃圾车旁，斜身靠在车把上，喘着大气，仍目不转睛地盯着跳舞的人，神情非常满足。

"你这裙子看着可不便宜啊。"我说。

吴桂兰扯起胸口的衣服，衣服已经完全湿了，说："这可是真绸缎，我儿媳妇给我买的，说是一件都要七八百呢。我这衣服都是我儿媳妇买的，多得穿不完。"

说着，她拿起车子两侧的衣服，一个个抖开，搭在身上比画。

"他们也在这街上住？"

"没有，他们都在外面。我三个闺女、一个小儿子，都不在家。他们都在外面做生意，宁夏的、甘肃的，我小儿子在郑州，都可不错。"

人越来越多，感觉一首曲子才刚开始，就又结束了，吴桂兰不停地跑过去换曲子。

换完也不跳，站到车子旁边，往身上套她带来的裙子，或往头上扎一些奇奇怪怪的饰带，原地比画几下动作，再换套衣服。她浑身都是汗，动作有些迟缓，脸上显出疲乏的神情。

"你在这儿跳舞，你老头谁管啊？"

"我早晨起来先给他熬一锅绿豆汤，再炒个菜，他可能吃，一顿俩馒头，能管到晌午，到四五点再吃一顿就行。他又不动，就这都光长膘。不是能长到一百八？"

她用双手比画着那"一百八"，言语中还带着骄傲："老头死沉，我见天出去时得把他往摇椅子上放，光着身子，摇椅子上面有个洞，不然你说我不在家时他屙尿咋办？我以前也快两百斤，一身病，你看我现在，没病没灾，扛老头没问题。他瘫痪十八年，我扛他十八年。"

"那，孩子们呢？"

她突然停顿了一下，眼睛朝向天空，嘴使劲绷着，好像在控制自己的情绪："他们都不回来。我说，我不要你们钱，我要你们回来，回来看看你爹。我也不要他们钱，我挣的钱也够花了。我就想他们回来看一下。"

旁边一个站着的中年男人说："可别这样说，你闺女去年不是回来过一趟了吗？"

"那叫回来？回来几天？到她爹跟前几天？我都六十四了，我还能侍候几天？"吴桂兰的嗓门突然提高，带着恼怒。

中年男子没有再搭她的话茬，看了看我，露出意味深长的笑。吴桂兰拉住我的手，眼神里充满对我这个陌生人的信任："你看，我养他们四个，我仨闺女生孩子时我也去帮她们带。我不想啥，我不要钱，我每个月有工资，我就想着他们回来，替换我一下。他们都不回。"

"工资能养住你和叔叔吗？"

"哈工资，你就别说那工资了，我见天五点多就起来，扫大半个吴镇，一个月九百六十块，就这，工资还不发。说是半年一发，不闹就不给，上半年也是我去告去闹才发的。不过，你也别小看我，我不靠工资，我每天捡东西，一个月下来就一千多块钱，这是主要的。人们不知道这些。"

说到"一个月一千多块钱"的时候，吴桂兰的语气非常骄傲。一边说着，从挂在车把前面的塑料袋里掏出两个馒头，大口啃了起来。

"你晚上就吃这个？"

"也吃不下去别的东西。跳着可累，啥都不想吃。"

"儿女有赡养父母的义务，你可以给孩子们说，他们这样是违背法律的。"

"啥法律？给儿女说法律，谁说得清？我现在还能挪动老头，等挪不动了，两包老鼠药，一人一包，俩人一喝，谁也不拖累。"

一首曲子又完了，跳舞的人们互相取笑着，一边等着吴桂兰找新的曲子。

吴桂兰跑过去，蹲在播放器旁边，一首一首试听，她似乎想找到更激烈的舞曲来烘托这个气氛。

我往远处退了几步，退出人圈外，拿出手机录像。在灯影交错的昏暗之中，巨大的能量正冲破夜色，朝上空发散。蹲在地上的吴桂兰，身体姿势有些疲乏，也有些孤独。人们听着她的音乐跳舞，却并不怎么和她说话。

连续几个晚上，吴桂兰那儿成了吴镇夜晚的中心。镇上热爱跳舞、喜欢锻炼的女人吃过饭以后，都会悠悠过去。吴桂兰一个人跳着舞，她们在一边相互聊天、说话，但不跟吴桂兰跳。等到我和姐姐过去，大家一阵招呼，你推我搡，跟在姐姐后面，开始跳起来：广场舞、快四、水兵舞、恰恰……起先都很拘谨，跳着跳着，就都放开了，甩头、扭胯、大笑，音乐和笑声冲破了吴镇的夜。

每次一看到我们，吴桂兰就大叫着跑过来，声音充满不敢相信的惊喜。

待姐姐和大家一起嗨起来，她就站出来，倚在垃圾车旁，摆弄着自己的服装，一会儿披上一个披肩，一会儿再套上一个裙子；或者，在头上箍一个发卡，再绑上各种装饰，然后，走几步，亮亮相，再换一套。我不知道她是做给别人看，还是做给自己看，也不清楚她是在表演还是在表达。

在很多个瞬间，我看到，她盯着眼前这一群正在跟着她的播放器狂欢的人，眼睛闪亮，神情非常幸福。有好几次，人群跳得正激烈的时候，她会忘情地抱住姐姐，大叫着："你太好了，你太好了啊。"

有时我和吴桂兰聊天，有时也加入跳舞的队伍，可是我太笨拙了，一进去就东撞西碰的。吴桂兰大笑着，把我拉出来，一招一式教我，一边教育我说："跳舞最好了，你看我，现在没病没灾，天天可快乐，还是个网红。"说到"网红"时，她的头会不自觉往上昂一下，又咧开嘴笑，有点自嘲，但又很骄傲。看到我拍照，她就会问："你往网上发了没？一定要发啊，会给你带来流量的。"

有天晚上，我正在拍照，一个中年女人走过来，像特务接头似的，低声说："你明晚七点来看看我们，就在许家街口那儿，你看我们跳的是啥样。"她的语气好像我有什么权力，她想把她们的团体展示给我看，以得到肯定。

"你们是跳啥的？"

她思索了一下，说："最起码是正儿八经的舞吧，她这都是胡跳。"我说："跳得还不错啊，你看节奏多好啊。"

她斩钉截铁地说："你去看看我们跳的。晚上七点开始，八点半结束，不影响谁。你不知道，人们都烦死她了，早晨四五点就放多响的音乐，扫哪儿放哪儿，扰民。人们说她，她也不听。她那闺女儿子为啥不回来？嫌丢人！"

我认真看了说话者一眼，发现她穿着非常整齐，眼神里带着鄙视，还有一点因愤愤不平而产生的刻薄。

"你不常回来吧？"她迎上我的目光，好像我被蒙骗了，而她有义务和我说清楚事实，"一般外地人看见吴桂兰，都可兴奋，觉得可有意思，你看，在吴镇，谁和她说话？他们两口子年轻时都不正经干。她老头好喝酒，中风都是在酒场上中的，正喝着，头一歪，出溜到地上，不行了。吴桂兰也是，年轻时好跑，到处跑，不好好养小孩。到老了，你看天天穿得花里胡哨的，不像个样子。"

她的声音开始高亢起来，带着天然的道德和正义。那是吴镇潜藏很深却又一直被大家遵守的道德，一旦有谁逾越，便会遭受惩罚。这惩罚从来没人说出来过，也从来没人认为自己在执行，但是，你从被惩罚的人身上，一眼便能看出来。

中年女人说完就走，走了好远，又回过身来喊："明晚你过来啊。"

我扭头看吴桂兰，她正在收拾地上的音响设备，把它们抬到车上，又把衣服一件件收起来。她身边的人们在聊天，两个人，三个人，好几个人，围拢在一起，专心致志地说话。所有人都背对着吴桂兰。

吴桂兰正处在这样的惩罚中。她被整个吴镇孤立和遗忘，被自己的儿女孤立和遗忘。她瘫痪在床的老头，是她被惩罚的显在标记。"谁和她说话？"即使是闲言碎语，吴桂兰也不配。也许，这是我这么多年来从没听说过她名字的原因。

我不知道吴桂兰有没有意识到自己在受到惩罚。她眼神中的渴望，她所弄出来的巨大声响，她三十年如一日地在吴镇大街上跳舞，似乎在反抗，也似乎在召唤。她兀自舞着，显示出自己的力量，也释放着善意和无望的呐喊。